H. Dieter Neumann

Stumme Gräber

Kira Lunds dritte Reportage

PIPER

ISBN 978-3-492-50497-3

Dieses Werk wurde vermittelt durch die Literaturagentur Drews.
Redaktion: Christiane Geldmacher
Satz auf Grundlage eines CSS-Layouts
von digital publishing competence (München)
mit abavo vlow (Buchloe)
Covergestaltung: Emily Bähr, www.emilybaehr.de
Covermotiv: Sea Wave/Shutterstock; lifeforstock/Freepik
Printed in the EU

Für
die Menschen beiderseits
der deutsch-dänischen Grenze

*Ländergrenzen? Nicht, dass ich wüsste,
sagte der Storch.*

Manfred Hinrich

Prolog

Gemarkung Gillestrup, Nordschleswig, 6. Juli 1915

Hellblau wölbt sich der Himmel bis zum Horizont über dem weiten Land. Nur ein paar wattige weiße Schönwetterwölkchen ganz hoch oben. Die flirrende Luft duftet nach Sommer, und Lene Marie fühlt die wohlige Wärme des Bodens unter den Sohlen ihrer bloßen Füße.

Übermütig beginnt sie zu hüpfen, während sie den Feldweg hinunterläuft. Immer wieder weicht sie geschickt den Pferdeäpfeln aus, die zwischen den Fahrspuren der schweren Karren liegen, auf denen noch bis vor wenigen Tagen das Heu von den Wiesen abgefahren wurde.

Lange hat es in diesem Jahr gedauert, bis es soweit war: endlich eine ganze Woche nur Sonnenschein und kein Niederschlag. Zuvor waren immer wieder Regenschauer übers Land gezogen. Es war wie verhext. Kaum war das Heu gut genug durchgetrocknet, um eingefahren zu werden, kam der nächste Guss.

Lene Marie ist erst sieben Jahre alt, und schon bald konnte sie die vielen Stunden nicht mehr zählen, die sie mit ihrer Mutter, mit Henrik und den Mägden des Hofes hier draußen hat arbeiten müssen. Bestimmt hat sie die Haufen tausendmal mit der klobigen hölzernen Forke gewendet. Tausend ist viel, das weiß Lene Marie schon. Schwere Arbeit für ein kleines Mädchen. Immer noch sind die Blasen an ihren Händen nicht verheilt. Aber die Mutter ist unerbittlich. Seit Vater Soldat ist, führt sie den Hof mit strenger Hand.

›Wir Krogs werden den verfluchten Preußen beweisen, dass wir klarkommen, auch wenn sie unsere Männer in ihren Krieg gepresst haben.‹ Mutters einziger Kommentar. Jedes Mal, wenn jemand über die Arbeit klagt.

Lene Marie blickt über das flache Land beiderseits des Weges. Schon zeigt sich das erste Grün des nachwachsenden Grases. Bald werden sie das Vieh wieder aus dem Stall hierher treiben können.

Sie stutzt. Bleibt stehen und schirmt die Augen mit der Hand gegen das gleißende Sonnenlicht ab.

Drüben auf der Wiese, die sie Distelgrund nennen – natürlich sagen sie *Tidseljord*, denn sie sind ja Dänen – hat sich etwas bewegt. Direkt neben dem Brunnen, aus dem sie immer das Wasser fürs Vieh hochpumpen.

Ein paar Atemzüge lang blickt sie dorthin. Nichts.

Wahrscheinlich nur ein Wildkaninchen. Bestimmt ist es wieder in seinem Bau verschwunden.

Muss aber ein ziemlich großes gewesen sein ...

Plötzlich merkt Lene Marie, dass sie Durst hat.

Nun, das passt ja prima. Henrik, der Knecht, der schon zu alt für den Krieg ist, hat den Pumpenschwengel über der Blechwanne bereits wieder montiert, sieht sie. Ein Schluck Wasser käme ihr jetzt gerade recht.

Sie steigt über den Weidezaun und geht hinüber zum Brunnen. Das nachwachsende Gras unter ihren Füßen fühlt sich weich an.

Auf einmal steht da eine Frau. Die Bäuerin vom Nachbarhof. Lene Marie kennt sie, auch wenn sie noch nie mit ihr gesprochen hat: Holm Harmsens Witwe. Deren Mann gerade gefallen ist.

›Geschieht ihnen recht, diesen großmäuligen preußischen Hochstaplern, dass ihre eigenen Leute zuerst fallen. Um keinen von denen ist es schade‹, hat Lene Maries Mutter zwischen den Zähnen hervorgezischt, und ihre dunklen Augen haben dabei geglüht. ›Ist schließlich *ihr* Krieg, nicht unserer.‹

Wie aus dem Nichts ist die deutsche Nachbarsfrau hinter der Blechwanne aufgetaucht, ganz in dunkle Kleider gehüllt, das schwarze Kopftuch tief in die Stirn gezogen.

Bewegungslos verharrt sie neben der Handpumpe.

Mit niemandem von den Harmsens darf Lene Marie reden, das weiß sie. Weil sie Deutsche sind. Die ihren Vater in eine preußische Uniform gesteckt und nach Frankreich geschickt haben.

Unschlüssig verzögert das Mädchen jetzt seine Schritte.

Tidseljord liegt jedoch auf dem Land der Krons, das steht fest. Was hat eine Harmsen überhaupt darauf verloren? Es ist nicht recht, dass diese Frau hier herumläuft.

Lene Marie bleibt stehen. Fühlt einen fröstelnden Schauer in sich aufsteigen, trotz der Hitze rundum. Etwas Unheimliches geht von dieser schwarzen Frau aus.

»Ich wollte ein bisschen Wasser trinken«, sagt die Frau mit flacher Stimme, seltsam tonlos. Formt ihre Hände zu einer Schöpfkelle und fährt damit in die Blechwanne. Wasser tropft zwischen ihren Fingern heraus, als sie die Hände an den Mund führt und schlürft. »Komm, ist schön kühl!«

Lene-Marie schluckt trocken. Sie ist so durstig. Unsicher macht sie ein paar Schritte vorwärts, tritt an den Brunnen und blickt auf das frische Wasser in der Wanne.

»Mach's wie ich«, sagt die Deutsche.

Als das Kind den ersten Schluck aus seinen kleinen Händen trinkt, bückt sich die Frau. Hat plötzlich einen schweren Knüppel in der Hand und reißt ihn hoch.

Mit wütender Wucht kracht das dicke Holz auf den Kopf des Mädchens. Ohne einen Laut bricht die Kleine zusammen.

Mit ihren kräftigen Armen hebt die Frau den federleichten Körper hoch und wirft ihn mit Schwung in den Brunnen. Ihre Augen flackern wild, als sie hört, wie der Körper des

Kindes mit einem dumpfen Klatschen in der Tiefe aufs Wasser trifft.

»Das ist für meinen Holm«, flüstert sie, wirft ihren Kopf zurück, blickt in den blauen Himmel und ballt ihre Hände zu Fäusten. »Auge um Auge!«

Sommer 2023

1

Er presst sich in den Graben neben der Straße, die den breiten Strand von dem Weideland dahinter abgrenzt. Wenn er seinen Kopf anhebt und über die ausgedörrte Grasfläche landeinwärts blickt, kann er in der Ferne im flackernden Schein des Lagerfeuers einige Zelte erkennen. Schemenhafte Gestalten laufen dort hin und her, ihre Stimmen dringen bis hierher, ihr trunkenes Grölen. Und immer wieder Flaschenklirren.

Das schwach leuchtende Zifferblatt seiner Armbanduhr zeigt ihm, dass es schon nach zwei Uhr ist.

Verdammt, wann werden endlich auch die Letzten in ihre Schlafsäcke kriechen? In wenigen Stunden schon wird der Morgen heraufdämmern …

Seit Mitternacht liegt er hier bereits auf der Lauer. Seine Knochen werden langsam steif. Am liebsten würde er aufstehen und ein paar Schritte gehen.

Unmöglich. Auch wenn auf der schmalen Straße kein Durchgangsverkehr herrscht – hin und wieder fährt doch ein Auto vorbei. Gleich da vorn liegt die Zufahrt zu einem großen Campingplatz, und einige späte Ausflügler kommen auch zu dieser nächtlichen Stunde noch dorthin zurück.

Immerhin: Kalt ist ihm nicht. Die Hitze der letzten Tage hat den Boden gut durchgewärmt. Und der Parka, den er über den tarnfarbenen Overall gezogen hat, schützt ihn vor dem kühlen Nachtwind.

Dennoch zittert er.

Er hat es sich leichter vorgestellt, sehr viel leichter. Nur ungern gesteht er es sich ein, aber tatsächlich graut ihm jetzt vor dem, was er gleich tun soll. Je länger er hier liegt, desto mehr wächst das Unbehagen in ihm.

Noch vor wenigen Stunden wäre ihm nicht in den Sinn gekommen, an ihrem Plan zu zweifeln. Nun aber hat ihn diese unerklärliche Befangenheit überfallen, und widerwillig spürt er Unsicherheit in sich aufsteigen, ein innerliches Zurückweichen, das er von sich gar nicht kennt. Gewissensbisse sind ihm fremd. Heftig schüttelt er den Kopf und stößt ein trotziges Zischen aus. Er muss sich zusammenreißen und tun, was getan werden muss. Wie immer.

Ungeduldig hebt er seinen Kopf, schaut hinüber zum Camp. Wenn sie nur endlich alle in ihren Zelten verschwinden würden!

Doch er muss noch fast eine halbe Stunde warten, bis endlich Ruhe einkehrt. Dann aber hört er keine Stimmen mehr, niemand bewegt sich auf dem Platz vor den Zelten. Das Lagerfeuer ist heruntergebrannt, nur ein schwacher Feuerschein noch. Schon wenige Meter von der Glut entfernt herrscht völlige Finsternis.

Abwarten!, mahnt er sich. Zu früh darf er seine Taschenlampe nicht einschalten. Erst muss er sich sicher sein, dass alle schlafen. Das dürfte nicht allzu lange dauern – gesoffen haben sie schließlich genug. Die meisten werden vermutlich in komatösen Tiefschlaf fallen.

Es ist soweit. Vorsichtig richtet er sich auf, spürt ärgerlich den Schmerz in den Gelenken. Schaut hinter sich auf die Straße. Kein Fahrzeug weit und breit.

Den Schein der Lampe schirmt er mit der Handfläche ab, richtet ihn nach unten vor seine Füße. Dann geht er los, langsam, um keine verräterischen Geräusche zu machen, immer in die Dunkelheit lauschend.

Die erste Schwierigkeit wird sein, das richtige Zelt zu finden. Neun davon stehen im Halbrund um den Feuerplatz herum, weiß er, kann aber von Weitem nur die vier in der ersten Reihe ausmachen.

Es hilft nichts. Wenn er die Markierung finden will, muss er dichter heran und jede Zeltwand absuchen. Bedachtsam setzt er einen Fuß vor den anderen, kommt dem Lager langsam näher, schleicht an der niedergebrannten Feuerstelle vorbei, bis das Licht der Taschenlampe die hinteren Zelte aus der Dunkelheit holt.

Plötzlich ein Gemurmel – direkt neben ihm. Er fährt zusammen, schaltet sein Licht aus, lässt sich auf den Boden fallen, kann nur knapp einen Schmerzensschrei unterdrücken. Etwas Spitzes bohrt sich in seinen rechten Oberschenkel. Er zieht das Bein weg, tastet herum und fühlt einen faustgroßen Stein.

Wütend zwingt er sich, regelmäßig zu atmen, bis der Schmerz nachlässt. Und lauscht. Das Murmeln kam aus dem Zelt, neben dem er liegt.

Minutenlang liegt er starr da, horcht, wartet.

Da ist es wieder, unvermittelt: Hinter der Stoffbahn Stöhnen, unverständliche, gestammelte Worte, halblaut nur.

Fast lacht er auf: Da redet bloß jemand im Schlaf. Keine Gefahr. Er kann seine Suche fortsetzen.

Geräuschlos steht er auf, schaltet die Lampe wieder ein, leuchtet den Boden vor sich ab. Keinesfalls darf er über eines der vielen Seile stolpern, mit denen die Zelte an den Heringen abgespannt sind.

Erst das siebte Zelt ist das gesuchte. Auf dem grauen Stoff an der Rückseite sticht ihm ein kleiner gelb-roter *Atomkraft? Nie wieder!*-Aufkleber ins Auge.

Noch einmal schaltet er das Licht aus, bleibt regungslos stehen. Alle Sinne geschärft, legt er den Kopf schräg, konzentriert sich auf die Geräusche der Nacht. Hört weit hinter sich den Motor eines Autos, das auf der Straße vorbeifährt.

Dann wieder Stille.

Er meint sogar, schwach das Rauschen der Wellen zu hören, die in der Ferne auf dem Strand auslaufen. Lauter ist das Rascheln der im lauen Nachtwind bebenden Blätter in den Bäumen rundum. Nichts sonst dringt an seine Ohren. Außer den Schnarchtönen direkt vor ihm hinter der Stoffbahn mit dem Aufkleber.

Er nickt entschlossen. Besser kann es nicht für ihn laufen: Die beiden Bewohner schlafen offenbar ihren Rausch aus.

Sie werden nichts mitbekommen, wenn er sich gleich ins Zelt schleichen wird. Und das tut, was getan werden muss.

Endlich.

2

Schon seit ein paar Minuten hatte Kira die Flensburger Außenförde im Blick, deren heller Sandstrand sich nur wenige hundert Meter rechts von der Straße entlang zog. Eine Menge Surfer mit bunten Segeln flitzte dicht unter Land hin und her, und weiter draußen war das tiefblaue Wasser gesprenkelt mit den weißen Tüchern der Segelschiffe. Dahinter, nur etwa zwei Kilometer entfernt, flimmerte das Ufer der dänischen Küste im Licht der Nachmittagssonne.

Nach einer leichten Rechtskurve kam nun auch das *Ostseecamp Holnis* in Sicht, ein weitläufiger Campingplatz, auf dem sich Wohnwagen an Wohnwagen drängte. Auf der gegenüberliegenden Straßenseite, ein ganzes Stück weit zurückliegend, erkannte Kira Zelte, kleine und große, die ohne erkennbares Muster großzügig verteilt auf einer abgemähten Wiese standen.

Das musste das Surf- und Segellager sein, von dem Lukas gesprochen hatte.

Der alte Volvo Kombi ächzte unheilvoll, als sie von der Straße auf den Feldweg einbog, der zu den Zelten führte. Im Schritttempo ließ sie den Wagen durch die Schlaglöcher der Fahrspuren rumpeln. Im Nu bildete der knochentrockene Sand eine dichte Staubwolke um den Wagen.

Ditch, der auf seiner Decke im Heck lag, hob seinen Bärenkopf, riss den Fang auf und stieß ein lautes, protestierendes Gähnen aus.

Kira grinste und schaute auf den Innenspiegel, der von

dem Schädel des schwarzbraunen Labrador-Bernhardiner-Mischlings gänzlich ausgefüllt wurde.

»Bisschen unbequem, mein Alter, sorry. Sehr lange werden wir um den Kauf eines neuen Autos wohl nicht mehr herumkommen, fürchte ich.« Sie verzog die Mundwinkel. »Na ja, vielleicht kein ganz neues …«

Den Vormittag hatte Kira in Lindaunis an der Schlei verbracht und mehrere Interviews geführt. Schon vor Monaten war die dortige über hundert Jahre alte Straßen- und Eisenbahnklappbrücke über den schmalen Ostseefjord, der sich bis Schleswig tief ins Land hineinwand, wegen Baufälligkeit gesperrt worden. Zunächst nur für den Zugverkehr, danach auch für Kraftfahrzeuge. Während direkt daneben mit Hochdruck am Bau einer neuen Brücke gearbeitet wurde, stand die alte, die später abgerissen werden sollte, nun dauerhaft offen, um die Schifffahrt auf der Schlei zu ermöglichen.

All das hatte bei den Menschen in der Region heftige Proteste ausgelöst. Der Bahnverkehr zwischen Flensburg und Kiel musste streckenweise durch Busse ersetzt werden, die weite Umwege fuhren. Auch Landwirte und Geschäftsleute an beiden Schleiufern litten unter der massiven Verkehrsbeschränkung. Nicht zuletzt verzeichnete der Tourismus – eine wichtige Einnahmequelle an der Schlei – schmerzhafte Umsatzeinbußen.

Für ihre Reportage befragte Kira eine Menge Leute vor der Kamera – aufgeregte Gastronomen, erboste Bauern, eine Managerin vom *Tourismusverband Ostseefjord Schlei,* mehrere Mitglieder einer Bürgerinitiative und natürlich auch die für das Großprojekt Verantwortlichen des Landes und der Deutschen Bahn. Material für über eine Stunde hatte sich so angesammelt – viel Arbeit, um daraus einen knackigen Beitrag für die heutige Ausgabe der Sendung *Unser Land am Abend* zusammenzuschneiden, der nicht länger als viereinhalb Minuten dauern durfte …

Der wichtigste Teil von Kira Lunds Arbeit als Videojournalistin, kurz VJ, fand meistens draußen im Land statt. Ausgerüstet mit einer kompakten HD-Kamera und einem Dreibein-Teleskopstativ, machte sie nichts anderes als gute alte Reporterarbeit, nur eben als Journalistin, Kamerafrau, Beleuchterin und Tontechnikerin in Personalunion.

Danach folgte jedoch stets noch die Arbeit im Studio. Sie sichtete – oft in Zusammenarbeit mit ihrem Kollegen Tim Scholler – das gedrehte Material, schnitt und vertonte es und sprach die verbindenden Kommentare dazu. Nicht selten nahm das mehr Zeit in Anspruch als die Drehs vor Ort.

Als sie ihre Interviews im Kasten hatte, ließ sie Ditch ein wenig am Ufer laufen, filmte noch ein paar Sequenzen von der hochgeklappten Brücke und den Segelschiffen auf der Schlei und machte sich gegen Mittag auf den Weg zurück nach Flensburg zum Sender.

Kaum war sie fünf Minuten unterwegs, bekam sie jedoch einen unerwarteten Anruf.

»Lukas?«, fragte sie erstaunt. »Ist etwas passiert?«

Ihr Lebensgefährte war schon früh heute Morgen nach Kiel gefahren, wo er als Meteorologe arbeitete. Ein Anruf von ihm war außergewöhnlich. Normalerweise sprachen sie erst wieder am Abend zu Hause miteinander.

»Nein, nein, keine Sorge. Trotzdem: Das könnte dich interessieren. Ich habe eben mit Piet telefoniert, und der hat mir erzählt …«

»Piet? Hilf mir mal bitte. Wer ist Piet?«

»Piet Jensen von der Yachtschule in Glücksburg. Morgen startet ein Hochseetörn nach Island, und er ist der Skipper. Ich mache wieder die Wetterberatung für ihn.«

»Aha«, gab Kira zurück. »So richtig haut mich diese Information aber noch nicht vom Hocker.«

»Es geht ja auch um etwas anderes. Bei denen herrscht nämlich ziemliche Aufregung, und zwar wegen eines …« Er räusperte sich. »Na, nennen wir es einen Todesfall.«

»Wie bitte? Was heißt das denn? Ist jemand verunglückt?«

»Hörte sich noch schlimmer an«, erwiderte Lukas und erzählte Kira von einem deutsch-dänischen Surf- und Seglercamp, eine Art Zeltlager für Jugendliche, das eine Surfschule aus Holnis gemeinsam mit der Glücksburger Yachtschule während der Sommerferien betrieb.

»Sie bieten dort in lockerer Atmosphäre, also neben viel Freizeitspaß, Surf- und Segelkurse für junge Leute ab sechzehn an«, setzte er hinzu. »Ein neues Konzept, sagt Piet, das sie mal ausprobieren wollen. Wer surfen will, findet direkt am Ostseestrand vor dem Camp die besten Bedingungen dafür. Und diejenigen, die Lust auf mehr bekommen, können auf den Booten in Glücksburg einen Schnupperkurs machen. So wollen sie mehr junge Leute fürs Segeln begeistern.«

»Kann mir durchaus vorstellen, dass das zieht«, warf Kira ein. »Bestimmt eine gute Idee – vor allem ganz ohne festen Lehrplan und Schulstress.«

»Ja, sie hatten auch ziemlich viel Zulauf, konnten angeblich gar nicht alle Anmeldungen berücksichtigen«, gab Lukas zurück. »Aber nun kommt's: Heute Morgen wurde ein Jugendlicher tot in seinem Zelt aufgefunden. Wahrscheinlich ermordet, wenn ich Piet richtig verstanden habe.«

»Wow, das ist ja ...Hast du sonst noch etwas erfahren?«

»Nein, mehr wusste Piet auch nicht. Nur, dass die Polizei mit großem Aufgebot dort vor Ort ist.«

Holnis, die Halbinsel, die tief in die Flensburger Förde hineinragte und den Übergang von der Außen- in die Innenförde markierte, war Kira natürlich ein Begriff. Alle, die wie sie und Lukas hier ihr Segelrevier hatten, kannten die gefährliche Untiefe dort, wo die Wassertiefe abrupt von zwölf auf einen Meter wechselte. Früher hatte an dieser Stelle eine rote Fahrwassertonne gelegen, im Seglerjargon ›Schwiegermutter‹ genannt, die jedoch längst durch einen weniger wartungsintensiven roten Pfahl ersetzt worden war. Den allerdings sollte man genauso ernst nehmen und keinesfalls ›schneiden‹, sonst setzte man sein Boot auf Grund.

»Und wo genau ist dieses Lager?«

»Gegenüber vom *Ostseecamp Holnis*, dem großen Campingplatz. Ein örtlicher Landwirt hat ihnen dort seine Wiese zur Verfügung gestellt, hat Piet gesagt.«

»Na, das werde ich wohl finden, kein Problem«, sagte Kira. »Danke, mein Schatz, dass du an mich gedacht hast. Klingt tatsächlich nach eine heißen Information. Ich fahr da sofort hin – bin gar nicht so weit weg. Wir sehen uns heute Abend!«

Kaum hatte sie das Gespräch beendet, rief sie Michael de Jong, ihren Chef, an und informierte ihn.

»Du willst jetzt gleich dorthin?«, fragte der Leiter des Flensburger Studios. »Und was ist mit deiner Reportage über die Lindaunisbrücke? Die musst du noch schneiden, sonst kommt sie heute nicht mehr in die Sendung. Und da ist sie fest eingeplant.«

»Meine Güte, Michael! Es ist reiner Zufall, dass wir wahrscheinlich die ersten Presseleute sind, die von dieser Sache erfahren haben. Und das auch nur, weil Lukas schnell reagiert hat. Das können wir uns doch nicht entgehen lassen.«

»Natürlich nicht, aber ...«

»Hör zu: Ich schicke mein Material über die Lindaunisbrücke jetzt schon mal an Scholli, damit er es sichten und die besten Sachen zusammenstellen kann. Den Beitrag mache ich dann mit ihm fertig, sobald ich wieder im Studio bin. Was hältst du davon?«

De Jong war ein viel zu engagierter Journalist, um darauf nicht einzugehen, da war Kira sich sicher.

Und tatsächlich kam seine Antwort prompt: »Du hast recht. Gute Idee – so machen wir es. Also fahr meinetwegen nach Holnis und nimm dich dieser Sache an.«

»Alles klar. Bin schon unterwegs.«

Die Polizeifahrzeuge vor und zwischen den Zelten auf der Wiese waren unübersehbar.

Kira sah drei oder vier Streifenwagen, den blauen Kombi der Spurensicherung und den betont unauffälligen grauen Passat der Mordkommission, den sie gut kannte. Hauptkommissarin Helene Christ, die Leiterin der Flensburger Mordkommission, pflegte ihn zu benutzen.

Etwa hundert Meter vor den Zelten kam Kira an einem zum Feldweg offenen Schuppen vorbei, in dem ein alter Pflug und andere rostige landwirtschaftliche Gerätschaften herumstanden. Sie bremste, fuhr den Wagen unter das Vordach in den Schatten und stellte den Motor ab.

»Sorry, du musst erst mal im Auto bleiben«, sagte sie zu Ditch, während sie ausstieg, kurz die hinteren Türen öffnete, um die Seitenfenster halb herunterzukurbeln und die Tasche mit ihrer Ausrüstung vom Rücksitz zu nehmen. »Hier wird's dir nicht zu heiß werden. Und nachher laufen wir eine schöne Runde am Strand, versprochen!«

Damit hängte sie sich die Riemen der Tasche über die Schulter und machte sich auf den Weg zu dem Camp. Während sie ging, suchte sie das gesamte Gelände mit ihren Augen ab, konnte aber nirgendwo Pressekolleginnen und -kollegen oder ihre Autos entdecken. Nicht einmal die grauenvolle knallig gelbe Karre ihres liebsten Feindes, des *Live-Sat*-Lokalreporters Lutz Schlager. Der war – wie auch immer er das anstellte – meistens der Erste vor Ort, wenn etwas nach einer Sensation roch.

Allerdings konnte es nicht mehr lange dauern, bis die ersten Presseleute hier auftauchten, da war sich Kira sicher. Schließlich gab es eine Menge junger Leute in diesem Camp, und wenn stimmte, was Lukas erfahren hatte, waren die sozialen Netzwerke bestimmt schon voll von Posts dazu.

Sie blieb stehen, holte ihr Smartphone hervor und begann, sich durch die einschlägigen Kanäle zu klicken.

Schon auf Instagram, der ersten Plattform, die sie sich ansah, fanden sich einige Reels aus dem Camp, in denen aufgeregte Jugendliche von einem Verbrechen berichteten, das angeblich in der letzten Nacht geschehen war. Sogar das Wort ›Mord‹ kam mehrmals vor. Und auch ein Name: Morten.

Kira hörte genau hin, jedoch wurde in keinem der Videos der Familienname dieses Morten genannt. Mehrmals aber hieß es, die Identität des Opfers sei noch nicht offiziell bestätigt.

Und noch etwas fiel Kira auf: Auf den Videos war nur wenig von dem Gelände des Camps zu sehen. Alle Posts, auch die auf anderen Plattformen, schienen vornehmlich in einem Gemeinschaftszelt entstanden zu sein, in dem viele Tische und Stühle standen und im Hintergrund eine Art Tresen erkennbar war. Nur eine Handvoll Aufnahmen waren wohl aus dem Eingang heraus entstanden und zeigten ein paar der Unterkunftszelte, zwischen denen geschäftig Leute herumliefen, einige davon in Uniform. In der Ferne war auf diesen Videos das rot-weiße Flatterband zu erkennen, mit dem das gesamte Areal abgesperrt war.

Kira steckte das Smartphone zurück in die Tasche, und ihr Blick fiel – diesmal von der anderen Seite – auf das Absperrband, das, nur noch etwa hundert Meter entfernt, über einen Feldweg hinweg um das Gelände herum gespannt war. Zwei junge Polizisten in Uniform standen neben dem Feldweg und beobachteten sie aufmerksam, während sie sich ihnen näherte.

»Moin, die Herren!«, rief Kira ihnen aufgeräumt entgegen, zog ihren Presseausweis aus der Tasche und hielt ihn den Beamten hin. »Donnerwetter, alles abgesperrt und überall Polizeifahrzeuge! Was ist hier denn los?«

Ohne wegen Kiras launigen Tonfalls eine Miene zu verziehen, studierte einer der Uniformierten konzentriert den Presseausweis. Der andere aber sah sie an und sagte: »Sie sind doch eine Reporterin vom lokalen Fernsehsender, nicht wahr?«

»Richtig, mein Name ist Kira Lund. Ich arbeite im Studio Flensburg.« Kira produzierte ihr wärmstes Lächeln. »Sie kennen mich vermutlich aus der Sendung *Unser Land am Abend*, richtig? Freut mich sehr!«

Bevor der junge Mann antworten konnte, gab sein Kollege Kira den Ausweis zurück und erklärte unbeeindruckt: »Tut mir leid, wir dürfen niemanden hinter die Absperrung lassen. Auch Leute vom Fernsehen nicht.«

»Hier findet doch ein Sommercamp für junge Segler aus Deutschland und Dänemark statt, oder?«, fragte Kira unschuldig. »Das interessiert unsere Zuschauer nämlich. Ich wollte eine Reportage darüber machen. Dass hier aber alles abgesperrt ist und vor Polizei wimmelt, überrascht mich.«

»Hier läuft derzeit ein Polizeieinsatz«, erklärte der Polizist schmallippig. »Mehr kann ich Ihnen nicht sagen.«

»Ach, dann wissen Sie also selbst nicht, was hier passiert ist?«, hakte Kira nach. »Erstaunlich, dass man Ihnen das nicht sagt.«

»Spielt keine Rolle, was wir wissen. Jedenfalls bekommen Sie von uns keine Informationen«, stellte der andere Beamte kategorisch fest.

Während dieses Geplänkels hatte Kira zwischen den beiden Beamten hindurchgesehen und aufmerksam danach Ausschau gehalten, ob sich auf dem Gelände im Hintergrund etwas bewegte. Jetzt sah sie, dass eine Gruppe von drei, vier Leuten aus einem Zelt trat, die lebhaft miteinander diskutierten. Zwei davon, einen stämmigen, südländisch aussehenden Mann und eine schlanke weißblonde Frau erkannte sie sofort.

»Hören Sie«, sagte sie zu den Uniformierten, »Ich sehe, dass Oberkommissar Önal und Hauptkommissarin Christ von der Flensburger Mordkommission dort zwischen den Leuten stehen. Die kennen mich beide. Würden Sie so freundlich sein, einmal nachzufragen, ob ich mit ihnen sprechen kann?«

Die beiden jungen Polizisten warfen sich einen kurzen Blick zu. Der eine legte seine Stirn in Falten und kratzte sich am Kopf. Der andere zuckte mit den Schultern, nahm sein Sprechfunkgerät hoch und entfernte sich ein paar Schritte von der Absperrung.

Kira verstand nicht, was er sagte, aber sie sah, dass wenig später jemand an die Chefin der Mordkommission herantrat und herüberzeigte. Hauptkommissarin Christ löste sich aus der Gruppe und kam auf sie zu.

»Lassen Sie mich bitte einen Augenblick allein mit der Dame sprechen, meine Herren«, bat sie die beiden Uniformierten, die eilfertig ein paar Meter beiseitetraten. »Moin Kira«, sagte sie, und fuhr in süffisantem Ton fort: »Warum wundere ich mich nicht, dass du so schnell hier auftauchst?«

»Ach, reiner Zufall. Ich war gerade in der Nähe, als ich von dem ... Todesfall hier im Camp erfahren habe.«

»Erfahren?«, kam es gedehnt zurück. »Wie das?«

»Ich hab so meine Quellen«, gab Kira grinsend zurück. »Im Ernst: Lukas hat es von jemandem aus der Yachtschule gehört.«

»So, so. Und was hast du nun vor?« Misstrauisch huschte der Blick der großgewachsenen Frau über Kiras Kameraausrüstung.

Kira ging nicht auf die Frage ein. »Kannst du bestätigen, dass ein Teilnehmer an diesem Seglercamp eines unnatürlichen Todes gestorben ist?«

»Nein, Kira. Wie käme ich dazu, irgendetwas zu ›bestätigen‹, bevor die forensischen Untersuchungen überhaupt angefangen haben?«

»Okay, aber es wurde ein Toter hier im Camp aufgefunden, richtig?«

»Ja, so viel kann ich wohl sagen«, knurrte die Hauptkommissarin.

»Sein Name soll Morten sein, hört man.«

»Hört man das? Wo denn?«

Kira zog ihr Smartphone aus der Tasche und hielt es hoch. »Na, hier – auf allen Kanälen. Sag bloß, das weißt du nicht.«

Unwirsch antwortete die Hauptkommissarin: »Gerüchte aus dem Internet werde ich nicht kommentieren.«

»Wie heißt dieser Morten denn mit Nachnamen?«

»Netter Versuch«, schnappte Helene Christ. »No comment.«

Kira lächelte verschmitzt. »Okay, aber ich muss dennoch über das berichten, was hier geschehen ist, das versteht sich von selbst, oder?«

»Vergiss es«, gab die Kriminalbeamtin schroff zurück. »Ich kann dich hier nicht reinlassen. Das da hinten ist wahrscheinlich ein Tatort. Außerdem sind die Experten von der Spurensicherung noch voll bei der Arbeit.«

»›Wahrscheinlich‹? Du sagst, es sei ›wahrscheinlich‹ ein Tatort?« So schnell gab Kira nicht auf. »Dann steht also noch nicht einmal fest, dass das Opfer hier getötet wurde?«

»Hör bitte auf, mich zu löchern! Noch wissen wir nicht einmal, ob überhaupt ein Gewaltverbrechen vorliegt.«

»Wow! Und wann, meinst du, werdet ihr das wohl wissen – grob geschätzt? Ist ja durchaus von Interesse, oder?«

»Spar dir bitte deine Spitzen.« Helene Christ blickte auf die deutlich kleinere Reporterin herab und setzte unwillig hinzu: »Himmel, Kira, du solltest doch inzwischen wissen, wie professionelle Polizeiarbeit abläuft. Du kannst jetzt keinen Zutritt zum Tatort bekommen, und es wird dir niemand etwas Konkretes sagen – auch ich nicht –, bevor die Ermittlungen wenigstens erste Ergebnisse erbracht haben.«

»Aber wann wird das sein?«, blieb Kira ungerührt am Ball. »Ich meine, wann darf die Öffentlichkeit darauf hoffen zu erfahren, was hier geschehen ist?«

»›Die Öffentlichkeit‹ …« Die Kriminalbeamtin verzog gequält die Mundwinkel. »Klingt reichlich pathetisch, meine

Liebe. Aber sei's drum. Ich kann dir im Augenblick leider ...« Sie brach ab, als hinter ihr jemand laut rief: »Frau Christ, können Sie bitte kommen?«

»Du hörst es, ich werde gebraucht.« Sie wandte sich um. »Heute Abend geben wir wahrscheinlich eine Pressemeldung raus«, rief sie über die Schulter. »Da wird allerdings nur wenig drinstehen. Irgendwelche belastbaren Erkenntnisse werden wir bis dahin kaum haben. Und selbst wenn wir welche hätten ... Ach, du weißt doch selbst, wie der Hase läuft, oder?« Damit eilte sie mit schnellen Schritten zurück zu den Zelten.

Oha, die ist aber gar nicht gut drauf, stellte Kira fest.

Das war bemerkenswert. Normalerweise herrschte zwischen ihnen beiden ein anderer, eher freundschaftlicher Ton. Doch dies schien ein besonderer Fall zu sein – in welcher Hinsicht auch immer. Helene hatte offenkundig ein ernsthaftes Problem, das war Kira nach diesem Wortwechsel klar.

Und schlagartig erwachte ihr journalistischer Ehrgeiz.

Von den beiden Polizeibeamten am Flatterband argwöhnisch beobachtet, baute sie rasch das Stativ auf, montierte die Kamera darauf, filmte die friedlich unter dem blauen Himmel daliegende Wiese, nahm das rot-weiße Absperrband ins Visier und schwenkte langsam hinüber in das abgesperrte Areal mit den Zelten und den vielen bunten Surfbrettern, die überall auf Gestellen standen oder an Zeltwände gelehnt waren. Schließlich richtete sie das Objektiv auf die Dienstfahrzeuge der Polizei und zoomte sie näher heran.

Selbst wenn sie bis zur Sendung keine neuen Informationen erhalten sollte – Bilder für eine Kurzmeldung hatte sie so zumindest schon mal im Kasten.

3

Ganz so barsch hätte sie Kira nicht behandeln sollen, dachte Helene Christ, als sie zu der Gruppe zurückging, die auf dem Platz vor dem großen Wirtschaftszelt auf sie wartete. Was hier im Lager geschehen war, ging ihr wohl härter an die Nieren, als sie gedacht hatte. Anders war kaum zu erklären, weshalb sie sich so abweisend verhalten hatte.

Natürlich konnte sie niemandem von der Presse Zutritt zum Tatort gewähren, das verstand sich von selbst. Und ebenso, dass sie jetzt noch keinen Namen bestätigen durfte, der im Netz kursierte. Kira Lund war Profi genug, um das selbst zu wissen. Aber das war eigentlich kein Grund, so unfreundlich zu ihr zu sein ...

Ärgerlich trat Helene gegen einen kleinen Stein und kickte ihn ein paar Meter fort.

Na gut, später würde sicher noch Gelegenheit sein, ein klärendes Wort miteinander zu sprechen. Helene musste unwillkürlich grinsen. Sie kannte Kira gut genug, um zu wissen, dass die sowieso nicht locker lassen und sich bald wieder bei ihr melden würde.

»Die Spusi hat die mutmaßliche Tatwaffe gefunden«, erklärte Oberkommissar Nuri Önal, Helenes Stellvertreter, als seine Chefin herangekommen war, und hielt einen durchsichtigen Asservatenbeutel hoch. »Lag im Zelt unter einem Haufen alter Wäsche.«

Die Hauptkommissarin starrte auf das Fahrtenmesser mit dem Redwood-Holzgriff und der etwa fünfzehn Zentimeter langen feststehenden Klinge. Selbst durch das Plastik des

Beutels hindurch waren rostrote eingetrocknete Flecken darauf zu erkennen. »Was sagt denn Feldkamp dazu? Kennt er das Messer?«

»Hat es angeblich noch nie vorher gesehen. Seines sei es jedenfalls nicht. Er besitzt angeblich gar kein solches Outdoor-Messer. Und er glaubt auch nicht, dass es dem Opfer gehört hat.«

Helene Christ kniff die Augen zusammen, sagte aber nichts.

»Ja, ich weiß«, knurrte Nuri Önal.

»Dann sag's doch laut«, erwiderte Helene Christ.

»Entweder er lügt, oder der Täter hatte keine Zeit, das Messer verschwinden zu lassen ...«

»Was unwahrscheinlich ist, wenn er das Opfer nachts im Schlaf getötet und nicht einmal der daneben Schlafende etwas davon mitbekommen hat«, kam sofort der trockene Einwand. »Dr. Asmussen hat die Leiche um etwa zehn Uhr begutachtet und den Todeszeitpunkt auf sechs bis acht Stunden davor geschätzt, wie du weißt.«

»Oder es war dem Täter egal, ob wir das Messer finden – warum auch immer.«

»Und was, wenn er *wollte*, dass wir es finden?« Helene Christ erlaubte sich ein schmales Lächeln. »Die Frage wird uns bestimmt noch beschäftigen, Nuri. Aber erst mal muss das Ding hier von den Spezialisten untersucht werden.«

Oberkommissar Önal zeigte auf den grauen Transporter, der gerade den Weg von der Straße heraufkam. »Damit bringen sie gleich die Leiche nach Kiel zur Obduktion in die Rechtsmedizin. Wir geben ihnen die Sachen für die Kriminaltechniker des LKA mit, vor allem das Messer. Wir brauchen Ergebnisse, so schnell wie möglich.«

»Sehr gut.« Die Hauptkommissarin zuckte leicht zusammen, als laute Rufe aus dem Wirtschaftszelt nebenan herausklangen.

»Die jungen Leute werden langsam sauer.« Nuri Önal grinste. »Ziemlich warm da drin im Zelt.«

»Haben wir inzwischen die Teilnehmerliste?«

»Ja, und auch den Belegungsplan für die Zelte. Dreizehn männliche und neun weibliche Jugendliche zwischen sechzehn und einundzwanzig sind hier, davon etwa ein gutes Drittel aus Dänemark, der Rest sind Deutsche. Ich schlage vor, wir lassen sie erst mal wieder an die frische Luft.«

»Okay, aber kläre vorher bitte mit der Spurensicherung, ob wir das Gelände jetzt freigeben können. Und natürlich verlässt niemand das Camp, bis wir mit der Einzelbefragung durch sind. Wer weiß, vielleicht hat jemand doch etwas gesehen oder gehört in der Nacht.«

Önal sah sie zweifelnd an. »Sieht bisher nicht so aus. Alle haben tief und fest geschlafen. Sagen jedenfalls die, die wir schon befragt haben.«

»Ich weiß. Aber möglicherweise war ja doch jemand zum Austreten draußen und hat etwas gesehen. Und bis wir das geklärt haben, bleiben alle im Camp.«

»Alles klar«, sagte Önal. »Allerdings wird das nicht verhindern, dass die Sache nach draußen dringt. Die Leute kommunizieren wie wild mit ihren Smartphones. Telefonisch, per WhatsApp, auf Instagram, TikTok und so weiter. Sogar der Name des Opfers wird da schon genannt.«

»Ist mir bewusst«, gab die Hauptkommissarin knapp zurück. »Vermutlich werden demnächst alle möglichen Freunde und Verwandte der Campbewohner hier auftauchen.«

»Und vor allem die Presse«, erwiderte der Oberkommissar mit einem schrägen Grinsen. »Die erste Reporterin war ja schon da.«

Helene Christ zuckte mit den Schultern. »Kira Lund war am schnellsten, aber die anderen kommen auch bald, verlass dich drauf!«

»Was hältst du denn von diesem Eike Feldkamp?«, wechselte Önal das Thema. »Seltsamer Typ, finde ich.«

»Wie meinst du das?«

»Ach, ich weiß nicht recht. Klingt für mich nicht wirklich glaubwürdig, was er bisher gesagt hat. Zum Beispiel, dass er erst mal duschen geht, als er feststellt, dass sein Zeltkamerad leblos im Schlafsack liegt. Und dann auch die Sache mit dem Messer ... Das liegt unter einem Haufen getragener Wäsche – *seiner* Wäsche – und er will es vorher noch nie gesehen haben? Fällt mir schwer, das zu glauben. Vor allem aber, weil er seine Schlägerei mit Harmsen ein paar Stunden zuvor verschwiegen hat.«

»Schlägerei?«, fragte die Hauptkommissarin überrascht nach. »Er hatte eine Schlägerei mit dem Opfer?«

»Habe ich auch gerade erst erfahren. Deshalb hab ich ja das Gespräch mit deiner Lieblingsreporterin unterbrochen«, feixte Nuri Önal, wurde aber schnell wieder ernst. »Tatsächlich sollen sich Feldkamp und Harmsen gestern Nacht geprügelt haben. Dazu haben wir inzwischen sogar mehrere Zeugenaussagen.«

»Und worum ging es dabei?«

Önal zuckte mit den Schultern. »Alles deutet auf eine Art Eifersuchtsdrama hin. Du solltest dir anhören, was das Mädchen dazu zu sagen hat.«

»Das Mädchen? Wieso ... was für ein Mädchen?«

»Na schön, ›die junge Frau‹ sollte ich wohl besser sagen«, berichtigte Önal sich. »Beeke Bahnsen heißt sie.«

Er zeigte auf eine alte Buche, die ein Stück entfernt auf der Wiese stand. Dort hatten die Kollegen von der Bereitschaftspolizei vorhin im Schatten der mächtigen Krone einen als Einsatzleitzentrale ausgerüsteten Sprinter geparkt und ein Vorzelt aufgestellt. »Sie sitzt da drin. Aber ich muss dich warnen: Sie ist ziemlich aufgelöst. Schwer, etwas aus ihr herauszukriegen.«

Seine Chefin runzelte die Stirn. »Wie alt ist dieses ›Mädchen‹ denn?«

»Gerade siebzehn.«

»Ich hoffe, ihr habt sie nicht zu sehr unter Druck gesetzt«, brummte Helene Christ. »Was sagt sie denn nun eigentlich?«

»Sie will die Schlägerei zwischen Morten Harmsen und Eike Feldkamp beobachtet haben. Hier auf dem Platz am Lagerfeuer.«

»Gut, ich hör mir das mal an«, erwiderte Helene. »Und anschließend werden wir beide Eike Feldkamp vernehmen. Und zwar gründlich.« Sie wandte sich zum Gehen. »Was ist mit Morten Harmsens Angehörigen? Sind die ...«

»... benachrichtigt, ja«, bestätigte Önal. »Wir haben die dänischen Kollegen informiert, und die haben das übernommen. Scheißjob.«

»Kann man kaum anders ausdrücken.« Helene Christ nickte betreten. »Konntest du schon herausfinden, wie man eigentlich die Aufsicht in diesem Camp organisiert hat? Wie wir wissen, gibt es hier auch Jugendliche unter achtzehn Jahren. Wieso war zum Beispiel niemand vor Ort, der diese nächtliche Schlägerei verhindert hat?«

Önal hob seine Schultern. »Ich habe den Eindruck, dass die Aufsichtspflicht hier nicht sonderlich ernst genommen wird. Wahrscheinlich, weil niemand jünger als sechzehn ist. Im Gemeinschaftszelt gibt es einen Aushang, auf dem tageweise sogenannte Ansprechpartner aufgeführt sind.«

»Und das sind dann auch die Aufsichtsführenden?«

»Das versuchen die Kollegen Hiesemann und Held herauszufinden. Sie befragen gerade denjenigen, der für gestern und heute auf dem Plan steht. Groschnick heißt er wohl – oder so ähnlich. Ein Student, der in den Semesterferien als Ausbilder in der Surfschule arbeitet. Auch gerade mal neunzehn Jahre alt, soviel ich weiß.«

»Na gut«, sagte die Hauptkommissarin. »Bald wissen wir hoffentlich mehr. Ich höre mir jetzt erst einmal an, was diese Beeke Bahnsen zu sagen hat.«

»Beide waren ganz schön zu«, schluchzte das Mädchen mit dem schulterlangen dunkelblonden Haar. »Morten genauso wie Eike.« In sich zusammengesunken saß sie in ihrem knappen T-Shirt, das zehn Zentimeter über dem Bauchnabel endete, und den knallengen Jeansshorts am Tisch und fuhr sich mit ihrem durchnässten Taschentuch über das verweinte Gesicht. »Deshalb ist es wohl auch so ... ausgeartet.«

»Zu?«, hakte Hauptkommissarin Christ nach. »Heißt das zugedröhnt, Beeke? Äh ... darf ich Beeke sagen?«

Ein zaghaftes Nicken. »Kann schon sein ... Vielleicht waren sie tatsächlich auch ein bisschen bekifft. Aber vor allem waren sie voll, also mit Alkohol. Davon hatten wir ziemlich viel.«

»Du auch?«

»Wir alle. Irgendwer schleppte immer wieder eine neue Flasche an.«

»Aha. Und worum ging es bei dem Streit?«

Beeke Bahnsen sah kurz hoch, wollte antworten, wurde aber unvermittelt wieder von einem Weinkrampf gepackt und brachte kein Wort heraus.

»Nun beruhige dich mal«, sagte Helene Christ und legte ihr eine Hand auf die Schulter. »Ich weiß, das alles ist furchtbar, aber du musst trotzdem versuchen, mir ein paar Fragen zu beantworten. Je früher wir alle Details des gestrigen Abends erfahren, desto größer die Chance, Morten Harmsens Mörder zu finden. Das verstehst du doch, oder?«

Beeke Bahnsen nickte heftig. »Klar doch, aber ...« Sie stockte wieder. »Es ist nur, weil ...«

»Weil was?«

»Na, weil es doch ... weil es dabei ja um mich ging!«, platzte das Mädchen heraus. »Sie haben sich ja wegen mir geschlagen, die Idioten!«

»Okay, nun mal eins nach dem anderen«, sagte die Kriminalkommissarin. »Sie haben sich also deinetwegen in die Haare gekriegt. Warum denn genau?«

Eike sei eifersüchtig auf Morten gewesen, erfuhr sie durch weiteres hartnäckiges Bohren nach und nach. Und das, obwohl es für derlei Gefühle gar keinen Grund gegeben habe. Jedenfalls, wenn man Beekes Ausführungen Glauben schenkte. Sie behauptete nämlich, mit keinem der beiden Jungen ›etwas gehabt‹ zu haben.

Die Hauptkommissarin bezweifelte das stark. Zu ausweichend antwortete das Mädchen auf ihre Nachfragen, zu zögerlich. Die Wahrscheinlichkeit war groß, dass mehr dahintersteckte, als Beeke zugeben wollte. Aber darum konnte sie sich, wenn nötig, später auch noch kümmern. Zunächst wollte sie etwas anderes wissen.

»Wer hat die Schlägerei denn mitbekommen – außer dir?«

»Ein paar Leute saßen noch am Feuer, aber ich weiß nicht mehr genau ...«

»War der Mann von der Surfschule nicht bei euch, der als Aufsicht eingeteilt war? Groschnick heißt er wohl.«

»Tom? Ja, der war am Anfang dabei. Hat sogar ein paar Songs auf seiner Gitarre gespielt. Spielt ganz toll – und singt auch klasse ...«, ein kurzes Schniefen, »aber später war er auf einmal verschwunden. Hab ihn irgendwann nicht mehr ...« Beeke stockte. Ihr war offenbar etwas eingefallen. »Aber Jonas war da, den ganzen Abend.«

»Jonas wer?«

»Jonas eben« erwiderte das Mädchen. »Aus Dänemark. Augustenburg, glaub ich. Keine Ahnung, wie er mit Nachnamen heißt. Jedenfalls war er es, der ständig für Nachschub an Schnaps gesorgt hat. Immer wieder hat er neuen Stoff angeschleppt, irgendeinen dänischen Aquavit, glaube ich. Scheußliches Gesöff, vor allem ungekühlt.«

»Scheint aber die meisten nicht gestört zu haben«, stellte die Hauptkommissarin trocken fest. »Warm oder nicht – dem Zeug wurde ausgiebig zugesprochen, nicht wahr?«

»Wenn man es mit Cola runterspült, geht's«, sagte Beeke

und verzog angewidert ihr Miene. »Aber ich fand's zu ekelhaft. Hab nur einen oder zwei Schlucke getrunken.«

»Gut, erzähl mir von der Schlägerei.«

»Na ja ..., Morten und Eike haben sich eben gekloppt.«

»Ist Blut geflossen?«

Heftig schüttelte Beeke den Kopf. »Hab ich jedenfalls nicht gesehen. Wenn, dann bestimmt bloß ein bisschen. Jonas ist irgendwann dazwischen gegangen, hat die beiden getrennt und dafür gesorgt, dass sie in ihr Zelt kamen, glaube ich.«

»Wann war das ungefähr?«

»So gegen ein Uhr morgens, denke ich. Aber genau kann ich das auch nicht mehr sagen.«

»Gut, danke«, sagte Helene Christ. »Nun komm erst mal ein wenig zur Ruhe, Beeke. Wir können deine Aussage später zu Protokoll nehmen.«

Ihr Taschentuch an den Mund gedrückt, stand die hübsche junge Frau auf und sah die Kriminalbeamtin an, während ihre Lippen bebten und Tränen über ihre Wangen liefen.

»Willst du mir noch etwas sagen?«, fragte Helene Christ sanft.

»Wer ... ich meine ...« Beeke schluckte und setzte noch einmal an. »Ich frage mich die ganze Zeit, wer Morten umgebracht hat. Welchen Grund könnte es geben, ihn zu töten?«

»Das weiß ich nicht, Beeke«, erwiderte die Hauptkommissarin. »Wir stehen erst am Anfang unserer Ermittlungen.«

»Ja, natürlich. Aber was ist, wenn der Mörder immer noch frei hier im Camp herumläuft? Womöglich ist es einer von uns?« Die Stimme des Mädchens hatte einen hysterischen Klang angenommen. »Ich bleibe keine weitere Nacht hier und schlafe in einem Zelt, das können Sie mir glauben!«

»Musst du auch nicht«, beruhigte die Kriminalbeamtin. »Nun komm erst einmal etwas zur Ruhe, ja? Am besten, du legst dich ein wenig hin. Es kann dir nichts passieren, solange wir hier sind.«

Beeke Bahnsen nickte und schlurfte unsicher aus dem Polizeizelt.

Große Kinder, schoss es Helene durch den Kopf. Noch hin und her gerissen zwischen ihrem Anspruch, als Erwachsene zu gelten, und einem kindlichen Schutzbedürfnis.

Nichts, was ihr fremd war, dachte sie wehmütig, als ihr gewisse Ereignisse aus ihrer eigenen Jugend einfielen. Eine Zeit, die so ewig lang ja auch noch nicht zurück lag …

4

Die ungewöhnlich schroffe Zurückweisung durch die Leiterin der Flensburger Mordkommission, die sie gerade erlebt hatte, ging Kira nicht aus dem Kopf.

Eine halbe Stunde schon lief sie nun mit ihrem bärenähnlichen Hund am Strand entlang und warf wieder und wieder einen armdicken Knüppel in die Wellen. Jedes Mal stürzte sich Ditch begeistert in die Ostsee, schwamm dem Holz hinterher, holte es aus dem Wasser, schleppte es in seinem beeindruckenden Fang heran und legte es ihr erneut vor die Füße.

Das Spiel mochte den Hund zwar begeistern – und bei Kira bestimmt zu einem ausgewachsenen Muskelkater in den Oberarmen führen –, intellektuell jedoch war es nicht sonderlich fordernd, und so ließ sie ihre Gedanken um ihr Verhältnis zu Helene Christ kreisen.

Man konnte es durchaus ein Vertrauensverhältnis nennen, das sie mit der Chefin der Flensburger Mordkommission verband – vermutlich recht selten zwischen einer investigativen Journalistin und der Leiterin einer Mordkommission.

Und, zugegeben, auch nicht immer ganz unproblematisch.

Natürlich hatte Kira bei ihrer Arbeit als Reporterin diesseits und jenseits der deutsch-dänischen Grenze nicht oft mit derart dramatischen Ereignissen wie Gewaltverbrechen zu tun. Meistens standen ganz andere Themen auf der Tagesordnung. Die Menschen wollten im Regionalprogramm erfahren, was vor ihrer Haustür und im Umland geschah. Am liebsten transportiert durch aktuelle, spannende Reportagen. Das hieß für Kira, dass sie für *Unser Land am Abend* an einem Tag in Eckernförde eine Reportage über die drohende Schließung der dortigen Klinik machte und am nächsten nach Heide an die Westküste fuhr, um über die wachsende Jugendkriminalität in der kleinen Stadt zu berichten.

Oder, wie heute in Lindaunis, über den Neubau der Schleibrücke.

Manchmal brachte der Sender auch eine grenzübergreifende Reportage aus dem Nachbarland, zum Beispiel über eine besondere Ausstellung in einer der Bibliotheken der deutschen Minderheit in Dänemark oder von einer Veranstaltung im Multikulturhaus in Sonderburg. Für Interviews jenseits der Grenze war Kira als Angehörige der dänischen Minderheit in Deutschland, die die Sprache des Nachbarlandes perfekt beherrschte, geradezu prädestiniert.

Reportagen über Mord und Totschlag hingegen gehörten keineswegs zu ihrem beruflichem Alltag. Um genau zu sein, hatte sie, seit sie vor einigen Jahren ihren Job beim nördlichsten TV-Sender Deutschlands angetreten hatte, bisher erst zweimal über solche Fälle berichten müssen. Der erste war der einer bei einem Tauchgang ermordeten hochrangigen Beamtin der Flensburger Stadtverwaltung, die – schlimm genug! – auch noch Kiras Freundin gewesen war. Und im letzten Sommer war die Leiche der Solo-Sopranistin eines deutschen Kammerchors vor dem Sonderburger Schloss im Wasser des Alsensunds angespült worden, was für Kira das vorzeitige Ende ihres Urlaubs-Segeltörns mit Lukas bedeutet hatte – und journalistische Recherchen, die sich als lebensgefährlich erwiesen hatten.

Die Arbeit an diesen beiden Reportagen, die sich jeweils über viele Wochen erstreckt hatten, hatte sie zwangsläufig auch in Kontakt mit der Leiterin der Flensburger Mordkommission gebracht. Nach längerem vorsichtigen Abtasten war im Laufe der Zeit Vertrauen zwischen den beiden Frauen gewachsen. Nicht zuletzt deshalb, weil Kira sich an Absprachen hielt und sie und ihr Kollege und Freund Tim Scholler, genannt Scholli, manchmal ihre Rechercheergebnisse mit der Kripo teilten. Im Gegenzug wurde sie von Helene Christ stets fair informiert, natürlich im Rahmen der ermittlungstaktischen Grenzen. Und – sehr selten – auch darüber hinaus, wenn die Hauptkommissarin sich davon einen Vorteil für ihre Ermittlungen versprach.

Über zwei Jahre war es nun her, dass Helene Kira im Krankenhaus besucht hatte, wo sie wegen der Verletzungen behandelt wurde, die sie bei einem Überfall erlitten hatte. Dabei hatte sich wie von selbst ergeben, dass die beiden Frauen zum ›du‹ übergegangen waren. Und im letzten Jahr hatten Kira und Lukas – beide begeisterte Segler – sogar einmal mit Helene und ihrem Mann Simon auf deren Segelboot *Seeschwalbe* einen Tagestörn zur Flensburger Rumregatta unternommen.

Um aber eine engere Freundschaft schließen zu können, sahen sie sich zu selten. Kira bedauerte das, denn sie mochte Helene sehr. Allerdings waren ihre beruflichen Interessen wohl doch zu konträr, musste sie sich eingestehen.

Wieder kam Ditch mit dem Knüppel angelaufen, ließ ihn vor Kiras feuchten, sandverklebten Sneakers fallen, setzte sich hin und schaute sie aus seinen braunen Augen schmachtend an, während ihm das Meerwasser aus dem dichten Fell troff.

»Wage es nicht, dich jetzt zu schütteln!«, drohte Kira dem großen Tier, dessen Kopf ihr bis auf Brusthöhe reichte. »Ich habe keine Ersatzklamotten dabei.«

Seinen Namen ›Ditch‹, auf Deutsch ›Straßengraben‹, hatte ihm Lukas verpasst, als sie ihn im Tierheim kennengelernt hatten. Er war sich absolut sicher, dieser Hund könnte nur in einem solchen gezeugt worden sein.

Als Ditch den Stock jetzt wieder in den Fang nahm und aufstand, trat Kira vorsichtshalber zwei Schritte zurück. Wenn er nämlich erst einmal begann, sich in konvulsivischen Zuckungen das Wasser aus dem Pelz zu schleudern, hatte das für jeden in seiner Nähe dieselbe Wirkung wie ein Aufenthalt in einer Autowaschanlage – ohne Auto.

»Komm, wir müssen ins Studio fahren«, rief sie dem Hund zu und machte sich auf den Weg zurück zu ihrem alten Volvo Kombi. »Nur noch wenig Zeit, den Beitrag über die Brücke zu schneiden!«

Und direkt danach würde sie Helene Christ einen Besuch in der Polizeidirektion abstatten, nahm sie sich vor. Das war allemal besser, als sich in einem Telefonat abwimmeln zu lassen. Damit rechnete Kira nämlich durchaus – nach dem sonderbaren Gespräch mit der Hauptkommissarin vorhin.

Bei dem alten Schuppen am Wegrand angekommen, unter dessen Vordach der Wagen stand, forderte sie Ditch wider besseres Wissen auf: »So, nun schüttle dich! Los, schütteln, sage ich!«

Das Tier sah sie liebevoll an und wartete darauf, dass sie die Heckklappe öffnete.

»Du sollst dich schütteln, verdammt! So pitschnass lasse ich dich nicht ins Auto!«

Ditch wedelte in völliger Verständnislosigkeit freudig mit seiner Rute und wartete ungeduldig darauf, dass die Klappe aufging.

»Es hat einfach keinen Sinn«, murmelte Kira resigniert. Ditch hatte einen wundervollen Charakter, war anhänglich, friedfertig und voller Liebe zu ihr und Lukas, dabei stark und mutig. Aber er war zweifellos nicht die hellste Kerze auf der Knackwursttorte im Hundeuniversum. Ihr war klar, was gleich passieren würde: Wie jedes Mal würde das Tier pitschnass ins Auto springen, um sich erst danach anhaltend zu schütteln, bis der hintere Teil des Fahrzeugs unter Wasser stand.

»Ach, was soll's. Du wirst es wohl nie mehr begreifen.« Schicksalsergeben öffnete sie die Heckklappe und ließ Ditch hineinspringen.

Sofort nahm das übliche Ritual seinen Lauf.

Danach trocknete Kira die Scheiben und den Dachhimmel mit ein paar Lappen notdürftig ab, setzte sich ans Steuer und fuhr los.

Eine knappe halbe Stunde vor der Deadline war Kira fertig mit ihrem Beitrag. Allein hätte sie das in der kurzen Zeit seit der Rückkehr von Holnis niemals geschafft, aber sie hatte die Dateien mit ihrem Material ja bereits zur Bearbeitung an den Sender geschickt, bevor sie zu dem Zeltlager aufgebrochen war.

Sie verließ den Schneideraum im Studio und ging zu ihrem Büro, das im Stockwerk darüber lag. Das teilte sie sich mit Tim Scholler, dem besten Kollegen, den sie sich hätte wünschen können. Mit seinem journalistischen Spürsinn, gepaart mit einer ausgeprägten Rechercheleidenschaft, trug er seit Jahren viel zu ihren gemeinsamen Reportagen und Dokumentationen bei. Die Vertrautheit, die sich daraus zwischen ihnen entwickelt hatte, hatte zudem den unschätzbaren Vorteil, niemals zu intim zu werden, denn ihr geschätzter Kollege war schwul.

»Danke für deine Auswahl, Scholli«, sagte Kira, als sie sich ihren gerade fertiggestellten Beitrag noch einmal auf dem Monitor ihres Laptops angesehen hatte.

Der Angesprochene saß grinsend hinter seinem Schreibtisch, griff immer wieder in die Schublade und warf Leckerlis quer durch den Raum. Ditch, der auf seiner Decke unter dem Fenster saß, fischte sie stets geschickt mit dem Fang aus der Luft und verschlang sie genüsslich.

»Ist dir aufgefallen, dass ich dein Interview mit dem Typen von der Deutschen Bahn radikal gekürzt habe?«, fragte er.

»Gut so«, erwiderte Kira. »Ich wäre selbst fast eingeschlafen, während der geschwafelt hat. Gesagt hat er eh nichts.«

Sie nahm der Hörer des Haustelefons auf und drückte den

Kurzwahlknopf für das Studio in Kiel. »Moin, hier Kira aus Flensburg. Ich schicke euch jetzt den Lindaunis-Beitrag für *Unser Land am Abend.* Genau vier Minuten und achtzehn Sekunden. Alles klar?«

Nachdem sie sah, dass die Datei abgegangen war, wandte sie sich um und blickte misstrauisch hinüber zu ihrem Hund. »Meinst du nicht, er hat jetzt genug Hundekuchen inhaliert?«

Scholli schob mit lautem Knall die Schublade zu und rief: »Okay, Ditch, Ende der Raubtierfütterung – beschwer dich bei deinem Frauchen!« Erwartungsvoll blickte er über den Schreibtisch zu Kira. »Nun bring mich aber endlich auf den neuesten Stand, was diesen Mord im Segler- und Surfercamp betrifft.«

Sie zuckte mit den Schultern »Helene Christ war sehr zugeknöpft, um es mal freundlich auszudrücken. Deshalb weiß ich immer noch nicht mehr als das, was Lukas in seinem Telefonat mit dem Mann von der Yachtschule erfahren hat. Irgendwann soll allerdings noch eine Pressemitteilung der Kripo kommen.«

»Wahrscheinlich zu spät, um davon *jetzt* noch etwas in unsere Sendung einzubauen, oder?«

»Jedenfalls, wenn wir seriös bleiben wollen«, gab Kira zurück und schnitt eine Grimasse. »Trotzdem müssen wir unbedingt zeitnah etwas von diesem mutmaßlichen Mord online bringen. Die Leute verlassen sich darauf, wenigstens in unserer App immer aktuell informiert zu werden.«

»Und wer sollte uns daran hindern?«, rief Scholli. »Ich finde, ein Mord an einem jungen Surfer – noch dazu direkt vor unserer Haustür –, das ist allemal eine Meldung wert. Wenn nicht in unserer App, wo dann?«

Kira zog eine Grimasse. »Es steht angeblich noch gar nicht fest, dass es ein Mord war.«

»Ach, tatsächlich?« Scholli lachte gekünstelt auf. »Das sagt gewiss die Frau Hauptkommissarin. Wie immer am Anfang von Ermittlungen. Eine knackige Kurzmeldung können wir trotzdem ins Netz stellen. Was heißt *können*?« Seine Stimme wurde lauter. »Wir *müssen* sogar! Oder ist dir etwa entgangen, was inzwischen in den *social media* los ist? Da findest du Videos und Kommentare zu dem Mord im Camp auf allen Kanälen. Sogar der Name des Opfers kursiert da schon!«

»Morten«, erwiderte Kira knapp. »Ja, ich hab's gelesen. Nur: Was von all den wilden Mutmaßungen im Internet ist seriös verwertbar?«

»Zumindest können wir ein paar Sequenzen aus den Videos verwenden. Die, in denen Bilder aus dem Camp gezeigt werden. Ich hab schon drei herausgesucht, jeweils nur wenige Sekunden lang. Die zeigen wir – natürlich entsprechend kommentiert – zusätzlich zu dem Video, das du gedreht hast. Überschrift: ›Holnis: Rätselhafter Todesfall im Surfercamp – war es Mord?‹ oder so ähnlich. Dickes Fragezeichen natürlich. Und am Schluss: ›Wir bleiben dran – in Kürze erfahren Sie mehr. Natürlich hier in dieser App‹ ... oder so.«

»Oder so ...« Kira lachte nun auch. »Du kommst ja richtig in Fahrt! Hättest bei der Blöd-Zeitung bestimmt eine steile Karriere hingelegt. Aber du hast recht: Das machen wir. Zumindest so ähnlich. Ich kümmere mich sofort darum. Den Namen des Getöteten nennen wir aber nicht, bevor er offiziell bestätigt ist. Ohne den Familiennamen können wir sowieso nicht viel damit anfangen.« Plötzlich hatte sie einen Einfall. »Hör mal, was hältst du davon, jetzt gleich raus nach Holnis zu fahren und ein wenig herumzuschnüffeln? Die Polizei kann die jungen Leute aus dem Camp schließlich nicht dauerhaft unter Kontrolle behalten. Die laufen ja auch außerhalb der Absperrung herum, zum Beispiel am Strand gegenüber. Oder in der Surfschule. Vielleicht kannst du aus denen mehr herauskriegen, als wir bisher wissen – möglicherweise sogar den vollen Namen des Opfers.«

Scholli sprang auf. »Super Idee! Bin schon auf dem Weg. Ich ruf dich an, sobald ich etwas Interessantes erfahre.«

»Und ich stelle inzwischen den Online-Beitrag zusammen, wie besprochen, und poste ihn so schnell wie möglich.« Sie hob den Telefonhörer ab. »Ich hol mir nur eben das ›Go‹ vom Chef.« Bevor sie die Wahltaste drückte, fügte sie hinzu: »Übrigens: Pressemitteilung hin oder her ... Ich werde Helene noch heute persönlich auf die Pelle rücken. Wäre natürlich toll, wenn du bis dahin schon etwas herausbekommen hast.«

5

Die meisten Stühle rund um den Konferenztisch im geräumigen Büro der Leiterin der Mordkommission waren besetzt. Auch Staatsanwalt Petersen hatte sich eingefunden und saß Helene Christ genau gegenüber.

Der Himmel über Flensburg hatte sich gegen Abend zugezogen, der Wind war eingeschlafen, und eine drückende Schwüle hing über der Fördestadt. Dem Straßenlärm zum Trotz standen daher alle drei Fenster weit offen, dennoch wurde die Luft im Raum von Minute zu Minute stickiger.

»Okay«, sagte die Hauptkommissarin und blickte über den Tisch zu Petersen. »Wenn Sie einverstanden sind, fangen wir schon mal an. Kollege Siebert hat mich vorhin angerufen. Die Spurensicherung braucht noch ein paar Minuten, um die Ergebnisse zusammenzustellen. Er stößt gleich zu uns.«

Der Staatsanwalt nickte. »Ja, lassen Sie uns keine Zeit verlieren. Am besten, wir tragen erst einmal alle Fakten zusammen, danach besprechen wir das weitere Vorgehen.«

Kommissarin Waschner, die Pressesprecherin der Polizeidirektion Flensburg, hob die Hand. »Die Sache scheint sich rasch herumzusprechen. Ich kriege fortwährend Anfragen nach diesem Fall. Die Presse wird ungeduldig. Bisher habe ich gesagt, wir geben noch keine Kommentare ab, aber lange wird das nicht mehr klappen.«

»Ist mir klar«, erwiderte Helene Christ. »Bevor wir auseinandergehen, werden wir festlegen, was in unsere Pressemitteilung kommt, damit wir mit einer Stimme ...«

Sie hielt inne, als die Tür aufgerissen wurde und ein schlaksiger Mann Anfang sechzig mit hochroter, schweißglänzender Glatze hereinstürmte, einen Laptop unter den Arm geklemmt. »'tschuldigung, musste noch auf das Ergebnis eines Schnelltests warten«, murmelte er wie abwesend, ließ sich auf einen der freien Stühle fallen, stellte den Laptop ab und fuhr sich mit einem überdimensionalen Taschentuch über seinen birnenförmigen Schädel. »Meine Güte«, stöhnte er und sah die Leiterin der Mordkommission an, »wie halten Sie das aus, Frau Christ? Hier ist es ja noch heißer als bei uns unten im Labor.«

Die Angesprochene grinste. »Gewöhnung, Kollege Siebert. Klimaanlagen passen sowieso nicht mehr in die Zeit.« Nachdem sie einmal in die Runde geblickt hatte, nickte sie nachdrücklich und fuhr energisch fort: »Legen wir also los.« Sie sah den schwarzhaarigen jungen Mann mit dem durchtrainierten Körper an, der neben ihr saß. »Zunächst KOK Önal mit den Fakten. Bitte, Nuri.«

»Heute Morgen um etwa acht Uhr und zwanzig Minuten meldete der siebzehnjährige Bootsbauer-Azubi Eike Feldkamp aus Kappeln an der Schlei, dass der achtzehnjährige Morten Harmsen aus Gillestrup in Dänemark tot in dem Zelt liege, das er sich mit ihm teilt«, begann der Kriminal-Oberkommissar seine Zusammenfassung. »Die beiden nehmen ...«, er räusperte sich, »... oder *nahmen* an einem Surfer- und Seglercamp für Jugendliche aus Deutschland und Dänemark teil, das von einer Surfschule auf der Halbinsel Holnis betrieben wird – gemeinsam mit der Glücksburger Yachtschule.«

»Moment, bitte«, warf der Staatsanwalt ein. »Sie sagten, dass er das ›gemeldet‹ habe. Wem denn? Der Polizei?«

»Nein, er hat mit seinem Handy einen gewissen Tom Groschnick angerufen. Dessen Mobilfunknummer hängt im Gemeinschaftszelt aus, weil er an diesem Tag als Aufsicht eingeteilt war.«

»Wieso war der nicht im Camp, wenn er die Aufsicht hatte?«

»Das prüfen wir gerade«, erwiderte Hauptkommissarin Christ. »Als er den Anruf von Eike Feldkamp erhielt, war er drüben in der Surfschule.«

»Eigenartig – oder finden Sie nicht?«, hakte Petersen nach und legte seine Stirn in Falten. »Da findet ein Jugendlicher die Leiche seines Kameraden in dem Zelt, das sie gemeinsam bewohnen, und alles, was er tut, ist, den Surflehrer anzurufen, der die Aufsicht im Lager hat?«

»Ja, und zwar zu der von mir eben genannten Uhrzeit«, erwiderte Önal ungerührt. »Das bestätigt auch dieser Groschnick. Der ist dann sofort mit dem Fahrrad zum Camp gefahren – ist ja bloß ein knapper Kilometer –, hat sich den Toten zeigen lassen und dann endlich die Polizei angerufen. Um genau acht Uhr zweiundvierzig ist sein Notruf eingegangen, und um acht Uhr sechsundfünfzig sind die Kollegen von der Polizeistation Glücksburg am Tatort eingetroffen.« Önal blickte auf sein Notebook. »Aber schon zwischen dem Auffinden Leiche und dem Anruf in der Surfschule muss, glaubt man Feldkamps Aussagen, mindestens eine halbe Stunde vergangen sein. Zunächst will er nämlich gar nicht gemerkt haben, dass sein Kamerad tot war. Der habe im Schlafsack auf dem Bauch gelegen, also mit dem Gesicht nach unten, und seine Leblosigkeit habe Feldmann für die Nachwirkung der durchzechten Nacht gehalten, die beide hinter sich hatten. Da sei er erst mal duschen gegangen.«

»Kann man ihm das glauben?« hakte der Staatsanwalt ungläubig nach. »Das klingt doch sehr ...«

Der beleibte Kommissar Hiesemann fiel ihm ins Wort: »Die haben da Duschen?«, wunderte er sich, und Held, der neben ihm sitzende spindeldürre Kollege, ergänzte: »In einem Zeltlager?«

»Haben sie nicht«, erklärte Hauptkommissarin Christ. »Die Teilnehmerinnen und Teilnehmer am Seglercamp dürfen das Sanitärgebäude vom Campingplatz gegenüber nutzen.«

»Kann ja sehr nützlich sein, so eine heiße Dusche« sinnierte Hiesemann.

»Vor allem, wenn man dringend etwas abwaschen muss«, setzte Held fröhlich hinzu.

»Erst als er vom Duschen zurückkam«, fuhr Önal fort, ohne auf diese Einwürfe einzugehen, »und Harmsen sich immer noch nicht rühren wollte, will Feldkamp den Reißverschluss des Schlafsacks geöffnet haben und ... einen Moment bitte, ich möchte das wörtlich wiedergeben ...« Er scrollte auf dem Touchpad des Notebooks herum, bis er fand, was er suchte. Mit dem Blick auf den Bildschirm sagte er: »Hier hab ich's. Er sagte: ›Ich hab sofort gewusst, dass er tot war. Überall Blut, angetrocknetes Blut, ganz viel. Auch außen auf dem Schlafsack, in Brusthöhe. Und Risse oder so was. Die hab ich da erst bemerkt.‹« Önal sah den Staatsanwalt an und wies dann auf den großen Bildschirm auf einem Ständer neben dem Konferenztisch. »Ich zeige Ihnen jetzt die Tatortfotos«, sagte er und drückte eine Taste auf dem Notebook.

Ein scharfes Zischen ging durch den Raum, als das erste Bild erschien. Man sah einen dunkelgrünen Daunenschlafsack, dessen Oberteil am seitlichen Reißverschluss geöffnet und zur Seite geschlagen war. Das Blitzlicht ließ die Leichenblässe im schmerzverzerrten Gesicht des blonden jungen Mannes, der im Schlafsack lag, künstlich erscheinen. Sein rechtes Auge war zugeschwollen und zeigte eine violette Färbung, der Mund stand offen, die Oberlippe war blutunterlaufen und angeschwollen. Das hellgraue T-Shirt des Jungen war mit rostrotem Blut verschmiert, ebenso wie seine beiden Hände, die er offenbar im Todeskampf auf die Brust gepresst hatte und die die Einstiche verdeckten.

»Okay, jetzt sollten Sie übernehmen, Kollege Siebert«, bat Hauptkommissarin Christ.

Der Angesprochene lehnte sich vor und sagte: »Sie sehen

das Opfer in der Auffindesituation.« In einem Tonfall, der dem Verlesen einer amtlichen Bekanntmachung nahe kam, fuhr er fort: »Damit meine ich natürlich die Auffindesituation durch die Polizei, also den Zustand, nachdem sein Mitbewohner den Schlafsack auf den Rücken gedreht und geöffnet hatte.«

»Und das hat er, wenn ich es richtig in Erinnerung habe, etwa um acht Uhr fünfzehn gemacht, kurz bevor er in der Surfschule angerufen hat, richtig?«, fragte Staatsanwalt Petersen.

»Das sagt er zumindest aus«, bestätigte Oberkommissar Önal und rief das nächste Foto auf.

»Hier sehen Sie die Einstiche im Oberkörper des Toten«, machte Siebert weiter. »Dr. Asmussen hat insgesamt vier tiefe Stiche erkannt, alle durch den geschlossenen Schlafsack hindurch, einer davon ins Herz. Dieser Stich hat seiner Meinung nach zum sofortigen Tod geführt, der zwischen zwei und vier Uhr in der Nacht eingetreten sein soll. Allerdings ist Asmussen zwar Pathologe am größten Flensburger Krankenhaus, aber kein zugelassener Gerichtsmediziner. Er hat uns lediglich wieder bei der Erstbegutachtung unterstützt, wofür wir dankbar sind. Die Leiche ist bereits in Kiel. Wir müssen das Ergebnis der forensischen Pathologie abwarten. Damit wird sich auch die Frage klären, ob das Messer, das am Tatort sichergestellt wurde – ein Foto davon werden Sie gleich sehen –, die Tatwaffe war.«

»Was das blaue Auge des Opfers betrifft«, schaltete sich die Chefin der Mordkommission ein, »so hat das mit dem Tötungsvorgang aller Wahrscheinlichkeit nach nichts zu tun, ebenso wenig wie die aufgeplatzte Oberlippe. Beides ist vermutlich die Folge einer Schlägerei, die Harmsen in der Nacht mit Feldkamp hatte.« Sie blickte den Staatsanwalt an. »Dazu liegen schon Erkenntnisse vor.« Sie berichtete, was Beeke Bahnsen, um die es bei dem Streit am Lagerfeuer gegangen war, und der Däne Jonas Krog, der die Kampfhähne schließlich getrennt hatte, in ihren Befragungen gesagt hatten. »Ist alles bereits protokolliert«, schloss sie.

»Es gibt doch all diese Videos in den *social media* im Netz«, sagte Petersen. »Sind auch welche dabei, die an jenem Abend am Lagerfeuer aufgenommen wurden?«

»Leider nicht ein einziges«, erwiderte Önal. »Wir haben alle im Camp danach gefragt, aber angeblich hat niemand mit seinem Handy gefilmt, der dabei war.«

»Klingt nicht sehr glaubwürdig«, gab Petersen zurück.

»Zum Ende hin waren nur noch wenige Leute anwesend«, gab Önal zu bedenken. »Und selbst wenn von denen jemand ein Video gedreht hat, wissen wir nicht, ob es uns weiterbringen würde.«

»Wir können sowieso nicht einfach alle Handys einsammeln und kontrollieren«, stellte Hauptkommissarin Christ klar. »Dafür fehlt jede Rechtsgrundlage.«

»Das ist mir durchaus bewusst«, erwiderte Petersen spitz. »Wie konnte es denn überhaupt zu so einer heftigen Prügelei kommen? Warum hat dieser ...äh, also der Mann, der die Aufsicht hatte, nichts dagegen unternommen?«

»Groschnick hat schon früh am Abend das Camp verlassen. Er hat von diesem Vorfall gar nichts mehr mitbekommen«, erwiderte Oberkommissar Önal. »Das gibt er auch zu. Angeblich war er mit seiner Freundin in Glücksburg verabredet.«

»Also hat er seine Aufsichtspflicht verletzt.« Der Staatsanwalt schüttelte unwillig mit dem Kopf. »Das dürfte Folgen haben. Ich könnte mir vorstellen, dass die Erziehungsberechtigten der minderjährigen Jugendlichen da einige peinliche Fragen stellen werden.« Er lehnte sich ruckartig vor und blickte der Leiterin der Mordkommission direkt ins Gesicht. »Aber unabhängig davon – was meinen Sie, Frau Christ, könnte diese Schlägerei um ein Mädchen das Tatmotiv sein?«

Helene Christ zuckte mit den Schultern. »Reine Spekulation, fürchte ich. Aber natürlich eine, die wir im Auge behalten.«

»Na gut. Noch etwas anderes beschäftigt mich: Konnte sich das Opfer wohl noch artikulieren? Ich meine rufen oder sogar schreien, als ihm diese Verletzungen beigebracht wurden?«

Alle blickten wie auf Kommando auf Siebert. Der holte erneut das handtuchgroße Stück Stoff hervor und fuhr sich über den kahlen Kopf. »Wie soll ich das wissen?«, gab er zurück. »Wenn überhaupt, dann vielleicht einmal kurz, würde ich meinen. Aber diese Frage kann Ihnen vermutlich niemand beantworten.«

»Außer dem Täter natürlich«, erklärte Hiesemann und nickte gewichtig.

»Und dem Jungen, der sich mit dem Opfer das Zelt geteilt hat«, ergänzte Held und blickte vielsagend in die Runde. »Der wird es auch wissen ...«

»Wobei es sich um ein und dieselbe Person handeln könnte«, schloss Hiesemann.

»Bitte keine Spekulationen! Machen wir weiter«, sagte Helene Christ in scharfem Ton, und Nuri Önal klickte das nächste Bild an.

Während Siebert seine spröden Erläuterungen dazu abgab, sahen die Anwesenden nun Bilder von den Einstichen im Schlafsack sowie vom Inneren des Zelts, von dem kleinen Haufen Schmutzwäsche, unter der die mutmaßliche Tatwaffe aufgefunden worden war, und schließlich von dem Messer selbst.

»Die Blutspuren darauf sind nicht zu übersehen«, stellte der Staatsanwalt fest.

»Wie schon gesagt, werden wir bald mehr darüber wissen«, erwiderte Hauptkommissarin Christ. »Außer den Pathologen werden sich die Spezialisten des LKA des Messers annehmen. Aber ich bin mir eigentlich sicher, dass es sich um die Tatwaffe handelt.«

»Bin gespannt, was die Spurensicherer darauf so alles finden werden«, sagte Held, und Hiesemann nickte so eifrig, dass sein Doppelkinn wackelte.

»Zeigen Sie bitte noch mal das erste Foto«, bat Staatsanwalt Petersen.

Oberkommissar Önal klickte eine Taste an, und Sekunden später erschien wieder übergroß das wächsern schimmernde bleiche Gesicht mit der aufgeschlagenen Lippe und dem grotesk zugeschwollenen Auge auf dem Großmonitor.

Fast unhörbar flüsterte Petersen: »Und bei diesem furchtbaren Anblick ist Feldkamp nicht sofort in Panik geraten, schreiend rausgelaufen und hat Alarm geschlagen? Wie ist das möglich?« Er sah die Leiterin der Mordkommission herausfordernd an.

»Sie wollen damit sagen, Feldkamp könnte die Tat selbst begangen und dann bis zum Morgen gewartet haben, um eine Scharade aufzuführen – verstehe ich Sie da richtig, Herr Staatsanwalt?«, hakte Helene Christ mit unbewegter Miene nach.

»Eine These, mehr nicht«, erwiderte Petersen. »Vorstellbar, dass der Streit zwischen den beiden Kampfhähnen im Zelt wieder aufgeflammt ist und Feldkamp seinen Nebenbuhler im Affekt getötet hat. Dass er kräftig hinlangen kann, sieht man ja an den Folgen der Schlägerei in Harmsens Gesicht.«

»Das gilt allerdings umgekehrt genauso«, warf Önal ein. »Feldkamp hat selbst auch einige ziemlich üble Blessuren davongetragen.«

»Mag sein.« Petersen ließ nicht locker, sah wieder die Hauptkommissarin an. »*Sie* haben ihn befragt. Wie erklärt er denn, dass neben ihm sein Kumpel ermordet wurde, ohne dass er das Geringste davon mitbekommen haben will?«

»Mit seiner Trunkenheit«, gab Helene Christ zurück.

»Alle Zeugen sagen aus, dass bei dem Abend am Lagerfeuer viel Alkohol geflossen sei«, setzte Nuri Önal hinzu.

»Klar. War ja auch niemand da, der ein Auge auf die jungen Leute hatte«, stellte Petersen trocken fest. »Ich nehme an, einer Blutprobe wurde er nicht unterzogen?«

»Sie meinen: heute Mittag?« Hauptkommissarin Christ schüttelte heftig den Kopf. »Ich bitte Sie, Herr Staatsanwalt – mit welcher Begründung denn? Außerdem wäre es eh viel zu spät gewesen, um daraus noch gerichtsfeste Erkenntnisse hinsichtlich einer eventuellen Schuldunfähigkeit ziehen zu können – falls das ein Thema werden sollte.«

Der Staatsanwalt nickte. »Stimmt wohl. Aber die Forensiker in Kiel werden ja das Blut des Opfers analysieren. Bin gespannt auf das Ergebnis. Sagen Sie, Frau Christ, welchen Eindruck macht Feldkamp auf Sie? Was ist er für ein Typ?«

»Ein introvertierter junger Mann. Eher still, sehr zurückhaltend, aber mit einer raschen Auffassungsgabe. So habe ich ihn in der Befragung erlebt. Er sagt, ihm sei schlecht geworden, als er in seinen Schlafsack schlüpfen wollte, und er habe es gerade so aus dem Zelt geschafft, um sich ein Stück entfernt zu übergeben. Als er sich danach hingelegt hat, sei er ›regelrecht ins Koma gefallen‹, wie er es ausgedrückt hat, und habe ...«

»Das hat er tatsächlich so gesagt?«, hakte Petersen nach.

»Wörtlich«, bestätigte Oberkommissar Önal mit einem Blick auf sein Notebook.

Eine Weile überlegte der Staatsanwalt, dann sagte er: »Nun, das können wir ihm glauben oder nicht. Wir werden sehen.« Er straffte sich. »Kommen wir zurück auf heute Morgen. Er entdeckt also angeblich nach seiner Rückkehr vom Duschen, dass sein Mitbewohner getötet wurde. Was tut er jetzt?«

»Er sei aus dem Zelt hinausgelaufen, um Hilfe zu holen, habe aber draußen niemanden gesehen. Alles sei noch ruhig gewesen, wohl wegen der wilden Party am Lagerfeuer, die sie bis in die tiefe Nacht hinein gefeiert hätten. Also sei er so schnell wie möglich zum Wirtschaftszelt gelaufen und habe dort ...«

»›Wirtschaftszelt‹? Was soll ich mir darunter vorstellen?«, unterbrach der Staatsanwalt.

»Sie haben im Camp ein großes Zelt mit festem Boden aufgebaut, in dem die Mahlzeiten eingenommen werden. Das Essen wird in der Glücksburger Yachtschule gekocht und von dort ins Camp gebracht. Aber auch die Theoriestunden für die Surf- und die Segelkurse finden in diesem Zelt statt.«

»Okay, da ist er also hingelaufen. Und wie ging's weiter?«

»Die beiden Küchenhilfen waren da, aber nur fünf Campbewohner, zwei weibliche und drei männliche, die schon an den Tischen beim Frühstück saßen«, sagte Helene Christ. »Denen hat Feldkamp erzählt, was passiert war, und in ihrer Gegenwart hat er dann auch den besagten Groschnick in der Surfschule angerufen.«

»Ich nehme an, Sie haben diese fünf Leute nach dem Eindruck gefragt, den Feldkamp auf sie machte, als er ihnen von seinem offensichtlich getöteten Kameraden berichtete?«, hakte der Staatsanwalt nach und warf der Chefin der Mordkommission einen aufmerksamen Blick zu.

»Natürlich«, gab Helene Christ zurück. »Sie sagen übereinstimmend, dass er seltsam verwirrt gewirkt habe. Aber auch aufgeregt.«

»Mehr nicht? Er findet seinen Freund tot im Schlafsack und ist – verwirrt?« Petersen schüttelte den Kopf. »Er ist nicht völlig fassungslos, total verängstigt, wenigstens verstört?«

»So drastisch hat sich niemand von denen ausgedrückt, die dort beim Frühstück gesessen haben«, erwiderte die Hauptkommissarin.

Nuri Önal blickte auf den Bildschirm seines Notebooks und setzte hinzu: »›Verwirrt‹ und ›aufgeregt‹, das sind tatsächlich die Begriffe, die am häufigsten genannt wurden.«

Für einige Sekunden hing Schweigen im Raum, dann sagte der Staatsanwalt: »Ich weiß nicht, wie es Ihnen geht, aber mir geben diese Ausdrücke zu denken. Überhaupt: Das ganze Verhalten dieses Eike Feldkamp ist mir ein Rätsel.« Er schüttelte den Kopf. »In unserem Telefonat heute Nachmittag haben Sie mir gesagt, Feldkamp streite ab, die mutmaßliche Tatwaffe jemals gesehen zu haben?«

»Nicht nur das«, gab Kommissar Önal zurück. »Er hat nachdrücklich erklärt, selbst niemals ein solches Messer besessen zu haben.«

Der Staatsanwalt verzog sein Gesicht zu einer zweifelnden Miene. »Nun denn – warten wir erst einmal die Ergebnisse aus Kiel ab.«

»Trotzdem brauche ich heute unbedingt noch eine Presseerklärung«, forderte Kommissarin Waschner und warf einen Blick auf ihr Smartphone. »Ich habe den Ton vorhin ausgeschaltet, aber wenn ich sehe, was allein während unserer Besprechung an Anfragen aufgelaufen ist ...«

»Sie kriegen Ihre offizielle Erklärung, klar«, beruhigte Petersen sie und sah die Leiterin der Mordkommission an. »Sie machen das ja nicht zum ersten Mal, Frau Christ. Keine Namen, keine Verdachtsmomente, nichts Konkretes zu den Ermittlungen. Das Übliche eben.« Mit einem Blick auf seine Armbanduhr erhob er sich. »Ich muss leider zu einem Termin. Halten Sie mich bitte informiert!«

Als er den Raum verlassen hatte, fragte Nuri Önal in die eingetretene Stille hinein: »Was machen wir denn nun mit Eike Feldkamp? Der sitzt immer noch unter Aufsicht eines Kollegen im Camp.«

»Der Junge ist siebzehn«, gab seine Chefin zurück. »Und außerdem bisher nichts anderes als ein Zeuge. Wir können ihn nicht einfach festhalten, bis irgendwann mal forensische Ergebnisse vorliegen, von denen wir noch gar nicht wissen, ob sie ihn vielleicht belasten werden.« Sie stand auf und sah die Sprecherin der Polizeidirektion an. »Und Sie bekommen in zwanzig Minuten Ihre Presseerklärung, versprochen.«

Im Gehen legte sie ihrem Stellvertreter die Hand auf die Schulter und sagte leise: »Komm, Nuri, wir müssen uns jetzt um Eike Feldkamp kümmern.«

6

Das eindrucksvolle weiße Gebäude mit der Adresse Norderhofenden 1 in der Flensburger Innenstadt – heute Sitz der Polizeidirektion Flensburg – hatte eine lange und wechselvolle Geschichte.

Weltgeschichte sogar, dachte Kira, als sie sich in der einsetzenden Abenddämmerung dem repräsentativen Portal näherte.

Ausgangs des neunzehnten Jahrhunderts im Stil der Gründerzeit-Architektur erbaut, war dieses Haus zunächst als *Hotel Flensburger Hof* die erste Adresse der Gastronomie in der der Stadt gewesen. Doch schon bald sollte der vierstöckige Prachtbau internationale Bedeutung erhalten.

Als Angehörige der dänischen Minderheit hatte Kira schon als Kind gelernt, dass hier im Jahr 1920 der Sitz der Internationalen Kommission zur Überwachung der Grenzlandbestimmungen eingerichtet worden war. Die Volksabstimmungen über die Neuordnung der Grenzziehung im damaligen Landesteil Schleswig, eine Bestimmung des Versailler Vertrags nach der Niederlage Deutschlands im Ersten Weltkrieg, wurden auch heute noch in der Schule eingehend behandelt.

Kira meldete sich bei der Beamtin an, die, geschützt durch eine schusssichere Glasscheibe, oben am Ende der steinernen Eingangstreppe saß, zeigte ihren Presseausweis vor und erklärte, sie sei mit Hauptkommissarin Christ von der Mordkommission verabredet.

Nach einem kurzen Telefonat ließ die Polizistin sie passieren. Kira durchquerte die Eingangshalle und stieg auf den breiten Stufen nach oben.

Nie nahm sie den Fahrstuhl, denn gerade die alte, original erhaltene Treppe übte auf sie einen Reiz aus, dem sie nicht widerstehen konnte. Immer schon hatte sie sich intensiv mit der Geschichte des Grenzlands zwischen Dänemark und Deutschland beschäftigt, viel darüber gelesen, die alten Fotos angesehen. Wenn ihre Hand an das kunstvoll geschnitzte Geländer fasste, war es jedes Mal so, als empfinge sie Bilder aus vergangenen Zeiten.

Auch aus schrecklichen.

Das Haus war nämlich in der Dreißigerjahren zum Schauplatz des Grauens geworden, nachdem die Nazis es zum Polizeipräsidium und zur Gestapo-Zentrale umfunktioniert hatten. Hier hatte Hinrich Möller, ein primitiver Gewalttäter, als Polizeidirektor von Himmlers Gnaden geherrscht und die Judenverfolgung im Norden organisiert. In der Pogromnacht am 9. November 1938 hatte Möller das Überfallkommando persönlich angeführt, das das Anwesen der teilweise jüdischen Flensburger Familie Wolff – auch sie übrigens Angehörige der dänischen Minderheit – verwüstet und die Bewohner brutal misshandelt und verschleppt hatte.

In den letzten Kriegstagen waren viele flüchtige NS-Verbrecher an diesem Ort zusammengekommen, einem der Wegpunkte der sogenannten Rattenlinie Nord. Die schlimmsten Massenmörder hatten sich ein Stelldichein gegeben, darunter der ›Reichsführer‹ Heinrich Himmler, der hier im Hause sogar noch offizielle Besprechungen mit seinen Getreuen abgehalten hatte.

Nach der bedingungslosen Kapitulation schließlich hatte das Haus höchste internationale Aufmerksamkeit auf sich gezogen, als in seinem Hinterhof die berühmten Pressefotos von Dönitz, Jodl und Speer entstanden, die um die ganze Welt gegangen waren. Der besagte Hof erhielt nach diesem

Ereignis den Namen *Dönitzhof,* den er bis heute behalten hatte.

»So, so, wir waren also verabredet?«, rief ihr Helene Christ spöttisch entgegen, kaum dass Kira die Tür hinter sich geschlossen hatte. »Davon wusste ich zwar nichts, aber die Kollegin am Empfang hat es gerade behauptet«, setzte die Hauptkommissarin, die allein vor ihrem Notebook am Konferenztisch saß, hinzu.

»Ich hab dich heute Mittag so verstanden«, erwiderte Kira und blickte über den großen Tisch, auf dem benutzte Kaffeetassen, Gläser und Mineralwasserflaschen herumstanden. »Oha, sieht aus, als hätte hier eine größere Konferenz stattgefunden.«

»Ja, wir arbeiten tatsächlich auch hin und wieder«, gab die Leiterin der Mordkommission zurück. »Aber da du nun schon mal da bist«, sie deutete auf einen Stuhl, »kannst du genauso gut für einen Augenblick Platz nehmen. Nimm dir gern einen Kaffee oder ein Wasser. Ist alles noch da.«

Das ließ sich Kira nicht zweimal sagen, setzte sich, griff nach einer Flasche Mineralwasser und schraubte den Deckel ab. Nachdem sie ein paar Schlucke direkt aus der Flasche getrunken hatte, packte sie den Stier sofort bei den Hörnern: »Dann lass doch mal hören: Was gibt's Neues zu dem Toten im Camp?«

»Hast du die Presseerklärung nicht gelesen?«, fragte Helene Christ ungerührt zurück.

Kira verzog das Gesicht zu einem schrägen Grinsen. »Macht es einen Unterschied, ob man sie liest oder nicht?«

»Soll heißen?«

»Dass ich sie natürlich aufmerksam studiert habe. Dauerte ja bloß zehn Sekunden. Und dass ich jetzt genauso viel weiß wie vorher.«

»Na, na. Es steht alles drin, was wir beim gegenwärtigen Stand der Ermittlungen herausgeben können.«

»Dass in dem Camp ein Jugendlicher tot aufgefunden wurde«, erwiderte Kira und zuckte mit den Schultern. »Darüber hinaus aber so gut wie nichts. Keine näheren Umstände, und Namen sowieso nicht. Ach, ich vergaß: Dass ihr in alle Richtungen ermittelt, liest man selbstverständlich auch – wie immer.«

»Und du erwartest nun, dass ich dir mehr sage?« Die Hauptkommissarin schüttelte so entschieden mit dem Kopf, dass ihre dichte weißblonde Mähne hin und her flog. »Da muss ich dich enttäuschen.«

»Warum mauert ihr dermaßen? Der Tote wurde heute früh entdeckt, wenn ich richtig informiert bin, und ...« Kira sah auf ihre Uhr, »... über zehn Stunden später darf die Öffentlichkeit immer noch nicht erfahren, wer er ist – zumindest nicht von der Polizei? Dass sein Vorname schon längst in den sozialen Netzwerken kursiert, ist dir doch bekannt.«

»Es handelt sich um einen Teilnehmer am deutsch-dänischen Surfercamp in Holnis, siehe Presseerklärung«, gab Helene Christ unwirsch zurück. »Mehr ist dazu derzeit nicht zu sagen.«

»Okay«, kam es betont beiläufig von Kira. »Dann machen wir's eben anders herum: Kannst du mir bestätigen, dass der Getötete aus Dänemark kommt und Harmsen heißt, Morten Harmsen, um genau zu sein?«

Überrascht kniff die Hauptkommissarin die Augen zusammen und starrte ihr Gegenüber wortlos an.

»Nun ja«, erklärte die Reporterin obenhin, »das war kein Hexenwerk. In diesem Falle war es sogar ziemlich einfach. Mein Kollege Scholler hat sich bloß ein wenig bei den jungen Leuten aus dem Camp umgehört.« Als sie keine Reaktion erhielt, lehnte sie sich vor und fragte mit einem spöttischen Unterton: »Ist die Kripo sich sicher, die richtige Strategie zu verfolgen, was ihre Informationspolitik angeht?«

»Wie meinst du das?«

»Wir streiten über dieses Thema doch nicht zum ersten

Mal, Helene«, erwiderte Kira heftig. »In allen Fällen, bei denen wir in den letzten Jahren aufeinandergetroffen sind, gab's dieses Problem. Du musst doch zugeben, dass immer erst Bewegung in eure Ermittlungen kam, wenn ihr euch durchgerungen habt, die Öffentlichkeit stärker einzubeziehen.«

»Mit Öffentlichkeit meinst du natürlich die Presse – genauer gesagt: dich«, gab die Kriminalbeamtin süffisant zurück. Als Kira etwas entgegnen wollte, hob sie die Hand: »Und dann rennst du wieder los, störst unsere Arbeit, indem du auf eigene Faust Zeugen befragst und ...«

»Nun mal langsam«, fiel Kira ihr ins Wort. »Willst du etwa bestreiten, dass Tim Scholler und ich sehr wohl zur Aufklärung beigetragen haben – zum Beispiel damals, als die Taucherin ermordet wurde? Und auch daran, dass die Kripo letztes Jahr den Fall mit der Wasserleiche im Alsensund aufklären konnte, waren wir nicht ganz unbeteiligt.«

»Mag sein. Dennoch – darf ich dich daran erinnern, dass deine Einmischungen dich zweimal fast das Leben gekostet haben?«

»Das ist doch ein völlig anderes Thema«, war die trotzige Antwort.

»Ach, Kira«, sagte Helene Christ und seufzte. »Außer dir gibt es niemanden, schon gar nicht aus deinem Berufsstand, mit der ich dieses Gespräch überhaupt führen würde. Und das tue ich nur, weil ich dich schon lange kenne, dich mag und weiß, dass ich dir vertrauen kann. Was sich bisher, das gebe ich gern zu, hin und wieder als durchaus nützlich für die Arbeit der Kripo erwiesen hat. Aber vergiss bitte nicht: Die Staatsanwaltschaft gibt vor, was an die Presse rausgeht, nicht ich.«

»Dann sollte die Staatsanwaltschaft ihre Informationspolitik dringend überdenken, sonst könnte sie sich schnell lächerlich machen. Wir sind nämlich keineswegs die Einzigen, die auf die Idee gekommen sind, sich selbst Informationen im Umfeld des Camps in Holnis zu besorgen. Dort wimmelt es mittlerweile vor Presseleuten, sagt Scholli. Auch zwei Blätter aus Dänemark sind dabei, und sogar der dänische Fernsehsender TV2. Ich denke, wenn ...«

Sie wurde abrupt unterbrochen, als die Tür aufgerissen wurde und Oberkommissar Önal hereingestürzt kam, sein Smartphone vor sich haltend. »Sieh dir das an, Helene«, rief er. »Noch mehr Videos aus dem Lager! Inzwischen auf sämtlichen Plattformen überall im Netz! Jetzt müssen wir ...« Er stockte, als er Kira sah. »Oh, sorry, ich wusste nicht, dass du Besuch hast.«

»Kein Problem, Nuri«, sagte die Hauptkommissarin und deutete auf einen Stuhl. »Setz dich. Frau Lund und ich diskutieren gerade über ...« Sie unterbrach sich und winkte unwirsch ab. »Ach, egal. Das übliche Thema halt.« Mit einem Blick auf sein Smartphone fuhr sie fort: »Lass mal sehen. Wenn es neue Posts im Netz gibt, können wir sie uns auch gleich zusammen ansehen.« Zu Kira gewandt, sagte sie: »Natürlich nur, wenn du willst.«

»Sicher. Vielleicht gibt's ja welche, die ich noch nicht kenne«, erwiderte Kira und lächelte freundlich.

Der Oberkommissar nickte Kira kurz zu, rang sich ein »Moin« ab und nahm Platz. Das Gerät stellte er so auf, dass beide Frauen auf das Display schauen konnten, und startete nacheinander mehrere Amateurvideos, alle recht kurz.

Die ersten kannte Kira schon. Auf ihnen waren außer den Zelten – vor allem immer wieder dem großen Wirtschaftszelt – die uniformierten Beamten zu sehen, die am rot-weißen Absperrband standen. Unter den vielen Personen, die geschäftig auf dem Gelände herumliefen, fielen die Spurensicherer in ihren typischen weißen Schutzanzügen besonders auf. Auch die Polizeifahrzeuge – besonders der Sprinter unter der mächtigen Buche, in dem sich die Einsatzzentrale befand –, kamen in fast jedem Video vor. Und ebenso der dunkle Kastenwagen, in dem Morten Harmsens Leiche nach

Kiel transportiert wurde. Einmal sah man ihn sogar, als er gerade in einer Staubwolke auf dem Feldweg aus dem Camp herausfuhr.

Zuletzt klickte Önal ein verwackeltes Video an, das Kira bisher noch nicht gesehen hatte. Es war anscheinend aus größerer Entfernung aufgenommen und zeigte – stark gezoomt – das Zelt, in dem das Opfer aufgefunden worden war. Eine Beamtin der Spurensicherung kam gerade heraus, doch sofort wurde hinter ihr der Zelteingang wieder zugeklappt, sodass man keinen Blick hinein werfen konnte. Dazu erging sich die Stimme des jugendlichen Kommentators in unheilschwangerem Ton über ›das furchtbare Verbrechen‹, das ›hinter diesen Stoffbahnen‹ begangen worden sei.

»Der junge Mann könnte sofort bei euch als Volontär anfangen«, stellte Helene Christ, zu Kira gewandt, spöttisch fest.

Kira verkniff sich eine spitze Erwiderung. Stattdessen setzte sie ein vieldeutiges Grinsen auf und blickte die Hauptkommissarin schweigend an.

Die sagte zu ihrem Stellvertreter: »Gute Arbeit von den Kolleginnen und Kollegen! Solche Handyvideos waren ja nicht zu verhindern. Aber man hat aufgepasst, dass nichts gefilmt wurde, was nicht in die Öffentlichkeit gehört. Etwa das Innere des Zelts oder das Opfer.«

»Und auch ... gewisse Personen nicht, die gerade von uns zur Befragung geholt werden«, ergänzte Önal. »Dennoch: Die Sache hat gewaltig Fahrt aufgenommen. Den ganzen Tag schon telefonieren alle mit ihren Handys und schicken solche Videos herum. Inzwischen weiß so ziemlich jeder, dass in diesem Camp ein Mord geschehen ist. Und leider werden auch Namen ausgesprochen, die wir unbedingt noch zurückhalten wollten.«

Helene Christ warf Kira einen raschen Blick zu, doch die hatte ein unergründliches Pokerface aufgesetzt.

»Wir geben morgen früh um neun Uhr eine Pressekonferenz«, ordnete sie an. »Ich verständige gleich Staatsanwalt Petersen und spreche mit Kommissarin Waschner von der Pressestelle über die Vorbereitungen, die zu treffen sind.« Zu Kira gewandt, fuhr sie fort: »Sorry, meine Liebe, aber mehr habe ich dir heute nicht zu bieten. Wirst dich ebenfalls bis morgen gedulden müssen. Bis dahin haben wir nämlich noch einiges zu erledigen.«

»Werden wir auf der PK auch erfahren, welche Rolle der Zeltkamerad von Morten Harmsen in euren Ermittlungen spielt?«, hakte Kira nach, zog einen Zettel hervor und warf einen Blick darauf. »Feldkamp heißt er wohl, hört man aus dem Camp, Eike Feldkamp. Macht in Kappeln eine Ausbildung zum Bootsbauer, hat mein Kollege erfahren.«

Das unwillige Knurren, das Oberkommissar Önal ausstieß, ignorierte seine Chefin. »Wir ermitteln noch, welche Bedeutung ihm in diesem Fall zukommt«, sagte sie. »Du darfst aber gern schon wissen – und das ist bitte bis zur Pressekonferenz nicht verwertbar, Kira! –, dass Feldkamp erstens bisher nicht beschuldigt wird und zweitens minderjährig ist. Er genießt daher besonderen Persönlichkeitsschutz. Die Staatsanwaltschaft wird noch zu entscheiden haben, was weiter mit ihm geschieht.«

Sie erhob sich abrupt, klatschte entschlossen in die Hände und erklärte: »So, das war's für heute. Danke für deinen Besuch. Wir haben noch zu arbeiten.«

»Bin schon weg!« Kira stand auf und ging zur Tür. Dort drehte sie sich noch einmal um. »Danke für dein Vertrauen, Helene.«

Die Hauptkommissarin, die bereits wieder einen Telefonhörer am Ohr hatte, lächelte flüchtig, nickte ihr kurz zu und hob einen Daumen in die Höhe.

7

»Ich bin in zehn Minuten zu Hause«, sagte Kira. »Und Hunger hab ich wie eine Wölfin.«

»Das überrascht mich nicht.« Lukas' Lachen klang aus dem Lautsprecher der Freisprechanlage. »Du bist spät dran. Wann hast du heute überhaupt etwas gegessen?«

Kira überlegte kurz. »Nur das Müsli zum Frühstück. Ach, und heute Mittag hab ich mir in Lindaunis einen Hotdog an einem Kiosk gekauft.«

»Wow, die reinste Völlerei. Aber gleich gibt's was Gutes!«

Nicht zum ersten Mal freute sich Kira, dass Lukas so gern kochte, wenn er Zeit dazu fand. Seit er regelmäßig im Homeoffice arbeiten konnte, war das öfter der Fall. Die scheußliche Corona-Epidemie hatte wenigstens einen Vorteil gehabt: Wie viele andere Unternehmen auch, hatte das meteorologische Institut, für das Lukas tätig war, in diesen beiden Jahren erstaunt festgestellt, dass die tägliche Präsenz ihrer Mitarbeiter am Arbeitsplatz gar nicht notwendig war. Statt also immer nach Kiel in die Firma zu fahren und damit viel Zeit und Geld zu verschwenden, arbeitete Lukas inzwischen oft von zu Hause aus, wo ihm alle dazu erforderlichen Geräte zur Verfügung standen. Seine Kernkompetenz war die Seewettervorhersage und – damit eng verbunden – die meteorologische Törnberatung für Seefahrer auf allen Meeren, auch für Regatten weltweit. In der Profisegler-Szene hatte sich Lukas Rohwer, der nicht nur Diplom-Meteorologe, sondern auch selbst ein erfahrener Hochseesegler war, längst einen Namen gemacht. Die für diesen Job notwendige IT und die vielen Monitore auf seinem zweieinhalb Meter breiten Tisch beeindruckten Kira immer wieder. Lukas' Arbeitszimmer war kein Büro, fand sie, sondern ähnelte eher einer Kommandozentrale.

»Spann mich nicht auf die Folter! Was kochst du denn?«, fragte sie erwartungsvoll.

»Was Leichtes. Ist ja schon spät am Abend. Lass dich überraschen.«

»Na gut. Gibt's auch ein Glas Wein dazu?«

»Ich denke, das ließe sich vielleicht machen«, gab Lukas zurück. »Wie wär's mit einem gut gekühlten Riesling aus dem Rheingau?«

»Bin gleich da!«, rief Kira enthusiastisch und beendete das Gespräch.

Wenige Minuten später bog sie von der Landstraße auf den schmalen asphaltierten Weg ein, der zu ihrem Haus führte. Inzwischen war es so dunkel geworden, dass überall rundum die roten Blinklichter der vielen Windkraftanlagen aufleuchteten. Hier, mitten in der nordfriesischen Marschenlandschaft hinter dem Nordseedeich und nur wenige Kilometer von der dänischen Grenze im Norden entfernt, stand das ehemalige Bahnwärterhäuschen, das Lukas und sie vor einigen Jahren in einem beklagenswerten Zustand, dafür aber zu einem halbwegs erschwinglichen Preis gekauft hatten. Nur ein paar Schritte entfernt, führten die Schienen der ehemaligen Eisenbahnverbindung von Flensburg an die Westküste am Haus vorbei. Die Strecke war längst stillgelegt, die Schranken von dem bedeutungslos gewordenen Bahnübergang der Nebenstraße nach Niebüll schon vor vielen Jahren abgebaut worden.

Es war ein winziges, spitzgiebliges Backsteinhaus mit einem verwilderten Garten, an den ein klägliches Wäldchen aus niedrigen, im Wind schief gewachsenen Krüppelkiefern grenzte.

Kira und Lukas liebten die Einsamkeit hier draußen. Mit

viel Enthusiasmus hatten sie das Häuschen mittlerweile in ein gemütliches Heim verwandelt. Die Dachreparatur, der Umbau innen, die dringend notwendige Wärmedämmung und die neuen Türen und Fenster hatten allerdings viel mehr gekostet als geplant – von der modernen Pellet-Heizung ganz zu schweigen. Die Darlehen würden sie noch lange abzahlen müssen.

Als das warme Licht der beiden Laternen neben der Eingangstür in Sicht kam, schaute Kira hoch zum Innenspiegel. Schemenhaft zeichnete sich darin in der Dunkelheit Ditchs Riesenschädel ab.

»Wir sind da, mein Alter«, rief sie ihm zu – eine überflüssige Bemerkung, das war ihr klar, denn der Hund wusste das natürlich längst. »Lukas hat bestimmt schon deinen Fressnapf gefüllt.«

»Das war gut.« Kira legte Messer und Gabel auf ihren leeren Teller, griff zu ihrem Weinglas und trank den Rest aus. »Genau richtig für ein spätes Abendmahl.«

Lukas schien sein Bauernsalat mit nordfriesischem Schafskäse ebenfalls gemundet zu haben. Auch er hatte nichts von seiner Portion übrig gelassen.

»Darf ich?«, fragte er und streckte seine Hand nach dem Brotkorb aus, in dem eine letzte Scheibe vom gerösteten Landbrot lag.

Sie nickte. »Gern. Ich bin satt. Aber einen Wein könnte ich noch vertragen, denke ich.«

Lukas stand auf und holte die Flasche aus dem Kühlschrank. »Feines Stöffchen, dieser Riesling. Gut gekühlt muss er halt sein«, erklärte er, während er einschenkte. Nach einem kräftigen Schluck Wein nahm er das knusprige Brot aus dem Korb und biss hinein. Genüsslich kauend sagte er: »Übrigens erwachen so langsam die Urlaubsgelüste in mir. Dir ist doch klar, dass wir bereits in drei Wochen lossegeln werden?«

Kira nickte heftig. »Ich freu mich schon sehr auf unseren Törn.«

»Ich hoffe, diesmal kommt nichts dazwischen …«, murmelte Lukas undeutlich.

»Du meinst: bei mir.«

»Wir haben das Boot für drei Wochen gechartert. Wäre schön, wenn dich dein Chef nicht wieder anrufen würde, damit du früher zurückkommst.«

Kira grinste. »Als das passierte, waren wir ja zufällig gerade vor Sonderburg, und er brauchte mich halt dringend für die Reportage über die Leiche im Alsensund. Keine Angst, so was passiert schließlich nicht in jedem Urlaub.«

»Ich dachte nur …« Lukas stand auf und begann, den Tisch abzuräumen.

»Mach bitte keine vagen Andeutungen. Was dachtest du?«

»Na ja, dieser Mord im Seglercamp heute. Der bringt dich schließlich jetzt schon gewaltig auf Trab. Sonst hättest du um diese Uhrzeit nicht noch der Mordkommission einen Besuch abgestattet, stimmt's?«

»Klar, das ist eine brandaktuelle Sache, an der ich jetzt dranbleiben muss. Aber wir gehen erst in drei Wochen auf unseren Segeltörn«, erwiderte Kira, stand ebenfalls auf, griff sich die leere Salatschüssel und stellte sie in die Spülmaschine. »Bis dahin gibt's längst wieder andere Themen. Mein Job ist nun mal schnelllebig. Nicht anders als deiner«, fügte sie hinzu. »Das Wetter von heute interessiert in drei Wochen auch niemanden mehr.«

»Außer die Meteorologen selbst vielleicht – für irgendeine Statistik«, gab Lukas lachend zurück und nahm sein Glas vom Tisch. »Komm, wir setzen uns noch einen Augenblick ins Wohnzimmer. Den Rest hier kann ich nachher aufklaren.«

Nachdem Kira ihm gefolgt war und sich neben ihm auf das alte Sofa hatte fallen lassen, wechselte Lukas das Thema.

»Helene Christ mauert also, hast du vorhin durchblicken lassen.«

»Ach, ich weiß nicht, ob man das so ausdrücken kann. Eher glaube ich, sie weiß noch zu wenig. Und sie ärgert sich natürlich gewaltig, dass ihre Ermittlungsstrategie durch all die privaten Videos auf Instagram und TikTok und sonst wo massiv unterlaufen wird. Freiwillig hätte die Kripo den Namen des Opfers keinesfalls schon bekannt gegeben.«

»Blieb ihr aber nichts anderes übrig, weil der vermutlich überall in den *social media* genannt wird, richtig?«

»Genau. Und als ich ihr sagte, dass Scholli sogar den Namen des jungen Mannes herausbekommen hat, der seinen Zeltkameraden tot aufgefunden hat ...«

»Tatsächlich? Hört man den auch in diesen Videos?«

»Kann ich dir gar nicht sagen. Ist aber auch egal, denn es ist für die Presse überhaupt kein Problem, mit den Mädels und Jungs aus dem Camp ins Gespräch zu kommen. Die wissen natürlich, dass es sich um einen gewissen Eike Feldkamp aus Kappeln handelt.«

Lukas stutzte. »Was weißt du über den?«

»Helene behauptet, er sei bisher nur ein Zeuge und werde nicht beschuldigt ...«

»Das meine ich nicht«, unterbrach Lukas sie. »Ich kenne nämlich einen Matthias Feldkamp aus Kappeln ziemlich gut. Hat eine alteingesessene Bootswerft für hochwertige Segelschiffe und nimmt mit seinem eigenen Boot auch häufig an Hochseeregatten teil. Hat sich einen guten Namen gemacht in der Seglerszene. Wir sind schon oft zusammengetroffen – du weißt schon: meteorologische Törnberatung.«

Kira nickte. »Vielleicht ist das ein Verwandter von diesem Eike. Tatsächlich soll der Junge eine Ausbildung zum Bootsbauer machen. Wie alt ist dein Bekannter denn?«

»Mitte bis Ende vierzig etwa.«

»Interessant«, gab Kira gedehnt zurück. »Könnte er vielleicht sogar Eikes Vater sein?«

»Möglich. Ich kann ihn ja einfach mal fragen.«

»Das würdest du tatsächlich machen?«

»Warum nicht? Man läuft sich in der Regattaszene doch ständig über den Weg. Bin sogar schon zwei-, dreimal bei ihm an Bord gewesen. Zur nächsten Helgoland-Edinburgh-Regatta soll ich möglicherweise sogar als Taktiker bei ihm einsteigen.«

»Na dann ...«, gab Kira betont beiläufig zurück. »Vielleicht komme ich auf dein Angebot noch mal zurück, wenn ...« Sie brach ab, gähnte herzhaft, stand auf und massierte mit den Fingerspitzen ihre Stirn. »Sorry, aber ich bin total kaputt. Was hältst du davon, die Abendrunde mit dem Hund zu drehen, während ich mich noch rasch um die Küche kümmere? Danach muss ich dringend ins Bett.«

Als hätte man ihm ein Kommando erteilt, sprang Ditch, der auf seinem Platz im Flur gelegen hatte, bei dem Wort ›Abendrunde‹ geräuschvoll auf und kam schwanzwedelnd angelaufen. Dabei stieß er mit sonorer Stimme ein paar freudige Belllaute aus.

»Vergiss die Küche und geh gleich ins Bad. Ich merke ja, wie müde du bist«, sagte Lukas und stand auf.

»Danke, mein Schatz! Nur noch eine schnelle Katzenwäsche und Zähneputzen, dann leg ich mich sofort hin.«

»Nichts dagegen«, erwiderte Lukas fröhlich.

»Sorry, aber bestimmt werde ich sofort einschlafen«, erklärte sie.

»Mal sehen, ob mir da etwas einfällt ...«, gab er feixend zurück, rief dem Hund zu: »Auf geht's, Ditch, Abendgassi!« und ging zur Tür.

Als die beiden nach einer halben Stunde zurückkehrten, lag Kira schon in tiefem Schlaf.

8

Man hätte meinen können, ein Staatsbesuch der dänischen Königin fände statt. Würde Margrethe II. wieder einmal in Flensburg weilen, könnte der Andrang von deutschen und dänischen Presseleuten kaum größer sein, schoss es Kira durch den Kopf. Allerdings fanden die Termine der auch in Flensburg überaus beliebten dänischen Monarchin stets an deutlich schöneren Orten statt als ausgerechnet im großen Saal der Polizeidirektion.

Der schon jetzt, um viertel vor neun, überfüllt war.

Fast alle Plätze in den Stuhlreihen waren belegt – die meisten jedoch nicht mit Personen, sondern mit allen möglichen technischen Geräten, Koffern und Taschen. Auch der Mittelgang, die Gänge an den Seiten und der Platz vorn vor dem Podest waren vollgestellt mit Kameras auf Stativen, hinter denen Leute geschäftig herumwuselten. Kabel wurden verlegt, Anschlüsse geprüft, Probeaufnahmen gemacht. Viele deutsche und mindestens drei dänische Zeitungen, aber auch mehrere Fernsehsender, darunter das dänische *TV2*, hatten ihre Journalistenteams heute Morgen hergeschickt, wie Kira feststellte. Sie selbst hatte Tim Scholler an ihrer Seite, der ihr bereits geholfen hatte, die Ausrüstung aufzubauen und alles vorzubereiten.

Auf dem Podest vor der Stirnwand des Saales stand ein breiter Tisch mit fünf Stühlen dahinter, der mit Mikrofonen beladen war. Deren Zahl konzentrierte sich in der Mitte, dort, wo Kira die Namen von Polizeioberrat Lister, Staatsanwalt Petersen und Hauptkommissarin Christ auf den Tischkarten las.

Die anwesenden lokalen Zeitungsleute kannte sie natürlich alle persönlich, zum Beispiel Uwe Jansen, Stadtreporter des *Flensburger Tageblatts,* sowie einen Kollegen von *Der Nordschleswiger,* der deutschsprachigen Tageszeitung in Dänemark. Auch Gyde Stenberg, Redakteurin von *Flensborg Avis,* der Zeitung der Südschleswiger, also der dänischen Minderheit in Deutschland, war gekommen und gerade in ein Gespräch mit den Leuten vom dänischen Fernsehen vertieft. Sie hatte Kira kurz zugewunken und »*Vi snakkes ved senere!*« zugerufen, was so viel hieß wie »Wir schnacken später!«

Das lebhafte Interesse der dänischen Presse war verständlich, bekannte sich doch etwa ein Fünftel der über einhunderttausend Menschen, die im Großraum Flensburg wohnten, zur dänischen Minderheit, den Südschleswigern. Deren politische Partei, der *SSW* – von der Fünf-Prozent-Klausel befreit –, war seit der letzten Bundestagswahl sogar mit einem Abgeordneten in Berlin vertreten.

Unter den deutschen Fernsehleuten stach natürlich wieder einmal der schrille Lutz Schlager von *LiveSat* in seinem knallbunten Elvis-Hemd hervor, Kiras Lieblingsfeind, den sie bei sich nur ›Schmierlappen‹ nannte. Mit herrischer Stimme und hektischem Drängeln versuchte er gerade, seine Ausrüstung noch ein Stück näher am Podium zu platzieren. Kira hörte einen Kollegen fluchen, den der ›Schmierlappen‹ dabei rüde angerempelt hatte.

Die Spannung stieg. Der Saal brodelte förmlich.

Um zwei Minuten vor neun ging endlich die Tür in der Stirnwand auf. Zwei Frauen und drei Männer kamen heraus, stiegen auf das Podium und nahmen hinter den Tischen Platz.

Schlagartig senkte sich der Geräuschpegel, und Kira gab Scholli, der mit dem Kopfhörer auf den Ohren am Stativ stand, ein Zeichen. Er hob den Daumen, während er an die Kamera trat und zu filmen begann.

In der Mitte saß Polizeioberrat Lister, der Chef der Polizeidirektion Flensburg, rechts neben ihm Staatsanwalt Petersen und zu seiner Linken Hauptkommissarin Christ. Eingerahmt wurden diese drei von einem Kira unbekannten älteren Mann mit hochrotem Kopf, der sich immer wieder mit einem Taschentuch über die Glatze fuhr, sowie von Kommissarin Waschner, der Pressereferentin der Polizeidirektion. Sie und Lister waren die einzigen, die Uniform trugen.

»Meine Damen und Herren«, sprach Lister in die Mikrofone, »ich danke Ihnen für Ihr zahlreiches Erscheinen. Diese Pressekonferenz haben wir angesetzt, um die Öffentlichkeit über den Sachstand der Ermittlungen betreffend das Tötungsdelikt zum Nachteil des Morten Harmsen zu informieren, die die Kriminalpolizei seit gestern anstellt.«

Lister räusperte sich ausgiebig, und Kira stöhnte innerlich über sein Beamtendeutsch.

»Zunächst wird Ihnen Hauptkommissarin Helene Christ, die die Ermittlungen in diesem Fall leitet, darlegen, welche Erkenntnisse bisher vorliegen«, fuhr Lister fort. »Wie die meisten von Ihnen wohl wissen, ist sie die Chefin der Mordkommission in der Polizeidirektion Flensburg. Bitte, Frau Christ!«

Gespannt lehnte sich Kira vor, als Helene zu sprechen begann.

Knapp fünf Minuten benötigte die Leiterin der Mordkommission, um die bisher bekannten Fakten vorzutragen. Zumindest jene, die die Kripo zum jetzigen Zeitpunkt zu enthüllen bereit war. Kira war sich ziemlich sicher, dass Helene inzwischen deutlich mehr wusste, als sie hier öffentlich verbreiten wollte.

Der Satz, mit dem die Hauptkommissarin ihre Ausführungen schloss, schien Kiras Vermutung zu bestätigen: »Dies ist der Stand unserer Ermittlungen, soweit wir ihn zum gegenwärtigen Zeitpunkt bekannt geben können.«

Sofort trompetete Lutz Schlager: »Mit anderen Worten: Sie verheimlichen uns etwas, richtig?«

»Ich bitte Sie!«, wies Lister den ›Schmierlappen‹ mit hochrotem Kopf zurecht. »Sie bekommen sofort Gelegenheit, Ihre Fragen zu stellen. Aber es dürfte auch Ihnen klar sein, dass es sich aus ermittlungstaktischen Gründen verbietet, gewisse Details öffentlich zu machen.«

»Die Öffentlichkeit hat aber ein Recht darauf…«, rief Schlager aufgebracht zurück, wurde jedoch von Kommissarin Waschner unterbrochen. Sie beugte sich rasch zu ihrem Mikrofon vor und sagte mit fester Stimme: »Worauf auch immer die Öffentlichkeit ein Recht hat – sie wird es sicher zu schätzen wissen, wenn wir uns dazu an die bewährte Vorgehensweise halten. Alle Medienvertreter und -vertreterinnen bekommen die Gelegenheit, ihre Fragen zu stellen, wenn sie das durch Heben einer Hand anzeigen, danke.«

Viele Hände schossen in die Luft, und Polizeioberrat Lister deutete auf die Reporterin der Zeitung für die dänische Minderheit, die direkt vor ihm in der ersten Reihe saß.

»Gyde Stenberg, *Flensborg Avis*«, stellte die junge Frau sich vor, warf einen kurzen Blick auf ihren Notizblock und fuhr fort: »Wenn ich Sie richtig verstanden habe, Frau Christ, gehörte das Opfer als dänischer Staatsbürger der deutschen Minderheit, den Nordschleswigern, an.«

»Korrekt«, kam es knapp von der Leiterin der Mordkommission.

»Und welche Staatsangehörigkeit hat der junge Mann, der sich mit Morten Harmsen das Zelt geteilt hat und den Sie der Tat verdächtigen?«

»Er ist Deutscher; ein siebzehnjähriger Auszubildender, wohnhaft in Kappeln an der Schlei.«

»Warum wollen Sie seinen Namen nicht nennen?«, rief jemand aus dem Saal.

Verärgert schaltete sich Staatsanwalt Petersen ein: »Der

junge Mann ist minderjährig. Außerdem bislang allenfalls Tatverdächtiger, nicht Beschuldigter.«

»Was glauben Sie«, höhnte Lutz Schlager, »wie lange es gedauert hat, den Namen herauszubekommen? Die Leute aus dem Camp wissen doch alle, um wen es sich handelt.« Er legte eine dramatische Pause ein, dann rief er triumphierend: »Feldkamp heißt er, Eike Feldkamp.«

»Kein Kommentar«, gab Petersen kurz angebunden zurück. »Ich fürchte zwar, ich weiß bereits, was Sie damit tun werden – natürlich einzig und allein ›im Interesse der Öffentlichkeit‹. Das ändert aber nichts daran, dass Polizei und Staatsanwaltschaft strikt den Persönlichkeitsschutz wahren werden.« Er sah dem Reporter scharf in die Augen. »Und ich kann Ihnen nur empfehlen, ebenfalls äußerst vorsichtig zu sein, was den Umgang mit der Identität des jungen Mannes angeht.«

Kira hob ihren Arm.

»Bitte, Frau Lund«, sagte Helene Christ schnell und warf ihr einen dankbaren Blick zu.

»Sie sprachen davon, dass die kriminaltechnische Untersuchung der Mordwaffe ...«

»Nennen wir es doch einfach ein *Messer*«, unterbrach Helene sie mit stoischer Miene. »Oder von mir aus auch: die Tatwaffe. Noch ist niemand des Mordes angeklagt oder gar deswegen verurteilt worden.«

Kira schluckte das, ohne eine Miene zu verziehen, und sagte: »Wie auch immer – die kriminaltechnische Untersuchung hat darauf ›eindeutige Spuren‹ sichern können, wie Sie sich ausgedrückt haben. Welche sind das?«

»Das Blut darauf stammt vom Opfer, so viel steht fest.«

»Und wo genau wurde dieses Messer gefunden?«

»Im Zelt, in dem die Tat begangen wurde. Detaillierter kann ich das zum gegenwärtigen Zeitpunkt nicht beschreiben.«

»Aus den bereits erwähnten ›ermittlungstaktischen Gründen‹«, nehme ich an?«

»Sie sagen es.«

»Sind auch Spuren gefunden worden, zum Beispiel am Messergriff, die auf den jungen Mann hinweisen, den Sie derzeit der Tat verdächtigen?«

»Dazu wird Ihnen Oberkommissar Siebert von der Kriminaltechnik etwas sagen.« Helene Christ wies auf den glatzköpfigen Herrn am anderen Ende des Tisches.

Siebert räusperte sich, fuhr sich noch einmal mit dem großen Lappen über die schweißglänzende Stirn und sagte: »Die kriminaltechnischen Untersuchungen werden derzeit von den Spezialisten des Landeskriminalamts in Kiel durchgeführt. Dazu gehören auch Daktyloskopie und DNA-Analyse. Ergebnisse dazu erwarten wir zeitnah.« Wieder kam das Taschentuch zum Einsatz. »Ob und in welchem Umfang die kriminologischen Erwägungen es zulassen werden, diese Ergebnisse zu veröffentlichen, kann ich Ihnen zum jetzigen Zeitpunkt allerdings nicht sagen.«

»Aber immerhin müssen schon jetzt starke Indizien vorliegen, die auf einen bestimmten Täter hindeuten«, kam es laut von einem Journalisten aus dem Saal. »Nämlich auf eben den Azubi aus Kappeln, der sich das Zelt mit dem Opfer geteilt hat.«

»In der Tat gibt es Verdachtsmomente gegen ihn«, schaltete sich der Chef der Polizeidirektion wieder ein. »Unter anderem haben unsere Ermittlungen erbracht, dass es in der Nacht vor der Tat eine Schlägerei zwischen den beiden jungen Männern aus diesem Zelt gegeben hat, bei der auch übermäßiger Alkoholgenuss eine Rolle gespielt haben soll. Die Befragungen der Zeugen dazu laufen noch, daher kann ich auch darauf leider nicht näher eingehen.«

»Also war Feldkamp betrunken, als er seinen Freund erstochen hat, richtig?«, kam es röhrend von Lutz Schlager.

Man hätte meinen können, der große Raum habe sich urplötzlich in eine Eishöhle verwandelt, als Hauptkommissarin Christ in frostigem Ton antwortete: »Bemerkenswert, Herr Schlager, wie es Ihnen gelingt, so viele abenteuerliche Mutmaßungen in einem einzigen Satz unterzubringen. Sie erwarten hoffentlich keine Antwort auf Ihre wilden Spekulationen.« Sie blickte in die Runde. »Hat vielleicht jemand eine *seriöse* Frage?«

Heiterkeit machte sich breit, und besorgt sah Kira, dass der ›Schmierlappen‹ rot anlief. Helene hatte ab sofort einen Feind, der es gewohnt war, unter die Gürtellinie zu schlagen.

Als wieder Beruhigung einkehrte, meldete sich Uwe Jansen vom *Flensburger Tageblatt* zu Wort: »Bisher haben wir ja vornehmlich etwas über die Ermittlungen zum möglichen Täter gehört, aber mich würde interessieren, mehr über das Opfer zu erfahren. Wer war Morten Harmsen und ...«

»... und wann wurde eigentlich seine Familie davon benachrichtigt, dass ihr Sohn in einem deutschen Feriencamp getötet wurde?« rief ein Reporter des dänischen Fernsehens mit starkem Akzent dazwischen.

»Selbstverständlich haben wir die Eltern zeitnah informiert«, erwiderte Staatsanwalt Petersen. »Und zwar in enger Abstimmung und in Zusammenarbeit mit den dänischen Behörden.«

»Morten Harmsen war achtzehn Jahre alt«, schaltete sich Hauptkommissarin Christ mit ruhiger Stimme ein. »Er lebte auf dem landwirtschaftlichen Betrieb seiner Eltern in dem kleinen Ort Gillestrup. Der liegt in der Nähe von Tingleff auf der Schleswigschen Geest in Südjütland. Soviel wir wissen, sollte er den Hof eines Tages übernehmen und hat daher eine Ausbildung zum Landwirt gemacht. Danach wollte er noch in Aarhus studieren. Außerdem war er ein begeisterter Surfer – daher auch seine Teilnahme an diesem Camp.« Sie schaute auf ihre Armbanduhr, warf dem Staatsanwalt ein Blick zu und sagte: »Meine Damen und Herren, ich denke, Sie sind nun auf dem neuesten Stand unserer Ermittlungen in diesem Fall. Lassen Sie uns also bitte weiterarbeiten. Sobald es weitere Erkenntnisse gibt, werden wir wieder eine PK einberufen. Danke.«

Sie stand auf, obwohl sich Unmut im Saal breit machte. Stimmen riefen durcheinander, einzelne Rufe waren zu hören wie »zu dünn«, »enttäuschend« oder gar »hätte man sich sparen können!«

Der dänische Fernsehjournalist trat an eines der Saalmikrofone. Mit lauter Stimme, die die allgemeine Unruhe übertönte, rief er: »Ein Frage bitte noch! Was passiert jetzt mit diesem Feld... äh, mit dem Tatverdächtigen? Haben Sie ihn verhaftet?«

Kira sah, wie Helene Christs Blick zum Staatsanwalt schoss. Der hob die Hand, nickte der Hauptkommissarin zu und sagte: »Selbstverständlich bleibt er zunächst in der Obhut der Polizei. Noch sind viele Fragen zu klären. Aber, wie Sie eben erfahren haben, handelt es sich bei ihm um einen Minderjährigen. Sollten sich keine gravierenden Erkenntnisse ergeben, die dagegen sprächen, wird er daher gemäß Paragraf zweiundsiebzig des Jugendgerichtsgesetzes nicht in U-Haft genommen, sondern sich bis auf Weiteres in der Obhut seiner Eltern zu Hause aufhalten müssen, was von der zuständigen Behörde auch regelmäßig überprüft werden wird. Das ist bereits geklärt.«

»›Gravierende Erkenntnisse‹? Welche könnten das sein?«, hakte der Däne mit seinem deutlichen Akzent nach.

»Zum Beispiel, wenn Flucht- oder Verdunklungsgefahr bestünden«, gab Petersen zurück. »Was aber eher unwahrscheinlich ist.« Er erhob sich entschlossen. »Ich denke, damit haben Sie alles gehört, was zu diesem Fall im Augenblick gesagt werden kann.«

Er nickte den anderen auf dem Podium zu, die ebenfalls aufstanden und den Saal hintereinander durch die Tür in der Stirnwand verließen.

»Eine Menge Material«, sagte Scholli, als Kira an ihn herantrat.

»Nun ja, immerhin ein Anfang«, gab sie unwillig zurück. »Lass uns schnell rüber ins Studio fahren. Zuerst nehmen wir ein, zwei kurze Szenen für eine Blitzmeldung auf unserem Online-Portal, und dann schneiden wir einen schönen Beitrag für *Unser Land am Abend* zusammen. Mal sehen, wie viel Zeit wir dafür in der Sendung bekommen.«

Scholli hatte schon die Kamera abgenommen und begonnen, das Stativ zusammenzuschieben. »Und? Was hältst du von dieser Veranstaltung?«, fragte er. »Wenn ich dich so ansehe, habe ich den Eindruck, du bist nicht zufrieden mit dem, was wir gehört haben.«

»Hast du irgendetwas zum Motiv des potenziellen Täters gehört?«, fragte Kira zurück. »Ich jedenfalls nicht.«

»Na ja, da war doch diese Schlägerei ...«

Kira prustete verächtlich. »Im Ernst? Zwei Jungs schlagen sich im Suff – wir kennen noch nicht mal den Grund dafür –, und das soll als Mordmotiv herhalten?«

»Es steckt also mehr dahinter, meinst du?«

Kira legte den Kopf schief und sah ihn herausfordernd an. »Du etwa nicht?«, fragte sie, und ihre Stimme wurde lauter. »Hast du dich schon mal gefragt, wer eigentlich dieser Morten Harmsen war, der da getötet wurde? Ja, ich weiß: Ein Bauernsohn von der Schleswigschen Geest in Südjütland, das hat man uns gerade erzählt. Aber wer war er *wirklich*?«

Tim Scholler legte seine Stirn in Falten, sichtlich erstaunt über die Heftigkeit seiner Kollegin.

Kira war noch nicht fertig. »Da wird ein Junge erstochen, der sich ein paar Stunden zuvor mit einem anderen Jungen gekloppt hat. Die Kripo weiß offenbar sehr wenig von ihm. Zum Beispiel, ob er Probleme hatte. Oder gar Feinde. Niemand scheint sich besonders für Morten Harmsen zu interessieren – und wozu auch? Er ist ja mausetot, und seinen Mörder hat man schon so gut wie überführt: Es ist praktischerweise derjenige, mit dem er sich geprügelt und der mit ihm im selben Zelt geschlafen hat.« Kira atmete mehrmals tief durch, um sich zu beruhigen. »Mensch, Scholli, das ist mir zu dünn! Könnte nicht viel mehr, vielleicht sogar etwas ganz anderes hinter dieser Tat stecken? Hast du an irgendeiner Stelle heute den Eindruck bekommen, dass die Kripo auch andere Täter ernsthaft in Betracht zieht als diesen Eike Feldkamp? Dass sie überhaupt noch in andere Richtungen ermittelt?«

»Eher nicht, das stimmt, aber wir sind doch nicht die Polizei, Kira. *Die* müssen den Mord aufklären, nicht *wir*. Lass die doch ihre Arbeit tun, und wir machen unsere.«

»Ach, und was meinst du, was ich gerade tue?«, hakte sie nach, stemmte ihre Fäuste in die Hüften und funkelte ihn herausfordernd an. »Wir sind Journalisten, wir berichten über das, was ist. Und wenn wir das nicht wissen, müssen wir´s eben in Erfahrung bringen, auch wenn man es vor uns verheimlichen will. Mit unseren Mitteln natürlich. Manchmal kommen dabei unerwartete Geschichten ans Licht, wie du weißt.«

Scholli nickte schicksalsergeben. »Hast ja recht. Ich hab tatsächlich auch schon mal etwas von Recherchearbeit gehört. Also, was willst du tun?«

»Wir müssen mehr über Morten Harmsen erfahren, ihn kennenlernen – posthum sozusagen.«

»Und wie willst du das anfangen? Etwa gleich seine Familie aufsuchen?«

Unwillig schüttelte Kira den Kopf. »Natürlich nicht! Ein wenig Taktgefühl darfst du mir schon zutrauen. Nein, wir machen einen Umweg und fangen erst mal mit dem vermeintlichen Täter an.«

»Mit Eike Feldkamp?«, fragte Scholli verblüfft. »Wie willst du denn an den rankommen? Der steht doch unter Arrest.«

»Gute Verbindungen muss man haben«, erwiderte Kira lachend und schlug ihrem Kollegen übermütig auf die Schulter. »Wart´s ab ...«

9

Beeke Bahnsen griff zu dem Kugelschreiber, der auf dem Tisch lag.

»Hast du dir das Protokoll auch sorgfältig durchgelesen?«, fragte Helene Christ. »Vergiss bitte nicht, dass deine Zeugenaussage eine Rolle spielen könnte, wenn es zu einer Gerichtsverhandlung kommt.«

Die junge Frau warf der Hauptkommissarin einen erschrockenen Blick zu. »Wird man Eike denn verurteilen?«

»So weit sind wir noch lange nicht. Bisher wurde nicht einmal Anklage gegen ihn erhoben.«

»Aber Sie rechnen damit, dass das passieren wird?«

Die Leiterin der Flensburger Mordkommission zuckte die Achseln. »Wir werden sehen.« Sie deutete auf das Papier. »Wenn alles korrekt ist, was drinsteht, musst du es jetzt bitte unterschreiben.«

Beeke drehte unschlüssig den Kugelschreiber zwischen ihren Fingern hin und her.

»Stimmt etwas nicht? Warum zögerst du?«

Die junge Frau schrieb ihren Namen unter das Protokoll, warf wie angewidert den Stift auf den Tisch und brach übergangslos in Tränen aus.

»Um Himmels willen, was ist denn los, Beeke? Du musst das doch nicht unterschreiben, wenn es nicht der Wahrheit entspricht!«

Von Weinkrämpfen bebend schluchzte das Mädchen: »Das ist es nicht! Es stimmt schon, was da steht. Das habe ich so gesagt. Aber ...«

»Ja? Was ›aber‹?«

»Wenn Eike ...« Sie holte ein Tempo aus ihrer Jeans und schnäuzte sich geräuschvoll. »Ich meine, wenn er ins Gefängnis kommt ... Das wäre ...«

»Schlimm« ergänzte die Hauptkommissarin trocken. »Sehr schlimm sogar, zweifellos.«

»Und ich wäre schuld!«, platzte es aus Beeke heraus. »Ich habe die beiden ja angestachelt. Da bin ich nicht stolz drauf, aber irgendwie ... Ach, ich fühle mich so scheiße deswegen ...« Sie brach ab.

»Ich glaube, ich weiß, was du meinst«, sagte Helene Christ ruhig. »Dir hat es gefallen, dass sowohl Morten als auch Eike sich für dich interessiert haben. Und du hast beiden Hoffnungen gemacht, zumindest hast du nichts getan, um Klarheit zu schaffen, richtig? Es hat dir Vergnügen bereitet, dass sie aufeinander eifersüchtig waren und sich um deine Gunst gestritten haben.«

Beeke Bahnsen nickte und wischte sich mit dem Tuch über die Augen. »Dabei hatte ich überhaupt nicht vor, mit einem von ihnen etwas anzufangen. Ich habe nämlich schon ... jemanden, ich meine: einen festen Freund.«

»Ach – und trotzdem warst du allein im Camp?«

»Torben konnte nicht mitkommen. Er arbeitet während der Ferien in der Firma seines Onkels in Hamburg, um ein bisschen Geld zu verdienen.«

»Was dir die Gelegenheit gab, gleich mit zwei Jungs zu flirten und ihre gegenseitige Eifersucht zu genießen, nicht wahr?«

Beeke schwieg und schlug die Augen nieder.

»Besonders edel war das tatsächlich nicht«, erklärte die Kriminalbeamtin, »aber menschlich. Solche kleinen Gemeinheiten denken wir uns nun mal hin und wieder aus – gerade, wenn es um das Thema Liebe oder auch nur ums Flirten geht. Es streichelt unser Ego.« Sie stand auf und fuhr fort: »Ein schlechtes Gewissen solltest du zwar haben, schließlich gab es zwischen den beiden deinetwegen eine wüste Schlägerei, und das ohne jeden Grund. Du bist aber nicht dafür verantwortlich, dass Eike seinen vermeintlichen Nebenbuhler getötet hat – falls er das überhaupt getan hat. Was übrigens noch gar nicht feststeht. Schlag dir das also bitte aus dem Kopf.« Sie streckte der jungen Frau die Hand hin. »Fährst du jetzt nach Hause?«

Beeke nickte. »Das Camp haben sie ja abgebrochen. Schade eigentlich, war cool. Aber wir hätten natürlich nicht einfach weitermachen können, als wäre nichts geschehen.« Sie nahm die Hand der Kriminalbeamtin. »Danke für Ihre Worte eben, Frau Christ. Und vielleicht ...« Sie hielt inne.

»Was?«

»Na ja, vielleicht stellt sich doch noch heraus, dass Eike unschuldig ist ...« Beeke öffnete die Tür. Bevor sie hinaustrat, sagte sie. »Ich wünsche es ihm sehr.« Damit ging sie.

Verwundert stellte Helene Christ fest, dass sie fast ›Ich auch‹ gemurmelt hätte. Sie schüttelte irritiert den Kopf und setzte sich hinter ihren Schreibtisch. Gerade wollte sie den Hörer hochnehmen, da klopfte es kurz und kräftig an der Tür und Oberkommissar Önal steckte seinen Kopf herein. »Hast du ein paar Minuten?«

»Klar, wollte dich gerade anrufen. Komm rein.«

Der eher kleine, jedoch sichtlich durchtrainierte etwa fünfunddreißigjährige Mann mit dem vollen schwarzen Haar trat ein und setzte sich auf einen der Besucherstühle vor Helenes Schreibtisch. »Beeke Bahnsen kam mir gerade auf dem Flur entgegen. Bist du durch mit ihr?«

Seine Chefin nickte und wies auf den Konferenztisch. »Das Protokoll ihrer Zeugenvernehmung hat sie gerade unterschrieben. Und wie sieht's bei dir aus? Bringt es uns weiter, was dieser Jonas Krog sagt?«

»Deswegen bin ich hier. Er hat sehr präzise Angaben zu der Schlägerei zwischen Harmsen und Feldkamp gemacht.

Danach hat sich alles ziemlich genauso zugetragen, wie Beeke Bahnsen es ausgesagt hat.«

»Wobei sie aber nicht beobachten konnte, wer zuerst zugeschlagen hat, weil sie erst dazu kam, als die beiden schon im Clinch lagen.«

»Feldkamp habe angefangen, sagt Krog. Morten Harmsen und Beeke Bahnsen seien irgendwann verschwunden, und erst nach etwa einer Stunde sei Harmsen allein wieder am Lagerfeuer aufgetaucht. Feldkamp habe ihn angeschrien, wo er mit Beeke gewesen sei. Und als der sagte, er sei mit ihr ›ein Weilchen im Wald‹ gewesen, habe Feldkamp sich ohne Vorwarnung auf ihn gestürzt und ihm brutal ins Gesicht geschlagen. Und dann ging´s richtig zur Sache.«

»Hat Krog auch gesehen, wann Beeke wieder auf der Szene erschienen ist?«

»Als der Kampf schon in vollem Gange war, sagt er.« Önal stand auf und ging hinüber zum Sideboard, auf dem die Kaffeemaschine stand. »Willst du auch einen?«

Helene Christ nickte. »Gern, danke. Konntest du noch mehr von Krog erfahren? Was sagt er zu Beeke Bahnsens Behauptung, er habe dort am Lagerfeuer ständig für Nachschub mit Schnaps gesorgt?«

»Komisch ...«, erwiderte Önal nachdenklich. »Das scheint ihm irgendwie peinlich zu sein – jedenfalls habe ich diesen Eindruck. Aber er hat bestätigt, dass er drei Flaschen dänischen Aquavit mitgebracht und sie an dem Abend spendiert habe.«

»Hat er sich irgendwie dazu geäußert, dass wir Feldkamp als Tatverdächtigen ansehen?«

»Darüber wollte ich ja mit dir reden«, erwiderte Önal, drückte seiner Chefin einen dampfenden Becher in die Hand, nahm wieder im Sessel vor dem Schreibtisch Platz und führte seinen knallroten Kaffeepott mit der türkischen Flagge zum Mund.

Helene musste grinsen, als sie auf dem Gefäß den Satz

Erdoğan Türkiye değildir las. Auf Deutsch hieß das: ›Erdoğan ist nicht die Türkei‹, wie ihr Stellvertreter ihr erklärt hatte, und sagte ziemlich viel aus über dessen Meinung zu den politischen Zuständen in der Heimat seiner Vorfahren, fand sie.

Nachdem er einen Schluck genommen hatte, fuhr Önal fort: »Krog ist überaus vorsichtig in dem, was er sagt. Es wirkt so, als überlegte er sich jedes Wort. Ich habe ihn zum Beispiel gefragt, ob er Feldkamp die Tat zutraue, und das hat er zunächst bejaht. Er hat sogar behauptet, Eike sei ihm schon vor der Schlägerei aufgefallen, weil er leicht reizbar und sehr aggressiv gewesen sei.«

»Da ist Krog aber der Einzige, der ihn so beschreibt«, erwiderte Helene Christ erstaunt.

»Deswegen habe ich auch ›zunächst‹ gesagt«, gab Önal zurück. »Als ich ihm genau das nämlich vorgehalten habe, knickte er ein und erklärte, er habe sich vielleicht geirrt.«

»Wie das?«, hakte die Hauptkommissarin nach. »Entweder Feldkamp hat sich aggressiv verhalten – oder eben nicht. Wie kann man sich da ›irren‹?«

Önal nickte. »Ich habe den Eindruck, dass Krog … verdammt, wie soll ich das ausdrücken … Dass er uns … etwas vermitteln will, was er selbst nicht glaubt.«

Helene Christ zog die Augenbrauen hoch. »Eine ziemlich abenteuerliche Mutmaßung, Nuri.«

»Weiß ich doch.« Önal hob in einer hilflosen Geste die Hände. »Keine Ahnung, ob ich recht habe, Helene. Aber er verbirgt etwas, da bin ich mir sicher.«

»Nun, selbst wenn das stimmt – hilft es uns jetzt weiter?«

»Ich fürchte, nicht. Außerdem spielt Krogs Meinung wohl keine große Rolle mehr. Wir werden in Kürze genug in der Hand haben, um Eike Feldkamp nachzuweisen, dass er Morten Harmsen erstochen hat.«

»Ich wünschte, ich wäre da ebenso sicher …«, erwiderte die Leiterin der Mordkommission gedehnt und warf ihrem

Stellvertreter einen zweifelnden Blick zu. »Was geschieht jetzt mit dem Zeugen Krog?«

»Wenn du keine Einwände hast, lasse ich ihn gleich das Vernehmungsprotokoll unterschreiben und schicke ihn dann nach Hause.«

»Tu das. Er wohnt in Augustenburg, richtig? Wie kommt er da hin?«

»Sein Vater holt ihn ab, ist schon unterwegs. Ziemlich unfreundlicher Typ, zumindest am Telefon.«

Helene Christ verzog gequält die Mundwinkel. »Sei´s drum. Wenn er fort ist, machen wir Feierabend. Wird Zeit, dass wir mal eine Mütze voll Schlaf bekommen.«

10

Allzu oft geschah es nicht, dass ein Ereignis im deutsch-dänischen Grenzland die ungeteilte Aufmerksamkeit der Öffentlichkeit auf beiden Selten erhielt. Doch dies war solch ein seltener Fall: Die Presse stürzte sich geradezu lüstern auf die schaurige Geschichte vom Mord in einem deutschen Freizeitcamp, Zeitungen und Illustrierte beiderseits der Grenze griffen diese Bluttat genüsslich auf. Im deutschen ebenso wie im dänischen Fernsehen sah man mehrere Reportagen dazu – sogar in den überregionalen Programmen. Auch zwei von Kiras Beiträgen für *Unser Land am Abend* hatten es – wenn auch stark gekürzt – ins deutschlandweite TV-Programm geschafft.

Zudem waren die Amateurvideos aus dem Camp, die im Netz kursierten, inzwischen schon tausendfach angeklickt worden. Die Identität des Tatverdächtigen war also längst kein Geheimnis mehr. Zwar wurde er in den meisten Zeitungen und in den TV-Beiträgen *Eike F.* genannt, jedoch konnte man seinen vollen Namen jederzeit aus den Videos erfahren, die im Surfercamp gedreht und kommentiert worden waren. Dass sich einige Boulevardzeitungen und selbstverständlich auch Lutz Schlager, der ›Schmierlappen‹ von *LiveSat*, begierig darauf gestürzt hatten und nun in ihren reißerischen Beiträgen immer wieder Eikes vollen Namen nannten, verstand sich fast von selbst.

So mies das war – Kira hatte nichts anderes erwartet. Ein Hoch auf die Informationsgesellschaft!, dachte sie bitter.

Für die Pressefreiheit wäre sie jederzeit auf die höchsten

Barrikaden gestiegen, aber derlei unappetitliche, ja menschenverachtende Auswüchse waren ihr zutiefst zuwider.

Für Journalisten, denen ihre sensationelle Story wichtiger war als das Wohl eines Jugendlichen, der bislang als unschuldig zu gelten hatte, hatte sie nur Verachtung übrig. Und es juckte sie in den Fingern, über die gnadenlose Jagd nach der heißen Story – eine verbreitete Schwäche ihres Berufsstandes – bald einmal einen selbstkritischen Beitrag zu bringen.

Sie warf einen kurzen Kontrollblick aufs Navi und schaute dann aus dem Seitenfenster auf die Schlei links neben der Straße, während sie den alten Volvo nach Süden aus der Innenstadt von Kappeln herauslenkte. Auf dem Wasser des Ostseefjords, der sich viele Kilometer tief ins Land hinein bis nach Schleswig zog, herrschte reger Betrieb. Vor allem eine Menge Sportboote waren in beiden Richtungen in der engen Fahrrinne unterwegs, die meisten davon Segler, die ostwärts in Richtung Schleimünde strebten, wo der lange Meeresarm am Fuße eines markanten grün-weiß gestreiften Leuchtturms in die Ostsee mündete.

»In dreihundert Metern rechts abbiegen, danach haben Sie Ihr Ziel erreicht«, tönte die Frauenstimme aus dem Navi. »Ihr Ziel liegt auf der linken Seite.«

Dieses Hinweises hätte es kaum bedurft, stellte Kira fest, als sie um die Ecke bog. Der Andrang von Menschen und Fahrzeugen vor dem lang gestreckten Werftgebäude mit dem Schild *Matthias Feldkamp – Bootsbau* an der Front zeigte ihr, dass sie am Ziel angekommen war. Sie ließ den Wagen ausrollen und betrachtete fasziniert das Szenario. So etwas hatte sie tatsächlich noch nie gesehen – außer in amerikanischen Filmen: Die Straße vor der Werft war vollgestellt mit Fahrzeugen der Presse. Zwei oder drei davon waren offenbar Aufnahmewagen mit den typischen Antennenschüsseln auf dem Dach. Neben Kieler, Hamburger und Berliner Kennzeichen fielen Kira auch einige dänische auf.

Die Eingangstür neben dem geschlossenen zweiflügligen Werfttor war von einem knappen Dutzend Reporterinnen und Reportern belagert. In einigen Metern Abstand standen zwei Männer in der Uniform eines Wachdienstes auf dem Werftgelände und ließen die Meute vor dem Tor nicht aus den Augen. Ein weiterer Wachmann mit einem belgischen Malinois an der Leine patrouillierte ein Stück entfernt am Zaun entlang.

Am Ende der Stichstraße, etwa hundert Meter vom Tor entfernt, hielt Kira an, stieg aus dem Wagen, holte ihre Ausrüstung vom Rücksitz und stellte das Stativ auf.

Sie *musste* diese Szene drehen, genau diese Bilder brauchte sie! Solch eine Belagerung schrie ja geradezu nach einer kritischen Reportage über exzessive Sensationslust, für die – wie man hier wieder einmal sehen konnte – der Journalismus durchaus anfällig war. Es war ihr völlig klar, dass sie sich damit bei manchen Kolleginnen und Kollegen nicht beliebt machen würde, aber …

»Scheiß drauf! Seit wann nehme ich denn auf so was Rücksicht – das wäre ja noch schöner!«, murmelte sie trotzig, während sie die Kamera auf das Stativ montierte, an das Werfttor heranzoomte und zu filmen begann.

Zehn Minuten später legte sie das Stativ ins Auto zurück, schloss ab, hängte sich ihren Hippiesack mit der Kamera über die Schulter und ließ ihre Augen über das weitläufige Werftgelände jenseits des Zauns wandern. Rasch entdeckte sie in der Ferne nahe einer Steganlage, wo die Masten mehrerer Segelboote in den Himmel ragten, die weiß getünchte alte Villa, von der Matthias Feldkamp am Telefon gesprochen hatte. Dort, am Ufer der Schlei und am Rande ihres Betriebsgeländes, wohnte seine Familie seit Generationen. Gestern erst war Eike von der Polizei hierher gebracht worden und stand bis auf Weiteres unter staatsanwaltlich angeordnetem Hausarrest.

Und Kira war nun auf dem Weg zu ihm.

Allerdings nicht, indem sie versuchte, mit der Journalistenmeute durchs Tor nach innen zu gelangen, sondern auf einem ganz anderen Weg. Dem nämlich, den Feldkamp höchstpersönlich ihr vorhin beschrieben hatte.

Die richtigen Leute muss man eben kennen, feixte Kira in sich hinein. Sie war sich durchaus bewusst, was für ein Glück sie hatte, dass Lukas durch seinen Beruf so eine gute Verbindung zu dem Werftchef hatte. Mit journalistischem Können hatte es wahrlich nichts zu tun, dass sie die einzige Reporterin war, die zu Eike würde vordringen können. Die Polizei habe der Familie dringend ans Herz gelegt, keine Interviews zuzulassen – schon gar nicht mit Eike persönlich –, hatte dessen Vater zu Lukas gesagt. Und auch er sei der Ansicht, man müsse den Jungen vor den Medien schützen.

Zunächst war er daher nicht einmal bereit gewesen, mit Kira am Telefon zu reden, nachdem Lukas ihr der Hörer übergeben hatte. Da hatte sie alles auf eine Karte gesetzt und ihn ziemlich brutal gefragt, ob er selbst seinen Sohn eigentlich für einen Mörder halte.

»Was fällt Ihnen ein, mir so eine Frage zu stellen?«, hatte Feldkamp sie angeblafft. »Das ist absurd! Der Junge kann keiner Fliege etwas zuleide tun.«

»Das glaube ich Ihnen gern«, antwortete Kira ruhig, »aber ich kann es eben nicht aus eigener Sicht beurteilen. Dazu müsste ich Eike kennenlernen. Denn solange die Polizei ihn der Tat verdächtigt und die Presse auf wilde Mutmaßungen angewiesen ist, werden Sie weiter mit Unterstellungen und Unwahrheiten leben müssen.«

»Und Sie meinen, daran etwas ändern zu können, indem Sie mit ihm sprechen?«, hakte Feldkamp misstrauisch nach.

Kira entschied sich spontan dazu, Klartext mit dem Mann zu reden. Er schien ihr nicht der Typ zu sein, dem man etwas vormachen sollte. »Das kann ich Ihnen nicht versprechen. Lassen wir es doch einfach darauf ankommen«, gab sie zurück.

Nach ein paar Minuten Hin und Her hatte Feldkamp schließlich doch einem Treffen zugestimmt. »Vielleicht ist es wirklich besser, selbst in die Offensive zu gehen, bevor die Spekulationen weiter ins Kraut schießen.«

Bestimmt ist das besser, dachte Kira, während sie sich dem Ende des Zauns näherte. Allerdings war sie sich bewusst, dass sie dabei war, eine Menge Verantwortung auf sich zu laden.

Direkt vor ihr machte der Zaun nun einen Knick nach hinten, führte ein paar Meter weiter durch die Böschung am Ufer der Schlei und lief dann im Wasser aus. Kira drehte sich kurz um und stellte fest, dass das Werftgebäude mitsamt Autos und Menschen davor längst außer Sicht war.

An dem letzten Zaunpfahl, der aus dem Wasser ragte, hatte ein Ruderboot festgemacht. Das Mädchen, das darin saß, winkte. »Sind Sie Kira Lund?«

»Bin ich«, antwortete Kira.

»Dann kriegen Sie jetzt nasse Füße«, rief die etwa Vierzehnjährige und grinste. »Am besten, Sie ziehen Schuhe und Strümpfe aus und krempeln ihre Jeans hoch.«

Kira tat, wie ihr geheißen. Matthias Feldkamp hatte zwar die Stelle beschrieben, an der sie von seiner Tochter Marieke mit einem Boot abgeholt würde, von einem Fußbad in der Schlei allerdings hatte er nichts verlauten lassen.

Wenige Minuten später schon lenkte Marieke das Boot mit einem eleganten Schwung an einen Anlegesteg, von dem aus man einen herrlichen Blick auf die große Gründerzeitvilla hatte, die etwa zweihundert Meter weiter auf einer Anhöhe zwischen gepflegten Büschen und Bäumen inmitten eines parkähnlichen, leicht hügeligen Geländes stand.

»Meine Eltern erwarten Sie schon«, sagte Marieke unbeschwert, und Kira trottete mit düsteren Gedanken hinter ihr her. Was sie hier gerade tat – und vor allem, was zu tun sie gleich noch vorhatte – war ein Ritt auf der Rasierklinge, das war ihr nur allzu bewusst. Sie tat zwar nichts Verbotenes, nicht einmal etwas Anstößiges, denn eine rechtliche Handhabe hatten weder Polizei noch Staatsanwaltschaft, Eike Feldkamp oder seinen Erziehungsberechtigten das Wort zu verbieten. Dennoch spürte sie, dass ihr der Mut mit jedem Schritt sank, während sie auf nassen Füßen, ihre Sneakers in der Hand, dem Mädchen auf dem schmalen Pfad folgte, der über den teppichweichen Rasen zum Haus führte.

Sie ahnte, dass sich Helene Christs Begeisterung darüber in Grenzen halten würde, dass es Kira gelungen war, in die Villa der Feldkamps und bis zu Eike vorzudringen.

Was also versprach sie sich eigentlich davon, mit dem Jungen zu reden? Verwenden konnte sie sowieso nichts von dem, was er sagte. Zumindest jetzt noch nicht. Sonst wäre sie als Journalistin keinen Deut seriöser als ihr liebster Feind, der ›Schmierlappen‹.

Die Antwort war so einfach wie klar: Kira wollte wissen, was dran war an den Verdächtigungen der Kripo, wollte von Eike selbst erfahren, wie er es aufnahm, als potenzieller Mörder unter Arrest gestellt worden zu sein.

Wie sie nämlich schon zu Scholli nach der Pressekonferenz gesagt hatte: Das vermeintliche Motiv des Jungen wollte ihr partout nicht einleuchten.

Und sie hoffte immer noch, dass es Helene Christ genauso ging.

11

Matthias Feldkamp begrüßte Kira höflich, aber spürbar reserviert an der Haustür und bat sie herein. Marieke reichte ihr ein Handtuch, das sie aus der Schublade eines Sideboards geholt hatte, und verschwand dann in einem Nebenraum. Kira setzte sich auf eine Bank unter der Garderobe, trocknete ihre Füße ab, rollte die Hosenbeine wieder herunter und zog ihre Sneakers an.

Als sie das Wohnzimmer betrat, ein Raum von den Ausmaßen eines mittleren Ballsaales, erhob sich eine füllige, gut vierzigjährige dunkelhaarige Frau von einem der Sessel, ging ihr entgegen und streckte ihre Hand aus. »Ich bin Karin Feldkamp, Eikes Mutter«, sagte sie. »Wir haben lange überlegt, ob wir ...« Sie unterbrach sich, warf ihrem Mann einen kurzen Blick zu und fuhr dann fort: »Ob wir uns ... korrekt verhalten, meine ich.«

»Ob Sie sich ... was?«, hakte Kira nach, die glaubte, sich verhört zu haben, und ergriff die ihr hingehaltene Hand. Sie war warm und trocken.

»Die Polizei hat uns nämlich geraten ...« warf Matthias Feldkamp ein, wurde aber sofort von seiner Frau unterbrochen:

»Von ›geraten‹ kann wohl kaum die Rede sein. Man hat uns sehr ... nennen wir es ›eindringlich‹ davor gewarnt, mit der Presse zu sprechen. Und Eike hat uns berichtet, man habe ihm das sogar verboten, solange er unter Arrest steht.«

»›Verboten‹? Das hat er gesagt?«, fragte Kira überrascht nach. »Wer denn? Hauptkommissarin Christ etwa?«

»Nein, aber jemand von der Mordkommission. Der soll ihn massiv unter Druck gesetzt haben. Einen scharfen Hund hat Eike ihn genannt. Hat einen türkischen Namen ... Özil, glaube ich. Oder so ähnlich.«

»Önal heißt er, Kriminaloberkommissar Önal«, presste Kira zwischen den Zähnen hervor.

Sie war stocksauer. Da verfügte die Staatsanwaltschaft, dass ein Minderjähriger sich während der weiteren Ermittlungen zu Hause aufhalten dürfe, weil keine hinreichenden Beweise vorlagen, die seine U-Haft rechtfertigten, und dann erdreistete sich ein Kriminalbeamter, aus dem Hausarrest eine Art Gefängnisaufenthalt mit Redeverbot zu machen. Unglaublich.

In diesem Augenblick waren die Bedenken, die sie eben noch umgetrieben hatten, wie weggeblasen. Jetzt wusste sie, dass sie genau zur richtigen Zeit am richtigen Ort war.

Und genau das Richtige tat.

»Welches Interesse verfolgen Sie eigentlich, Frau Lund?«, fragte Matthias Feldkamp, nachdem sie in den bequemen Sesseln einer zeitlos modernen hellgrauen Sitzgruppe niedergelassen hatten. »Das würde auch unser Rechtsanwalt gern wissen.« Misstrauen klang aus seinen Worten, als er fortfuhr: »Wir kennen Sie natürlich aus dem Regionalprogramm, aus der Sendung, die immer um halb acht Uhr abends läuft ... äh ...«

»*Unser Land am Abend*«, half ihm Kira.

»Genau. Trotzdem haben wir diesem Treffen nur zugestimmt, weil Lukas Rohwer, den ich überaus schätze, es mir empfohlen hat. Aber Sie besuchen uns ja nicht als seine Lebensgefährtin, sondern eben als Journalistin. Also wollen Sie bestimmt etwas erfahren, das Sie medial verwerten können, hab ich recht?«

Karin Feldkamp rutschte auf ihrem Sessel bis zur Sitzkante vor, fasste Kira fest in den Blick und fragte leise: »Und zwar von unserem Sohn. Was genau hoffen Sie eigentlich, von ihm zu hören?«

Kira ließ ihre Augen ruhig zwischen den beiden hin und her wandern und antwortete mit Bedacht: »Zunächst einmal: Ja, ich bin das, was man eine investigative Reporterin nennt. Als solche bin ich natürlich an Nachrichten interessiert, am liebsten an exklusiven. Aber ich werde ohne Absprache mit Ihnen nichts von dem, was ich hier erfahre, medial verwerten. Und zwar gar nichts, darauf können Sie sich verlassen.« Sie lehnte sich zurück und fuhr fort: »Ich weiß ja nicht, wie es Ihnen geht, aber ich finde das Verhalten der Kriminalpolizei zumindest ... na, sagen wir: fragwürdig. Warum will man Ihrem Sohn verbieten, mit jemandem über diesen Fall zu sprechen? Abgesehen davon, dass allein der Versuch, ihm den Mund zu verbieten, lächerlich und zudem rechtlich nicht haltbar ist – was denken *Sie*, was dahinter steckt?«

Feldkamp zuckte die Achseln. »Keine Ahnung. Sein Schutz als Minderjähriger spielt dabei womöglich eine Rolle. Aber vor allem will wohl die Kripo nicht, dass etwas an die Öffentlichkeit kommt, das ihre Ermittlungen behindern könnte.«

Kira lachte trocken auf. »Ja, so würde es jeder Kriminalbeamte formulieren, da bin ich sicher. Und wahrscheinlich stimmt das auch. Die Frage ist bloß: Was sind das für Ermittlungen, die dadurch behindert würden, dass neue Aspekte ans Licht kämen, Fakten oder auch nur Indizien, die die Polizei bisher noch gar nicht auf dem Schirm hat, geschweige denn verfolgt?«

Betretenes Schweigen. Schließlich sagte Karin Feldkamp: »*Unvollständig* würde ich solche Ermittlungen nennen. Vielleicht wäre *einseitig* sogar das bessere Wort.«

»Genau«, erwiderte Kira. »Und deshalb bin ich hier. Eike bestreitet entschieden, der Täter zu sein, dennoch scheint die Polizei vornehmlich daran zu arbeiten, endlich handfeste

Beweise gegen ihn zu beizubringen. Ich dagegen will versuchen, mehr über diesen Morten Harmsen zu erfahren, der da im Camp ermordet wurde. Deswegen rede ich mit möglichst vielen, die ihn kannten. Ich hoffe, dass ich dabei auf das Motiv für die Tat stoße – und vielleicht ja auch auf den Täter.« Sie räusperte sich und fügte leise hinzu: »Den richtigen, meine ich. Was auch immer das am Ende heißen mag.«

»Eins können Sie mir glauben«, schaltete sich der Vater heftig ein. »Unser Sohn ist es nicht. Er hat die Tat nicht begangen.«

»Und deshalb müssen wir Morten Harmsen endlich kennenlernen, wenigstens posthum«, sagte Kira mit Nachdruck. »Nur dadurch haben wir die Chance, dem auf die Spur zu kommen, was tatsächlich hinter dem Mord steckt.« Sie klatschte in die Hände und stand auf. »Finden wir es heraus, wenn die Kripo es schon nicht tut!«

Sie kamen überein, dass Kira allein mit Eike reden solle. Auch Rechtsanwalt Schlösser aus Schleswig, den die Familie als Rechtsbeistand hinzugezogen hatte, war von dem geplanten Besuch der Journalistin unterrichtet und damit einverstanden, zumal Eike bislang noch nicht offiziell als Beschuldigter galt. Für den Fall, dass sich dies änderte, musste Kira sich jedoch einverstanden erklären, alles vorzulegen, was sie von Eike erfuhr, und nichts ohne die Einwilligung des Anwalts zu veröffentlichen.

Dann führte Matthias Feldkamp sie ins oberste Stockwerk des großen Hauses, das, wie er erzählte, bereits von seinem Großvater erbaut worden war.

»Eike hat sich hier oben eine eigene kleine Wohnung ausgebaut«, sagte der Vater nicht ohne Stolz. »Er hat ein Händchen für so was. Und natürlich hatte er handwerkliche Unterstützung von der Werft, wenn er sie brauchte.«

Als nach ihrem Klopfen ein »Herein« ertönte und Kira eintrat, stand sie in einer Art Studio, lichtdurchflutet, mit hohen schrägen Wänden und großen Fenstern. Vor einem bodentiefen Fenster, durch das man einen atemberaubenden Blick über das abfallende parkähnliche Grundstück hinaus auf die Schlei hatte, stand ein massives Sofa mit einer bunten Patchworkdecke darauf. Ein mittelgroßer, schlaksiger junger Mann erhob sich, hielt seine Hände linkisch vor sich und knetete verlegen die Finger, während er Kira stumm entgegensah.

»Freut mich, Sie persönlich zu treffen«, sagte Kira unbefangen.

»Sagen Sie bitte ›du‹«, erwiderte der Junge und räusperte sich ausgiebig. »Und Eike.«

»Dann bestehe ich aber darauf, dass du mich Kira nennst, einverstanden?«

Eine feine Röte überzog das hübsche Gesicht des Jungen, das durch eine gelblich-violette Schwellung rund um das linke Auge und eine verschorfte Wunde an der Oberlippe entstellt wurde, aber ihm gelang ein schräges Grinsen. »Klar, gern. Sie sind ... äh, du bist die Reporterin, von der meine Eltern gesprochen haben, richtig? Sorry, ich hab´s nicht so mit dem Fernsehen, jedenfalls nicht mit dem normalen, wenn du verstehst, was ich meine. Ich streame fast nur.«

»Was anderes hätte mich auch gewundert«, erwiderte Kira und grinste. »Aber unsere App solltest du dir doch bei Gelegenheit mal runterladen. Ist kostenlos, und du bist immer auf dem Laufenden, was hier bei uns im Norden so abgeht.«

»Kann ich ja mal machen.« Neugierig fragte er: »Hat meine Schwester dich tatsächlich hier hergebracht, ohne dass die Polizei etwas davon mitgekriegt hat?« Nach seinem Gesichtsausdruck zu schließen, schien diese Vorstellung ihm großen Spaß zu machen.

»Ja, mit einem Boot. Hat problemlos geklappt. Bemerkenswert, wie deine Eltern das arrangiert haben.«

»Ja, die sind ziemlich cool – meistens. Und auf Marieke

kann man sich sowieso immer verlassen, wenn's eng wird.« Er deutete auf das Sofa. »Sollen wir uns setzen?«

»Gern«, sagte Kira und nahm in einem der beiden Korbsessel Platz, die auf der anderen Seite des Tisches standen. »Von hier hab ich einen besseren Blick aus dem Fenster«, erklärte sie lachend. »Und außerdem ...« Sie griff in den bunt gemusterten Hippiesack und holte ihr Smartphone und ein zusammengeklapptes Tischstativ heraus. »Hast du etwas dagegen, wenn ich von unserem Gespräch eine Aufnahme mache?«

Sofort wurde der Junge nervös. »Was haben Sie ... sorry, ich meine, was willst du damit machen, mit dieser Aufnahme? Komme ich etwa ins Fernsehen?«

Kira erklärte ihm ruhig, was sie zuvor mit seinen Eltern besprochen hatte, und fügte hinzu. »Im Moment werde ich gar nichts davon verwenden, schon um keine Probleme mit der Kripo zu bekommen. Aber wer weiß, vielleicht kommt bald die Gelegenheit, dieses Material zu deinen Gunsten einzusetzen – natürlich immer in Absprache mit deinem Anwalt.« Sie nickte ihm aufmunternd zu. »Das kann sogar sehr schnell passieren, zumindest, wenn du wirklich unschuldig bist.«

»Was soll das denn heißen?«, fuhr er auf. »Ich dachte, du wärst auf meiner Seite ...« Er schien unvermittelt in sich zusammenzusacken, wandte schweigend seinen Kopf ab und fuhr sich verstohlen mit den Handrücken über die Augen. »Scheiße, glaubst du etwa, *ich* hätte Morten erstochen?«, setzte er fast unhörbar hinzu.

»Ich glaube gar nichts, Eike«, erwiderte Kira sanft. »Mein Job ist vom Glauben so weit entfernt wie ... ach, was weiß ich, sehr weit jedenfalls. Ich mache dir einen einfachen Vorschlag: Sei ehrlich zu mir. Denn wenn du nicht der Täter warst, wirst du jemanden wie mich sehr gut gebrauchen können, das versichere ich dir!«

Einige Sekunden herrschte absolute Stille im Raum.

»Einverstanden«, kam es plötzlich überlaut von dem Jungen. Sein mutwilliges Nicken hatte etwas von kindlichem Trotz, fand Kira, hütete sich aber, eine Miene zu verziehen.

»Leg los«, forderte er sie auf. »Was willst du wissen?«

»›Zeltkamerad‹, ›Freund‹ – was für dämliche Begriffe benutzt du da eigentlich?«, rief Eike hitzig, sprang auf und rang aufgeregt die Hände. »Abgesehen davon, dass ich *niemanden* ermordet habe, war Morten gar nicht mein Freund. Wir haben uns ein Zelt geteilt, ja, aber ansonsten ... Ich kannte ihn überhaupt erst eine Woche, nämlich seit wir im Camp angekommen waren. Vorher hatten wir uns noch nie gesehen, verdammt noch mal.«

Seit fast einer Stunde hatte der Junge nun schon berichtet, was in den letzten Tagen im Surfercamp geschehen war, vor allem, wie er Mortens Leiche gefunden hatte und was am Abend vorher passiert war. Ausführlich hatte er vom Streit um Beeke Bahnsen und von der Schlägerei erzählt und immer wieder geduldig Kiras Nachfragen beantwortet. Auch über die Intervention eines gewissen Jonas Krog, eines jungen Dänen, hatte er gesprochen, mit der dieser Schlimmeres verhindert hatte, indem er die beiden betrunkenen Kontrahenten getrennt und sich dann darum gekümmert hatte, dass sie sich in ihrem Zelt schlafen legten. Und schließlich hatte Kira über Morten Harmsen selbst ein paar Details erfahren, die sie noch nicht kannte, allerdings nicht allzu viele.

Als sie genau dazu gerade noch einmal nachhaken wollte, schien Eike jedoch auf einmal die Fassung zu verlieren.

Sie konnte es ihm nicht verdenken. Hart hatte sie ihm zugesetzt, immer wieder nachgefasst, hatte ihn nicht geschont, bis sie schließlich zu der Überzeugung gelangt war, dass er ihr die Wahrheit sagte – seine zumindest. Und die klang für Kira schlüssig.

Mehr konnte man nicht erwarten.

Jeder Mensch hatte *seine* Wahrheit, das war Kira bei ihrer

Arbeit als investigative Reporterin längst klar geworden. Ob es darüber hinaus so etwas wie eine absolute Wahrheit gab, war eine Frage, die sie lieber den Philosophen überließ.

»Komm, setz dich wieder«, bat sie ihn ruhig. »Wir sind gleich fertig. Also, nur damit ich es richtig verstehe: Wie kam es dazu, dass ihr beiden in ein Zelt gezogen seid?«

Eike ließ sich matt auf sein Sofa fallen und massierte vorsichtig das Veilchen um sein Auge. »Die Zelte wurden von den Veranstaltern gestellt. Es gab welche für zwei und für vier Personen. Einige von den Teilnehmern sind ja zu zweit oder auch als kleine Gruppe ins Camp gekommen, aber es gab auch welche, die solo waren. Mich zum Beispiel und eben auch Morten. Und da haben wir uns kurz beraten und dann für dasselbe Zweimannzelt entschieden. *That's it.*«

»Okay, danke, Eike.« Kira nahm das Smartphone vom Stativ und schaltete es aus.

»Und nun?«, fragte der Junge. »Was passiert jetzt?«

»Was dich betrifft, so wirst du wohl demnächst von der Kripo hören. Sobald die Ergebnisse der kriminaltechnischen Untersuchungen vorliegen.«

»Die können ja nichts finden, was mich belastet. Dann hat dieser Albtraum endlich ein Ende.«

»Hoffen wir's«, gab Kira vorsichtig zurück. »Ich glaube dir, keine Frage. Aber trotzdem hat jemand Morten Harmsen umgebracht. Und mit dir haben Polizei und Staatsanwaltschaft einen Verdächtigen, der ideal als Täter passen würde. Also rechne nicht damit, dass sie so schnell von dir ablassen. So funktioniert dieses Spiel nicht.«

Schlagartig wurde Eike blass. »Scheiße, was soll das heißen?«, fragte er ängstlich.

»Dass du noch längst nicht raus bist, fürchte ich. Die Sache mit dem Messer, also der Mordwaffe, ist heikel – selbst wenn sie nicht noch mehr Belastendes gegen dich finden.«

»Du meinst, jetzt, wo sie mich einmal im Schwitzkasten haben, lassen mich da nicht mehr raus?«, fragte er dumpf.

»So ähnlich, ja.« Kira trat zu ihm hin und legte ihm eine Hand auf die Schulter. »Kopf hoch, Eike! Ich mache mich jetzt sofort an die Arbeit, Ich hoffe, es gelingt mir bald, den Grund für den Mord an Morten herauszufinden.«

»Eine Reporterin als Privatdetektivin.« Er sah sie zweifelnd an. »Und das soll klappen?«

Kira war nicht beleidigt. Die Verzweiflung in seiner Stimme war unüberhörbar.

Sie hängte sich ihren Hippiesack über die Schulter und ging zur Tür. »Versprechen will ich dir nichts, aber eins darfst du mir glauben: Ich bin ziemlich gut in solchen Sachen!«

12

Die gesamte Fahrt zurück nach Flensburg grübelte Kira, wurde von Minute zu Minute ärgerlicher, bis sie merkte, dass sie sich kaum noch auf den Straßenverkehr konzentrierte. Irgendetwas spukte ganz hinten in ihrem Kopf herum, das sie einfach nicht zu fassen bekam. Was hatte Eike da vorhin gesagt, über diesen Jonas Krog, der den Streit zwischen ihm und Morten Harmsen geschlichtet hatte?

Ihr wollte partout nicht einfallen, um was es sich handeln könnte. Gut, dass sie alles auf ihrem Smartphone hatte. Sie würde sich nachher die Aufnahme anhören müssen. Vielleicht stieß sie dann auf das, was sie so heftig umtrieb.

Es waren nur knappe fünfzig Kilometer von der Feldkamp-Villa in Kappeln bis zum Sender in Flensburg. Schon am frühen Nachmittag saß Kira wieder dort im ersten Stock in ihrem Büro und berichtete Tim Scholler von ihrem abenteuerlichen Ausflug.

»Hauptkommissarin Christ wird sich vor Begeisterung nicht zu fassen wissen, wenn sie davon erfährt«, feixte Scholli.

»Solange ich nichts davon veröffentliche – und ich werde mich hüten, das jetzt schon zu tun –, kann sie kaum etwas dagegen einwenden. Im Gegenteil: Ich will von ihr wissen, was sich die Mordkommission eigentlich dabei denkt, Leute massiv unter Druck zu setzen.«

Als sie Schollis fragenden Gesichtsausdruck bemerkte, erzählte sie ihm von Nuri Önals Aufforderung an die Familie Feldkamp, mit niemandem zu reden. »Ein Schweigegebot, stell dir das vor!«, schloss sie aufgebracht. »Wenn das stimmt, gibt's Ärger. Der Staatsanwalt wird diese Anmaßung der Kriminalpolizei kaum billigen.«

»Da hast du sicher recht«, erwiderte Scholli. Plötzlich schien ihm aufzufallen, dass kein Hund vor ihm saß, mit dem Schwanz wedelte und ihn anbettelte. »Wo hast du eigentlich Ditch gelassen?«

»Der ist bei Lukas. Wenn ich weiß, dass ich den ganzen Tag in der Gegend herumfahren muss, lasse ich ihn lieber zu Hause.«

»Vernünftig. Aber nun sag schon, was du von Feldkamp erfahren hast! Irgendwelche neuen Erkenntnisse oder wenigstens ein neuer Ansatz, zu dem es sich lohnt zu recherchieren?«

»Könnte sein«, gab Kira vage zurück. »Wir müssen uns ein paar Stellen noch mal anhören. Irgendwas war da, ganz sicher, aber …« Sie holte ihr Smartphone hervor und schaltete die Aufnahme ein.

Nach vier-, fünfmal Vor- und Zurückspulen und immer wieder kurz Hineinhören hatte sie die Stelle gefunden.

»Hast du das gehört? Eike sagt, er habe sich gewundert, dass ausgerechnet Jonas Krog sich darum gekümmert hat, ihn und Morten auseinanderzubringen und den Kampf zu beenden. Er kann sich angeblich erinnern, Krog höchstens drei-, viermal im Camp gesehen zu haben. Seine genauen Worte dazu sind: ›Wenn ich es recht bedenke, haben wir vorher nie ein Wort miteinander gewechselt.‹«

Der Kollege legte seine Stirn in Falten. »Na und? Da war doch eine Menge junger Leute im Camp. Die beiden hatten halt keinen Kontakt miteinander.«

»Eine volle Woche lang nicht? Nicht bei den Mahlzeiten, nicht beim Surfen, nirgendwo im Camp? Sonderbar.«

»Was ist so Besonderes daran?«

»Kommt mir irgendwie seltsam vor. Vermutlich auch nur, weil Eike es erwähnenswert fand. Ich werde Jonas darauf ansprechen. Mich interessiert, wie er den Streit zwischen Eike und Morten beurteilt. Und was ausgerechnet ihn dazu gebracht hat, dazwischen zu gehen, um die Kampfhähne zu trennen. Obwohl er, wenn Eike die Wahrheit sagt, zumindest ihn kaum kannte.«

»Aber vielleicht kannte er ja das spätere Opfer?«, warf Scholli ein. »Morten kam doch auch aus Dänemark.«

Kira lachte auf. »In dem Land wohnen zwar nicht einmal sechs Millionen Menschen, aber die kennen sich dennoch nicht alle untereinander. Trotzdem: Einen Versuch ist es natürlich wert: Wahrscheinlich kannst du bei der Surfschule auch herausbekommen, wo Jonas Krog wohnt. Wenn das nicht zu weit weg ist, statten wir ihm am besten noch heute einen Besuch ab.«

Scholli griff zum Hörer, und Kira stand auf. »Ich gehe eben mal rüber zum Chef und bringe ihn auf den neuesten Stand. Wir müssen uns überlegen, wie wir mit dieser Sache weiter umgehen. Könnte heikel werden – besser, ich hole mir ein wenig Rückendeckung.«

Im strahlenden Licht der Nachmittagssonne, die aus einem wolkenlosen blauen Himmel schien, und mit dem Blick auf das glitzernde Wasser der Flensburger Förde rechts von der Straße glich die Fahrt nach Augustenburg geradezu einer Vergnügungstour.

Gern hatte Kira Schollis Angebot angenommen, seinen Wagen für die Fahrt zu nutzen, ein noch ziemlich neues dunkelblaues Audi-Cabrio mit cremefarbener Innenausstattung, das sein Freund und er sich gerade angeschafft hatten – für Kira ein untrügliches Zeichen dafür, dass es etwas Ernstes war mit den beiden, die sich jetzt schon fast zwei Jahre kannten. Sie freute sich sehr für Tim, der bisher mit seinen Partnern wenig Glück gehabt hatte, soweit sie es beurteilen konnte. Besonders mitteilsam war er ihr gegenüber in dieser Hinsicht allerdings nie gewesen.

Unwillkürlich musste Kira grinsen, als sie den Blick über das edle Interieur des Wagens schweifen ließ. Ein Fahrzeug wie dieses wäre für die Besitzer eines etwa sechzig Kilo schweren langhaarigen Hundes, der zudem eine unstillbare Leidenschaft für Gewässer jeglicher Art hatte, natürlich die denkbar unpraktischste Wahl, ging ihr durch den Kopf.

Der Kauf eines Nachfolgers für ihren alten Volvo ließ sich nun nicht mehr allzu lange hinausschieben. Lukas nutzte einen über zehn Jahre alten Kleinwagen, mit dem er jedoch kaum jemals eine andere Strecke befuhr als die nach Flensburg zum Bahnhof und zurück. Seine Fahrten nach Kiel in die Firma legte er stets mit der Bahn zurück. Doch was ihr nächstes Familienauto anging, so würde das wohl wieder ein robuster, möglichst geräumiger Kombi werden. Etwas anderes war undenkbar.

Umso mehr genoss sie es, heute von ihrem Kollegen in diesem schicken Gefährt mit offenem Verdeck durch die spätsommerliche Landschaft chauffiert zu werden.

Scholli fuhr nach dem Grenzübergang bei Krusau auf der Landstraße 401 in Richtung Broager. Erst bei Dybbøl würde er auf die Schnellstraße Nr. 8 abbiegen und an Sonderburg vorbei weiter nach Augustenburg fahren. Auf diese Weise genoss man hier auf der dänischen Seite fast durchgängig eine herrliche Sicht auf die weite Flensburger Förde und die vielen Segelboote, die sich auf dem Wasser tummelten.

Die Adresse, die Scholli bei der Surfschule in Erfahrung gebracht hatte, lag im Nordosten des kleinen Hafenstädtchens Augustenburg. Kira entfuhr ein beeindrucktes »Wow!«, als das Cabrio auf dem Parkstreifen vor einem hochmodernen Architektenhaus im nordischen Design ausrollte.

»Sieht fast aus wie die Miniaturausgabe der Königlichen Oper in Kopenhagen«, murmelte sie. »Wie ich dich kenne, hast du sicher auch schon herausgefunden, womit Jonas´ Vater sein Geld verdient, oder?«

»Nachdem ich Wohnort und Namen herausbekommen hatte, war es kein Problem, den Rest zu recherchieren«, sagte Scholli bescheiden. »Mikkel Krog heißt der Mann und hat bei Apenrade eine Konservenfabrik. Hauptsächlich Fleischverarbeitung. Angeblich beliefert er auch die Streitkräfte verschiedener NATO-Staaten mit Konserven.« Er verzog angeekelt seine Mundwinkel. »Dosenwurst und solches Zeug.«

»Höre ich da den Vegetarier heraus?«, fragte Kira lachend. Mit dem Kopf wies sie auf das eindrucksvolle Haus. »Scheint sich immerhin zu lohnen.« Sie stutzte. Zwischen den Büschen auf dem Grundstück hindurch fiel ihr Blick auf ein Blumenbeet, in dem eine ältere Frau in dunklem Kleid stand und sich mit einem Gartengerät zwischen den Pflanzen zu schaffen machte. Das Beet grenzte an ein breites, flaches Gebäude mit drei großen Toren, in dem offenbar die Garagen untergebracht waren. Eines der Tore stand offen, und davor war ein kleiner roter Jeep geparkt, dessen Kühlergrill gerade ein junger Mann mit einem Lappen bearbeitete.

Kira öffnete die Wagentür und stieg aus. »Vielleicht haben wir ja Glück«, sagte sie, trat an den schmiedeeisernen Zaun und rief: »*Hej, er du Jonas Krog*?«

Für Kira war es selbstverständlich, in Dänemark die Landessprache zu benutzen, die sie als Angehörige der dänischen Minderheit in Deutschland genauso beherrschte wie Deutsch.

»Ja, aber wer will das wissen?«, kam es ebenfalls auf Dänisch zurück.

»Mein Name ist Kira Lund. Ich bin Journalistin beim Lokalsender in Flensburg. Hast du eine Minute für mich? Ich würde mich gern kurz mit dir unterhalten.«

»Worüber denn?«, wollte Jonas Krog wissen.

Er richtete sich auf und kam, den Putzlappen noch in der Hand, langsam an den Zaun heran. Kira fiel auf, dass er dabei mehrmals zum Wohnhaus hinüberblickte, als fühlte er sich beobachtet.

»Worum geht´s?«, fragte er gedehnt.

»Ich war vorhin bei Eike Feldkamp in Kappeln«, sagte Kira und sah sofort, dass ihr Gegenüber für einen Augenblick überrascht die Augen aufriss. »Er ist dir sehr dankbar, dass du dich um ihn und Morten gekümmert hast, als sie diese üble Schlägerei hatten.«

Noch während sie sprach, beobachtete sie, wie sich die Miene das groß gewachsenen, hellblonden jungen Mannes verschloss. Zwischen zusammengepressten Lippen stieß er hervor: »So, ist er das? Na schön. Und deshalb kommst du hierher? Was willst du wirklich von mir?«

Obwohl sie spürte, wir angespannt Jonas plötzlich war, versuchte Kira, locker und unbeschwert zu wirken, als sie sagte: »Ich wollte dich einfach kennenlernen. Es ist schließlich nicht selbstverständlich, dass jemand in so eine gewalttätige Auseinandersetzung eingreift, um Schlimmeres zu verhüten. Und dann hast du ja auch noch dafür gesorgt, dass die beiden in ihr Zelt kamen und sich hinlegten, hat Eike mir erzählt. Das war doch nicht ganz ungefährlich. Und sicher auch nicht einfach, so betrunken wie die waren.«

Jonas, der einen ganzen Kopf größer war als Kira, sagte nichts, starrte nur verständnislos auf sie herab.

»Und das alles, obwohl du sie ja so gut wie gar nicht kanntest. Zumindest zu Eike hattest du doch vor diesem Ereignis fast keinen Kontakt, richtig?«

Er sah ihr nicht in die Augen, sondern wandte den Kopf ab und blickte noch einmal nervös hinüber zum Wohnhaus. »Ich kannte weder ihn noch Morten vorher. Aber was soll daran so interessant sein ... für eine TV-Reporterin?«, fragte er leise.

»Du hast also Morten Harmsen auch nicht gekannt, bevor du ins Lager gekommen bist?«

»Ich weiß zwar nicht, was dich das angeht, aber nein, den kannte ich vorher auch nicht.«

Das kurze Zögern, die Unsicherheit, bevor er geantwortet

hatte, entging Kira nicht. Ihr war augenblicklich klar, dass sie hier auf einen wunden Punkt gestoßen war. Zwar hatte sie keine Ahnung, worin der bestand, wusste aber, dass sie genau an dieser Stelle nachhaken musste.

»Wieso bist du eigentlich ...«, begann sie, wurde jedoch abrupt unterbrochen.

»Jonas, mit wem redest du da?«, tönte eine tiefe Männerstimme überlaut vom Haus herüber, und Kira sah, dass ein großer dicker Mann über das Grundstück herbeigeeilt kam. Noch einige Meter vom Zaun entfernt, rief er ihr zu: »Wer bist du? Was willst du von meinem Sohn?«

Kira rief ihm ihren Namen entgegen, und als er schließlich mit hochrotem Gesicht vor ihr stand, erklärte sie ihm, wer sie war.

»Ich bin Mikkel Krog«, schnauzte der Dicke und fügte heftig schnaufend hinzu: »Und ich wünsche nicht, dass meine Familie belästigt wird! Was will denn die deutsche Presse von meinem Sohn?«

»Ich berichte für meinen Sender über den Mord an Morten Harmsen«, erklärte Kira geduldig. »Davon hast du ja sicher schon gehört. Ist ja auch hier in Dänemark in allen Zeitungen und im Fernsehen.«

»Ja, und? Was hat das mit meinem Sohn zu tun?«

»Nun, er war schließlich auch im Surfercamp«, erwiderte Kira und warf einen Blick auf den jungen Mann, der einen geradezu verängstigten Eindruck machte, seit sein Vater sich neben ihm aufgebaut hatte. Plötzlich hatte sie so etwas wie eine Eingebung und fuhr fort: »Ich wollte Jonas fragen, ob er mir etwas über Morten Harmsen erzählen kann. Von ihm immer nur als Mordopfer zu sprechen, finde ich nicht angemessen. Mir liegt daran, ihn als den jungen Menschen zu zeigen, der er war.«

»Dazu kann Jonas nichts beitragen. Er kannte diesen Morten gar nicht«, antwortete Mikkel Krog harsch. »Das hat er dir sicher schon selbst gesagt, oder?« Er warf seinem Sohn einen fragenden Blick zu.

Jonas nickte betreten.

»Na also«, sagte der Vater und funkelte Kira wütend an. »So, und damit ist diese Konferenz beendet. Fahr nach Hause und belästige uns nicht weiter!« Damit drehte er sich um, riss Jonas am Ärmel seines Hemdes und zog ihn mit. »Komm, wir haben mit der Presse nichts zu schaffen. Mit der deutschen schon gar nicht.«

Fasziniert von diesem Auftritt, blickte Kira den beiden ungleichen Gestalten hinterher, die über das weitläufige Grundstück auf das Wohnhaus zugingen, bis sie hinter den Büschen verschwanden.

Gerade wollte sie sich umdrehen und zum Auto zurückgehen, da löste sich aus dem Schatten einer Kastanie, die hinter dem Zaun aufragte, eine kleine Gestalt und stellte sich so neben den dicken Stamm, dass sie vom Wohnhaus aus nicht gesehen werden konnte. Kira erkannte die alte Frau in dem dunklen Kleid, die vorhin im Blumenbeet gewerkelt hatte.

»Was wolltest du von Jonas?«, fragte die Alte mit krächzender Stimme auf Dänisch.

»Wer bist du denn?«, fragte Kira ungerührt zurück.

»Martha Krog, seine Großmutter. Und du?«

Kira holte eine Visitenkarte hervor und reichte sie der alten Frau über den Zaun.

»Eine Reporterin vom deutschen Fernsehen«, wunderte sich Martha Krog, nachdem sie einen Blick darauf geworfen hatte. Rasch ließ sie die Karte in der Tasche ihres Kittels verschwinden. »Du bist aber Dänin, und zwar aus dieser Gegend, aus Südjütland. Das höre ich doch.«

»Ich bin Südschleswigerin«, erklärte Kira. »Und ich berichte für meinen Fernsehsender über den Mord, der gerade in einem Zeltlager auf der anderen Seite der Förde geschehen ist. Du hast sicher davon gehört. Ich hatte gehofft, Jonas könnte mir etwas darüber erzählen. Er war ja auch dort.«

»Ich weiß.« Sie lugte hinüber zum Wohnhaus. »Aber *er* wird es nicht zulassen.«

»Wie bitte? Wen meist du?«

»Mikkel, mein Sohn – Jonas' Vater«, krächzte die Alte und trat dicht vor Kira an die Zaunmaschen. »Mit dem ist nicht zu spaßen. Sei vorsichtig, bitte, sonst muss es der Junge büßen!«

Ein düsterer Beiklang in der Stimme und der wilde Ausdruck in den Augen der alten Frau lösten eisige Schauer aus, die Kira unvermittelt über den Rücken liefen.

»Was geht hier vor?«, fragte sie. »Hat Jonas etwas zu verheimlichen? Sag´s mir bitte!«

»Niemals!« Die Alte schüttelte energisch den Kopf. »Fahr weg, schnell, sonst geschieht noch mehr Unheil! Seine Frau ist auch schon fortgelaufen. Hat´s nicht mehr ausgehalten ... den Hass ... das alles ...« Damit wandte sie sich ab. Mit drei, vier erstaunlich schnellen Sätzen war sie zwischen den Büschen verschwunden. Ein paar Atemzüge später sah Kira sie hinter dem Garagengebäude verschwinden.

Sie musste ein paar Mal tief durchatmen, bevor sie zurück zum Wagen gehen konnte.

Dort wartete Scholli schon ungeduldig auf sie.

13

»Gute Neuigkeiten vom LKA aus Kiel! Wir haben endlich belastbare Ergebnisse«, sagte Oberkommissar Önal. »Sie machen noch weitere Untersuchungen, aber mit den vorliegenden Resultaten können wir durchaus schon etwas anfangen.«

Seine Chefin wies auf den Stuhl vor ihrem Schreibtisch. »Setz dich und lass hören!«

Önal nahm Platz, klappte sein Notebook auf und blickte auf den Bildschirm. »Das Wichtigste zuerst: Auf der Tatwaffe hat man Feldkamps Fingerabdrücke sichern können.«

Helene Christ nickte bloß. Auf eine unerklärliche Weise traf sie diese Nachricht, aber sie verzog keine Miene.

»Hm, scheint dich nicht sonderlich zu beeindrucken«, stellte Önal enttäuscht fest. »Ich hatte mehr ... na ja, Begeisterung erwartet, schließlich ist das der Beweis, den wir noch brauchten. Jetzt wissen wir endgültig, dass wir den Richtigen haben.«

»Wenn du es sagst ...«, erwiderte die Hauptkommissarin gedehnt. »Liegen die Obduktionsergebnisse auch schon vor – zum Beispiel die Blutwerte des Opfers?«

»Harmsen hatte 1,2 Promille im Blut. Ansonsten keine Auffälligkeiten.«

»Und was hat die Kriminaltechnik gefunden?«

»Außer Feldkamps Fingerabdrücken waren keine anderen Spuren auf dem Messer – neben dem Blut des Opfers natürlich. Aber davon wussten wir ja schon.«

»Gibt´s schon Ergebnisse zur DNA-Spurenlage?«

»Ja, auch an Morten Harmsens Leiche wurden Feldkamps DNA-Spuren gefunden, sogar viele.«

»Und das ist alles?«

»Sie sind noch dran. In dem Zelt finden sich viele Spuren, ist doch klar. Wird schwer werden, die alle zuzuordnen. Aber ist das überhaupt noch ein Problem?«

Hauptkommissarin Christ rückte ein Stück vor, stützte die Ellbogen auf den Schreibtisch und fasste ihren Stellvertreter fest in den Blick. »Gibt es an der Leiche noch andere Fremdspuren außer denen von Feldkamp?«

Önal nickte. »Scheint so. Die sind aber noch nicht alle bestimmt, schreiben die Forensiker.« Misstrauisch sah er seine Vorgesetzte an. »Ich werde den Eindruck nicht los, dass du immer noch nicht überzeugt bist.«

»Wovon? Dass Eike Feldkamp der Täter ist?« Sie ließ sich in ihren Sessel zurückfallen. »Alles scheint dafür zu sprechen.«

»Das will ich meinen! Die Tatwaffe fand sich unter seiner Wäsche, seine Fingerabdrücke sind drauf, an seiner Kleidung haftet Blut des Opfers, und an der Leiche findet sich seine DNA.«

»Harmsens Blut kann ebenso gut auf Feldkamps Kleidung gekommen sein, nachdem der am Morgen gemerkt hatte, dass etwas mit seinem Mitbewohner nicht stimmte, und sich neben ihn hingekniet hat, um ihn in seinem Schlafsack umzudrehen. Hab ich recht?«

Önal zuckte widerwillig mit den Schultern, schwieg aber demonstrativ.

»Und Feldkamps DNA auf der Leiche beweist ebenfalls nichts. Er hat sich mit Morten Harmsen ein paar Stunden zuvor geschlagen. Was meinst du wohl, wie viel von dessen DNA an Eike Feldkamp haftete?«

Önal klappte mit hörbarem Knall sein Notebook zu. »Alles, was bisher ermittelt wurde, spricht eindeutig gegen Feldkamp. Himmel, was brauchst du denn noch?«

»Ein Motiv, Nuri, wie wär's mit einem Motiv? Und jetzt komm mir nicht mit dieser vermeintlichen Beeke-Bahnsen-Liebesaffäre. Das ist doch Bullshit.«

»Was weiß ich, warum ihm die Sicherungen durchgebrannt sind?«, erwiderte Önal verstimmt. »Er hat es nun mal getan, warum auch immer. Die Fakten sind eindeutig. Vielleicht war es kein Mord, sondern Totschlag im Affekt. Aber das haben nicht wir zu entscheiden, sondern das Gericht.« Er stand auf. »Wirst du dich mit der Staatsanwaltschaft in Verbindung setzen?«

»Du meinst sicher, dass Feldkamps Hausarrest beendet werden und er aufgrund dieser neuen Beweise nun in U-Haft genommen werden muss?«

»Allerdings.«

»Ich habe kein gutes Gefühl dabei«, sagte Helene Christ und hob in einer resignierten Geste ihre Hände. »Irgendwie ist mir das alles zu ... glatt, allzu ... scheinbar eindeutig.«

»Wieso ›scheinbar‹? Die Erkenntnisse sind hieb- und stichfest.«, insistierte der Oberkommissar. »Feldkamp hat Harmsen erstochen. Warum auch immer. Ich verstehe durchaus, dass dir die Motivlage zu dünn vorkommt. Ich hätte da gern auch festeren Boden unter den Füßen. Aber kannst du nicht einmal sagen: Okay, ich kenne vielleicht nicht alle Gründe, werde sie möglicherweise auch nie erfahren, aber unsere Ermittlungen waren umfassend und sorgfältig, und sie haben gerichtsfeste Ergebnisse erbracht?«

Helene Christ verzog das Gesicht zu einer gequälten Grimasse. Mit einem hörbaren Anflug von Fatalismus sagte sie: »Keine Sorge, natürlich informiere ich umgehend Staatsanwalt Petersen. Was bleibt mir anderes übrig? Er hat die Entscheidung zu treffen.«

Der Staatsanwalt bat darum, ihm die neuesten Ergebnisse der Kieler Forensiker vorzulegen, damit er sie noch einmal persönlich begutachten und, falls erforderlich, Rückfragen dazu an das LKA richten könne. Danach wollte er die Entscheidung treffen, ob Eike Feldkamp in die Jugendanstalt Schleswig verbracht und in U-Haft genommen werden sollte.

»Ich denke, es wird darauf hinauslaufen, dass wir recht bald Anklage gegen ihn erheben«, sagte er zu Helene Christ. »Wenn ich alles in Betracht ziehe, was Sie mir eben berichtet haben, hat sich der dringende Tatverdacht gegen Feldkamp damit erhärtet. Er hatte ein Motiv für die Tat, die Gelegenheit, sie auszuführen, und vor allem steht nunmehr fest, dass sich seine Fingerabdrücke auf der Tatwaffe befinden.«

»Wenn Sie meinen ...«, erwiderte die Hauptkommissarin.

»Sie sind anderer Meinung?«

»Die Ergebnisse der Spurensicherung belasten Feldkamp schwer, keine Frage. Aber sein vermeintliches Tatmotiv will mir nicht einleuchten. Allerdings ...« Sie stockte.

»Bitte, Frau Christ«, schnaubte Petersen, »machen Sie nicht immer irgendwelche Andeutungen, ohne sie zu präzisieren.«

»Entschuldigung!« Sie holte tief Luft und fuhr fort: »Ich glaube einfach nicht, dass der Streit wegen dieses Mädchens ein hinreichendes Motiv für die Tat war. Die Jungs haben sich im Suff um Beeke Bahnsen geprügelt – okay. So was kommt immer wieder mal vor. Und damit war die Sache dann doch auch erledigt. Warum hätte Feldkamp später in der Nacht noch auf den schlafenden Harmsen einstechen sollen? Mal ganz abgesehen davon, dass er selbst wahrscheinlich gleich in Tiefschlaf gefallen ist, nachdem der Zeuge Krog dafür gesorgt hatte, dass die beiden in ihr Zelt kamen.«

»Hat Feldkamp nicht ausgesagt, ihm sei schlecht geworden, als er im Schlafsack lag, und er musste deswegen aufstehen, um sich außerhalb des Zelts zu übergeben? Was, wenn ihn bei seiner Rückkehr die Wut auf den schlafenden

Harmsen wieder übermannt und er kurzerhand sein Messer genommen und auf ihn eingestochen hat?«

»Ganz ehrlich, Herr Staatsanwalt: Wie glaubwürdig hört sich das für Sie an?« Helene Christ erlaubte sich einen leicht spöttischen Ton, wurde jedoch sofort wieder ernst: »Ich will nicht verschweigen, dass ich vorhin schon mit KOK Önal über dieses Thema gesprochen habe. Auch er meint, es könne sich um eine Affekthandlung unter Alkoholeinfluss gehandelt haben.« Sie legte eine kurze Pause ein, dann setzte sie hinzu: »Es überzeugt mich aber nicht.«

»Danke, dass Sie mir das so klar sagen«, gab Petersen zurück. »Ich nehme Ihre Bedenken durchaus ernst. Leider kommt es immer wieder vor, dass die Gründe für eine Gewalttat nicht vollständig aufgeklärt werden können. Das wissen Sie ja selbst. Dann muss man sich eben an die belastbaren Fakten halten.«

»Die auch nichts daran ändern, dass kein Geständnis des mutmaßlichen Täters vorliegt«, ergänzte Helene Christ aufreizend sachlich.

»Vielleicht kriegen wir das ja noch, wenn er in Haft kommt«, sagte Petersen. »Wir machen es so: Erst sehe ich mir jetzt die aktuellen Unterlagen aus Kiel an – und gleich auch noch einmal alle Zeugenaussagen und die bisherigen Ermittlungsergebnisse – und dann setzen wir uns noch einmal zusammen und sprechen alles genau durch, einverstanden?«

»Natürlich«, antwortete Hauptkommissarin Christ, beendete das Gespräch und legte auf.

Lange saß sie dann bewegungslos da und starrte, tief in Gedanken versunken, auf das Telefon.

»Du warst ... *wo*?«

»Bei den Feldkamps in Kappeln, Helene. Sagte ich doch gerade.«

»Das ist ja wohl ...«

Der Chefin der Flensburger Mordkommission schien es die Sprache verschlagen zu haben. Kira grinste in sich hinein. Sie hatte nichts anderes erwartet. Kurz kämpfte sie mit der Versuchung, ihr auch noch unter die Nase zu reiben, dass ihr Mitarbeiter Önal die Feldkamps dreist einzuschüchtern versucht hatte. Doch sie verwarf diesen Gedanken sofort wieder. Denunziation war ihr zutiefst zuwider. Sie würde den Oberkommissar lieber persönlich mit dem Besuchs- und Redeverbot konfrontieren, das er angeblich über die Feldkamps hatte verhängen wollen.

Stattdessen beschrieb sie der Hauptkommissarin, wie ihre Verabredung in der Feldkamp-Villa zustande gekommen und wie sie dorthin gelangt war. Dann fragte sie scheinheilig: »Verboten war das doch nicht, oder?«

»Natürlich nicht!«, schnappte Helene. »Aber ganz schön frech. Auf so was kommst auch nur du. Sag mir nur eins: Was wolltest du dort?«

»Mit Eike Feldkamp reden«, erwiderte Kira wahrheitsgemäß. »Er ist ja offensichtlich euer Hauptverdächtiger. Allerdings scheint das, was ihr gegen ihn in der Hand habt, nicht wasserdicht zu sein, sonst säße er bestimmt nicht noch zu Hause herum. Und da dachte ich mir, ich frage ihn einfach mal, wie *er* das alles sieht.«

»›Das alles‹? Was meinst du damit?«

»Mich hat interessiert, wer er eigentlich ist, was für ein Mensch. Und was er mir über jenen Abend am Lagerfeuer und die Vorgänge danach erzählen kann. Bestimmt kein Nachteil, das zu erfahren, um dem wahren Täter auf die Spur zu kommen.«

»Und das ist deiner Meinung nach nicht Eike Feldkamp? Hast du dir diese Meinung in deinem Gespräch mit ihm gebildet?«

Kira überlegte sich ihre Antwort sorgfältig. »Teilweise. Die sogenannten Ergebnisse eurer Ermittlungen, die auf der

PK zur Sprache gekommen sind, haben mich nicht überzeugt.«

»Ach, haben sie das nicht?«, ätzte die Hauptkommissarin. »Wie schade. Und was willst du jetzt machen? Deine Zweifel an unserer Arbeit mit den Zuschauern von *Unser Land am Abend* teilen?«

Oha, dachte Kira, es wurde höchste Zeit, die Wogen ein wenig zu glätten. Sonst könnte es durchaus passieren, dass ihr gutes Verhältnis zu Helene Christ Schaden nahm. Daran konnte sie schon aus beruflicher Sicht kein Interesse haben. Noch weniger aber würde das der Privatperson Kira Lund gefallen.

»Nein, Helene, das wird natürlich nicht geschehen«, gab sie ernst zurück. »Ich habe zwar den starken Eindruck, dass Eike Feldkamp nicht der gesuchte Täter ist, aber mir ist vollkommen klar, dass das nichts anderes als ein Gefühl ist. Anders ausgedrückt: Ich hänge genauso in der Luft wie wahrscheinlich die Polizei – was du allerdings mir gegenüber kaum zugeben wirst.« Sie sah, dass Helene bei diesen Worten ihr Augen senkte und angelegentlich auf die Tischplatte starrte. »Sag mal«, versuchte sie es vorsichtig, »überzeugt dich Feldkamps angebliches Motiv eigentlich? Mord aus Eifersucht?«

»Die Frage erübrigt sich mittlerweile«, erklärte Helene Christ und blickte Kira undurchdringlich an. »Die Beweise liegen auf dem Tisch, und die Staatsanwaltschaft hat ihre Entscheidung getroffen.«

»Soll heißen?«

»Dass damit meine Aufgaben als Leiterin dieser Dienststelle klar definiert sind.«

»Du meinst, dass du keinen Raum hast für weitere Ermittlungen – zumindest nicht für solche in eine andere Richtung, hab ich recht?«

»Ich bin Beamtin, Kira.« Die Hauptkommissarin räusperte sich. »Aber was hast *du* jetzt vor?«

Das klang ja regelrecht erwartungsvoll, dachte Kira verwundert. »Ach, ich denke, ich werde noch ein wenig recherchieren«, erwiderte sie fröhlich. »Ich darf das ja – frei und ungebunden.«

»Klingt beängstigend«, erklärte die Kriminalbeamtin mit einem feinen Lächeln. »Darf ich erfahren, in welche Richtung?«

»Ein Ansatzpunkt ist das private Umfeld von Morten Harmsen.«

»Heißt das, du willst nach Dänemark fahren?«

»Gewiss doch. Ich möchte seine Familie kennenlernen, erfahren, wie er gelebt hat.«

»Ich kann dich nicht davon abhalten.«

»Das will ich meinen«, antwortete Kira lachend. »Aber du kannst dich darauf verlassen: Wenn ich auf etwas stoße, das für eure Ermittlungen von Bedeutung sein könnte, bist du die erste, die davon erfährt. Auf jeden Fall, bevor ich irgendetwas davon journalistisch verwerte.«

»Freut mich, das zu hören«, sagte die Hauptkommissarin, und Kira hörte das leichte Schmunzeln heraus. Die angespannte Stimmung schien verflogen. »Natürlich nur, was den letzten Teil deiner Ausführungen angeht«, schränkte sie sofort ein. »Was deine Laienermittlungen betrifft, die du ›Recherchen‹ nennst, weißt du selbst, was ich davon halte.«

»Ich erinnere mich dunkel, dass sie schon einige Male recht nützlich waren. Nicht zuletzt für die Kriminalpolizei.«

»Touché«, erwiderte Helene Christ. »Okay, dann will auch ich fair sein. Wir werden zwar noch heute eine Presseerklärung herausgeben, aber du kannst genauso gut auch bereits jetzt den aktuellen Stand der Ermittlungen erfahren. Es gibt nämlich Neuigkeiten. So sehr, wie du glaubst, hängen wir keineswegs mehr in der Luft. Das war doch eben deine Formulierung, nicht wahr?«

»Neuigkeiten? Etwa solche, die Eike Feldkamp belasten?«

»Du verstehst sicher, dass ich über die Ergebnisse der kriminaltechnischen Untersuchungen nicht im Detail sprechen kann, aber ja, es handelt sich um gerichtsfeste Beweise gegen ihn.«

Kira schluckte hart, sagte aber nichts.

In das Schweigen hinein sagte die Chefin der Flensburger Mordkommission: »So viel zum Thema Bauchgefühl«, und fügte verhalten hinzu: »Übrigens nicht nur deines …«

»Scheiße«, erklärte Kira mit Inbrunst.

»Ach ja, noch eine Information, die du verwenden darfst: Aufgrund der neuen Erkenntnisse erwägt die Staatsanwaltschaft, Feldkamp in U-Haft zu nehmen, während sie prüft, ob Anklage gegen ihn erhoben wird.«

Einen Kommentar dazu gab Kira nicht ab. Ihr fiel einfach nichts halbwegs Kluges mehr ein. Was sie da gerade gehört hatte, stürzte sie in einen Abgrund aus Zweifeln und Ratlosigkeit.

Egal, um welche neuen Beweise gegen Eike Feldkamp es sich handeln mochte – was hatte sie denn geglaubt, wer sie sei? Die großartige investigative Journalistin, die besser ermitteln konnte als die Kriminalpolizei? Die Frau, deren intuitive Einschätzungen mehr wert waren als harte Fakten, die von hoch qualifizierten Kriminologen in akribischer Arbeit ans Licht gebracht wurden?

Nach einer Weile brach Helene das Schweigen. Leise sagte sie: »Da du wieder einmal dabei bist, dich als Reporterin in einen Kriminalfall zu stürzen, beherzige wenigstens eine Bitte, Kira: Pass auf dich auf! Und sag rechtzeitig Bescheid, wenn du irgendwo Gefahr witterst, ja? Du weißt genau, was schon passiert ist …«

14

Lähmende Verzagtheit hatte Kira erfasst, seit sie von den ›gerichtsfesten Beweisen‹ gegen Feldkamp erfahren hatte. Völlig undenkbar, dass Helene Christ diesen starken Begriff gebraucht hätte, wenn sie sich nicht absolut sicher gewesen wäre. Und das bedeutete, dass die Reporterin Kira Lund weitere Recherchen in diesem Fall besser einstellen sollte, bevor sie sich der Lächerlichkeit preisgab.

Welcher Art die neuen Spuren auch immer sein mochten – sie bewiesen, dass sie sich offenbar ein falsches Bild von Eike Feldkamp gemacht hatte. Das tat weh, war aber eine heilsame Lehre. Sie würde künftig etwas mehr Zurückhaltung üben müssen, was vorschnelle Schlüsse anging. Und ebenfalls in Bezug auf ein allzu impulsives Urteil über Menschen, die sie gerade erst kennenlernte.

Reine Hybris, ihre Empfindungen höher zu werten als die professionelle Arbeit der Kriminaltechniker, schalt sie sich erneut und hockte lange niedergeschlagen an ihrem Schreibtisch im Studio. Schließlich entschied sie, nach Hause zu fahren, um Abstand zu bekommen. Gerade wollte sie das Smartphone in ihren Hippiesack legen, als es klingelte. Der Blick auf das Display zeigte eine unbekannte Nummer.

»Stell dir vor, sie wollen mich in den Knast bringen!«, sprudelte ihr die sich überschlagende Stimme von Eike Feldkamp schrill entgegen, kaum dass sie sich gemeldet hatte.

Konsterniert schwieg Kira, und der Junge fuhr fort: »Dem Anwalt haben sie gesagt, sie hätten meine Fingerabdrücke und sogar DNA-Spuren von mir auf dem Messer gefunden!

Der absolute Wahnsinn!« Die Stimme überschlug sich wieder, und seine Panik war mit Händen zu greifen. »Auf dem Messer, mit dem Morten ermordet wurde! *Meine Fingerabdrücke*!«, schrie er. »Dabei hab ich das Messer noch nie gesehen ... ich meine, bevor die Polizei es bei uns im Zelt gefunden hat.«

Da waren sie also, die ›gerichtsfesten Beweise‹, soviel war Kira augenblicklich klar.

»Versuch erst mal, dich etwas zu beruhigen, Eike«, antwortete sie so unaufgeregt wie möglich. »Hat man deinem Rechtsbeistand irgendwelche Einzelheiten dazu mitgeteilt?«

Der Anwalt habe gerade seine Eltern angerufen, berichtete der Junge, und sie informiert, dass er, Eike, morgen in Untersuchungshaft genommen werde. »Weil angeblich meine Spuren auf der Tatwaffe gesichert werden konnten. Das sind neue Beweise, hat ihm die Kripo wohl erklärt, und dass die Staatsanwaltschaft mich deswegen anklagen wird. Morgen um zehn Uhr werden sie mich hier zu Hause abholen und nach Schleswig in die Jugendanstalt bringen. Wahrscheinlich in der *Grünen Minna*.«

Das Gespräch ging noch minutenlang weiter, wobei es Kira nicht gelang, dem am Boden zerstörten jungen Mann etwas Zuversicht zu vermitteln.

Wie auch?, fragte sie sich im Stillen. Sie war ja selbst hin- und hergerissen. Da gab es einerseits klare Beweise gegen den Jungen, andererseits jedoch war sie, je länger sie mit ihm sprach, aufs Neue davon überzeugt, dass er nicht der Täter war – und zwar diesmal mehr denn je.

Ihre verdammten Gefühle. Es gelang ihr nicht, sie zu ignorieren.

Schließlich beendete sie das Telefonat mit dem Versprechen, Eike nicht ›fallen zu lassen‹. So hatte er das nämlich ebenso unbeholfen wie theatralisch formuliert und diese Bitte mehrmals eindringlich wiederholt.

Sie musste gründlich nachdenken.

Zuerst aber besprach sie alles, was sie von der Leiterin der Flensburger Mordkommission erfahren hatte, mit Scholli, und erzählte ihm natürlich von Eike Feldkamps verzweifeltem Anruf. Nach kurzer Diskussion waren sie sich einig: Sie konnten nichts anderes tun als dranzubleiben – trotz der ›gerichtsfesten Beweise‹. Was blieb ihnen auch anderes übrig?

Also würden sie einfach genau das tun, was sie sich vorgenommen hatten, nämlich Morten Harmsens Familie zu besuchen und Informationen über Jonas Krog zu sammeln. Auch wenn das, wie die Dinge inzwischen standen, wahrscheinlich keine sensationelle Wendung in diesem Fall mehr erwarten ließ. Wenigstens würden sie so Material für die journalistische Aufbereitung bekommen und zum ›Mord im Surfercamp‹ eine spannende Hintergrundstory bringen können.

Während Tim Scholler sich in die Archiv- und Internetrecherche stürzte – seine absolute journalistische Leidenschaft –, fuhr Kira nach Hause. Nicht zuletzt, um vielleicht ein wenig Ordnung in ihre widerstreitenden Gefühle und Gedanken zu bringen.

Zwei Stunden lief sie in der hereinbrechenden Dämmerung mit Ditch am Deich entlang, warf immer wieder Stöckchen ins Wasser, die der Hund zurückholte und ihr mit nicht nachlassender Begeisterung pitschnass und hechelnd vor die Füße warf.

Ihre innere Unruhe aber wollte nicht weichen.

Nach einem eher schweigsamen Abendbrot, bei dem es auch Lukas nicht gelang, in ihren Gedankenkokon einzudringen, ging sie früh zu Bett.

Schon um sechs Uhr morgens jedoch schlug sie hellwach die Augen wieder auf und startete nach einer ausgiebigen Dusche, einer Schale Müsli und einem Becher Tee nach Flensburg. Ditch fuhr diesmal mit, denn Lukas würde heute den ganzen Tag in Kiel mit einer Planungskonferenz bei seiner Firma zubringen müssen.

Inzwischen war es Mittag geworden, und Kira war gerade von einem Treffen mit ihrem Chef Michael de Jong in ihr Büro zurückgekommen. Zusammen mit dem Studioleiter des nördlichsten deutschen Senders hatte sie sich die kurze Reportage der Kollegin angesehen, die damit beauftragt worden war, Eike Feldkamps Abtransport in die Jugendanstalt nach Schleswig zu filmen.

Kira hatte darauf verzichtet, persönlich nach Kappeln zu fahren, weil ihr klar war, dass die Polizei dafür sorgen würde, dass niemand dem Geschehen zu nahe kam – schon gar kein Reporter.

Was im Sinne des Jungen auch durchaus richtig war.

Dennoch musste der Sender natürlich über diese Maßnahme der Staatsanwaltschaft berichten. Allerdings würde man später in *Unser Land am Abend* nicht viel mehr sehen als schon jetzt in der App: einen Kleinbus mit verdunkelten Seitenscheiben, durch die kein Blick ins Innere möglich war. Das dunkelgraue Fahrzeug kam aus dem Tor heraus, bog auf die Straße ein und fuhr, begleitet von einem zivilen Polizeifahrzeug, davon.

Kira hatte die Reporterkollegin vorab nur darüber informiert, wann und wo man Eike Feldkamp abholen werde, um ihn nach Schleswig zu fahren. Ihr Wissen über die neu aufgetauchten Beweise hatte sie selbstverständlich nicht mit ihr geteilt.

Naturgemäß war deshalb auch der Kommentar zu den Bildern eher belanglos. Die Zuschauer erfuhren lediglich, dass gegen den minderjährigen Verdächtigen im Fall des Mordes auf der Halbinsel Holnis nunmehr neue Beweise vorlägen und er deshalb nicht länger in Hausarrest bleiben dürfe, sondern in U-Haft verbracht werde.

»Das ist zu wenig! Wir brauchen ein richtig knackiges Stück über diesen Mord im Surfercamp«, hatte de Jong eingefordert, als der Beitrag beendet war, und Kira misstrauisch angesehen. »Du hast doch gewiss schon längst mehr darüber herausgefunden, oder etwa nicht? Wann kann ich endlich mal wieder mit einer richtig packenden Reportage von dir rechnen?«

»Ich weiß noch nicht genug – nicht annähernd!«, hatte Kira abgewehrt und ihn mit viel Mühe davon überzeugen können, dass es für eine ›richtig packende Reportage‹ noch zu früh war, wenn sie sich nicht angreifbar machen wollten. Um ihn milde zu stimmen, hatte sie dann jedoch leichtsinnigerweise erzählt, dass sie in Kürze die Familie des Opfers aufsuchen wolle. »Ich werde versuchen, mit den Harmsens über ihren toten Sohn zu reden. Wahrscheinlich bekomme ich auf diesem Weg Informationen, die wir bisher nicht haben. Vielleicht können wir damit bei den Menschen neue Emotionen wecken und die Diskussion um diesen scheinbar schon gelösten Fall in der Öffentlichkeit anfachen. Jedenfalls hoffe ich das.«

Nun ja, wenigstens hatte sie ›wahrscheinlich‹ und ›vielleicht‹ gesagt …

Jetzt saß sie an ihrem Schreibtisch und schaffte es vor lauter Grübeln kaum, sich auf die Memos zu konzentrieren, die Scholli ihr bereits auf den Rechner geschickt hatte. Er steckte offenbar mitten in seiner Lieblingsarbeit, das erkannte sie an der Vielzahl von Unterlagen aus diversen Quellen, aus denen er längere und kürzere Textausschnitte und Fotos extrahiert hatte. Mit Sicherheit ergab das alles Sinn, wenn man es in einen Zusammenhang brachte, das war ihr klar. Doch sie sah sich die Inhalte gar nicht an, brachte einfach die Energie nicht auf, sich damit zu beschäftigen.

Später!, nahm sie sich halbherzig vor.

Erst einmal hatte die Aussicht auf investigative Arbeit für sie ihren Reiz verloren. Die Fakten standen ja offenbar schon fest. Noch so intensive journalistische Anstrengungen würden an den vorliegenden Beweisen nichts ändern.

Auch nicht daran, dass Eike Feldkamp verurteilt würde.

In trübe Gedanken versunken, ruhte ihr Blick auf Ditch, der lautstark schnarchend auf seiner Decke unter dem Fenster lag, als plötzlich Scholli die Tür aufriss und hereinstürmte.

»Ein Wahnsinn, Kira! Man kann so gut wie alles finden, wenn man weiß, wo man suchen muss!«, rief er begeistert aus und warf sich theatralisch in seinen Sessel.

Ditch, vom bühnenreifen Auftritt seines Freundes aufgeschreckt, fuhr hoch und gähnte ausgiebig. Dann setzte er sich schwanzwedelnd vor dessen Schreibtisch und schmachtete ihn aus großen Augen an.

»Archive gibt´s, das glaubt man nicht«, fuhr Tim Scholler enthusiastisch fort, während er in der Schreibtischschublade nach den Leckerlis kramte und Ditch ein paar davon zuwarf. »Und einige Quellen, nach denen man so tief graben muss, dass man meint, man wäre unter Tage. Hast du schon gesehen, was ich dir alles geschickt habe?«

»Äh, ja ...eine Menge Stoff«, gab Kira vage zurück. »Hatte noch keine Gelegenheit, mich drum zu kümmern, weil der Chef mit mir reden wollte.«

»Das heißt, du weißt gar nicht, worauf ich gestoßen bin? Na gut, dann mache ich gleich mal einen mündlichen Schnelldurchlauf für dich. Ich sage dir: Das wird dich umhauen! Also ...« Er unterbrach sich und sah Kira misstrauisch an. »Wo bist du mit deinen Gedanken? Hörst du mir überhaupt zu?«

Kira hob beide Hände. »Entschuldige bitte. Ich bin ganz Ohr!«

»Fangen wir mit den Krogs an«, begann Scholli. »Dass Mikkel Krog, Jonas´ Vater, eine Konservenfabrik besitzt, wissen wir ja schon. Aber man erfährt auch über ihn selbst eine Menge, wenn man sich die Firmengeschichte auf der Website von *DanCan ApS* ansieht. Er scheint großen Wert darauf zu legen, als Unternehmerpersönlichkeit gut rüberzukommen.«

»Heißt was?«

»Zum Beispiel, dass er laut seiner Vita ein typischer und dabei überaus erfolgreicher Selfmademan ist, der den Laden, der heute zu Dänemarks führenden Konservenherstellern gehört, aus dem Nichts aufgebaut hat.«

»Und was nützt uns diese Information?«

Scholli grinste säuerlich. »Bisschen ungnädig heute, die Dame, oder trügt mich mein Eindruck?«

»Sorry, bin nicht gut drauf. Du weißt doch, was mich umtreibt.«

»Sollte uns aber nicht davon abhalten, unsere Arbeit zu machen, finde ich. Wir wollen schließlich eine anständige Reportage über diese Sache in Holnis abliefern.«

»Die will der Chef auch – und zwar möglichst schon gestern«, knurrte Kira und verzog unwillig ihre Mundwinkel. »Ach ja, und ›packend‹ soll sie sein, die Reportage.«

»Dann also frisch ans Werk!«, rief Scholli übermütig. »Er wird sich noch ein wenig gedulden müssen, aber das Material ist vielversprechend, wirst es gleich hören.« Demonstrativ knallte er die Schublade zu und rief: »So, Ditch, Schluss für heute mit den Hundekuchen!«

Nachdem das große Tier sich endlich widerwillig auf seinen Platz getrollt hatte, sah Scholli Kira mit schräg gelegtem Kopf an und sagte leise: »Wenn ich dir einen Rat geben darf, bevor ich dich mit meinen Neuigkeiten faszinieren werde: Bleib objektiv, auch wenn´s schwerfällt. Feldkamp könnte lügen, nicht wahr?«

»Wahrscheinlich tut er das schon die ganze Zeit. Und zwar überaus geschickt. Genau das macht mich ja so fertig.« Sie straffte sich in ihrem Sessel, dann schüttelte sie sich heftig, als wollte sie auf diese Weise ihre Zweifel loswerden. »Also los, fang endlich an. Ich höre dir zu.«

Was nun jedoch folgte, fand sofort Kiras ungeteilte Aufmerksamkeit: Mikkel Krog war einer von zwei Brüdern und stammte, wie sie zu ihrer Überraschung erfuhr, aus dem Ort Gillestrup nahe Tingleff in Südjütland.

»Die Familie Krog ist dort seit vielen Generationen ansässig, habe ich herausgefunden«, fuhr Scholli fort. »War nicht schwer, dann auch noch festzustellen, dass ein gewisser Bjarne Krog den Hof heute bewirtschaftet. Er ist Mikkels Bruder.«

»Was sagst du da?«, entfuhr es Kira, und schlagartig war ihr klar, dass ihr geplantes Gespräch mit den Eltern des Mordopfers durch diese Information plötzlich eine ganz neue Bedeutung bekam. Aufgeregt reif sie: »Die Harmsens haben dort ebenfalls einen landwirtschaftlichen Betrieb. Morten sollte den bald erben! Weißt du, was das heißt?«

Scholli wiegte seinen Kopf hin und her. »Das kann eine Menge heißen. Tatsache ist, dass die Ländereien der beiden Familien sogar aneinander grenzen, wie man dem amtlichen landwirtschaftlichen Bewirtschaftungsplan für die Gemarkung Gillestrup entnehmen kann.«

»So was gibt es? Und du hast diesen amtlichen ... äh, Dingsbumsplan schon eingesehen?«, fragte Kira beeindruckt.

»Man hat so seine Quellen«, feixte Scholli. »Morten Harmsen und Jonas Krog haben ihre Wurzeln jedenfalls im selben Dorf im dänischen Nordschleswig, das steht fest.«

»Sie müssen sich gekannt haben!«, rief Kira. »Das ist ja ...« Sie brach ab und überlegte fieberhaft. »Es gibt also eine Verbindung zwischen dem Mordopfer und demjenigen, der in der Tatnacht am Tatort war und nun Zeuge ist, oder irre ich mich?«

»Langsam, sie müssen sich nicht gekannt haben, Kira. Es ist naheliegend, doch dazu wissen wir noch zu wenig.«

»Mag sein. Aber die Kripo hat wahrscheinlich keine Ahnung davon, dass es hier eine Verbindung gibt. Allein deshalb sollten wir da nachhaken.«

Tim Scholler sah Kira an. »Ich bin gerade dabei. Frag mich bitte nicht, wie das alles mit dem Mord auf Holnis zusammenhängt, aber eins steht fest: Der besonderen Art der Verbindung zwischen den Krogs und den Harmsens aus Gillestrup bin ich bereits auf der Spur – der wahrhaft *sehr* besonderen Art dieser Verbindung.«

»Was meinst du damit?«

»Noch sind es bloß Hinweise, denen ich nachgehe. Ein paar davon findest du in den Dokumentenauszügen, die ich dir geschickt habe.«

»Ich sehe mir alles gleich an, versprochen.«

»Wohin uns das am Ende bringt, weiß ich noch nicht. Aber ich ahne etwas. Wenn ich auf die richtige Spur gestoßen bin, führt sie zu einer dermaßen irren Geschichte, dass man sie kaum glauben kann.« Er hob die Hände. »Erfährst du natürlich alles, sobald ich Klarheit habe.«

»Aha«, erwiderte Kira trocken. »Und nun?«

»Machen wir das, was wir sowieso tun wollten, schlage ich vor. Wir fahren nach Gillestrup, am besten gleich morgen früh. Und du beschäftigst dich vorher noch ein wenig mit den Sachen, die ich dir auf den PC geschickt habe, damit wir morgen darüber reden können.«

»Auf unserer Fahrt nach Gillestrup?«

»Genau. Dort liegt der Hund nämlich begraben« Er zuckte leicht zusammen, sah Ditch an und sagte: »Sorry, alter Junge. Ist bloß so ´ne Redensart.«

15

Am nächsten Morgen waren sie schon früh unterwegs, diesmal jedoch in Kiras altem Volvo und ohne Ditch an Bord. Der war zu Hause bei Lukas geblieben.

In Dänemark galt ein scharfes Hundegesetz, und manche Grenzbeamte wurden misstrauisch, wenn ihr Blick bei der Einreise auf Ditch fiel. Als Bernhardiner-Labrador-Mischling war er eine gleichermaßen seltene wie gewaltige Erscheinung, auch wenn er nicht unter die im dänischen Königreich verbotenen Rassen fiel. Dennoch wurde ihr Wagen für Kiras Geschmack zu oft heraus gewunken, um den bärenähnlichen Hund einer näheren Begutachtung zu unterziehen und seine Papiere, die sie natürlich immer parat hatte, akribisch zu prüfen.

Kira hatte Scholli um acht Uhr vor dem hübsch renovierten Altbau im Flensburger Stadtteil Jürgensby abgeholt, in dem er mit seinem Lebensgefährten – einem Softwareentwickler namens Tobias, soweit sie sich erinnerte –, ein Appartement bewohnte.

Kaum war ihr Freund und Kollege zugestiegen, begann sie, ihn mit Fragen zu bombardieren. Von hier bis ins dänische Gillestrup waren es knapp 40 Kilometer, also weniger als eine Stunde Fahrtzeit, aber sie brauchte jede Minute davon. Die Zeit würde ohnehin kaum reichen, um sich zu vergewissern, ob sie die unglaubliche Geschichte wenigstens annähernd verstanden hatte, die sich anscheinend hinter dem Material verbarg, das Scholli ihr auf den PC geschickt hatte. Mit stetig wachsender Faszination hatte sie es gestern studiert – erst im Büro, und später noch bis in die Nacht hinein zu Hause.

»Die Besitznachweise reichen also bis ins frühe neunzehnte Jahrhundert zurück. So lange schon gibt es sowohl den Harmsen- als auch den Krog-Hof in Gillestrup?«, fragte sie.

»Ja, aber die Hinweise auf die Feindschaft zwischen den beiden Familien sind jünger. Die frühesten stammen aus der Zeit des Ersten Weltkrieges.«

»Und darauf läuft alles letztlich hinaus, oder irre ich mich?«, wollte Kira wissen und warf ihrem Beifahrer einen schnellen, prüfenden Blick zu. »Es geht, so unglaublich es klingen mag, um den Hass zwischen zwei Familien aus demselben Ort. Einen über hundert Jahre alten Hass, der bis heute nachwirkt.«

»Könnte sein«, bestätigte Scholli zögerlich. »Noch ist es zu früh, sich festzulegen, aber immerhin gibt es einige Anzeichen dafür. Allerdings fällt es mir schwer zu glauben, dass eine solche Feindschaft über mehrere Generationen hinweg durchhält.«

»Wenn, dann muss es dafür mehr als *einen* Grund geben«, spekulierte Kira. »Oder anders gesagt: Ein solcher Hass braucht nicht nur *einen* Anlass, sondern stete Nahrung. Er will am Leben gehalten werden. Wer weiß, was in all den Jahren noch geschehen ist, von dem wir bisher nichts wissen.« Sie schüttelte sich, als könnte sie damit die noch gänzlich unscharfen, aber düsteren Ahnungen abschütteln, die plötzlich auf sie eindrangen, und atmete tief durch. »Angefangen hat es wohl im Jahr 1915, und zwar mit den Todesanzeigen, die du gefunden hast. Wo, um Himmels willen, hast du die eigentlich ausgegraben?«

»Es gibt viele Quellen, man muss sie bloß finden. Immer gut für solche Suchen ist natürlich die Zeitschriften-Datenbank der *Deutschen Nationalbibliothek*. Eine wahre Fundgrube für historische Dokumente, vor allem zur Geschichte Brandenburg-Preußens und zur Preußischen Armee, ist aber auch das *Geheime Staatsarchiv Preußischer Kulturbesitz* in Berlin«, erklärte Scholli mit unüberhörbarer Begeisterung. »Man kann sich problemlos aus dem riesigen Wissensfundus bedienen, den die Stiftung gesammelt und mittlerweile fast vollständig digitalisiert hat. Dabei bin ich auf ein paar regionale Zeitungen aus jener Zeit gestoßen.«

»Die uralten Ausgaben, in denen diese Todesanzeigen abgedruckt sind, existieren tatsächlich noch?«

Scholli nickte. »Oh ja, alles archiviert. Nordschleswig war damals preußisches Staatsgebiet, vergiss das nicht. Und wenn jemand bekannt ist für strenge Ordnung und effektive Bürokratie, dann ja wohl die alten Preußen.« Er lachte kurz auf, wurde aber gleich wieder ernst. »Die Jahrgänge aus dem Ersten Weltkrieg sind natürlich voll mit Todesanzeigen. Kein Wunder bei dermaßen vielen Gefallenen. Ich habe als Stichwort ›Gillestrup‹ eingegeben. Unter den Treffern waren diverse Nachrichten aus dem Dorf, aber eben auch die beiden Anzeigen, die ich dir geschickt habe.«

»Ich bin beeindruckt«, stellte Kira fest. »Ehrlich: Du bist einfach spitze, was diese Arbeit angeht.« Sie dachte ein paar Sekunden lang nach und fuhr dann fort: »Okay, die eine Anzeige gilt einem Holm Harmsen, der im Frühjahr 1915 irgendwo in Frankreich gefallen ist, wenn ich es mir richtig gemerkt habe. Er war der Erbe des Harmsen-Hofs in Gillestrup, lässt sich aus der Anzeige entnehmen.«

»Des *deutschen* Harmsen-Hofs, steht da«, betonte Scholli. »Das ist sehr wichtig, wie du sicher ahnst, wenn du dir die zweite Todesanzeige angeschaut hast, die ich angehängt habe.«

»Durchaus. Aber in der Traueranzeige für Holm Harmsen gibt es noch so eine vielsagende Formulierung, nämlich, dass er als ›tapferer Kämpfer für Preußen‹ gefallen sei.«

»Und es steht auch drin, dass Holm Obergefreiter in der 11. Kompanie des 86. Reserve-Infanterie-Regiments war, als er den ›Heldentod‹ im Kampf gegen ›den französischen Erbfeind‹ starb. Und zwar in der Schlacht um die Loretto-Höhen.«

»Dass du dir so was merken kannst …«, erwiderte Kira und verdrehte ihre Augen. »Aber mal abgesehen von der damals anscheinend üblichen Wortwahl und der ganzen fürchterlichen Diktion – was hatte es denn mit dieser Schlacht um die Loretto-Höhen auf sich? Wo liegen die überhaupt?«

»Musste ich auch googeln«, gab Scholli bescheiden zurück und erzählte dann, dass die sogenannte Lorettoschlacht von Anfang Mai bis in den Frühsommer 1915 hinein im Norden Frankreichs getobt hatte und eine der für den Ersten Weltkrieg typischen überaus verlustreichen, aber sinn- und ergebnislosen Schlachten gewesen war. »Irgendwo mitten in dem Gebiet stand wohl eine Kirche, die *Notre-Dame-de-Lorette* hieß, daher der Name dieser Schlacht.«

»Aha. Aber du hast mir ja noch eine weitere Todesanzeige geschickt«, nahm Kira den Faden wieder auf. »Die für ein Kind namens Lene Krog. Die finde ich wirklich rätselhaft. Vor allem, weil sie zweisprachig abgefasst ist, also erst in Dänisch und darunter in Deutsch.«

»›Unser geliebtes Kind Lene Marie Krog‹ steht da, um genau zu sein. Und dass sie ›brutal aus unserer Mitte gerissen‹ worden sei«, sagte Scholli.

»Konntest du mehr darüber finden? Ich meine, wie sie zu Tode gekommen ist und wie alt sie da eigentlich war?«

»Ja, dazu gab es einen Artikel in der *Nordschleswigschen Zeitung*. Den habe ich dir doch mitgeschickt, oder etwa nicht?«

»Vielleicht hab ich ihn übersehen, sorry«, sagte Kira. »War einfach zu viel Material, fürchte ich.«

»Macht nichts. Es ist eine recht kurze Meldung, ich glaube in der Ausgabe vom 9. Juli 1915. Da steht drin, dass die Leiche der siebenjährigen Tochter des dänischen Landwirts Jan Magnus Krog aus Gillestrup in einem Brunnen in der Feldmark vor dem Dorf aufgefunden wurde. Die Polizei ginge davon aus, dass das Kind beim Spielen in den gemauerten Brunnenschacht gefallen sei. Zeugen habe es keine gegeben.« Scholli hob die Hand. »Moment, da stand auch noch, dass der Vater Jan Magnus Krog derzeit in Frankreich für Deutschland im Feld stehe.«

»Alles sehr ... nun ja, verwirrend, finde ich«, sagte Kira. »Wie hängt das wohl zusammen?«

»Wenn überhaupt«, gab Scholli zu bedenken.

»Mir ist gestern aufgefallen, dass die beiden Anzeigen zeitlich nur zehn Tage auseinander liegen«, erinnerte sich Kira plötzlich wieder.

»Stimmt. Holm Harmsen ist zwar schon im Mai gefallen – ich glaube, das Datum 15. Mai wird genannt –, aber es hat sicher eine Zeit gedauert, bis die Familie die Nachricht erhalten hat. Jedenfalls ist die Todesanzeige erst Ende Juni erschienen.«

»Und kurz danach ist die Tochter der Krogs zu Tode gekommen.« Sie zuckte mit den Achseln. »Keine Ahnung, ob das etwas zu bedeuten hat. Bei der Zweisprachigkeit in der Todesanzeige bin ich mir allerdings sicher, was dafür der Grund ist: Die Krogs sind Dänen, wie wir wissen, und Südjütland stand damals unter preußischer Herrschaft.«

»Sonst wäre der Däne Jan Magnus auch nicht für Deutschland in den Krieg nach Frankreich geschickt worden«, ergänzte Scholli trocken. »Womöglich ebenfalls dorthin, wo der gefallene Deutsche Holm Harmsen gedient hat. Das sollten wir unbedingt in Erfahrung bringen. Könnte wichtig sein.«

»Jedenfalls waren die Harmsens Deutsche«, stellte Kira fest.

Scholli nickte. »Darauf weist zum Beispiel eine weitere Besonderheit hin. Die Anzeige für den gefallenen Holm Harmsen ist ausschließlich in der *Nordschleswigschen Zeitung* erschienen, also in der deutschsprachigen Presse. Die Anzeige zum Tod von Lene Marie Krog habe ich zusätzlich auch in der Apenrader *Hejmdal* gefunden, einem dänischen Blatt. Und dort stand sie nur auf Dänisch.« Er nickte entschlossen. »Was den jungen Morten Harmsen betrifft, also das Mordopfer von Holnis: Nach allem, was wir bisher erfahren haben, bin ich sicher, dass er irgendwie mit dem im Ersten Weltkrieg gefallenen Holm verwandt war. Außerdem war Morten ja Angehöriger der deutschen Minderheit in Dänemark.«

»Woher wissen wir das?«

»Hat *Der Nordschleswiger* in seinem Bericht über den Mord geschrieben«, antwortete Scholli und fuhr fort: »Morten war also das, was seit der Volksabstimmung 1920 auch offiziell ›Nordschleswiger‹ genannt wird. So wie Angehörige der dänischen Minderheit in Deutschland seither eben ›Südschleswiger‹ sind – dich eingeschlossen.« Er lachte auf. »Aber entschuldige bitte, was doziere ich da – die Geschichte des deutsch-dänischen Grenzlands kennst du bestimmt besser als ich.«

»Zumindest hat uns dieses Thema schon auf der Schule ständig begleitet.«

Während sie miteinander redeten, steuerte Kira den Wagen in gemächlichem Tempo durch die weite, sonnenbeschienene Feldmark des fruchtbaren Südjütlands. Schon vor Gårdeby war sie von der breiten 401, einer auf Dänisch sogenannten *Primærrute*, in eine Nebenstraße abgebogen, die weiträumig westlich um die Kleinstadt Tinglev herumführte. Bald tauchte ein Hinweisschild auf und zeigte, dass es rechts nach Tinglev fünf und halb links bis Gillestrup noch drei Kilometer waren. Kira folgte dem Wegweiser und landete auf einer schmalen Straße, eigentlich kaum mehr als ein asphaltierter Wirtschaftsweg, der sie dazu zwang, noch langsamer zu fahren als vorher schon.

»Viel Gegend hier«, murmelte Scholli, danach aber fuhren sie schweigend weiter. Jeder schien seinen Gedanken nachzuhängen.

»So viele Ansatzpunkte, so viele Fragen. Ziemlich undurchsichtig, das alles«, nahm Scholli schließlich den Faden wieder auf. »Ich habe nach wie vor keine Ahnung, wohin uns das führen wird. Und ob es überhaupt etwas mit dem Mord an Morten Harmsen zu tun hat. Aber vielleicht kriegen wir dazu ja etwas zu hören, wenn wir bei seinen Eltern sind.«

»Hoffentlich«, sagte Kira. »Allerdings würde auch das leider Eike Feldkamps Spuren nicht von der Tatwaffe wischen.« Sie schlug heftig aufs Lenkrad. »Aber es ist mit Sicherheit kein verdammter Zufall, dass ausgerechnet die Söhne dieser beiden Familien zur gleichen Zeit in einem Surfercamp aufgetaucht sind. Ganz zu schweigen von dem dramatischen Schicksal, das einen von ihnen dann dort ereilt hat.«

Als das Ortsschild von Gillestrup in Sicht kam, blickte Kira auf die Uhr am Armaturenbrett, obwohl die schon vor Jahren ihren Geist aufgegeben hatte, schnaufte unwillig und sah dann rasch auf ihre Armbanduhr. »Wir sind für zehn Uhr dreißig mit den Harmsens verabredet, haben also noch viel Zeit. Halt mal Ausschau: Falls es hier irgendwo einen Bäcker gibt, sollten wir dort noch einen Kaffee trinken und uns vielleicht ein *Wienerbrød* gönnen, was hältst du davon?«

»Gute Idee«, antwortete Scholli. »Wenn es so einen Laden gibt, ist der oftmals die Neuigkeitenbörse des Ortes.«

16

›Een staatsche Hoff‹ – dieser plattdeutsche Begriff kam Kira spontan in den Sinn, als ihr Blick auf das Anwesen der Harmsens fiel. In der Tat war es ein ›stattlicher Hof‹, zu dem die mit uralten Linden gesäumte Auffahrt führte, die sie und Scholli gerade befuhren.

Es war kurz vor halb elf.

Zuvor hatten sie eine spannende halbe Stunde beim Dorfbäcker verbracht, der keine hundert Meter von der Kirche entfernt direkt an der Hauptstraße lag. Wie fast überall in Dänemark, standen ein paar Tische im Laden, an denen man Kaffee trinken und frühstücken konnte. Das Geschäft erfreute sich eines regen Kundenbesuchs, nicht zuletzt wahrscheinlich, weil diese Bäckerei genau das war, was Scholli schon vermutet hatte, nämlich ein Treffpunkt für den Dorfklatsch.

Kaum hatten sie sich mit ihren Kaffeebechern und zwei von den unwiderstehlich köstlichen dänischen Gebäckstücken an einen Stehtisch gestellt, trat schon eine kleine dicke Frau an sie heran. Sie hatte gerade ein Brot gekauft und dabei offenbar mitbekommen, dass Kira ihre Bestellungen auf Dänisch getätigt hatte.

»*Skal du forbi eller vil du besøge nogen i Gillestrup?*«, fragte sie neugierig.

Tatsächlich seien sie nicht auf der Durchreise, antwortete Kira lächelnd, sondern hier im Ort mit der Familie Harmsen verabredet.

Sofort legte sich ein Ausdruck der Trauer über das Gesicht

der Frau. Die beiden anderen Kundinnen, die im Geschäft waren, wandten ihre Köpfe verstohlen in Richtung des Stehtisches, und die Bäckersfrau hinter der Ladentheke stieß bei Kiras Worten einen tiefen Seufzer aus.

»Was für ein schreckliches Unglück!«, sagte die kleine dicke Frau.

»Sie meinen sicher den Tod von Morten Harmsen?«, fragte Kira freundlich nach.

»Natürlich! Eine Tragödie! So ein netter Junge.«

»Ein Unglück ist das ganz sicher, aber ein Unfall war es ja wohl nicht, eher eine Gewalttat, fürchte ich.«

»Ja, ganz furchtbar!«, ließ sich die Bäckersfrau vernehmen. »Wir alle hier in Gillestrup haben Morten sehr gern gehabt!«

»Na ja, ›alle‹ bestimmt nicht«, stellte ein alter Mann trocken fest, der gerade den Laden betreten und die letzten Sätze mitgehört hatte. Er ging zum Tresen und sagte zur Bäckersfrau: »Ein halbes Vollkornbrot bitte, Karla.«

Kira trat neben ihn und fragte: »Wer mochte Morten denn nicht?«

Der Alte sah vermutlich schlecht, denn er kniff die Augen zusammen, als er Kira anschaute. »Wer bist du?«

»Kira Lund aus Flensburg.«

»Aha«, murmelte der Alte scheinbar desinteressiert, dann aber übermannte ihn die Neugier: »Du interessierst dich für Morten Harmsen, höre ich?«

»Könnte man so sagen. Ich bin Journalistin.«

»Ach, du lieber Himmel«, rief der Mann. »Das hat uns noch gefehlt, dass die Geier von der Presse über Gillestrup herfallen.«

Kira gab sich erstaunt. »Na, na, warum so abweisend? Ich würde nur gern ein wenig mehr über Morten Harmsen erfahren. Und auch über den Ort, in dem er aufgewachsen ist.«

»Er gehörte zur deutschen Minderheit, nicht wahr?«,

mischte sich Scholli in holprigem Dänisch mit grauenvoller Aussprache ein.

»Du kannst auch Deutsch sprechen, das versteht bei uns fast jeder«, kam es von einer der Kundinnen, die dem Gespräch gelauscht hatten. »Und du hast recht: Die ganze Familie Harmsen sind deutsche Nordschleswiger. Davon gibt's viele hier. Wieso fragst du? Spielt das irgendeine Rolle im Zusammenhang mit Morten?«

»Nein, bestimmt nicht«, beeilte sich Kira zu versichern, wechselte dafür wieder ins Dänische und warf Scholli einen warnenden Blick zu.

»Das will ich aber auch meinen«, sagte der alte Mann nachdrücklich. »Das Zusammenleben mit der deutschen Minderheit ist vorbildlich in Gillestrup – schon immer gewesen!« Damit klemmte er sich die Tüte mit seinem Einkauf unter den Arm und stapfte hinaus.

Kira sah auf die Uhr. Diese Bäckerei war genau der richtige Ort, um vielleicht etwas zu erfahren, was sie noch nicht wussten. Aber die Zeit drängte. Ihr Termin mit den Harmsens war in zehn Minuten.

Sie versuchte es mit Angriff: »Was könnte der Herr eben gemeint haben? Wer hatte Morten denn nicht so gern – vielleicht jemand aus der Familie Krog? Sind sie eigentlich Nachbarn, die Krogs und die Harmsens?«

Die Mienen der Anwesenden versteinerten augenblicklich, und eine Antwort erhielt Kira nicht. Plötzlich schienen alle es eilig zu haben, ihre Einkäufe zu erledigen und das Geschäft so schnell wie möglich zu verlassen.

»Hab ich etwas Falsches gesagt?«, rief Kira in gespieltem Erschrecken.

»Nein, nein, schon gut.« Die Bäckersfrau räusperte sich ausgiebig. »Es ist nur …« Sie holte tief Luft. »Die Krogs und die Harmsens haben sich noch nie leiden können, so lange ich mich erinnern kann.« Sie zuckte mit den Schultern.

»Aber so was gibt´s schließlich überall, nicht wahr?«, schloss sie vage.

Die letzte andere Kundin, die noch im Laden war, griff sich die Tüte mit ihren Brötchen und ging zur Tür. Als sie an Kira vorbeikam, sagte sie leise: »Von wegen ›nicht leiden können‹ –sie hassen sich abgrundtief, und das seit Generationen. *Das* ist die Wahrheit.«

Kira zuckte zusammen. Bevor sie die Frau jedoch noch etwas fragen konnte, war diese bereits durch die Tür verschwunden.

Nachdenklich sahen Kira und Scholli sich an, tranken ihren Kaffee aus, zahlten und verließen dann ebenfalls den Laden. Als sie die Straße überquerte, warf Kira einen Blick in die Runde, konnte jedoch nichts entdecken, was diesen kleinen Ort von anderen in der Gegend unterschied. Direkt gegenüber lag der Dorfplatz. Dort stand ein gepflegtes, hallenartiges Gebäude, über dessen beiden geöffneten Toren das Schild *Gillestrup Frivillige Brandvæsen* unter dem Dachfirst prangte. Auf dem Platz davor stand das betagte Einsatzfahrzeug der Freiwilligen Feuerwehr Gillestrup, an dem sich drei, vier Männer in Overalls zu schaffen machten und ihren schon fast musealen Schatz auf Hochglanz polierten. Stolz funkelte er in der Nachmittagssonne in schönstem Feuerwehrrot.

Zwei Häuser daneben gab es einen bescheidenen *brugsen*-Supermarkt mit lediglich zwei Schaufenstern, neben dem wiederum eine kleine Drogerie in einem Backsteingebäude untergebracht war, das dem Drogisten wohl auch als Wohnhaus diente.

Noch ein Stück weiter erblickte Kira den sichtlich in die Jahre gekommenen Dorfkrug namens *Gamle Mølle*, also *Alte Mühle*, der jedoch offenbar nicht geöffnet hatte. Vermutlich gab es hier, abseits von Nord- und Ostseeküste, zu wenig Tourismus, und die paar Hundert Einwohner des Ortes allein reichten bestimmt nicht aus, um eine Gaststätte in der heutigen Zeit lukrativ zu betreiben. Vielleicht war die *Gamle Mølle* sogar für immer geschlossen worden und teilte damit das Schicksal so vieler Dorfgasthöfe – in Dänemark wie in Deutschland –, die doch über Jahrhunderte die wichtigsten Treffpunkte der Landbevölkerung gewesen waren.

Als sie in nordöstlicher Richtung aus dem Dorf hinausfuhren, kamen sie immerhin noch an einer recht modernen *OIL!*-Tankstelle mit einer Autowaschanlage vorbei, danach jedoch gab es links und rechts der Straße nichts als goldgelbe Felder und sattgrüne, mit Rindern bestandene Wiesen zu sehen, die nur an wenigen Stellen durch ein paar lichte Baumgruppen aufgelockert wurden.

Hier waren sie mitten im Herz der nordschleswigschen Geest, einer erst in der letzten Eiszeit vor etwa zehntausend Jahren entstandenen sanft hügeligen Landschaft mit Grund- und Endmoränen, auf deren Böden vor allem Weidewirtschaft betrieben wurde. Aber auch der Roggen gedieh hier prächtig und brachte den Geestbauern in guten Jahren ertragreiche Ernten.

Wenige Minuten später waren sie am Ziel ihrer Fahrt angekommen und stellten den Wagen vor dem Treppenaufgang des Harmsen-Hofes ab, bei dessen erstem Anblick Kira der Begriff ›een staatsche Hoff‹ eingefallen war.

Offensichtlich waren sie erwartet worden. Kaum hatten sie die oberste Stufe auf der breiten Treppe erreicht, wurde die Tür geöffnet. Eine etwa vierzigjährige schlanke Frau, gekleidet in eine bequeme Latzhose und eine Leinenbluse, stand vor ihnen und blickte sie an, ohne eine Miene zu verziehen. Sofort fielen Kira die beherrschten, nahezu unbeweglichen Gesichtszüge auf, ihre starren Mundwinkel. Das Gesicht der Frau hatte etwas seltsam Maskenhaftes, ohne jedoch direkt unfreundlich oder abweisend zu wirken.

Bevor Kira die Chance bekam, sich und Scholli vorzustellen, sagte die Frau auf Deutsch: »Hallo, ich bin Anne Harmsen, Mortens Mutter.« Sie machte eine kaum erkennbare, vermutlich einladend gemeinte Handbewegung. »Kommen Sie herein. Wir sind ja verabredet, obwohl …« Sie überlegte kurz, dann fuhr sie fort: »Nun, ich hatte Ihnen ja schon am Telefon gesagt, dass wir uns fragen, was Sie eigentlich wirklich von uns wollen. Für eine herzzerreißende Homestory stehen wir jedenfalls nicht zur Verfügung.«

»Ich habe nichts dergleichen im Sinn«, erklärte Kira sachlich.

»Das hoffe ich. Wir haben dem Termin auch nur zugestimmt, weil wir uns Ihre Sendung immer gern ansehen, wenn wir Zeit haben. Und wenn nicht, schauen wir sie uns meistens noch später in der Mediathek an.«

Dass der Sohn dieser Frau vor Kurzem ermordet worden war, konnte man ihrem Verhalten nicht anmerken, dachte Kira. Hätte sie es nicht gewusst, wäre sie nie auf die Idee gekommen, dass Anne Harmsen gerade einen schweren Schicksalsschlag erlitten hatte. Konsterniert folgte sie der Hausherrin schweigend in den Hausflur. Auch Scholli sagte nichts, sondern hielt sich still hinter ihr.

»Freut mich natürlich zu hören, dass Sie unsere Sendung regelmäßig schauen«, sagte sie, als sie im Wohnzimmer angekommen waren.

»*Unser Land am Abend* ist für uns Angehörige der deutschen Minderheit in Dänemark immer eine gute Möglichkeit, uns über alles Wichtige zu informieren, was jenseits der Grenze geschieht«, erwiderte Anne Harmsen ohne erkennbare Betonung. Es lief Kira kalt den Rücken hinunter, denn die Worte klangen so unbeteiligt, als wüsste die Frau gar nicht, was sie sagte – besser: dass sie überhaupt etwas sagte.

Kira räusperte sich verlegen. »Dieser Herr hier«, sie deutete auf ihren Begleiter, »ist mein Kollege Tim Scholler. Wir arbeiten oft zusammen.«

Anne Harmsen nickte nur, ohne dass deutlich wurde, ob sie das eben Gesagte überhaupt zur Kenntnis genommen hatte, führte sie durch den Raum hinüber in einen geräumigen Anbau und deutete auf die schwere Polstergarnitur, die dort vor einem bodentiefen Panoramafenster stand. »Nehmen Sie bitte Platz.«

Kira ließ ihren Blick durch das riesige Fenster über weites sattgrünes, von der Sonne beschienenes Weideland gehen, das erst in der Ferne von einem dichten Mischwald begrenzt wurde. Davor glitzerte mitten im Gelände ein mit Reet umwachsener Teich, vor dem eine Herde Kühe vom Roten Dänischen Milchvieh herumstand. Über allem wölbte sich der hellblaue Sommerhimmel, und ganz oben waren zwei Raubvögel auszumachen, die dort majestätisch ihre Kreise zogen.

Kira setzte sich, schaute sich diskret in dem großen Raum um – und schrak zusammen.

Bisher hatte sie gar nicht bemerkt, dass noch jemand im Zimmer war. Zwei, drei Meter von der Polstergruppe entfernt stand ein moderner Komfortsessel aus beigem Leder, dessen Fußteil waagerecht hochgeklappt war. In diesem Möbel ruhte reglos ein kräftiger, ziemlich großer Mann mit dichtem blonden Haar, der sie stumm aus stahlblauen Augen anstarrte.

»Mein Mann Sönke, Mortens Vater«, erklärte Anne Harmsen wie unbeteiligt. »Er wird vermutlich nicht mit Ihnen reden. Er redet gar nicht mehr, seit sein Sohn ... Sie wissen schon ...«

Oh verdammt, in was für eine furchtbare Lage war sie hier hineingeraten, fragte sich Kira bang.

Die Frau, die ihr gegenübersaß, beugte sich leicht in ihrem Sessel vor. Leise und fast ohne Betonung sagte sie: »Irgendetwas ist mit meinem Mann geschehen, als man uns die Nachricht von Mortens Tod überbracht hat. Ein Schlaganfall ist es nicht, das habe ich bereits abklären lassen – auch wenn er damit nicht einverstanden war. Dennoch ist etwas in seinem Kopf passiert. Ob er je wieder sprechen wird, weiß ich nicht. Ich fürchte, das ist weniger eine Frage des Könnens als vielmehr des Wollens.« Sie holte tief Luft, sah weder Kira noch Scholli an, sondern wandte ihren Blick ab und schaute durch das Fenster nach draußen, ohne ein weiteres Wort zu sagen.

Nach minutenlangem bleischwerem Schweigen, dessen Trostlosigkeit so stickig und atemberaubend im Raum hing, dass die Luft sich wie klebrig anfühlte, redete Anne Harmsen wieder. Sie sprach leiernd, ohne dabei an irgendeiner Stelle die Stimme zu heben. »Ziehen Sie bitte keine falschen Schlüsse, Frau Lund. Mir ist klar, wie ich auf Sie wirken muss. Glauben Sie mir: Ich habe meinen Zusammenbruch bereits hinter mir. Damit sich der nicht wiederholt, stehe ich jetzt unter sehr starken Medikamenten. Das ist keineswegs angenehm, wie Sie sich bestimmt vorstellen können. Doch was bleibt mir übrig? Schließlich muss sich jemand um den Betrieb kümmern – und dies ist ein großer Betrieb.«

»Ich verstehe das durchaus«, versuchte Kira es vorsichtig, obwohl sie merkte, dass sie gar nicht zu dieser Frau durchdrang.

»Stellen Sie Ihre Fragen, wenn es sein muss, und dann lassen Sie uns bitte in Ruhe«, sagte Anne Harmsen monoton.

»Wir möchten Ihrem Sohn in unserer Reportage gerecht werden – verstehen Sie, was ich meine?«, schaltete sich Scholli ein und machte sich an dem Kamerakoffer zu schaffen, den er vor sich auf den Boden gestellt hatte. »Dazu möchten wir mehr über ihn erfahren, ihn sozusagen nachträglich kennenlernen.«

Kira holte tief Luft, bevor sie hinzusetzte: »Lassen Sie uns zum Beispiel darüber sprechen, dass Morten den Hof übernehmen sollte, wenn er die Ausbildung beendet hätte. Hatte er Spaß an der Landwirtschaft?«

»Er liebte all das hier …«, sagte Anne Harmsen leise, während sie weiter durch das Fenster nach draußen blickte. Dann wandte sie ihren Kopf um und sah ihre beiden Besucher an. »Sie werden keinen Film drehen«, sagte sie mit eisigem Tonfall und machte eine verächtliche Kopfbewegung in Richtung der Kameraausrüstung. »Weder hier im Haus noch auf unserem Hof. Glauben Sie, Sie könnten Morten so irgendwie ... einfangen?« Unvermittelt ging ein Ruck durch ihren schlanken Körper, und sie fixierte Kira mit einem Blick, aus dem für Sekundenbruchteile ein wütendes Feuer loderte, das jedoch ebenso rasch erlosch. »Es tut mir leid, dass Sie sich herbemüht haben«, sagte sie dann. »Wir sind einfach noch nicht bereit ... Ich meine, wir können über ihn nicht ...« Sie brach ab und drehte ihren Kopf schnell weg.

Für eine gefühlte Ewigkeit herrschte Stille.

Es klang wieder völlig emotionslos, als Anne Harmsen endlich sagte: »Nun haben sie also auch Morten auf dem Gewissen. Ich darf jetzt nicht ausfallen, sonst geht hier alles zugrunde.«

Kira durchfuhren diese Worte wie ein elektrischer Schlag, und sie wusste: Einen letzten Versuch musste sie noch wagen. »Wer ist ›sie‹, Frau Harmsen?«

Plötzlich war da ein fremdartiges Geräusch in der Luft, ein feines, lang gezogenes Zischen, in dem ganz schwach ein irgendwie bedrohlich klingender Pfeifton mitschwang.

Während sie unvermittelt von einem eiskalten Hauch angeweht wurde, sah Kira sich um. Alle ihre Härchen stellten sich schlagartig auf, als sie bemerkte, dass der Ton aus dem Mund des Mannes kam, der dort reglos mit starrem Blick in seinem Sessel kauerte.

17

Inzwischen hatte die Sammlung von Material zum Tötungsdelikt an Morten Harmsen einen beeindruckenden Umfang angenommen.

Dabei handelte es sich jedoch nicht nur um Schriftstücke aller Art wie Protokolle, Formblätter, Fotos und Tatortskizzen, die in verschiedenen Mappen gesammelt und in Aktenordnern abgeheftet waren. Derlei Dokumente gab es zwar immer noch in reicher Zahl, jedoch wurden mittlerweile in deutschen Behörden keine Karteikarten mehr benutzt, und sogar das beliebte Faxgerät kam nur noch selten zum Einsatz. Der Siegeszug der Informationstechnologie schien nun endlich selbst in Deutschland nicht mehr aufzuhalten. Auch in der Polizeidirektion Flensburg wuchs daher vor allem die Datenbank, die für die Mordkommission auf einer internen, streng geschützten Plattform eingerichtet worden war, und zu der nur wenige Personen Zugang hatten. Im Verlauf der Ermittlungen wurden hier die Informationen immer wieder ergänzt und aktualisiert.

Hauptkommissarin Christ saß vor ihrem PC und studierte die neuesten Ergebnisse aus Kiel. Gerade hatte sie ein Telefonat mit Staatsanwalt Petersen geführt, der sich vom Fortgang der Ermittlungen in diesem Fall sehr angetan gezeigt hatte.

»Natürlich werde ich mir noch Gedanken zum Strafmaß machen müssen, das ich für den minderjährigen Feldkamp beantrage«, hatte er gesagt. »Aber zumindest ist die Beweislage so klar, dass ich nun sehr schnell Anklage erheben kann.«

Helene Christ hatte dazu keinen Kommentar abgegeben.

»Muss ich Ihrem Schweigen eine Bedeutung beimessen?«, fragte Petersen misstrauisch nach.

Helene räusperte sich. »Müssen Sie nicht. Sie haben die Ergebnisse der kriminaltechnischen Untersuchungen gesehen. Da gibt´s wenig Spielraum für Spekulationen, denke ich.«

»Und dennoch klingen Sie nicht sehr zufrieden. Ich kenne Sie doch, Frau Christ.«

»Haben Sie gelesen, was die IT-Forensiker zur Auswertung von Feldkamps Smartphone protokolliert haben?«

»Was genau meinen Sie?«

»Nun, er hatte offenbar überhaupt keine Verbindung zu dem Jungen, den er mutmaßlich getötet hat. Morten Harmsens Nummer war nicht unter den Kontakten auf Eike Feldkamps Handy gespeichert, es hat niemals auch nur ein einziges Telefonat zwischen den beiden stattgefunden. Auch per Signal oder WhatsApp haben sie nie miteinander kommuniziert – ebenso wenig auf TikTok oder Insta oder sonst wo.«

»Und was sagt das Ihrer Meinung nach aus?« Petersen klang bereits ein wenig ungehalten.

»Ich bitte Sie, Herr Staatsanwalt! Die beiden Jungs kannten sich überhaupt nicht! Die sind sich nie begegnet, bevor sie zufällig in dem Camp aufeinander getroffen sind. Und nicht einmal eine Woche später begeht Feldkamp dann diese Bluttat. Das stinkt doch zum Himmel!« Helene merkte, dass sie laut geworden war. »Sorry, aber das will mir nicht in den Kopf, Beweise hin oder her.«

»Eben eine klassische Affekttat«, erwiderte der Staatsanwalt mit Nachdruck. »Eine andere Erklärung habe ich auch nicht. Aber die brauchen wir auch nicht. Wir müssen Taten nicht erklären, Frau Christ, wir müssen sie nachweisen. Und das haben Sie und Ihre Kollegen eindrucksvoll getan.«

Nachdem er diese bemerkenswerten Sätze losgeworden war, hatte Petersen es offenbar eilig, das Gespräch zu beenden.

Helene Christ war es recht. Noch minutenlang saß sie grübelnd vor ihrem Bildschirm und starrte auf die Daten, die von den Spezialisten der Abteilung *Biologische Analysen* im Labor des Landeskriminalamts auf die Plattform hochgeladen worden waren.

Erst nachdem sie wieder ein wenig zur Ruhe gekommen war, gelang es ihr, sich auf die Auswertung mehrerer äußerst umfangreicher Tests zum Nachweis von Fremd-DNA an Morten Harmsens Leiche zu konzentrieren. Sie sah, dass auch an zahlreichen weiteren untersuchten Gegenständen aus dem Zelt, das er zusammen mit Eike Feldkamp bewohnt hatte, solche Spuren gefunden worden waren. Mit den verwirrend vielschichtigen, mehrfarbigen Diagrammen konnte sie zwar nicht allzu viel anfangen, die Forensiker hatten jedoch ihre Ergebnisse zum Schluss in einem halbwegs verständlichen Text zusammengefasst.

Und genau das, was dort stand, bereitete der Leiterin der Flensburger Mordkommission Kopfzerbrechen, verstärkte sogar noch ihre bohrenden Zweifel. Daran hatte auch das eben geführte Gespräch mit dem Staatsanwalt nichts geändert.

Eher im Gegenteil.

Klar, Eike Feldkamps DNA war – neben seinen Fingerabdrücken – auf der Tatwaffe nachgewiesen worden, und das machte ihn selbstverständlich zum Haupt-Tatverdächtigen. Dass jedoch seine Spuren daneben auch noch an Morten Harmsens Leiche, am Schlafsack und eigentlich überall sonst in und an dem Zelt gesichert worden waren, sagte eigentlich gar nichts aus. Seine DNA an Mortens Körper stammte mit großer Wahrscheinlichkeit von dem Handgemenge am Abend zuvor, und für alle anderen Spuren gab es die einleuchtende Erklärung, dass Eike im selben Zelt gewohnt und genächtigt hatte.

Und dennoch war es gut gewesen, diese aufwendigen kriminaltechnischen Untersuchungen vorzunehmen, musste Helene Christ zugeben, denn sonst wäre nie ans Licht gekommen, was sie nun immer nachdenklicher stimmte: die Fremd-DNA am Mordopfer und an dessen Schlafsack.

Sie las den betreffenden Passus noch einmal durch, dann griff sie zum Telefon und rief die Durchwahl an, die der Kollege vom LKA auf seinem Bericht vermerkt hatte. Sie erklärte ihm kurz, wer sie war, und stellte ihm dann die Frage, die sie die ganze Zeit beschäftigt hatte: »Seid ihr mit der Fremd-DNA schon weitergekommen?«

»Dass sie von einer männlichen Person stammt, hab ich ja reingeschrieben. Und auch, dass sie niemandem zuzuordnen ist, der im Zeltlager mit dem Opfer näheren Kontakt hatte«, erwiderte der Kollege und informierte sie dann, dass die Anfragen bei den nationalen Datenbanken keinen Treffer erbracht hätten. »Europol hat noch nicht geantwortet, aber es ist sowieso eher unwahrscheinlich, dass die Spuren dort registriert sind, wenn das BKA sie schon nicht kennt. Aber wieso ist das überhaupt noch von Bedeutung? Ihr habt doch die Tatwaffe und den Täter.«

»Sieht alles danach aus«, antwortete die Hauptkommissarin. »Mich stört diese nicht zuzuordnende DNA an der Leiche und am Schlafsack trotzdem.«

Der Kollege lachte leise auf. »Für die Verfolgung und Verhaftung der bösen Jungs bin ich ja nicht zuständig. Ich mache bloß ein paar molekulargenetische Analysen. Aber spontan fällt mir ein, dass diese DNA genauso gut von jemandem stammen könnte, der den jungen Mann ins Lager gebracht oder ihm geholfen hat, sich im Zelt einzurichten. Oder vom Verkäufer des Schlafsacks, der dem Jungen gleich im Geschäft gezeigt hat, wie man am besten in das Ding reinschlüpft. Oder, oder ... Übertragungen von Epithelzellen geschehen nun mal andauernd, bei jeder Berührung, bei jeder Bewegung – fortwährend.« Er hielt kurz inne. »Sorry, wenn ich doziere. Ist schließlich nichts revolutionär Neues, was ich hier von mir gebe.«

»Ich weiß selbst nicht, warum mich diese fremde Spur so stört«, sagte Helene Christ. »Wahrscheinlich, weil mich eben alles ärgert, was bei einem Tötungsdelikt nicht vollständig aufgeklärt werden kann.« Sie bedankte sich bei dem Kollegen und legte auf.

Er hatte ja völlig recht: Die Spurenlage war absolut eindeutig. Selbst die Staatsanwaltschaft hatte keinerlei Zweifel an Eike Feldkamps Schuld, hatte ihn sogar in U-Haft genommen.

Was, zum Teufel, trieb sie also dermaßen um? Was brauchte sie denn noch mehr als einen Täter, dessen Spuren auf der Tatwaffe mit den Mitteln der modernsten Kriminaltechnik nachgewiesen worden waren?

Eine heikle Frage, das war Helene bewusst. Und auch, dass sie die korrekte Antwort auf diese Frage längst kannte.

Sie hieß Sicherheit.

Sie war sich nicht hundertprozentig sicher, den richtigen Täter in Haft genommen zu haben. Anders ausgedrückt: keinen vernünftigen Zweifel an seiner Täterschaft zu haben.

Und genau in diese Wunde hatte auch ausgerechnet Kira Lund wieder einmal den Finger gelegt. Das wurmte die Chefin der Flensburger Mordkommission, obwohl sie die quirlige Reporterin menschlich sehr mochte. Die konnte zwar überaus lästig werden, wenn sie eine gute Story witterte, war aber stets verantwortungsvoll mit Informationen umgegangen, die Diskretion erforderten, um die polizeilichen Ermittlungen nicht zu gefährden. Daher ließ Helene Christ die Reporterin auch viel näher an sich heran als andere Presseleute – was sich bereits als ebenso ungewöhnliche wie produktive Symbiose erwiesen hatte. In zwei Fällen nämlich hatte Kira mit ihrem messerscharfen Verstand zur Aufklärung von Straftaten beigetragen. Allerdings auch mit ihrer Sturheit, musste Helene zugeben. Und mit einer gefährlichen Leichtsinnigkeit, die sie schon mehr als einmal selbst in Gefahr gebracht hatte.

Nicht zuletzt wegen dieser Wertschätzung aber ärgerte es Helene, dass gerade Kira genau das Problem angesprochen hatte, das sie selbst umtrieb: Die Beweise gegen Eike Feldkamp mochten geradezu erdrückend sein, aber wo war sein Motiv für diesen brutalen Mord?

Die vermaledeite Reporterin hatte wahrscheinlich recht: Irgendetwas stimmte hier nicht.

Nur was?

18

Der Hof der Familie Krog hatte sogar einen Namen, wie man ihnen noch in der Bäckerei erzählt hatte, nämlich *Skovgården*, auf Deutsch also ›Waldbauernhof‹.

Der Weg dorthin war nicht allzu schwer zu finden. Kira brauchte bloß so weit zurückzufahren, bis die mit Linden gesäumte Allee der Harmsens wieder auf die Hauptstraße traf, die aus Gillestrup herausführte. Auf dieser Straße waren es dann noch etwa drei Kilometer bis zu der Stelle, an der das Schild ›Skovgården‹ auf einen asphaltierten Wirtschaftsweg wies, der in die Feldmark hineinführte.

Dieser Weg allerdings schien kein Ende nehmen zu wollen. Die Alleebäume fehlten hier zwar, aber allein durch ihre schiere Länge war die Zufahrt zum Hof der Krogs beeindruckend.

Während Kira den Volvo über die Straße lenkte, räusperte sich Scholli, der nichts mehr gesagt hatte, seit sie losgefahren waren, und gab ein trockenes Statement ab: »Hoffentlich haben wir gleich mehr Erfolg. Hat ja wenig gebracht bei den Harmsens.«

Leider hätte man das Ergebnis ihres Besuchs bei Morten Harmsens Eltern nicht besser zusammenfassen können, dachte Kira. Tatsächlich hatten sie dort kaum noch etwas erfahren, bevor ihnen Anne Harmsen unmissverständlich klar gemacht hatte, dass sie nicht bereit war, weitere Fragen zu beantworten. Insbesondere die Frage nach dem Grund für den angeblich seit langer Zeit schwelenden Hass zwischen den Harmsens und den Krogs blieb unbeantwortet.

»Es ist viel passiert, immer wieder – und schon seit vielen Jahren«, war alles, was sich Anne Harmsen dazu entlocken ließ. In ihrer beängstigend kalten, monotonen Sprechweise hatte sie hinzugefügt: »Wir mussten damit leben. Und zwar jede Generation.« Plötzlich hatte sie Kira scharf angesehen. »Wieso fragen Sie nach diesen Sachen? Mortens Mörder, dieser Feldkamp, hat damit nicht das Mindeste zu tun. Also gehen Sie jetzt bitte!«

Damit war sie mit großen Schritten durch das Wohnzimmer und die Diele zum Eingang geeilt, hatte die Tür aufgerissen und ihre beiden Besucher mit einer entschiedenen Geste wortlos hinauskomplimentiert.

Der wuchtige Türflügel war hinter ihnen hart ins Schloss gefallen.

»Die arme Frau war völlig überfordert«, sagte Kira. »In dieser katastrophalen Situation für die Familie konnte sie mit unserem Besuch nicht umgehen. Wir hätten den Leuten das gar nicht zumuten dürfen.«

»Mag sein, aber etwas Wichtiges haben wir doch erfahren«, gab Scholli zurück. »›Nun haben sie auch Morten auf dem Gewissen‹, hat sie gesagt.«

»Wenn ich bloß wüsste, was genau sie damit gemeint hat.«

»Finde ich nicht so schwierig«, erwiderte Scholli. »Sie ist fest davon überzeugt, dass jemand hinter dem Mord an ihrem Sohn steckt, den sie kennt. Und wer das sein könnte, ist nicht schwer zu erraten, oder?«

»Ja, verrückt, oder? Einerseits folgt sie der Polizei, die Eike Feldkamp für den Täter hält, andererseits glaubt sie ... ja, zum Teufel, was eigentlich?«

»Das weißt du doch«, erwiderte Scholli hart. »Noch mal: Sie hat laut und deutlich gesagt, dass ›sie‹ ihren Sohn auf dem Gewissen haben. Wie auch immer das möglich sein soll.«

»Und ›sie‹ sind die, zu denen wir gerade unterwegs

sind?«, hakte Kira nach und schüttelte entschieden den Kopf. »Das ist absurd, Scholli. Absolut irre ist das. Das hieße nämlich nichts anderes, als dass Eike Feldkamp ein von den Krogs gedungener Mörder wäre. Glaubst du das?«

Scholli zuckte bloß stumm mit den Schultern und blickte angelegentlich aus dem Fenster.

Inzwischen führte die Zufahrtsstraße durch einen Mischwald, der dem Hof vermutlich seinen Namen gegeben hatte. Erst ein paar Minuten später lichtete sich das dichte Grün, und das lang gestreckte weiße, mit Reet gedeckte Gebäude des Krog-Hofs kam in Sicht. In der Bauart unterschied es sich vom Hof der Harmsens vollkommen, in ihren Ausmaßen jedoch waren sich die Gehöfte ähnlich. Vor allem aber strahlten beide mit ihrer gediegenen Bausubstanz und der überall herrschenden Sauberkeit und Ordnung rundum einen satten, gepflegten Wohlstand aus.

»Scheint niemand da zu sein«, sagte Scholli, als sie aus dem Wagen stiegen.

Kiras Blick fiel in eine große Scheune, deren Tor offenstand. Dort parkte ein dunkelgrauer, offensichtlich neuer Mercedes SUV von beeindruckender Größe und mit rundum getönten Scheiben. Ein Traktor jedoch war nirgends zu sehen.

»Du sagtest, der Hof werde von Mikkel Krogs Bruder bewirtschaftet, richtig?«, fragte Kira.

»Ja, Bjarne heißt der. Wahrscheinlich ist er irgendwo draußen auf dem Feld. Und ob er eine Familie hat, weiß ich nicht.«

»Komm, wir klopfen einfach mal«, schlug Kira vor und ging zur Tür.

»*Hvad laver du her?*«, ertönte plötzlich eine Stimme aus dem Vorgarten. Es war die knarzende Stimme einer alten Frau, und diese Stimme kam Kira durchaus bekannt vor.

»*Hej Fru Krog*«, rief sie Jonas Krogs Großmutter zu, die hinter einem mächtigen Rhododendronbusch zum Vorschein kam. »Was ich hier mache? Mein Kollege hier«, sie wies auf Tim Scholler, »und ich wollten Gillestrup näher kennenlernen. Du weißt doch, dass ich Journalistin bin. Wir arbeiten immer noch an der Reportage über den Tod von Morten Harmsen.«

Die Alte schaute sich rasch um, legte ihren Kopf schräg und lauschte. »Mein Sohn Bjarne ist beim Vieh draußen auf der Weide. Der kommt aber bestimmt gleich zurück. Muss in den Stall. Ist bald Zeit zum Melken.«

»Was machst du denn in Gillestrup?«, hakte Kira nach. »Ich dachte, du wohnst bei Mikkel in Augustenburg.«

»In seinem Haus habe ich sogar eine eigene Wohnung«, erklärte Martha Krog stolz. »Aber ich bin wieder einmal für ein paar Tage hier auf dem Land. Mache ich öfter. Ist schließlich meine Heimat.« Sie wies auf das schmucke Haus. »Hier bin ich geboren und aufgewachsen.«

»Sehr schön hier«, sagte Kira anerkennend. »Und gut, dass du hier bist. Da kann ich dir gleich eine Frage stellen, die mir auf dem Herzen liegt, seit wir uns in Augustenburg getroffen haben.« Sie machte eine kurze Pause. Als kein Protest kam, fuhr sie fort: »Du hast gesagt, dein Sohn Mikkel würde niemals erlauben, dass Jonas mit mir über Morten Harmsen spricht. Wieso eigentlich nicht?«

Die alte Frau drehte sich mit einer hektischen Bewegung zu dem Sandweg um, der in die Felder führte, und suchte mit ihren Augen das Gelände ab. Dann wandte sie sich wieder ihren Besuchern zu und sagte: »Der alte Hass.« Sie winkte ihnen, ihr zu folgen, ging zu einer wuchtigen Holzbank aus grob behauenen Bohlen, die vor dem Haus stand, und setzte sich. »Es muss endlich ein Ende haben«, sagte sie mit ihrer krächzenden Stimme und sah sich noch einmal sichernd nach allen Seiten um, als lauerte jemand in der Nähe, der auf keinen Fall hören durfte, was sie zu sagen hatte.

»Mein Mann Lars ist vor zwei Jahren gestorben«, begann sie. »Er war ein anständiger Mann, fleißig und immer gut zu seiner Familie.« Aber der alte Hass auf die Harmsens habe tief in ihm gesteckt, fuhr sie fort. Von Generation zu Generation sei der weitergegeben worden – »seit damals« –, und Lars habe ihn seinen Söhnen Mikkel und Bjarne von Kindesbeinen an ebenfalls eingepflanzt. »Sie sind mit diesem Hass aufgewachsen – was will man da machen?«

In seinem schlechten Dänisch fragte Scholli: »Was heißt denn ›seit damals‹? Etwa seit 1915?«

Überrascht sah die Alte ihn an. »Was weißt du von 1915?«

»Wir haben aus dem Jahr zwei Traueranzeigen in alten Zeitungen gefunden. Eine war für einen gewissen Holm Harmsen, der als Soldat in Frankreich gefallen ist. Angeblich war er der Erbe eines Hofes in Gillestrup. Eines *deutschen Hofes*, steht da ausdrücklich.«

»Unsere Nachbarn!« Erregt nickte die alte Frau. »Und ausgerechnet dieser Holm Harmsen, das Schwein, war der Vorgesetzte von Jan Magnus Krog, dem Großvater meines Mannes. Harmsen war Gruppenführer in der Kompanie, ein übler Schleifer, wie die Soldaten die nennen, von denen sie schikaniert werden«, stieß sie heftig aus.

»Verstehe ich das richtig – der Großvater deines Mannes hat auch als Soldat in der Loretto-Schlacht im Ersten Weltkrieg gekämpft?«

»Oh ja, das hat er. In preußischer Uniform. Aber ganz sicher nicht freiwillig«, sagte Martha Krog mit zornbebender Stimme. »Heute ist fast vergessen, was die Dänen in diesem Land erleiden mussten.« Sie machte mit dem Arm eine weit ausladende Geste. »Damals war alles hier preußisch!«, stieß sie aus. »Alle wehrfähigen Männer mussten für die Deutschen in den Krieg ziehen. Auch die Dänen, die hier seit Generationen lebten und deren angestammtes Vaterland die Preußen nun besetzt hatten. Damit hat der ganze Wahnsinn ja angefangen. Die Wut, der Hass, der Drang nach Rache.«

»Moment mal«, fiel Kira ein. »Jan Magnus Krog ... der Name taucht noch woanders auf ... ach ja: in der zweiten Todesanzeige, nicht wahr? War er nicht auch der Vater des getöteten Kindes, dieser ... Lena, oder wie sie hieß?«

Ihr emotionaler Ausbruch hatte die alte Frau viel Kraft gekostet, das sah man ihr an. Alle Energie schien aus ihr gewichen zu sein. Sie hatte die faltigen Hände in ihren Schoß gelegt und schaute wie verloren über das weite Land. »Lene Marie hieß die Kleine«, sagte sie leise. »Man hat sie aus Rache getötet, weil sie Jan Magnus´ Tochter war.«

»Weil sie ...« Kira war fassungslos. »Was willst du damit sagen? Wer hat das Kind getötet?«

Martha Krog schüttelte ihren Kopf. »Keine Namen, bitte, keine Namen mehr«, flüsterte sie nachdrücklich. »Das bringt nur noch mehr Unglück. Auf jeden Fall war es ein Racheakt für den Tod von Holm Harmsen, da waren sich damals alle im Dorf einig.« Sie brach ab, schien plötzlich zu merken, dass sie Dinge preisgab, über die sie besser geschwiegen hätte. Nach einem ängstlichen Rundumblick entschied sie sich offenbar jedoch, auch den Rest zu erzählen. »Offiziell ist Holm gefallen, und so stand es ja auch in der Todesanzeige. Aber es wurde nie aufgeklärt, *wie* das geschehen ist. Die Gewehrschüsse trafen ihn nämlich in den Rücken. Natürlich haben die Deutschen Jan Magnus verdächtigt, weil er Däne war und gewiss kein begeisterter Soldat für Preußen. Außerdem hat Holm in seinen Briefen nach Hause immer wieder behauptet, Jan Magnus würde ihm nach dem Leben trachten und nur auf eine günstige Gelegenheit warten, ihn hinterrücks zu erschießen.« Sie stand auf. »Man kann sich also denken, wer Jan Magnus´ kleine Tochter in den Brunnen geworfen hat.« Sie stieß einen tiefen Seufzer aus. »Alles lange her ... So lange«, sagte sie matt und hob lauschend ihren Kopf. »Ich glaube, ich höre den Trecker.«

Auch Kira hatte das unverkennbare Geräusch eines nahenden Traktors gehört. »Meine Visitenkarte hast du ja schon«, sagte sie hastig. »Du kannst mich unter der Handynummer, die da draufsteht, jederzeit erreichen, wenn du mir noch etwas sagen willst. Und du darfst sicher sein, dass ich als Angehörige der dänischen Minderheit in Deutschland unsere Geschichte kenne und um die damalige Feindschaft zwischen Dänen und Deutschen weiß.« Sie legte ihre Hand auf den Arm der Alten. »Trotzdem kann ich kaum glauben ...« Sie stockte kurz, holte noch einmal Luft und fuhr in eindringlichem Ton fort: »Sag mir bitte noch eins: Gibt es tatsächlich einen Zusammenhang zwischen dem Mord an Morten Harmsen vor ein paar Tagen und den über hundert Jahre alten Geschichten, die du uns erzählt hast? Ich kann das einfach nicht glauben.«

Martha Krog warf Kira einen überraschten Blick zu. »Ich dachte, das wäre völlig klar.«

»Leider ganz und gar nicht. Es ist doch völlig absurd, dass es dabei vor allem um die Zugehörigkeit zu unterschiedlichen Nationen gegangen ist.«

»Du meinst, dass die Harmsens Deutsche sind und wir Dänen?« Martha Krog hielt kurz inne. »Heute tatsächlich nur noch schwer vorstellbar. Seit einigen Jahrzehnten spielt das Gott sei Dank auch keine so wichtige Rolle mehr wie früher. Aber es war einmal die Ursache für ...«

Ihre nächsten Worte gingen im Motorenlärm eines riesigen blauen Traktors unter, der jetzt auf dem Hofplatz abgestellt wurde und dort wie ein Ungetüm alles überragte. Ein sehr großer, kräftig gebauter Mann sprang herunter und kam mit energischen Schritten auf die kleine Gruppe bei der Holzbank zu.

»Man hat mir schon berichtet, dass die deutsche Presse sich hier im Ort herumtreibt«, rief der blonde Hüne. »Ich hoffe, ihr habt meine Mutter nicht belästigt.«

»Wir haben ihr lediglich ein paar Fragen gestellt, und zwar ...«, sagte Kira, wurde aber sofort barsch unterbrochen.

»Interessiert uns nicht, was ihr fragt. Hier in Gillestrup werdet ihr keine Antworten bekommen. Fahrt wieder nach

Hause, aber schnell!« Er legte einen seiner gewaltigen Arme um die Schultern seiner Mutter, zog sie mit sich zum Eingang und trat mit ihr ins Haus. »Na los, fort mit euch!«, rief er, dann schloss sich die Tür hinter den beiden.

»Bühnenreife Vorstellung«, sagte Scholli.

»Hm«, machte Kira und ging hinüber zu ihrem Volvo. »Dabei war das gerade mal der erste Akt, fürchte ich.«

19

Lange sagten sie kein Wort, jeder allzu sehr mit seinen eigenen Gedanken beschäftigt, während sie in der Nachmittagssonne durch die Felder und Weiden Südjütlands heimwärts fuhren. Zu viel hatten sie heute gehört, was auch nach noch so intensivem Nachdenken unbegreiflich blieb.

Da war dieser über ein Jahrhundert alte Hass zwischen den Harmsens und den Krogs. Schlimm genug, dachte Scholli, aber zumindest in seinem Ursprung wenigstens halbwegs verständlich, wenn man erfahren hatte, was damals in irgendeinem schlammigen Schützengraben Nordfrankreichs und kurz darauf in dem nordschleswigschen Dorf Gillestrup passiert war. Doch blieb dann immer noch eine Frage, auf die er keine Antwort fand.

Gerade wollte er deswegen das Schweigen brechen, da kam ihm Kira zuvor. Als dächte sie laut nach, sagte sie versonnen: »*Wenn* der Mord an Morten Harmsen in irgendeinem Zusammenhang mit dieser archaischen Feindschaft zwischen den Krogs und den Harmsens steht ...«

»Was völlig hypothetisch ist, denn Eike Feldkamp hat offenkundig nicht das Geringste mit den Harmsens oder den Krogs zu tun«, warf Scholli ein. »Es sei denn, wir beschäftigen uns einmal mit der These, die du vorhin geäußert hast – dass er den Mord im Auftrag der Krogs verübt hat. Willst du das ernsthaft?«

Unwirsch schüttelte Kira den Kopf. »Nein, natürlich nicht. Die Tat muss ganz anders begangen worden sein, als die Polizei bisher anhand der Spuren rekonstruiert hat.«

»Was auch beinhaltet, dass es einen anderen Täter geben muss – Spurenlage hin oder her«, stellte Scholli lakonisch fest. »Was ist eigentlich mit diesem Jonas Krog, dem Sohn des reizenden Fleischkonservenherstellers aus Augustenburg? Der hat doch die beiden betrunkenen Jungen bei ihrer Rauferei getrennt und dafür gesorgt, dass sie Ruhe gaben. Wäre der nicht der passende Täter? Er hatte nicht nur die Gelegenheit – und nach *seinem* Motiv müsste man wirklich nicht allzu lange suchen.«

»Wenn es so einfach wäre ...«, gab Kira zurück und stieß einen resignierten Seufzer aus. »Auch von ihm haben sie natürlich DNA an der Leiche gefunden, klar. Schließlich hat er Morten ja ins Zelt gebracht. Aber keine noch so winzige Spur von ihm an der Tatwaffe. Der Staatsanwalt sieht sowieso nicht den geringsten Grund dafür, Jonas Krog oder sonst jemand anderen als Eike Feldkamp der Tat zu verdächtigen. Helene Christ kennt natürlich meine Bedenken, was dessen vermeintliche Täterschaft betrifft. Ich habe sogar den Eindruck, dass sie diese trotz aller vorliegenden Indizien teilt – soweit ihr Job das zulässt.« In der Ferne sah sie den kleinen Grenzübergang Pepersmark auftauchen und nahm den Fuß vom Gas. »Aber mir geht im Augenblick etwas ganz anderes durch den Kopf. Ich glaube, es ist wichtig, also unterbrich mich bitte nicht wieder.«

»So sorry.« Scholli grinste und hob entschuldigend die Hände.

»Also noch mal: *Wenn* der Mord im Camp tatsächlich etwas mit dem alten Hass zwischen den beiden Familien zu tun hat, dann doch sicher nicht allein wegen einer Sache, die vor über hundert Jahren geschehen ist. Anders gesagt: Man rächt sich doch im Jahr 2023 nicht für etwas, was einem 1915 angetan wurde, oder?«

»Soll heißen?«

»Dass da noch viel mehr passiert sein muss in den letzten

hundert Jahren. Dass dieser Hass stetige Nahrung gehabt haben muss, immer weitergeschwelt hat.«

»Sicher richtig«, stimmte Scholli zu. »Wenn denn überhaupt der Mord an Morten Harmsen ... Aber das hatten wir ja schon.«

»Wir müssen wohl noch tiefer graben, um das herauszufinden«, sagte Kira.

»Müssen wir? Sag mir einen guten Grund dafür. Zur Abwechslung aber mal einen, der nicht nur etwas mit deinem Bauchgefühl zu tun hat, mit deiner Überzeugung, der nette Eike wäre zu einer solchen Tat gar nicht fähig.«

Kira warf ihm einen unfreundlichen Blick zu, gab aber keine Antwort. Schweigend passierten sie die Grenze, an der sich weit und breit kein Zöllner sehen ließ. Danach fuhren sie auf der Grenzstraße, die noch heute von den Einheimischen ›Betonstraße‹ genannt wurde, obwohl sie längst asphaltiert worden war, nach Osten Richtung Flensburg.

Schließlich ergriff Kira wieder das Wort: »Du darfst dich gern über mein Bauchgefühl lustig machen, aber vergiss nicht, dass es da noch ein anderes Thema gibt, das bezüglich Eike Feldkamps vermeintlicher Täterschaft ungeklärt ist, nämlich sein Motiv.« Sie schlug mit der Hand aufs Lenkrad. »Ja, ich gebe zu, dass ich – trotz der erdrückenden Beweise gegen ihn – einfach nicht glauben will, dass dieser Junge ein Mörder ist. Und das ist reine Intuition, da hast du recht. Aber je länger wir an der Sache dran sind, desto größer werden doch auch die Zweifel, die nicht bloß auf Sympathie und Gefühl beruhen. Ich habe keine Ahnung, was in jener Nacht im Camp gelaufen sein könnte, aber da steckt weit mehr dahinter als ein jugendliches Eifersuchtsdrama um diese Beeke Bahnsen – das sowieso völlig banane ist, wie sich herausgestellt hat.«

»Bemerkenswerte Wortwahl für eine studierte Journalistin mit Masterabschluss«, feixte Scholli.

»Mehr hast du dazu nicht zu sagen?«

»Doch«, sagte er. »Nämlich, dass wir uns dringend um den Erhalt unserer Arbeitsplätze kümmern sollten. Der Chef hat uns beiden vorhin eine WhatsApp geschickt. Hast du die noch nicht gesehen?«

Kira schüttelte den Kopf. »Nö. Was will er denn?«

»Spätestens morgen will er eine Reportage für *Unser Land am Abend*, eine Art Zwischenbericht.« Scholli räusperte sich umständlich. »Was Spannendes will er haben, schreibt er.«

»Du lieber Himmel«, stieß Kira aus. »Was sollen wir da denn bringen?«

»Wenn du mich fragst: De Jong hat ganz recht. Wir sind keine Privatdetektive, sondern Journalisten. Hin und wieder müssen wir unseren Zuschauern auch mal was bieten.«

»Dann machen wir das«, erwiderte Kira entschlossen. »Aber erst, nachdem ich Eike Feldkamp in der Jugendanstalt in Schleswig besucht habe. Da bin ich für morgen Nachmittag um zwei Uhr angemeldet. Daraus werden sich wahrscheinlich noch ein paar lohnende Ansätze für die Sendung ergeben. Den Beitrag schneiden wir dann, sobald ich im Studio zurück bin, einverstanden?«

»Okay«, erwiderte Scholli und verfiel ins Grübeln. Erst als die Ortsschilder von Flensburg auftauchten, kam es plötzlich von ihm: »Mir geht nicht aus dem Kopf, was du bezüglich dieses Hasses gesagt hast. Dass der in den letzten hundert Jahren noch öfter ausgebrochen sein muss.«

»Davon bin ich überzeugt«, sagte Kira. »Bloß weiß ich nicht, wie wir darüber etwas erfahren könnten.« Nach kurzem Innehalten fügte sie leise hinzu: »Und noch viel weniger, wie uns das bei der Suche nach dem wahren Täter in unserem Mordfall weiterhelfen könnte.«

»Das kann ich dir leider auch nicht sagen«, bedauerte Scholli. »Ich denke, wir machen erst einmal weiter mit unseren Recherchen. Wer weiß, auf welche Hinweise wir dabei noch stoßen. Es gibt noch eine Menge Quellen, in die ich mich vertiefen kann – auch neuere. Und damit fange ich sofort an, wenn ich ins Büro zurückkomme.« Er lachte leise auf. »Kopf hoch, Kira! Wir machen einfach das, was du vorgeschlagen hast: Wir graben weiter. Und noch tiefer. Wer bin ich denn, an deinem Bauchgefühl zu zweifeln?«

»Blödmann!«, erwiderte Kira herzlich.

20

»Bin schon gespannt, was du mir erzählen willst. Die Mittagessen mit dir hatten bisher ja meistens einen gewissen Unterhaltungswert, das muss ich zugeben«, sagte Helene Christ, warf Kira einen spöttisch-provozierenden Blick zu und schob sich eine Gabel voll *Tortellini alla Chef* in den Mund, eine beliebte scharfe Spezialität des italienischen Restaurants mitten in Flensburgs Fußgängerzone.

Die gepflegte Atmosphäre und die gute original italienische Küche dieser seit vielen Jahren im Zentrum der Stadt heimischen Gaststätte lockte nicht nur Touristen an, sondern machte sie auch zu einem beliebten Treffpunkt für die Menschen, die in der Stadt arbeiteten. Gern traf man sich an diesem Ort zum Mittagessen, später auf einen Espresso oder am Abend auf eine schmackhafte italienische Spezialität und einen Drink.

Spontan hatte Kira vorhin bei Helene in der Polizeidirektion angerufen, um sich mit ihr hier zu verabreden. Den ganzen Vormittag hatte sie damit verbracht, im Sender eine Unmenge an Dokumentenmaterial durchzugehen, das Scholli ihr unablässig auf den PC schickte, während er tiefer und tiefer in seine Quellen abtauchte. Ihre Gedanken waren dabei immer wieder abgeschweift und bei dem Thema gelandet, das sie im Augenblick von morgens bis in die Nacht hinein umtrieb.

Warum nicht mit Helene darüber reden?, fragte sie sich. Manches diskrete Gespräch, das so weder in der Polizeidirektion noch im Studio möglich gewesen wäre, hatte sie mit der Hauptkommissarin an einem der Tische in diesem Lokal bereits geführt.

Zu Kiras Freude hatte Helene Christ nicht gezögert, sondern war sofort auf ihren Vorschlag eingegangen.

»Ich ahne dunkel«, erklärte die Kriminalbeamtin gerade, »dass du dieses Treffen nur vorgeschlagen hast, weil dir wieder einmal irgendwelche obskuren Ideen im Kopf herumspuken. Und zwar natürlich zu einem Fall, an dem die Kripo arbeitet – genauer gesagt: zu unserem aktuellen Mordfall.«

»Frau Hauptkommissarin sprühen heute ja förmlich vor Esprit«, entgegnete Kira leicht gereizt. Sie saß Helene am Tisch gegenüber und stocherte ohne große Begeisterung in ihrem Salatteller herum. »Eigentlich wollte ich bloß ein paar Gedanken mit dir austauschen – außerhalb deiner Diensträume«, erklärte sie, spießte ein paar grüne Blätter auf ihre Gabel und betrachtete sie skeptisch.

»Aha«, sagte Helene und grinste. »Hab ich dir schon mal gesagt, dass ich immer ein schlechtes Gewissen kriege, wenn ich etwas Vernünftiges esse, während du dieses Grünfutter zu dir nimmst?«

»Schau dich doch an«, rief Kira klagend. »Groß und schlank wie eine Tanne! Und ich bin nicht nur einen ganzen Kopf kürzer als du, sondern werde auch immer fetter.«

»Unsinn«, erwiderte Helene. »Nicht jeder ist so ein schlechter Futterverwerter wie ich. Ich kann nun mal den ganzen Tag essen und setze doch kein Gramm an, aber ...«

»Beneidenswert«, murmelte Kira.

»Na ja, trifft aber auch nicht den Geschmack eines jeden. Wie auch immer: Jedenfalls bist du nicht dick – und fett schon gar nicht. Deine Proportionen stimmen absolut, finde ich. Hab ich dir schon ein paar Mal gesagt. Und andere Leute mit Sicherheit auch. Also hör auf, dich immer mit diesem Mist selbst zu quälen.« Sie griff zur Karte. »Ich sehe mal nach, ob sie ein feines Dessert haben. Ah, hier: *Tartufo Clas-*

sico – das ist lecker! Schokosoße, umhüllt von Eis, und mit Kakao bestäubt. Sensationell! Das bestellen wir gleich.«

Kira stöhnte.

»Aber nur, wenn du brav deinen Salat aufisst«, feixte Helene. Sie putzte ihren Teller mit dem letzten Stück Weißbrot sauber und spülte den Bissen mit einem Schluck Mineralwasser herunter. Dann stützte sie ihre Ellenbogen auf den Tisch und sah ihr gegenüber aufmerksam an. »Nun mal Butter bei die Fische: Worum geht's hier heute eigentlich? Um deinen bevorstehenden Besuch bei Feldkamp in Schleswig nachher?«

»Du weißt, dass ich ...?«, brachte Kira überrascht heraus.

»Worauf du dich verlassen kannst, meine Liebe. Ich habe dafür gesorgt, dass ich erfahre, wer ihn wann aufsucht. Selbst wenn es nur in Begleitung seines Anwalts ist.« Sie hob einen Daumen in die Höhe. »Chapeau übrigens für diese Idee!«

»Ich dachte mir eben, dass es so bedeutend leichter sein würde, einen Termin genehmigt zu bekommen«, erwiderte Kira verschmitzt, wurde jedoch sofort wieder ernst. »Darum geht es mir aber gar nicht. Ich glaube kaum, dass es sinnvoll wäre, weiter mit dir darüber zu streiten, ob er wirklich der Täter ist.«

»Da liegst du ganz richtig. Feldkamp wird sich sicher über den Besuch freuen, aber er ist der Tat überführt. Ende der Diskussion«, kam es glasklar, aber nicht unfreundlich von der Kriminalistin.

»Nur, damit ich es richtig verstehe«, sagte Kira. »Es steht fest, dass ausschließlich Eike Feldkamps Spuren auf dem Messer sind, richtig?«

»Himmel, Kira, wie oft denn noch? Das haben wir schon in der letzten Pressemitteilung bekannt gegeben.«

»Und du kannst sicher ausschließen, dass Jonas Krog etwas mit der Tat zu tun hat?«

»Hast du einen bestimmten Grund für diese Frage?«, wollte die Kriminalistin wissen.

»Das wirst du verstehen, wenn ich dir gleich etwas über zwei seit ewigen Zeiten verfeindete Familien erzähle. Und wirst dich dann vielleicht fragen, wieso zwei junge Angehörige dieser Familien, nämlich Morten Harmsen und Jonas Krog, ausgerechnet in diesem Surfercamp aufeinandergetroffen sind. Mit dem bekannten Ausgang.« Kira trank einen Schluck aus ihrem Glas. »Und dann habe ich die Hoffnung, dass du noch einmal genauer hinschaust, was den Tatablauf angeht – und auch den vermeintlichen Täter.«

Helene Christ nickte, ohne eine Miene zu verziehen. »Also – fang an!«

»Okay.« Kira legte ihre Gabel ab und überlegte einen Moment. Dann fragte sie leise: »Kannst du dir uralten Hass vorstellen, der seit über einem Jahrhundert zwischen zwei Familien aus demselben Ort schwelt? So fanatisch, so unerbittlich, dass sie deswegen bis in die Gegenwart hinein Verbrechen aneinander begehen – aus Rache, und um für diese dann wiederum Vergeltung zu üben?«

»Soll's geben«, sagte Helene. »Insbesondere in Italien. *Vendetta* – vor allem im Umfeld der Mafia. Auch in archaischen Clanstrukturen in Osteuropa oder in Arabien kommt Blutrache noch vor, glaube ich. Hört man ja hin und wieder. Aber was hat das ...«

»Einen Moment noch, bitte«, sagte Kira. »Ich spreche nämlich keineswegs von der Mafia oder von Clans aus fernen Kulturkreisen. Ich spreche von Dänemark, genauer gesagt, von Nordschleswig.«

»Du spinnst«, stellte Helene Christ mit großem Nachdruck fest.

»Warte erst mal ab und hör mir ein paar Minuten zu«, bat Kira und begann einen ausführlichen Bericht über die Besuche, die sie und Scholli in den letzten beiden Tagen in Dänemark gemacht hatten – erst in Augustenburg bei Jonas Krog und seinem Vater, dann in Gillestrup bei den Harmsens und auf *Skovgården,* dem Krog-Hof. Dass sie dabei Jonas' Großmutter Martha Krog sowohl in Augustenburg als auch gestern auf dem Bauernhof der Familie in Gillestrup getroffen hatten, erfuhr Helene ebenso wie das Wichtigste von dem, was die alte Dame ihr erzählt hatte.

»Sie machte auf mich jedes Mal einen verängstigten Eindruck, hat sich immer vergewissert, dass niemand hörte, was sie mir sagte. Ich hatte das Gefühl, dass sie eine Last mit sich herumträgt, die sie unbedingt loswerden will«, sagte Kira und beobachtete Helene Christ genau.

Und sie täuschte sich bestimmt nicht: Die Aufmerksamkeit der Hauptkommissarin steigerte sich, je länger sie zuhörte. Allerdings ließ sich an ihrer Miene nicht ablesen, ob das, was sie erfuhr, auch Zustimmung oder wenigstens Nachdenklichkeit in ihr auslöste.

Schließlich beende Kira ihre Rede. »Meiner Ansicht nach ist nicht auszuschließen, dass der Mord an Morten Harmsen in dem Surfer-Camp auf Holnis mit all dem zusammenhängt, was damals passiert ist – frag mich aber bitte nicht, wie. Übrigens spielen wahrscheinlich auch noch weitere Dinge, die sich die Familien in den vielen Jahren bis heute gegenseitig angetan haben, eine Rolle in diesem Drama. Dinge, von denen wir jetzt noch gar nichts wissen.« Sie griff zu ihrem Mineralwasser und leerte das Glas in einem Zug. »Jetzt du.«

Erst einmal sprach Helene Christ kein Wort, schien gedanklich dem nachzuhängen, was sie gerade gehört hatte. Nach einer Weile brach sie das Schweigen und sagte: »Bemerkenswert vor allem, was die alte Frau dir da erzählt hat. Deswegen – so schwer es mir fällt: Ich bin bereit, deine abenteuerlichen Spekulationen wenigstens in Erwägung zu ziehen, wenn du mir eine einfache Frage beantworten kannst: Wie passt Eike Feldkamp in deine wilden Theorien von der Familienrache?«

Kira sah sie offen an, hob die Schultern und sagte schlicht: »Keine Ahnung.«

»Dachte ich mir.« Helene Christ nickte. »Lass uns den Nachtisch bestellen. Ich muss wieder an die Arbeit.«

21

Kaum war Kira aus ihrem Wagen ausgestiegen, überfiel sie ein Schwall kalter Beklemmung, der sie frösteln ließ und der auch nicht weichen wollte, während sie an der scheinbar himmelhohen grauen Betonmauer entlang zum Eingangstor lief.

Ihr erster Besuch in einem Gefängnis.

Zwar war dies kein Hochsicherheitsknast für die ganz schweren Jungs, sondern eine Haftanstalt ausschließlich für Jugendliche und Heranwachsende aus ganz Schleswig-Holstein. Dennoch war es ein Gefängnis – auch wenn man es ›Jugendanstalt‹ genannt und damit die Silben ›Haft-‹ oder ›Straf-‹ aus dem Namen der Einrichtung getilgt hatte.

Schon von Weitem sah sie neben dem Eingang einen Mann in dunkelgrauem Geschäftsanzug mit hellblauem Hemd und dezenter Krawatte stehen. Als Kira sich näherte, hob er die Hand und sagte: »Frau Lund, vermute ich.« Er machte eine leichte Verbeugung. »Ich bin Hanno Schlösser.«

Kira nahm seine ausgestreckte Hand und drückte sie. »Ich bin sehr froh, dass Sie mir auf diese Weise ermöglichen, mit Eike Feldkamp zu sprechen. Danke dafür.«

Als sie den Anwalt gestern angerufen hatte, war der zunächst verwundert gewesen und hatte die lästige Reporterin ganz unverhohlen abwimmeln wollen. Als Kira ihm jedoch – ohne irgendwelche Details zu nennen – davon berichtete, einem völlig anderen Motiv für den Mord an Morten Harmsen auf der Spur zu sein, war er hellhörig geworden. Zwar könne sie die angeblichen Beweise gegen seinen Mandanten nicht widerlegen, räumte Kira ein, jedoch werfe das, was sie und ihr Kollege inzwischen recherchiert hätten, ein ganz neues Licht auf die möglichen Hintergründe der Tat. »Und in diesem Zusammenhang möchte ich Eike noch ein paar Fragen stellen«, hatte sie gesagt. »Ob die Staatsanwaltschaft mich aber überhaupt zu ihm lässt, ist fraglich. Auf jeden Fall wäre das eine Menge Antrags- und Formulargedöns, und gewiss würde es ewig dauern.«

Schlösser hatte sofort begriffen. Er wolle sowieso morgen zu seinem Mandanten in die Jugendanstalt Schleswig fahren, erklärte er. Da biete es sich doch geradezu an, das er sie als seine Begleitung mitnähme. Nur so könnten einige für die Verteidigung wichtige Fragen, die inzwischen aufgetaucht seien, direkt geklärt werden. Er werde die Anstaltsleitung entsprechend informieren.

»Okay, gehen wir rein«, sagte Schlösser jetzt. »Ich bin selbst sehr gespannt, was das für Fragen sind, die Sie an meinen Mandanten haben. Seine Eltern übrigens auch. Ich habe sie natürlich informiert, weswegen wir beide heute bei Eike sind. Zumindest, soweit ich es selbst weiß. Mehr als Andeutungen habe ich ja bisher nicht von Ihnen gehört ...« Er grinste, trat an die Gegensprechanlage, klingelte und sprach seinen Text ins Mikrofon.

Es summte, der Anwalt drückte die schwere Metalltür auf, und Kira beeilte sich, ihm zu folgen. Kaum standen sie in einem hell erleuchteten Vorraum, fiel die massive Tür scheppernd hinter ihnen ins Schloss. Aus dem Wachraum nebenan wurden sie durch Panzerglas von einer Justizvollzugsbeamtin beobachtet.

Nachdem ihre Ausweise geprüft und sämtliche Formalien erledigt waren, ging es durch den Körperscanner. Danach führte sie ein stämmiger Justizvollzugsbeamter über verschiedene Flure, öffnete und schloss dabei immer wieder Türen, bis sie endlich in einem Besuchsraum angekommen waren. Der Beamte ließ Kira und Schlösser eintreten. »Ich warte draußen«, sagte er. »Wenn Sie Ihr Gespräch beendet haben, drücken Sie bitte auf den Knopf hier an der Wand.« Damit ging er hinaus und schloss die Tür hinter sich.

»Hallo.«

Kira drehte sich um und erschrak. An dem Tisch in der Mitte des Raumes saß Eike Feldkamp und sah Ihnen entgegen, doch schienen die wenigen Tage in Haft bereits Wirkung zu zeigen. Seine Haut wirkte grau, seine Haare ungepflegt, und sein Blick hatte etwas Unstetes.

Angst, schoss es Kira durch den Kopf. Er hat fürchterliche Angst, das ist nicht zu übersehen.

Schnell brachten sie eine kurze Begrüßung hinter sich, dann erklärte der Anwalt seinem Mandanten, dass er nicht genau wisse, was die Journalistin vorhabe, die heute in seiner Begleitung war. »Ich bin selbst gespannt, das gleich zu erfahren, werde mich jedoch in euer Gespräch nicht einmischen, sondern nur zuhören. Du kennst ja Frau Lund schon, nicht wahr?«

Eike nickte und sah Kira erwartungsvoll an. »Hast du irgendetwas herausgefunden, was mir helfen könnte?«, fragte er zaghaft.

»Ehrlich, Eike: Ich weiß es nicht. Vor allem ist noch unklar, wie das, was mein Kollege und ich recherchiert haben, mit dem Mord an Morten Harmsen zusammenhängt. Und noch etwas anderes muss ich dir auch klar sagen: Nichts von dem, was ich inzwischen herausgefunden habe, ändert etwas an den belastenden Beweisen gegen dich.«

»Na toll«, schnaubte Eike und drehte sich zu seinem Verteidiger hin. »Da haben Sie sich ja hübsch von ihr verarschen lassen. In Wahrheit kommt sie bestimmt nur hierher, um Material für ihre TV-Reportage zu sammeln.« Sein Blick ging wieder zu Kira. »So'n richtiger Knüller, nicht wahr? Kira *Lund sprach im Knast mit dem Killer.*« Er senkte den Blick. »Pfui Teufel.«

Für Kira hörten es sich an, als spuckte er die letzten Worte aus. Sie straffte sich, setzte eine strenge Miene auf und sagte scharf: »Schau mich an, Eike!«

Er hob langsam seinen Kopf.

»So ist es schon besser. Und nun reiß dich bitte zusammen und hör mir gefälligst zu! Du bist in einer schlimmen Lage, kein Zweifel. Aber erstens steht dir dieses Selbstmitleid nicht, und zweitens sind weder dein Anwalt hier noch ich deine Feinde.«

Unter ihren drastischen Worten senkte der Junge den Blick.

»Ich zum Beispiel habe mittlerweile Dinge herausgefunden, die alles, was geschehen ist, in einem anderen Licht erscheinen lassen könnten«, fuhr sie fort. »Hörst du? Ich sage: *könnten*! Wohin uns das führen wird, weiß ich noch nicht, auch nicht, ob es dich entlasten kann. Aber du musst hier und jetzt entscheiden, ob ich auf diesem Weg weitermachen soll oder nicht. Wenn du dich jedoch lieber in deinem Unglück suhlen willst, stehe ich auf der Stelle auf und gehe.«

Stille lastete schwer im Raum. Nach kurzer Zeit waren leise Schluchzer zu hören, die stetig lauter wurden. Kira schaute auf den Jungen, der seinen Kopf auf die Arme gelegt hatte, die auf der Tischplatte ruhten. Ein Beben durchlief den schlanken Körper.

Eike Feldkamp weinte.

»Du brauchst dich nicht zu schämen«, sagte Kira sanft. »Wirklich nicht. Ich wäre genauso verzweifelt wie du. Jeder wäre das in deiner Lage. Aber wir sind noch nicht am Ende, mach dir das klar – im Gegenteil. Also: Ich muss ein paar Dinge von dir wissen, soweit es Jonas Krog betrifft. Wenn du dich wieder gefangen hast, reden wir darüber, einverstanden?«

Der Junge nickte, zog ein Taschentuch aus der Hosentasche, hob den Kopf und putzte sich die Nase.

»Was kann es schon schaden?«, stellte er – mehr zu sich

selbst – fest. »Leg los, was ist mit Jonas? Den kenne ich doch so gut wie gar nicht!«

»Eben«, erwiderte Kira trocken und fing an, ihre Fragen zu stellen. Schon nach wenigen Minuten war ihr klar, dass sie auf der richtigen Spur war.

Gegen fünfzehn Uhr verabschiedete sie sich von Eike und Rechtsanwalt Schlösser, der noch ein paar Minuten bei seinem Mandanten bleiben wollte. Als sie dem Jungen die Hand gab, schaute er sie flehend an, und sie konnte fühlen, wie ihn erneut die Angst übermannte. Spürbar bis in die Finger, bebte sein ganzer Körper, und Tränen traten ihm in die Augen.

»Ich weiß noch nicht, worauf das alles hinausläuft«, erklärte Kira ihm mit ruhiger Stimme. »Aber du hast da eben ein paar Dinge gesagt, denen ich nachgehen muss. Mach dir bitte keine Illusionen: Für die Staatsanwaltschaft bist du weiterhin der Hauptverdächtige. Vielleicht wird man dich sogar anklagen. Die Beweise gegen dich sind ja scheinbar erdrückend.« Sie warf Schlösser einen fragenden Blick zu. Der nickte. »Dieses Thema wird gleich dein Anwalt noch mit dir durchsprechen«, fuhr sie fort. »Was mich betrifft: Aus meiner Sicht ist der Drops noch nicht gelutscht, wenn ich es mal salopp ausdrücken darf. Also bitte: Lass den Kopf nicht hängen. Ein blöder Spruch, ich weiß, aber was Besseres fällt mir im Moment leider nicht ein.« Sie ging zur Tür und drückte auf den Klingelknopf an der Wand. Als der Beamte aufschloss, um sie hinauszulassen, drehte sie sich noch einmal zu dem Jungen um, der inzwischen wieder in sich zusammengesunken neben seinem Anwalt am Tisch saß.

»Denk immer dran, Eike«, sagte sie eindringlich, »dass es ein paar Menschen außerhalb dieser Mauern gibt, die zu dir stehen!« Damit trat sie auf den Flur. Plötzlich hatte sie es eilig, die Haftanstalt zu verlassen.

Zurück auf dem Parkplatz, ging sie vor dem Außenspiegel ihres Volvos in die Knie, blickte hinein und fuhr sich mit den Händen kurz durch ihre dichten rotbraunen Haare. Dann holte sie Kamera, Handmikrofon und Stativ aus dem Auto. Während sie sich einen Platz an der Gefängnismauer suchte, der in Sichtweite des Eingangs lag, überlegte sie sich, was sie gleich sagen wollte.

Es war ein Tanz auf dem Hochseil: Einerseits sollte der Beitrag das Interesse der Zuschauer an diesem Fall weiterhin hochhalten, andererseits durfte Kira natürlich nichts von dem preisgeben, was sie gerade erfahren hatte.

Schließlich machte sie das, was Reporter in solch einer Lage meistens tun: Sie stellte sich vor die Kamera, setzte eine bewegte Miene auf und begann: »Im Hintergrund sehen Sie die Gefängnismauern der Jugendanstalt Schleswig, in der der siebzehnjährige Eike Feldkamp, der des Mordes beschuldigt wird, in Untersuchungshaft sitzt. Ich habe ihn in Begleitung seines Anwalts soeben besucht.«

Zunächst beschrieb sie in eindringlichen Worten, wie erschüttert der junge Häftling auf sie gewirkt habe. Was dann folgte, war eine Zusammenfassung der bisherigen Ereignisse und der Ermittlungsergebnisse, soweit sie bekannt waren. Noch bevor sie allerdings den Satz beendet hatte, den sie zum Schluss in die Kamera sprach, war ihr bereits klar, dass Scholli nachher darauf drängen würde, ihn herauszuschneiden.

»Schauen wir mal ...«, murmelte sie und merkte, dass sie unwillkürlich grinste. Mit wenigen geübten Handgriffen baute sie die Kamera vom Stativ ab, verstaute die Technik im Wagen und fuhr los.

Auf der Fahrt von Schleswig ins Studio nach Flensburg ließ sie sich noch einmal durch den Kopf gehen, was sie eben von Eike erfahren hatte. Das konnte sich durchaus als bedeutsam erweisen, daran hatte sie nun keinen Zweifel mehr.

Anfangs – in den ersten zwei, drei Tagen im Camp – hatte Eike angeblich überhaupt keinen Kontakt zu Jonas gehabt, hatte ihn ein paar Mal beim Essen und am Strand gesehen, aber kaum ein Wort mit ihm gewechselt. »Und zwischen Morten und Jonas war es genauso, soweit ich mich erinnere«, hatte er gesagt.

»Sicher hattet ihr auch ganz andere … sagen wir: Interessen, nicht wahr?«, forderte Kira ihn heraus. »Neben dem Surfen, versteht sich.«

»Du meinst, dass wir auf Beeke Bahnsen … na ja, dass wir eben auf sie … scharf waren, wie man so sagt«, antwortete der Junge und verzog sein Gesicht zu einer schrägen Grimasse.

»Genau. Ihr hattet ja beide ein Auge auf das Mädchen geworfen, oder?«

Eike zuckte bloß mit den Achseln und erklärte, es sei ja doch ›nichts Richtiges‹ daraus geworden.

Kiras Interesse an dieser jugendlichen Schwärmerei, die schließlich in einem handfesten Zweikampf geendet war, hielt sich jedoch in Grenzen. Sie wollte vielmehr etwas über Jonas Krogs Verhalten im Camp erfahren, insbesondere das gegenüber Morten Harmsen. Und genau dazu hatte Eike ein paar bemerkenswerte Beobachtungen gemacht, die ihm jetzt – unterstützt durch Kiras gezielte Fragen – nach und nach wieder einfielen.

»Du hast eben gesagt, Morten und du hättet in den ersten Tagen kaum Kontakt zu Jonas gehabt. Hat sich das später geändert?«

»Ja, das war schon seltsam« erinnerte sich Eike. »Morten hat mich sogar einmal darauf angesprochen. Er fühlte sich plötzlich von Jonas irgendwie … kontrolliert.«

Das war der bei Weitem wichtigste Satz, den Eike Feldkamp in diesem Gespräch gesagt hatte, das war Kira sofort klar.

»Hast du davon auch etwas mitgekriegt?«, hakte sie nach.

»Jetzt, wo du fragst …«, überlegte der Junge laut und nickte nachdenklich. »Ich habe sogar den Eindruck gehabt, dass

Jonas mich und Morten heimlich beobachtet.« Das habe aber erst angefangen, als sie schon drei oder vier Tage im Camp gewesen seien, hatte er hinzugesetzt.

Was mochte das zu bedeuten haben?, grübelte Kira und stellte auf einmal überrascht fest, dass vor ihr an der A7 schon das Schild für die Abfahrt *Flensburg* auftauchte. In einem Kilometer würde sie die Autobahn verlassen und hatte dann nur noch etwa eine Viertelstunde bis in die Stadtmitte zu fahren, wo das Gebäude des Senders stand.

So sehr war sie darin versunken gewesen, alles zu rekapitulieren, was sie da vorhin gehört hatte, dass sie sich an die Fahrt von Schleswig bis hierher kaum erinnern konnte.

22

»Lass das weg!«, sagte Scholli nachdrücklich.

Kira hatte nichts anderes erwartet. Schon als sie vorhin vor der Mauer des Jugendgefängnisses den Satz in die Kamera gesprochen hatte, war ihr klar gewesen, dass sie damit den Mund wahrscheinlich zu voll nahm.

»Was soll das eigentlich heißen: ›Inzwischen haben sich brisante Ansatzpunkte ergeben, die ein völlig neues Licht auf den Fall werfen‹?«, fragte Scholli hitzig nach.

»›*Möglicherweise*‹! Ich sage, dass sie *möglicherweise* ein neues Licht auf den Fall! werfen.«

»Wortklauberei«, erwiderte ihr Kollege unwirsch. »›Brisante Ansatzpunkte‹, ›möglicherweise ein neues Licht‹ – das ist Revolverjournalismus, Kira. Und das weißt du auch. Was, wenn wir mit alldem auf dem Holzweg sind? Wenn dieser grauenvolle, über ein Jahrhundert schwelende Familienhass zwar tatsächlich existiert, aber dennoch nichts mit dem Mord an Morten Harmsen zu tun hat – jedenfalls nicht direkt, also juristisch fassbar? Dann sind wir im Ar..., sorry, ich meine, dann ...«

»... hätte ich mich lächerlich gemacht – das meinst du«, fiel ihm Kra ins Wort und nickte resigniert. »Und damit liegst du völlig richtig, egal, wie drastisch du es ausdrückst. Aber nicht nur das. Vor allem werde ich von Helene Christ vermutlich nie wieder etwas zu einem Kriminalfall erfahren.«

»Stimmt, auch bei der wären wir damit unten durch«, bestätigte Scholli.

»Danke, dass du immer ›wir‹ sagst.« Sie hob ihre Hände in einer ergebenen Geste und stand auf. »Also gut, schneiden wir´s raus. Lass uns ins Studio rübergehen. Mit dem, was wir zusammengetragen haben, können wir auch ohne diesen Satz einen vernünftigen Drei-Minuten-Beitrag zusammenstellen, denke ich.«

»Das machen wir.« Er folgte ihr und legte kurz seine Hand auf ihren Arm. »Nur fürs Protokoll: Ich bin ziemlich sicher, dass du mit deinen Vermutungen recht hast. Gestern hab ich mich gleich wieder in die Quellen vertieft und bin da jetzt auf etwas gestoßen …« Er stockte. »Ich muss das noch genauer prüfen, bevor ich konkreter werden kann. Aber es geht um das, was seit dem Ersten Weltkrieg geschehen ist. Die Volksabstimmung zwischen Deutschland und Dänemark und die Folgen der Grenzziehung von 1920 spielen dabei eine Rolle. Vielleicht kommen sogar noch Dinge ans Licht, die die zeitliche Lücke ins Hier und Heute schließen, soweit es den andauernden Hass zwischen den beiden Familien betrifft.«

»Wow«, antwortete Kira. »Ich bin beeindruckt – wieder mal. Da tauchen wir ja tief in die jüngere deutsch-dänische Geschichte ein. Hoffentlich lohnt sich der Aufwand.«

»Immerhin wollen wir einen Irrtum der Kripo verhindern – und einem der Justiz vorbeugen«, erwiderte Scholli. »Wir haben uns also durchaus etwas vorgenommen …«

Kira fuhr den Wagen in den Carport und stieg aus.

Den Beitrag für *Unser Land am Abend* hatte sie mit Tim Scholler zusammen noch rechtzeitig vor Abgabeschluss fertiggestellt und ins Studio Kiel geschickt. Die Kollegen in der dortigen Hauptredaktion würden ihn in die Sendung einbauen, die jeden Tag zwischen 19:30 Uhr und 20:00 Uhr ausgestrahlt wurde.

Erwartungsvoll drehte sie sich um und blickte hinüber zum Hauseingang, wo Lukas gerade die Tür öffnete und etwas sehr Großes, Braunschwarzes auf vier Beinen an ihm vorbei herausschoss.

Natürlich war sie nicht überrascht von dem, was nun unweigerlich folgte – im Gegenteil. Stets aufs Neue genoss sie das Begrüßungsritual, das Ditch sich nie nehmen ließ, wenn er Kira tagsüber nicht im Auto hatte begleiten dürfen. Kehrte sie dann abends nach Hause zurück, zog er bei ihrer Rückkehr ein sehenswertes Begrüßungsritual ab, das sie nur unbeschadet überstand, wenn sie rechtzeitig festen Stand fand. Immerhin war der bärenähnliche Bernhardiner-Labrador-Mischling ungefähr in ihrer Gewichtsklasse.

Mit weit aufgerissenem Fang und heraushängender Zunge kam das zottige Tier nun ungebremst auf sie zugerannt und stieß dabei begeisterte Grunzgeräusche aus.

»*Nicht anspringen!*«, rief ihm Kira lachend entgegen, als er nur noch drei Meter von ihr entfernt war, und diesen Befehl interpretierte Ditch – wie immer – auf seine eigene Weise. Tatsächlich sprang er sie nicht an, denn dann wäre sie mit Sicherheit zu Boden gegangen. Vielmehr bremste er abrupt ab, als er sie erreicht hatte, bäumte sich auf und stellte sich auf die Hinterbeine. Liebevoll legte er ihr sodann die gewaltigen Vorderpfoten auf die Schultern und schickte sich an, ihr mit seiner rosafarbenen Zunge übers Gesicht zu fahren.

Sie konnte ihren Kopf gerade noch rechtzeitig zur Seite wenden, bevor der mächtige feuchte Lappen sie traf, sodass Ditch sich bei seiner Begrüßung mit einem Ohr und dem seitlichen Haaransatz begnügen musste.

»Ja, ich hab dich auch lieb, du Riesenferkel«, murmelte sie und kraulte ihm den Nacken. »Und jetzt: *aus!*«

Widerwillig ließ der Hund von ihr ab. Nebeneinander gingen sie zum Haus, wo Lukas wartend in der Tür stand. Als *er* allerdings Kira zur Begrüßung in den Arm nahm, wandte sie ihr Gesicht nicht ab.

»Dafür, dass ihr kaum etwas Neues gebracht habt, fand ich´s

nicht schlecht«, sagte Lukas und schaltete mit der Fernbedienung den Fernsehapparat aus. »Die Aufnahme vor dem Gefängnis in Schleswig hat das Ganze lebendig gemacht. Ansonsten ...«

»Ich weiß. Ansonsten war nichts wirklich Aufregendes zu sehen und zu hören«, erwiderte Kira. »Aber unser Chef wollte unbedingt, dass wir wieder einen Beitrag bringen, um zu zeigen, dass wir an der Sache weiterhin dran sind.« Sie nahm sich eine dicke Scheibe Vollkornbrot mit Katenrauchmettwurst vom Teller und biss hinein.

Beide hatten sie heute keine Lust auf Kochen gehabt und nur belegte Brote gemacht, Tomaten und Zwiebeln aufgeschnitten und ein paar selbst eingemachte Gewürzgurken von Greta Ketelsen, ihrer Nachbarin von der Knudswarft, auf die Teller gelegt. Alles hatten sie auf den Wohnzimmertisch gestellt und sich *Unser Land am Abend* angeschaut, während sie aßen, Lukas dazu ein Bier und Kira eine Rieslingschorle trank.

»Hab ich dir schon mal gesagt, dass du scharf aussiehst vor der Kamera mit dem Mikrofon in der Hand?«, fragte Lukas grinsend und schob sich ein Stück nordfriesischen Schafskäse zusammen mit einem Zwiebelring in den Mund. »Vor allem, wenn der Wind so ein bisschen deine Haare zerzaust ...«

Eine leichte Röte stieg Kira ins Gesicht, was sie nicht wenig ärgerte. »Was willst du mir damit wirklich sagen, Lukas Rohwer?«, hakte sie misstrauisch nach. »Dass meine Frisur nicht in Ordnung war?«

»Quatsch. Ich meine es genauso, wie ich es gesagt habe: Du siehst einfach zum Anbeißen aus. Ich würde mir diese Sendung auch regelmäßig anschauen, wenn ich sie völlig uninteressant fände. Und zwar bloß aus einem einzigen Grund: Weil *du* hin und wieder zu sehen bist.« Er spülte den letzten Bissen mit einem Schluck Bier herunter und drückte ihr einen dicken Kuss auf die Wange.

Kira sah ihn lange an, und ein Anklang von Erstaunen schwang mit, als sie leise feststellte: »Du meinst tatsächlich, was du sagst.« Sie lehnte ihren Kopf an seine Schulter. Nach einer Weile sagte sie leise: »Ich liebe dich, Lukas.«

»Und ich dich erst!«, erwiderte er und zog sie an sich.

In diesem Augenblick klingelte ihr Mobiltelefon.

»Mist«, fluchte sie und nahm das Gerät hoch. Das Display zeigte eine unbekannte Mobilfunknummer an. Unwillig nahm sie das Gespräch entgegen, war aber sofort alarmiert, als sie hörte, wer dran war.

»Martha spricht hier, Martha Krog«, kam es auf Dänisch aus dem Apparat. »Bist du Kira Lund?«

»Ja, ich bin selbst dran. Was ist passiert?«

»Ich telefoniere mit meinem Handy. Aber ich kann nicht lange sprechen, es ist ... ach Gott ...«

Kira hörte, wie aufgeregt die alte Frau war. »Ganz ruhig, Frau Krog. Wie kann ich helfen?«

»Ich musste dich einfach anrufen, weil ... Bjarne ist drüben im Dorf. Kann jeden Moment wiederkommen. Wenn er mitbekommt, dass ich dich angerufen habe ...«

»Du bist also noch in Gillestrup auf eurem Hof?«

»Ja, in Augustenburg ist zu viel ... Mikkel ist völlig ... Ich dachte, hier ist es ruhiger, aber ...«

»Ganz ruhig, Martha«, sagte Kira. Vielleicht konnte sie die alte Frau dazu bringen, einmal einen Satz zu Ende zu bringen.

»Ich habe aber keine Ruhe mehr!«, kam es verzweifelt zurück. »Ich weiß überhaupt nicht ... Ach, was soll bloß werden? Es ist alles so schrecklich.« Auch wenn das nur nebulöse Formulierungen waren – die Verzweiflung in ihren Worten war nicht zu überhören.

»Es gibt doch sicher einen bestimmten Grund für deinen Anruf«, versuchte Kira es behutsam.

»Ich habe gerade *Unser Land am Abend* geschaut«, sagte Martha Krog. »Wie du da für deine Reportage vor dem Gefängnis in Schleswig stehst, wo sie den armen Jungen eingesperrt haben. Dabei hat er doch gar nichts …« Sie brach ab und begann zu weinen. »Das wird nicht gut gehen, bestimmt nicht«, schluchzte sie. »Aber ich darf nichts sagen, sonst …«

»Hör mal, wenn du etwas weißt, das Eike Feldkamp entlasten könnte, dann *musst* du das sogar sagen, verstehst du?«

»Das geht nicht, auf keinen Fall. Ihm wird ja nichts Schlimmes passieren, sagt Mikkel. Es ist bloß …« Wieder versagte ihr die Stimme.

»Sprich bitte weiter. Bestimmt hattest du einen wichtigen Grund, mich gerade jetzt anzurufen, oder?«

»Ja, natürlich!«, rief die alte Frau, und Kira hörte die Panik in ihrer Stimme. »Du weißt längst noch nicht alles. Der Hass ist der Schlüssel! Das muss endlich aufhören. Vielleicht kannst du ja etwas tun.«

»Wenn du mir dabei hilfst, will ich es versuchen. Hass – du sprichst von Hass«, nahm Kira den Faden auf. »Dass vor vielen Jahren schreckliche Dinge zwischen den Krogs und den Harmsens passiert sind, haben mein Kollege und ich schon herausgefunden. Wir fragen uns aber, warum dieser Hass bis heute anhält. Willst du mir dazu etwas sagen?«

»Das kann ich nicht«, erwiderte Martha Krog resigniert. »Ich darf nicht, sonst …« Plötzlich schien sie einen Entschluss gefasst zu haben. »Frag Rune Ebsen.«

»Wer ist das?«

»Er ist längst pensioniert«, gab die alte Frau zurück. »War aber für viele Jahre unser Pastor in Gillestrup.«

»Und wonach soll ich ihn fragen – ausgerechnet einen Pastor?«, hakte Kira nach. »Vor allem, weil doch die Harmsens als Deutsche sicher nicht zu seiner Gemeinde gezählt haben, sondern der deutschen Kirchengemeinde in Nordschleswig angehören.«

»Das spielt keine Rolle«, sagte Martha Krog. »Rune Ebsen

kennt die Geschichte von Gillestrup wie kein Zweiter. Und damit natürlich auch alle eingesessenen Familien – egal, in welche Kirche sie gehen. Die Ortschronik war immer sein Steckenpferd, und außerdem ...« Sie hielt inne. Wieder trat die Angst in ihre Stimme: »Ich höre Bjarnes Wagen. Er kommt zurück. Muss Schluss machen. Frag Rune Ebsen nach dem Krieg!«

»Welchen Krieg?« Kira konnte ihre Verblüffung selbst heraushören.

»Den *Zweiten* Weltkrieg – was da geschehen ist. Vor allem, als er schon vorbei war. Damals im *Fårhuslejren,* dem früheren Fröslevlager. Entschuldigung, aber ich muss jetzt ...« Damit brach die Verbindung ab.

Kira starrte auf das Display, und die Gedanken jagten wie wild durch ihren Kopf. Was hatte Martha Krog da gesagt?

Was, um Himmels willen, tat sich da noch auf?

23

In den letzten Lebensjahren ihres Vaters, eines ehemaligen Pfarrers der dänischen Kirchengemeinde in Husum, hatte Kira einige Probleme mit dem alten Herrn gehabt, der schwer an Demenz erkrankt war. Nachdem er endlich davon überzeugt werden konnte, sein Haus in Husum zu verkaufen, hatte Preben Lund bis zu seinem Tod in einem dänischen Pflegeheim in Flensburg gewohnt, wo er die Mitbewohner und das Personal buchstäblich bis zu seinem letzten Atemzug mit lauten, feurigen Predigten – zuletzt nur noch aus den apokalyptischen Texten der Offenbarung des Johannes – Tag und Nacht um ihre Ruhe gebracht hatte.

Nach seinem Tod war Kira als einziger Hinterbliebener die Aufgabe zugefallen, die Nachlassangelegenheiten zu klären und sich mit dem ehemaligen Arbeitgeber des Vaters, der Dänischen Kirche in Südschleswig, hinsichtlich der Beerdigungsfeierlichkeiten sowie bestimmter Versicherungs- und Versorgungsfragen abzustimmen.

Ihre Ansprechpartnerin dafür war eine überaus herzliche Mitarbeiterin im Büro des Probstes der Dänischen Kirche in Südschleswig in Flensburg gewesen. Was lag also näher, als einmal dort anzurufen, um herauszufinden, wer ihr etwas über Rune Ebsen erzählen konnte, jenen ehemaligen Pastor aus Gillestrup, mit dem sie Kontakt aufnehmen sollte?

Die dänischen Kirchengemeinden in Deutschland waren anders organisiert als die Volkskirche in Dänemark selbst, und Kira vermutete, dass die Gemeinde Gillestrup zum Bistum *Haderslev*, auf Deutsch Hadersleben, gehörte. Allzu üppig war die Kirchenverwaltung jedoch personell nicht ausgestattet, sodass Kira durchaus die Chance sah, von der netten Frau aus dem Büro des Probstes jemanden genannt zu bekommen, der den ehemaligen Gillestruper Pastor nicht nur kannte, sondern vielleicht sogar wusste, wo er mittlerweile seinen Ruhesitz hatte.

Und es klappte – wenn auch mit einem kleinen Umweg.

Die Frau erinnerte sich sofort wieder an Kira, die Tochter des ehemaligen Husumer Pastors. Erwartungsgemäß kannte sie Rune Ebsen zwar selbst nicht, jedoch bestätigte sie, dass Gillestrup zum Bistum *Haderslev* gehörte, und nannte Kira die Telefonnummer des dortigen Verwaltungssitzes.

Kira wählte den Anschluss in Dänemark, und wenig später wusste sie, dass Ebsen direkt nach seiner Pensionierung vor fünfzehn Jahren aus Gillestrup fortgezogen war.

»Er musste ja sowieso aus dem Pfarrhaus ausziehen«, erklärte der junge Mann, der sich als Personalreferent vorgestellt hatte. »Die meisten Pastorinnen und Pastoren nehmen das gleich zum Anlass, woanders hinzuziehen. Es ist nicht empfehlenswert, dort alt zu werden, wo man einst als Seelsorger gewirkt hat. Pastor Ebsen zum Beispiel ist nach Tingleff gezogen. Wir stehen aber nach wie vor mit ihm in Kontakt«, fügte er hinzu. »Er wird zu allen offiziellen Kirchenterminen eingeladen. Und zu seinen Geburtstagen erhält er selbstverständlich auch Besuch von uns. Letztes Jahr, als er achtzig wurde, ist die Bischöfin persönlich nach Tingleff gefahren, um ihm zu gratulieren.«

Da sowohl Ebsens Anschrift als auch die Telefonnummer im öffentlichen Verzeichnis stünden, sei es für ihn kein Problem, Kira diese ebenfalls zu nennen, sagte der junge Mann.

Sie notierte sich beides, bedankte sich und legte auf.

Ungeduldig warf sie einen Blick auf ihre Armbanduhr. Den ganzen Vormittag schon war Schollis Arbeitsplatz am Schreibtisch gegenüber verwaist. Vor drei Stunden hatte er sich telefonisch gemeldet und erklärt, er befinde sich in dem kleinen Ort Fröslev direkt hinter der Grenze. Er wolle sich dort im Museum des einstigen Fröslevlagers umschauen, das übrigens, wie Kira wusste, gleich nach dem Krieg von den Dänen in Faarhuslager umbenannt worden war. Gegen Mittag werde er im Sender zurück sein und berichten.

Typisch Scholli, dachte Kira anerkennend.

Um ihn nicht zu überfallen, hatte sie ihm nach Martha Krogs überraschendem Anruf gestern Abend eine WhatsApp geschickt und um Rückruf gebeten, sobald er Zeit dafür finde. Keine Minute später war er am Apparat gewesen, und Kira konnte ihm beschreiben, was sie von der alten Frau erfahren hatte.

»Weißt du, um was es sich bei diesem Fröslevlager handelt?«, hatte er gefragt.

»Soweit ich mich erinnere, war es ein Internierungslager. Nach Kriegsende haben es die Dänen übernommen und Angehörige der deutschen Minderheit dort eingesperrt. Bis heute ein heikles Thema in Nordschleswig.«

»Hast du es dir mal angesehen?«

Als Schulkind sei sie einmal dort gewesen, hatte Kira geantwortet. Sie müsse aber zugeben, kaum noch eine Erinnerung daran zu haben.

Nicht zu fassen, dachte sie jetzt, verärgert über sich selbst. Sie stand auf, um sich einen Kaffee zu holen. Da gab es dieses Lager und darin sogar ein kleines Museum – noch dazu direkt vor ihrer Haustür –, und sie kannte es kaum. Auch wusste sie viel zu wenig von dem, was sich dort am Ende des Krieges abgespielt hatte. Dabei war ihr durchaus bewusst, welch schicksalhafte Zeit dies in der jüngeren Geschichte ihrer Heimat gewesen war. Und wie sensibel die Menschen in Südjütland darauf bis heute reagierten.

Wie konnte jemand, der im deutsch-dänischen Grenzland aufgewachsen war, nur so ignorant sein?, fragte sie sich zerknirscht.

Ihr Handy klingelte.

»Bin schon auf dem Weg«, meldete sich Scholli. »Überaus lehrreich, dieser Vormittag, das kann ich dir sagen. Allerdings auch erschütternd. Wirst es gleich hören. Konntest du schon rauskriegen, wo wir diesen Pfarrer finden?«

»Die Adresse hab ich gerade bekommen, auch die Telefonnummer. Er wohnt in Tingleff. Wollen wir heute Nachmittag zu ihm fahren? Dann würde ich ihn gleich anrufen und uns ankündigen.«

»Nichts dagegen. Hoffentlich passt es ihm«, erwiderte Scholli. »Gut, dass ich mich in dem Lager ein wenig schlau gemacht habe. Wenn wir den alten Herrn schon auf dieses Thema ansprechen sollen, kann es nicht schaden, selbst etwas darüber zu wissen, nicht wahr?«

Dem konnte Kira nur beschämt zustimmen.

Der *Merianvænget* im Süden der kleinen Stadt Tingleff war eine stille Wohnstraße. Hier bewohnte Rune Ebsen ein schmales, sehr kleines Reihenhaus, dessen Vorgarten etwa die Fläche eines Badetuchs hatte.

Er erwartete sie bereits an der Tür und bat sie herein. Alles machte auf Kira einen sehr sauberen Eindruck, auch wenn sie bemerkte, das der ehemalige Pastor offenbar auf Dekoration jeglicher Art keinen sonderlichen Wert legte. Nur drei, vier Landschaftsbilder entdeckte sie, die im Flur und im Wohnzimmer an den Wänden hingen, und zwischen zwei weißen Kerzen in schlichten Aluständern das gerahmte Foto einer Frau auf der Anrichte.

»Meine Frau ist vor fünf Jahren gestorben«, erklärte er seinen beiden Besuchern, nachdem sie am Tisch in der Essecke Platz genommen hatten. »Krebs«, fügte er hinzu, ein Schatten huschte über sein Gesicht und er zuckte mit den Schultern. »Für mich allein ist dieses Haus zu groß, aber ich kann mich nicht dazu durchringen, woanders hinzuziehen«, sagte er. »Bin einfach zu faul. Und nun ist es sowieso zu spät, um noch solchen Aufwand zu treiben.«

Sein Aussehen strafte diese Worte Lügen, fand Kira. Der Referent aus dem bischöflichen Büro hatte erwähnt, dass Ebsen im letzten Jahr achtzig geworden war, doch das mochte man kaum glauben, wenn man ihn ansah. Volles, schneeweißes Haar zierte seinen markanten Kopf mit der hohen Stirn und den strahlend hellblauen Augen. Ebsen war groß gewachsen und schlank, er bewegte sich präzise und geschmeidig, und seine Hände zitterten nicht.

Trotz einer verhaltenen Traurigkeit, die ihm anzumerken war, schien den alten Herrn eine ungemein positive Aura zu umgeben, die auf Kira geradezu ansteckend wirkte.

Die beiden Besucher legten ihre Visitenkarten vor Ebsen auf den Tisch, und Kira sprach ihn auf Dänisch an: »Danke nochmals, dass du uns so kurzfristig empfangen hast«, sagte sie.

Er studierte die Karten, dann wandte er sich an Kira. »Du bist also die Tochter meines verstorbenen Amtsbruders Preben Lund.«

Sie nickte. »Kanntest du meinen Vater?«

»Schon, aber nicht besonders gut. Wir hatten ja in unserer täglichen Arbeit nichts miteinander zu tun, weil er seine Gemeinde in Deutschland und ich meine hier in Dänemark hatte. Immerhin war er aber ebenso wie ich Pastor der Dänischen Volkskirche. Hin und wieder haben wir uns bei offiziellen Terminen getroffen, und ich kann mich an zwei oder drei Exerzitien erinnern, an denen auch er teilgenommen hat.« Er nickte versonnen. »Lange her, das alles. Wann ist Preben denn gestorben?«

»Voriges Jahr im Mai«, antwortete Kira und erzählte so kurz wie möglich von den letzten Jahren ihres Vaters, von seiner Zeit im Alten- und Pflegeheim und von seiner schweren Demenz. »Am Ende ist er aber ganz friedlich eingeschlafen«, beendete sie ihren Bericht.

Ob Pastor Ebsen je erfahren hatte, welch schwerer Schicksalsschlag die Lunds vor einigen Jahren getroffen hatte, wusste sie nicht. Damals hatte ihr Vater auf der vereisten Straße die Kontrolle über sein Auto verloren, in dem er mit Frau und Sohn unterwegs war. Das Fahrzeug war an einen Brückenpfeiler gekracht, und sowohl Kiras Mutter als auch ihr Bruder waren dabei ums Leben gekommen Sie selbst hatte in jener Nacht in Hamburg gerade ihren Bachelor-Abschluss gefeiert.

Sie sah jedoch keinen Grund, den Unfall hier und jetzt zu erwähnen.

Eine Weile war es still im Raum. Schließlich sagte Ebsen: »Wir sprechen wie selbstverständlich Dänisch miteinander, fällt mir gerade auf.« Er wandte sich an Scholli und wechselte in ein typisch dänisch gefärbtes Deutsch: »Dass Ihre Kollegin als Angehörige der dänischen Minderheit in Deutschland unsere Sprache beherrscht, ist ja klar. Aber trifft das auch auf dich ..., Entschuldigung, auf Sie zu?«

Scholli schüttelte mit dem Kopf. »Kaum, leider. Ich komme gerade so mit und kann mich halbwegs verständlich machen. Aber bitte: Wir sind hier in *Ihrem* Land, und dies ist *Ihr* Haus!«

»Nett, das so zu sagen«, erwiderte Ebsen. »Trotzdem – wenn ich Frau Lund richtig verstanden habe, gibt es viel zu besprechen, sogar einige überaus ... nun, sagen wir: komplizierte Dinge. Deshalb schlage ich vor, wir bleiben beim Deutsch. Für mich ist es ein gutes Training. Ich komme nicht so häufig dazu, diese Sprache zu sprechen. Nur auf dieses komische ›Sie‹ dürft ihr nicht hoffen, das haben wir uns hier fast völlig abgewöhnt. In Dänemark duzen wir uns. Jedenfalls, solange wir nicht mit Mitgliedern der königlichen Familie reden. Aber von denen hat sich heute keiner bei mir angesagt«, setzte er lachend hinzu und stand auf. »So, der Kaffee sollte durchgelaufen sein.«

»Ich helfe dir, wenn ich darf«, sagte Kira, und gemeinsam gingen sie in die kleine Küche.

Als sie wieder um den Tisch herumsaßen, der Kaffee in den Tassen dampfte und ein Teller mit verführerisch süßen dänischen Butterkeksen herumging, ergriff Kira das Wort.

»Wie ich dir schon sagte, hat Martha Krog mir dringend geraten, mich mit dir zu treffen. Wenn sie recht hat, bist du ein Experte für Gillestrup.«

Der alte Pastor lächelte milde. »Ich bin nichts weiter als ein Chronist dieses Dorfes. Allerdings beschäftige ich mich schon recht lange und ziemlich intensiv mit dessen Geschichte. Aber worum geht es dir genau?«

»Du weißt ja sicher, dass Morten Harmsen in einem Surfercamp in Holnis ermordet wurde«, erwiderte Kira und schilderte Ebsen, welche Zweifel sie an der Täterschaft des Jungen hatte, der derzeit deswegen in Untersuchungshaft saß. »Als ich mich für meine Reportage näher mit dem Fall beschäftigt habe«, fuhr sie fort, »stieß ich auf einen jungen Mann namens Jonas Krog, der ebenfalls im Camp war. Erst haben wir ihn in seinem Elternhaus in Augustenburg besucht, wurden aber von seinem Vater grob abgewiesen.«

»Von Mikkel, dem Fleischkonservenfabrikanten«, erklärte der alte Pastor lakonisch.

»Von ebendem. Wenig später hat Tim Scholler entdeckt, dass die Krogs ursprünglich aus demselben Ort wie die Harmsens stammen, nämlich aus Gillestrup. Als wir dort waren, war es eine Sache von wenigen Minuten, bei einem Pott Kaffee in der Dorfbäckerei zu erfahren, dass diese Familien seit ewigen Zeiten miteinander verfeindet sind.«

Ebsen nickte. »Letzteres ist leider wahr. Nur: Welchen Zusammenhang seht ihr zwischen dieser Feindschaft und dem Mord an dem jungen Harmsen?«

Kira sah ihn offen an. »Um ehrlich zu sein: Ich habe keine Ahnung! Und dennoch: Martha Krog hat bei ihrem Anruf Andeutungen gemacht ... Nichts Konkretes, aber für mich klang es so, als seien die Krogs an Mortens Tod nicht unbeteiligt, um es mal sehr vorsichtig auszudrücken. Ich bin mittlerweile mehr denn je davon überzeugt, dass Eike Feldkamp nicht der gesuchte Mörder ist.« Sie zeigte auf Scholli. »Tim Scholler ist der beste Rechercheur, den ich kenne. Er hat in kürzester Zeit einiges über die beiden Familien aus Gillestrup zutage gefördert, was zumindest den Verdacht nahelegt, dass in deren Hass aufeinander die wahre Ursache für Mortens Tod zu suchen ist.«

Ebsen sprach Kiras Kollegen direkt an. »Was hast du denn bisher herausgefunden?«

»Ich bin auf ein paar interessante Ausgaben von lokalen Zeitungen gestoßen«, antwortete Scholli. »Allesamt aus der Zeit des Ersten Weltkriegs«, fügte er an und erzählte dem Pastor von den Todesanzeigen und den Schlussfolgerungen, die er und Kira daraus zogen.

»Weiter waren wir bis gestern nicht gekommen«, schaltete sich Kira wieder ein. »Wobei wir natürlich nicht geglaubt haben, dass der jetzige Mord im Surfercamp etwas mit den Geschehnissen vor über hundert Jahren zu tun hat. Da musste mehr dahinter stecken, etwas, das in die Gegenwart hineinreicht. Und genau das hat sich bestätigt, als ich plötzlich den Anruf von Martha Krog erhielt.« Sie holte tief Luft. »Sie hat zwar nichts wirklich Konkretes gesagt, aber ich konnte heraushören, dass der Hass zwischen den Krogs und den Harmsens bis heute schwelt. Mehr noch: dass er regelrecht geschürt wird. Ob das für beide Seiten zutrifft, kann ich natürlich nicht sagen.«

»Was Marthas Empfehlung betrifft, dass du dich mit mir in Verbindung setzen sollst, ist sie aber offenbar sehr konkret geworden, oder?«, feixte der Pastor.

»Das stimmt natürlich. Und so sehr wir darauf hoffen, dass du uns weiterhelfen kannst – es könnte passieren, dass wir Dinge von dir hören wollen, über die du nicht sprechen kannst.«

»Das werden wir sehen«, gab Ebsen gelassen zurück. »Zunächst einmal: Martha Krog hat recht, was diese unselige Familienfehde angeht: Sie hat immer wieder neue Nahrung bekommen, ist über die Jahre angeschwollen wie ein bösartiges Geschwür. Zum Beispiel im Zusammenhang mit den Folgen der Volksabstimmung von 1920, aber später auch während des Zweiten Weltkriegs und wegen ... gewisser Geschehnisse danach. Der Hass ist höchst aktuell – bis heute.« Er räusperte sich. »Ich weiß übrigens auch, was Martha sich von unseren Treffen hier verspricht, obwohl mir nicht klar ist, wie das funktionieren könnte: Ich soll euch nämlich helfen, dem Töten ein Ende zu setzen.«

Kira blieb vor Überraschung das Stück Keks im Hals stecken, das sie gerade schlucken wollte. Rasch trank sie etwas Kaffee zum Herunterspülen und blickte den alten Herrn verblüfft an.

»Was hast du da eben gesagt?«, fragte sie keuchend.

»Hatte ich noch gar nicht erwähnt, dass Martha Krog mich gestern Abend ebenfalls angerufen hat?«, fragte Ebsen treuherzig. »Jedenfalls waren genau das die Worte, die sie gebraucht hat. ›Dem Töten ein Ende setzen‹. Klingt reichlich theatralisch, klar, aber ich glaube zu wissen, was sie gemeint hat.«

24

Der Versailler Vertrag von 1919, mit dem der Erste Weltkrieg völkerrechtlich beendet wurde, schrieb vor, dass in verschiedenen Grenzregionen des Deutschen Reiches Volksabstimmungen durchgeführt werden sollten.

Auch die staatliche Zugehörigkeit des Landesteils Schleswig sollte auf diese Weise endlich verbindlich geregelt werden. Dazu fanden im Frühjahr 1920 in zwei Zonen Abstimmungen statt, durch deren Ergebnisse der Grenzverlauf zwischen Deutschland und Dänemark so festgelegt wurde, wie er bis zum heutigen Tag gilt.

Dieser Weg, über Generationen hinweg schwelende, zeitweise blutige Grenzstreitigkeiten nicht mehr am ›grünen Tisch‹, sondern durch das Votum der betroffenen Menschen zu beenden, erwies sich historisch als überaus klug. Er konnte als Blaupause zur Beilegung ähnlicher Konflikte dienen, unter denen die Menschen in manchen umkämpften Grenzregionen der Welt litten.

Dennoch kannten auch die Volksbefragungen von 1920 nicht nur Sieger. Wie bei jedem demokratischen Handeln gab es gefühlte Verlierer. In diesem Falle waren das Menschen, die sich urplötzlich in einem anderen Staat wiederfanden, weil die Mehrheit in ihrer Region so abgestimmt hatte. Ein dänischer Kaufmann in Flensburg hatte sich damit abzufinden, auch fortan in einer deutschen Kommune zu wohnen und Steuern zu zahlen. Ein deutscher Landwirt im nordschleswigschen Gillestrup hingegen, wo die Abstimmung etwa zwanzig Prozent für Deutschland und achtzig für Dänemark erbracht hatte, bewirtschaftete künftig seine Felder auf dänischem Staatsgebiet.

»Da waren die Konflikte vorprogrammiert«, schloss Rune Ebsen seinen Exkurs zu diesem Teil der deutsch-dänischen Geschichte. »Und zwar in allen Bereichen des öffentlichen Lebens. Zum Beispiel in Bezug auf Gesetze, Vorschriften und jegliches staatliches Handeln, insbesondere in der Verwaltung.« Er stand auf. »Kommt mal mit, wir gehen rüber in mein Arbeitszimmer. Ich habe die entsprechenden Dokumente herausgesucht.«

Den kleinen Raum, der einst wohl ein Kinderzimmer gewesen war, hatte der emeritierte Geistliche zu einer beeindruckenden Kombination aus Bibliothek und Archiv verwandelt. An zwei Wänden waren Bücher bis unter die Zimmerdecke in Regalen gestapelt, die beiden anderen waren mit Aktenordnern vollgestellt. Unter dem Fenster stand ein Schreibtisch, darauf eine hochmoderne Tastatur und eine ebensolche Maus vor einem großer Monitor der neuesten Generation. Irgendwo neben dem Tisch summte ein PC.

»Sie sind ja bestens ausgerüstet«, sagte Scholli anerkennend.

»Wenn man schon den Spleen hat, in uralten Geschichten herumzuwühlen, kann man wenigstens mit brandneuer Technologie arbeiten«, erwiderte Ebsen. »Es wäre schlicht dumm, darauf zu verzichten.«

»Wie lange machen Sie das schon – ich meine, diese ... Chronistenarbeit für Gillestrup?«

»Begonnen hat es, kurz nachdem ich dort meine Stelle als Pastor angetreten habe, also vor mehr als vierzig Jahren«, sagte Ebsen. Lächelnd fügte er hinzu: »Das hat sogar zu einer gedruckten Dorfchronik geführt, die vor einigen Jahren herauskam, finanziert vom Heimatverein und von Sponsoren.«

»Martha Krog sagte, du würdest viel über die Gillestruper Familien wissen«, warf Kira ein. »Nun warst du aber Pastor der Dänischen Volkskirche. War dein Kontakt zu den Familien der deutschen Minderheit auch gut? Die gehören ja der Nordschleswigschen Kirche an.«

»Die deutschen Brüder und Schwestern haben für ihre Gottesdienste unsere Kirche genutzt. Schon dadurch hat sich über die Jahre ganz selbstverständlich ein Vertrauensverhältnis entwickelt«, erwiderte Ebsen. »Ich darf sagen, dass ich in den Häusern der deutschen Minderheit immer offen aufgenommen wurde, auch wenn ich Fragen zur Familiengeschichte hatte.« Er zuckte mit den Schultern. »Mit meinem Wegzug aus Gillestrup habe ich meinen Chronistenjob allerdings weitgehend eingestellt. Alles hat seine Zeit.«

Er trat an einen Tisch, der mitten im Zimmer stand und mit einigen aufgeschlagenen Ordnern und Mappen bedeckt war. »Schaut mal her.« Er zog ein Dokument aus dem Stapel. »Ich habe dies für unser Gespräch zusammengesucht. Hier ist zum Beispiel ein Protokoll des damaligen Amtes Tondern aus dem Jahr 1929, in dem die in den neun Jahren seit der Volksabstimmung von den Harmsens und den Krogs angestrengten Prozesse aufgelistet sind. Man braucht nur einen Blick darauf zu werfen, um zu sehen, dass sie sich permanent bis aufs Blut bekriegt haben. Da ging es um angeblich falsch eingezeichnete Gemarkungsgrenzen ihrer Ländereien, um eine tote Milchkuh und vermeintlich willkürliche Beschädigungen von Zäunen, um Wasser- und Wegerechte und was weiß ich, worum noch.«

»Nicht zu fassen«, sagte Scholli und schüttelte den Kopf.

»Und das geht, soviel ich weiß, bis heute munter weiter. Immer wieder Anzeigen, Klagen und Gerichtsverhandlungen. Im letzten Jahr hat Bjarne Krog wohl einen Prozess gegen die Harmsens verloren, habe ich gehört. Ich kann mich nicht erinnern, worum es da gegangen ist. Soll ihn aber eine Stange Geld gekostet haben.«

»Noch mal einen Schritt zurück: Nach dem Ende des Zweiten Weltkriegs muss im Fröslevlager an der Grenze etwas für beide Familien besonders Gravierendes vorgefallen sein.«

»Was weißt du von diesem Lager?«, fragte Ebsen und blickte Scholli überrascht an.

»Martha Krog hat den Namen gestern in ihrem Telefonat mit Kira erwähnt und …«

»›Frag Pastor Ebsen danach, was im Fröslevlager passiert ist‹, hat sie gesagt«, warf Kira ein.

»Deswegen bin ich heute Vormittag hingefahren«, machte Scholli weiter, »und habe mir angesehen, was dort während und nach dem Krieg vorgegangen ist. Allerdings konnte ich mich nicht allzu intensiv mit den vielen Exponaten des Museums befassen. Ich glaube aber, dass auf den Informationstafeln die Namen Krog oder Harmsen nicht auftauchen.«

»Das hat Gründe.« Ebsen zog eine weitere dicke Mappe aus dem Stapel auf dem Tisch. »Kommt, gehen wir wieder in die Stube. Was jetzt kommt, bespricht man lieber im Sitzen.«

Ein kleines Foto, braunstichig mit einem gezackten gelblichen Rand. Darauf ein alter Mann, schwer auf zwei Krücken gestützt, vor einer Scheune. Sein linkes Bein über dem Knie amputiert, die weite Arbeitshose an dieser Stelle umgeschlagen und hochgesteckt. Die typische Bauern-Arbeitsmütze tief in die Stirn gezogen, die Augen beschattet, das glattrasierte Gesicht ausdruckslos.

Kira drehte das Foto um. *K.L.1954* stand mit Bleistift geschrieben unten in der Ecke – fast verblasst schon, schwer nur zu entziffern. »Wer ist das?«

»Karl-Ludwig Harmsen«, entgegnete Rune Ebsen und reichte ihr ein weiteres Foto. »Hier ist er noch mal, zusammen mit seiner Frau Hella. Sie waren die Großeltern von Morten Harmsen. Der kann ihn aber nicht gekannt haben, denn Karl-Ludwig ist schon vor Mortens Geburt gestorben, ich glaube 1987 oder 88. Er war übrigens der jüngere Bruder jenes Holm Harmsen, der im Ersten Weltkrieg in der Lorettoschlacht gefallen ist.« Er schnaubte unwillig. »Oder, wenn man der Version der Harmsens Glauben schenkt, von Jan-Magnus Krog hinterrücks erschossen wurde.« Er zog ein schmales gebundenes Büchlein hervor. »Das ist die kleine Dorfchronik, die ich verfasst habe. Dafür habe ich diese Fotos gebraucht. Ich habe erst vorhin gemerkt, dass ich die Originale noch nicht zurückgegeben habe. Hat offenbar niemand mehr danach gefragt.«

Scholli nahm die Chronik in die Hand.

Gillestrup. En landsby med historie, stand als Titel auf dem Einband, darunter in kleinerer Schrift: *Gillestrup. Ein Dorf mit Geschichte.*

»Wieso fehlt dem Mann ein Bein?«, wollte er wissen.

»Das führt uns genau dahin, wo du heute warst, nämlich in das ehemalige Fröslevlager, das nach dem Krieg in *Fårhuslejren*, also ›Schäferhauslager‹ umbenannt wurde«, erwiderte Ebsen. »Dort war auch Karl-Ludwig interniert – wie die meisten Männer der deutschen Minderheit in Dänemark. Er ist nämlich ...«

»Stopp!«, rief Kira. »Einen Moment bitte, mir schwirrt der Kopf. Zwei Familien, die vielen Namen, die lange Zeit, zwei Weltkriege – ich habe den Faden verloren.«

»Kein Wunder«, sagte Rune Ebsen. »Kommt, wir kochen uns noch einen Kaffee. Dann werde ich das Ganze mal in Ruhe ... *optrevle*, äh ... wie sagt ihr da auf Deutsch?«

»›Aufdröseln‹ wäre der passende Begriff. Oder auch ›entwirren‹.« Kira nickte. »Das könnte wahrlich nicht schaden.«

»Gut, dann hört zu«, sagte der alte Pastor, als sie wieder vor ihren Tassen mit frisch gebrühtem Kaffee saßen. »Und unterbrecht mich jederzeit, wenn ihr nicht mehr mitkommt.« Er holte tief Luft. »Man braucht Geduld, um den Wahnsinn zu erfassen, der hinter alldem steckt. Dazu ist es übrigens weniger wichtig, sich die Namen zu merken. Es geht um die Zusammenhänge. Also: Bereits 1944 hatten die

Deutschen dicht an der deutsch-dänischen Grenze ein Lager für die Internierung von dänischen Polizisten und Widerstandskämpfern eingerichtet, damals noch unter dem Namen Fröslevlager. Nach der deutschen Kapitulation im Mai 1945 wurde die Einrichtung in *Fårhuslejren* umbenannt, und dort wurden nun die meisten Männer der deutschen Minderheit in Dänemark unter teilweise menschenunwürdigen Bedingungen interniert.« Er machte eine kurze Pause und sah seine Gäste an. »Das war übrigens lange Zeit ein heikles Thema in Dänemark. Man war hierzulande zunächst nicht bereit, sich offen mit dem auseinanderzusetzen, was nach dem Krieg unter dänischer Führung dort passiert ist. Erst seit einigen Jahren arbeitet man das professionell auf, wozu auch die Einrichtung des Museums im Lager gehört.« Er nahm einen Schluck aus seiner Kaffeetasse. »Wie dem auch sei: In diesem Lager kam es später zu einem gewalttätigen Aufstand einer Gruppe von internierten Deutschen gegen einen wohl ausgesprochen inhumanen dänischen Aufseher. Angeführt wurden die Aufrührer von Karl Ludwig Harmsen.«

»Also dem, der auf diesem Fotos zu sehen ist – der Großvater des jetzt getöteten Morten Harmsen?«, unterbrach Scholli.

»Richtig. Er war der jüngere Bruder von Holm Harmsen, der im Ersten Weltkrieg getötet wurde, und der Aufseher, gegen den sich der Aufstand richtete, war Karsten Krog. Der wiederum war der Sohn von Jan Magnus, also dem vermeintlichen Mörder von Holm damals in Frankreich. Er soll die internierten Deutschen mit besonderer Niedertracht behandelt und bei jeder sich bietenden Gelegenheit entwürdigt haben. Dieser Karsten Krog kam beim Aufstand im Lager ums Leben, hat sich vorher aber lange und heftig gewehrt und dabei Karl Ludwig Harmsen, den Rädelsführer der Häftlingsrevolte, mit mehreren Schüssen schwer verletzt. Karl Ludwig überlebte nur knapp, ihm musste aber ein Bein abgenommen werden, und er litt zeit seines Lebens schwer an den Folgen seiner Schussverletzungen.«

»Und auch das gehört – wie all die schrecklichen Vorkommnisse, von denen wir jetzt wissen – in die Reihe der Konfrontationen zwischen den Harmsens und den Krogs, zu denen es über ein Jahrhundert lang immer wieder gekommen ist«, fasste Scholli zusammen und nickte gedankenschwer.

»Ja, man könnte sogar sagen: Die Lebensläufe dieser Menschen sind ebenso untrennbar wie unglücklich mit der Geschichte Nordschleswigs verwoben«, erwiderte der alte Herr.

»Jener Karsten Krog – in welchem Verwandtschaftsverhältnis stand der zu Jonas?«, wollte Kira wissen.

»Moment mal«, bat Ebsen. »Da muss ich selbst kurz nachdenken ... Ja, klar!«, rief er dann. »Er war sein Urgroßvater, nämlich der Großvater von Mikkel Krog, dem Unternehmer aus Augustenburg, und von dessen Bruder Bjarne, der den Hof in Gillestrup bewirtschaftet.« Er nahm einen Schluck Kaffee und grinste verschmitzt. »Wenn du es noch genauer haben willst: Karsten Krog war somit auch Marthas Schwiegervater. Sie hat nämlich seinen Sohn geheiratet. Und dann war Karsten noch der Bruder der 1915 tot im Brunnen aufgefundenen Lene Marie, die er allerdings nie kennengelernt hat, weil er erst nach ihrem Tod zur Welt kam.«

»Gnade! Genug!«, rief Kira und schüttelte sich. »Da bräuchte man ja einen Stammbaum, um das darzustellen.«

»Zwei«, sagte Scholli trocken.

Wieder kehrte Stille ein. Minutenlang schien niemand etwas sagen zu wollen.

Auch Kiras Denken war ganz und gar damit ausgefüllt, die Informationen zu ordnen, die auf sie einstürmten. Es waren zu viele, stellte sie resigniert fest. Bestimmt würde sie alles noch einmal intensiv mit Scholli durchgehen müssen, was sie heute von Pastor Ebsen erfahren hatten.

Schließlich griff sie nach ihrer Tasse, trank den Kaffee aus und sah Rune Ebsen an, der sie offenbar schon eine Zeit lang beobachtete.

»Ich weiß, dass es eine Zumutung ist, dir diese Frage zu stellen, und ich bitte dich schon vorab dafür um Verzeihung, aber ich muss es tun«, begann sie und atmete tief durch. »Mir geht es dabei nur um den Mord im Surfercamp auf Holnis vor einigen Tagen. Also: Wenn wir einmal völlig außer Acht lassen, *wie* die Tat begangen wurde und dass nur Spuren eines anderen mutmaßlichen Täters gefunden wurden – hältst du es überhaupt für denkbar, dass jemand von den Krogs Morten Harmsen getötet haben könnte?«

Eine Weile sagte der alte Herr kein Wort, dann nickte er freudlos. »Ja«, kam es leise über seine Lippen. »Denkbar ist es. Glauben will ich es nicht.« Er erhob sich. »Und das muss ich, Gott sei Dank, ja auch nicht – noch nicht.« Er gab Scholli und Kira die Hand, hielt ihre noch ein paar Sekunden mit seiner umschlossen und sah sie an. »Deshalb weiß ich gar nicht, ob ich euch bei euren Recherchen Erfolg wünschen soll, so leid es mir tut.«

»Das verstehe ich«, gab Kira zurück. »Aber denk dabei vielleicht einmal an einen siebzehnjährigen Jungen namens Eike Feldkamp, der in Schleswig im Gefängnis sitzt und voraussichtlich wegen Mordes angeklagt wird.«

Schweigend warf er ihr einen kurzen Blick aus traurigen Augen zu, dann öffnete er ihnen die Haustür, und sie verabschiedeten sich voneinander.

Gerade als er die Tür wieder hinter ihnen geschlossen hatte, klingelte Kiras Handy.

25

»*Wer*, bitte, bist du?« fragte Kira.

»Hans Asmussen aus Gillestrup«, wiederholte der Mann. »Du warst doch kürzlich bei uns im Dorf, um die Harmsens zu besuchen, nicht wahr?«

»Das stimmt«, erwiderte Kira. »Woher weißt du das?«

»Karla, die Bäckersfrau, hat es mir erzählt. Du warst mit deinem Kollegen dort und hast einen Kaffee getrunken, richtig?«

»Ja«, gab Kira irritiert zurück, »aber das ist doch sicher nicht der Grund für deinen Anruf. Woher hast du überhaupt meine Handynummer?«

»Tut nichts zur Sache, wer sie mir gegeben hat«, kam es von dem Anrufer. »Wichtig ist allein, ob du an brisanten Informationen zum Tod von Morten interessiert bist.«

»Was soll das heißen?«

»Du willst doch wissen, wer ihn umgebracht hat, oder?«

Ein heftiger Schauer der Erregung durchfuhr Kira. Sie winkte Scholli heran. Dann hielt sie das Smartphone so, dass er mithören konnte, was der Anrufer sagte.

»Jeder will das wissen«, sagte sie so beiläufig wie möglich, »vor allem die Polizei.«

»Ich würde lieber *dir* sagen, was ich weiß, einer Journalistin, die mit den Informationen an die Öffentlichkeit geht. Dabei kann ich dir dann nämlich auch von anderen Verbrechen erzählen, die begangen wurden. Die Mauer des Schweigens muss endlich durchbrochen werden. Der Mord an Morten Harmsen ist nicht das einzige Verbrechen, das geschehen ist.«

›Die Mauer des Schweigens‹, dachte Kira – eine druckreife Formulierung. Wer mochte dieser Kerl sein? »Und woher hast du all diese Informationen?«, hakte sie misstrauisch nach.

»Ich weiß, wer es getan hat – und wie. Woher ich das weiß, wirst du erfahren, wenn wir uns treffen. Mehr kann ich im Moment nicht sagen.«

»Und was willst du dafür haben, dass du mir das alles erzählst?«

Asmussen lachte verächtlich auf. »Kein Geld, falls du das angenommen hast. Mir genügt es völlig, wenn die Schweine endlich ihre verdiente Strafe bekommen.«

»Welche Schweine?«, versuchte es Kira.

Er ging nicht darauf ein. »Ich nenne dir einen Treffpunkt in der Nähe von Gillestrup. Von Flensburg brauchst du für die Strecke ja nicht lange. Also, wie sieht´s aus?«

»Ich komme«, sagte Kira kurz entschlossen. Was konnte es schon schaden, sich anzuhören, was dieser Hans Asmussen zu sagen hatte? Wahrscheinlich war er bloß ein Spinner, der sich wichtigmachen wollte, aber wenn nicht ... »Zufällig bin ich bereits in der Nähe, und zwar in Tingleff«, erklärte sie.

»Oh«, antwortete der Mann überrascht. »Umso besser. Etwa eineinhalb Kilometer vor dem Ortseingang gibt es auf beiden Straßenseiten eine Bushaltestelle an der Hauptstraße, die dort durch einen Wald führt. Können wir uns da treffen? Am besten bei dem Wartehäuschen auf der in Richtung Gillestrup rechten Straßenseite?«

»Okay«, erwiderte Kira. »Aber warum an einer Bushaltestelle? Ist das nicht ein allzu öffentlicher Ort?«

»Ist nur der Treffpunkt. Wir fahren dann woanders hin, wo wir Ruhe haben. Wann kannst du hier sein?«

»Von Tingleff brauche ich keine halbe Stunde, wahrscheinlich sogar nur zwanzig Minuten.«

Asmussen räusperte sich ausgiebig. »Das ist ..., äh, so schnell schaffe ich es nicht. Sagen wir: in einer Stunde. Wäre dir das recht?«

»Klar, kein Problem«, erwiderte Kira leicht verwundert. Etwas in der Stimme des Mannes hatte ihr Misstrauen geweckt. »Aber du treibst hier keine dummen Späße mit mir, sondern hast mir wirklich etwas zu sagen, oder?«

»Ich habe keine Zeit für alberne Scherze«, gab Asmussen brüsk zurück. »Komm in einer Stunde, dann erfährst du, was du wissen musst. Oder lass es bleiben. Ist allein deine Entscheidung.«

»Na gut«, sagte Kira. »Lassen wir's drauf ankommen.«

»Na also. Mit welchem Auto kommst du?«

Kira beschrieb ihm Typ und Farbe ihres alten Volvos, dann beendeten sie das Gespräch.

»Hast du alles verstanden, was dieser Hans Asmussen da gesagt hat?« Aufgewühlt starrte Kira ihren Kollegen an.

»Das meiste. Sein Dänisch war halbwegs verständlich für mich.«

»Und – glaubst du irgendetwas davon?«

»Bestimmt nicht!«, erwiderte Scholli entschieden. »Wir sollten uns trotzdem persönlich anhören, was er zu sagen hat. Schon, um herauszubekommen, was für ein Typ das ist. Da fällt mir ein: Er weiß jetzt nicht, dass wir zu zweit kommen. Oder willst du mich vorher irgendwo absetzen?«

»Keineswegs. Er hat schließlich nicht danach gefragt, ob ich allein komme, und es auch nicht ausdrücklich verlangt. Also kommst du mit – natürlich nur, wenn du willst.«

Er lachte auf. »Wie könnte ich mir das entgehen lassen? Offenbar stehen wir, die oft schmählich unterschätzten Diamanten des Regionaljournalismus, ganz dicht vor der Aufklärung einer meuchlerischen Tat«, erklärte er feierlich, konnte sich aber das Grinsen nicht verkneifen. »Und wie ist uns das gelungen? Ganz einfach: Hans Asmussen aus Gillestrup hat uns angerufen – wow! Da wird sich die Frau Hauptkommissarin aber in den Hintern beißen, wenn sie das erfährt.«

»Da vorn«, rief Scholli. »Das muss die Haltestelle sein, die er gemeint hat.«

In etwa hundert Meter Entfernung erkannte Kira zwei Wartehäuschen, die sich auf beiden Seiten zwischen der Straße und dem Waldrand gegenüberstanden. Sie nickte und ging vom Gas.

In diesem Augenblick fuhr plötzlich keine fünfzig Meter vor ihnen ein riesiges dunkles Ungetüm aus einem Waldweg rückwärts heraus auf die Straße.

»Achtung!«, brüllte Scholli entsetzt und klammerte sich am Haltegriff fest.

Ein Dungstreuer, schoss es Kira durch den Kopf, als sie schon mit voller Kraft auf der Bremse stand. Ein hochbordiger, schmutzig brauner Anhänger aus Stahl mit mistverkrusteten Streuwalzen hinten dran. Tief brannte sich ihr das Bild dieses scheinbar haushohen Hindernisses ein, das sich plötzlich direkt vor ihrer Windschutzscheibe auf die Straße schob und blitzschnell in den Himmel zu wachsen schien. Es war nicht zu schaffen. Der Volvo würde frontal auf den Anhänger krachen, das schien Kira unausweichlich. Allerdings nur für einen Wimpernschlag, denn ohne auch nur einen Augenblick länger nachzudenken, reagierte sie eiskalt, als machte sie so etwas nicht zum ersten Mal.

Im Bruchteil einer Sekunde riss sie das Lenkrad nach links, der Wagen schleuderte herum, das Heck schlug mit dröhnendem Knall gegen den Miststreuer, und der Volvo schoss danach quer über die Straße, an dem dortigen Buswartehäuschen vorbei ins Unterholz.

Es folgte ein fürchterlicher Aufprall auf etwas Hartes, die Scheibe zerplatzte in tausend winzige Teile, irgendetwas schnitt schmerzlich in Kiras linken Fuß, und mit lautem Knall entfalteten sich die Airbags.

Gerade fiel ihr ein, dass sie Scholli fragen musste, ob ihm etwas passiert sei, da verlor Kira das Bewusstsein.

26

»Was, zum Teufel, war das eigentlich – ein Unfall?«, fragte Kira.

»Allein, dass du diese Frage stellst ...«, gab Scholli wutschnaubend zurück. »Das glaubst du doch selbst nicht!«

»Dann hat uns dieser Hans Asmussen also ...«

»Hans Asmussen? In ganz Gillestrup wohnt niemand dieses Namens!«, unterbrach Scholli sie.

»Wie bitte? Woher willst du das wissen?«

»Mit meiner Verarztung waren sie ja früher fertig als mit deiner«, erklärte Scholli und berichtete, er habe die Wartezeit im Krankenhaus genutzt, um Rune Ebsen anzurufen. Der war sich sicher, niemanden in Gillestrup zu kennen, der so heiße. Um jeden Zweifel auszuräumen, habe der alte Pastor auch noch eine Bekannte angerufen, die im Rathaus des Ortes arbeitete. Die habe sich auf ihrem PC in die entsprechende Datei eingeloggt und nochmals bestätigt, dass ein Hans Asmussen dort nicht gemeldet sei.

Sie hatte es von Anfang an geahnt, gestand Kira sich ein. Doch sie hatte die Warnsignale ignoriert, ihre Bedenken in den Wind geschlagen. Zu verlockend war ihr die Aussicht auf die exklusive Information erschienen, die einen echten Durchbruch im Mordfall Morten Harmsen bedeutet hätte.

Matt sagte sie: »Dann war das also ...«

»... eine Falle«, stieß Scholli aus. »Das angebliche Treffen mit diesem Hans Asmussen war nichts anderes als ein Hinterhalt, in den man dich gelockt hat. Und ich Idiot bin gleich mit hineingetappt. Weil ich natürlich auch nur zu gern glauben wollte, dieser Anruf würde uns voranbringen.«

»Dann bin ich aber selbst auch eine Idiotin«, erwiderte Kira und grinste gequält.

»Verdammt, wir hätten es besser wissen müssen.« Scholli schlug wütend mit seiner unverletzten Hand – die andere war von weißen Mullbinden umwickelt – auf die Lehne des Vordersitzes. »Das Ganze war einfach zu durchsichtig, als dass wir darauf hätten reinfallen dürfen. Aber typisch Reporter: Gier frisst Verstand.«

»Na, na. Der Spruch trifft wohl eher auf Börsenjunkies und gewissenlose Finanzjongleure zu. In unserer Branche heißt das ›Neugier frisst Vorsicht‹«, korrigierte Kira mit einem Anflug von Sarkasmus.

Mittlerweile war es Nacht geworden, und sie saßen im Fonds eines Taxis, das sie von der sogenannten *Skadeklinik*, einer öffentlichen Unfallambulanz in Tondern, nach Flensburg fuhr. Die Ärzte, die sie untersucht hatten, hielten es nämlich weder bei Kira noch bei Scholli für erforderlich, sie zur Weiterbehandlung ins *Sygehus Sønderjylland* nach Apenrade einzuweisen.

Beide waren sie zwar lange und gründlich untersucht worden, doch es hatte sich herausgestellt, dass sie bis auf ein paar Prellungen und Schnittverletzungen unverletzt geblieben waren. Natürlich hatte der Aufprall des Wagens bei jedem von ihnen Zerrungen der Muskeln und Bänder an der Halswirbelsäule verursacht, ein ausgewachsenes Schleudertrauma war ihnen jedoch wahrscheinlich erspart geblieben. In den nächsten Tagen würden sie allerdings noch Beschwerden haben, hatte man ihnen prophezeit und vor allem Tim Scholler empfohlen, sich noch einmal untersuchen zu lassen, wenn die Schmerzen wider Erwarten nicht nachließen. Beide sollten sie sich aber auf jeden Fall in ambulante physiotherapeutische Behandlung begeben.

Kira würde zudem eine Zeit lang humpeln. Das Harte, auf

das der Wagen auf der anderen Straßenseite getroffen war, hatte sich als ein Baumstamm herausgestellt – zum Glück ein noch junger. Beim Aufprall war er wohl ein wenig zurückgefedert, wodurch Schlimmeres verhindert wurde. Dennoch war ein Stück Blech in den Fußraum des Wagens eingedrungen und hatte Kiras linke Ferse so tief aufgeschnitten, dass sie genäht werden musste. Die Wunde war unangenehm, würde aber bald schon verheilt sein.

Scholli betastete seine rechte Schulter. Dort hatte er eine schmerzhafte Prellung davongetragen, ebenso wie ein paar oberflächliche Schnittwunden an der rechten Hand. »Ein echtes Husarenstück, dieses Ausweichmanöver«, sagte er zu Kira. »Meine Anerkennung! Ganz großes Kino. Wo hast du so was gelernt?«

»Beim Stunt-Training für Sensationsreporterinnen natürlich«, gab sie lachend zurück. »Nie davon gehört?«

»Du hast ja ’nen Knall«, sagte Scholli mit Nachdruck und verzog sein Gesicht zu einem aufgesetzten Grinsen. »Ich fürchte, mein Sinn für Humor hat ein wenig gelitten. Trotzdem: Danke, Kira! Wenn ich mich nicht irre, hast du uns womöglich das Leben gerettet.«

»Bedanke dich lieber bei den Autobauern, die schon vor vielen Jahren auch Beifahrer-Airbags in das Fahrzeug eingebaut haben. So was findest du längst nicht in allen älteren Modellen.«

»Apropos ›ältere Modelle‹ – für deins war’s das nun ja wohl, oder?«

»Allerdings«, bestätigte Kira. »Ich wette aber mit dir, dass Lukas schon auf den einschlägigen Internetportalen nach einem Nachfolger sucht. Kannst ihn ja fragen, wenn er gleich kommt.«

Um den Rücktransport zu vereinfachen, hatten sie beschlossen, sich beide zu Schollis Wohnung nach Flensburg bringen zu lassen. Lukas würde Kira dann mit dem kleinen Zweitwagen dort abholen.

Der demolierte Volvo war abgeschleppt worden und stand nun auf dem Hof einer Kfz-Werkstatt in Tondern. Nachdem Lukas sich beruhigt und Kira ihn endlich davon überzeugt hatte, dass er nicht nach Dänemark ins Krankenhaus kommen müsse, hatte er zugesagt, Michael de Jong zu benachrichtigen und sich, was den Unfall betraf, um die Versicherungsangelegenheiten zu kümmern.

»Obwohl es wahrscheinlich gar kein Unfall war«, hatte Kira da schon gesagt, »sondern ein Mordversuch.«

Der dänischen Polizei hatte sie diese Überzeugung jedoch erst einmal verschwiegen.

Polizei und Notarzt waren von einem Autofahrer alarmiert worden, der wegen der frischen Brems- und Schleuderspuren auf der Straße seine Fahrt verlangsamt und so den demolierten Volvo entdeckt hatte, der neben der Haltestelle am Waldrand stand. Zu dem Zeitpunkt sei weit und breit kein anderes Fahrzeug zu sehen gewesen, hatte der Mann den eintreffenden Kräften berichtet. Auch bei späterer Nachfrage sagte er aus, er habe kein landwirtschaftliches Gespann mit Traktor und Dungstreuer in der Nähe gesehen.

Während sie an der Unfallstelle medizinisch erstversorgt wurde, hatte Kira der Polizei nämlich schon von dem Miststreuer-Anhänger berichtet, der plötzlich rückwärts aus dem Waldweg heraus auf die Straße geschoben worden war.

Später waren zwei Polizeibeamte nach Tondern in die Unfallambulanz gekommen, hatten Kira und Scholli nochmals eingehend befragt und ihnen mitgeteilt, dass die sofort eingeleitete Suche nach dem Unfallverursacher bisher leider keinen Erfolg gehabt habe.

Der Dungstreuer war angeblich unauffindbar.

»Natürlich suchen wir auf den umliegenden Gehöften nach dem Anhänger«, hatte einer der Beamten erklärt. »Aber wer weiß – vielleicht hat der Bauer gar nicht bemerkt, was er da angerichtet hat.«

Da war Kira allerdings ganz anderer Meinung.

Das Taxi bog gerade von der Schnellstraße in Richtung Stadt ab, da sprach Scholli endlich das an, was die ganze Zeit zwischen ihnen gestanden hatte.

Um Kira ins Gesicht zu schauen, drehte er seinen Kopf nach links, stieß sofort einen zischenden Schmerzlaut aus und fasste sich an den Hals »Wir sollten uns endlich einmal die Frage stellen: Wer steckt dahinter?«

Für eine Weile gab Kira keine Antwort, dann fragte sie: »Willst du behaupten, du hättest keinen Verdacht?«

»Natürlich habe ich den. Und es ist derselbe wie deiner, nehme ich an.«

»Nur, dass es bei mir mehr ist als ein bloßer Verdacht«, erklärte Kira mit großem Nachdruck. »Als ich wieder zu mir gekommen bin, kam auch die Erinnerung zurück. Nach und nach erschienen dann auch die Bilder im Kopf. Und jetzt bin ich mir sicher.« Ihre Stimme bebte. »Bevor ich das Lenkrad herumgerissen habe, konnte ich aus den Augenwinkeln noch den Trecker sehen, der den Miststreuer auf die Straße geschoben hat.«

»Tatsächlich? Und weiter?«

»Er war blau – ohne jeden Zweifel.«

27

Michael de Jong wollte erst nicht glauben, dass Kira und Scholli nur drei Tage frei haben wollten, um sich zu erholen. Der Leiter des Flensburger Studios war davon ausgegangen, dass seine beiden Mitarbeitenden nach einem solchen Unfall eigentlich länger krankgeschrieben wären.

Kira hätte sofort ins Studio zurückkehren können, aber sie brauchte dringend Ruhe, das spürte sie deutlich. Und Zeit zum Nachdenken. Zu Hause herrschten dafür die besten Bedingungen. Sie schlief lange, gönnte sich ausgedehnte Frühstücksorgien mit Brötchen, Ei und selbst gemachtem Joghurt mit frischen Früchten und fuhr weite Strecken mit dem Fahrrad, immer natürlich begleitet von Ditch. Wegen der genähten Wunde an ihrer Ferse waren die gemeinsamen Märsche auf dem Deich erst einmal gestrichen. Sie sollte die Naht nicht belasten, und Laufen tat ihr auch noch zu weh. Fahrradfahren aber war kein Problem, wenn sie die meiste Kraft mit dem gesunden Fuß aufs Pedal brachte.

Am Nachmittag des zweiten Tages zu Hause rief sie in der Polizeistation in Tondern an, um sich nach dem Sachstand der Ermittlungen zu ihrem angeblichen Unfall zu erkundigen. Sie hatte der dänischen Polizei selbstverständlich gesagt, dass der Traktor, der den Miststreuer auf die Straße geschoben hatte, wahrscheinlich blau gewesen sei. Auch hatte sie es sich nicht verkneifen können, die Beamten darauf hinzuweisen, auf *Skovgården*, dem Hof der Krogs, einen solchen blauen Trecker gesehen zu haben.

Bei ihrem Anruf erfuhr sie nun, dass zwar drei oder vier

blaue Traktoren in Gillestrup und Umgebung registriert waren, keiner der jeweiligen Besitzer jedoch zur fraglichen Zeit mit einem Dungstreuer unterwegs gewesen sei. Bjarne Krog besaß sogar angeblich gar keinen eigenen Miststreuer, sondern lieh sich den bei einem Nachbarn aus, wenn er einmal einen brauchte.

Wer´s glaubt, dachte Kira. Ihr war klar, dass diese Ermittlungen ins Leere laufen würden. Sie hatte nichts anderes erwartet.

Am dritten Tag nach dem Unfall gaben sie Ditch frühmorgens bei den Ketelsens ab, ihren Nachbarn auf der *Knudswarft.* Dort angekommen, rannte der Hund sofort in den Kuhstall, wo er sich immer gern aufhielt, auch wenn seine schwarzbunten Freundinnen draußen auf der Weide waren und nur zum Melken hereinkamen.

Lukas und Kira fuhren mit dem kleinen Auto nach Niebüll. Dort stiegen sie in den Zug nach Hamburg, wo es weiter zu einer Firma ging, die im Internet einen Gebrauchtwagen anbot, der ihnen gut gefiel. Es handelte sich um einen bestens gepflegten sechs Jahre alten Volvo Kombi in schwarzmetallic, der erst etwa achtzigtausend Kilometer auf dem Tacho hatte und für einen bezahlbaren Preis angeboten wurde.

Nach kurzem Verhandeln und einer ausgiebigen Probefahrt wurde man sich handelseinig. Sie unterschrieben den Kaufvertrag, und sämtliche Formalien wurden geregelt. Wenig später fuhren sie mit einem Händlerkennzeichen am neuen Auto vom Hof. Am nächsten Tag wollte Lukas zur Zulassungsstelle nach Niebüll fahren und danach dem Hamburger Händler seine roten Kennzeichen zurückschicken.

Nach eineinhalb Stunden Fahrt, auf der sie nach und nach immer neue Dinge am Auto entdeckten, kamen sie fröhlich zu Hause an. Während Kira mit dem Fahrrad zur *Knudswarft* fuhr, um den Hund abzuholen, legte Lukas im Heck des neuen Wagens Ditchs große Decke aus und montierte das Hundegitter hinter den Rücksitzlehnen.

Er kniete noch auf der Hundedecke und drehte die letzte Klemmschraube fest, da waren die beiden auch schon wieder zurück. Das riesige Tier sprang sofort freudig erregt mit einem Satz hinten in den Wagen. Kira wäre vor Lachen fast vom Rad gefallen, als sie sah, wie Lukas, hilflos zwischen dem Gitter und Ditch eingeklemmt, versuchte, sein Gesicht vor der heftigen feuchten Liebesattacke durch die Hundezunge zu schützen.

»Aus!«, hörte sie seinen dumpfen Ruf aus dem Wageninneren. »Jetzt reicht´s aber! Du stinkst nach Kuhstall, du altes Ferkel!«

»Ist es nicht toll, dass ihm unser neues Auto auch so gut gefällt?«, rief Kira aufgeräumt ins Wageninnere hinein. »Er bedankt sich dafür gerade auf seine Weise bei dir.«

»Ruf ihn zu dir, wenn ich bitten darf!«, kam es energisch von Lukas zurück. »Genug Hundeliebe für heute!«

Kira tat, wie ihr geheißen, und wenig später standen alle drei im Carport und bewunderten ihre neueste Anschaffung, die in der Abendsonne glänzend vor ihnen stand.

»Darauf trinken wir heute ein Gläschen vom Besten«, erklärte Lukas, legte seinen Arm um Kiras Schultern und zog sie an sich. »Ich bin so froh, dass dir nichts Schlimmeres passiert ist, mein Schatz«, raunte er ihr ins Ohr. Dass er jedoch innerlich kochte, war nicht zu überhören, als er hinzufügte: »Du hättest tot sein können, verdammt noch mal! Warum bringst du dich immer wieder in solche Gefahren?«

»Wir konnten doch nicht wissen, dass das eine Falle war, Lukas! Nie wäre ich auf die Idee verfallen, dass der Kerl mir nach dem Leben trachtet.«

»Der Kerl? Welcher Kerl?«

»Ich denke da an einen ganz bestimmten«, gab Kira zurück. »Aber lass uns jetzt bitte nicht länger darüber sprechen. Ich werde dafür sorgen, dass er zur Rechenschaft gezogen wird. Nur nicht mehr heute Abend.«

Lukas nickte. Eng umschlungen gingen sie ins Haus, dicht gefolgt von Ditch.

28

Das Gespräch mit Hauptkommissarin Helene Christ lief gar nicht gut, fand Kira.

Enttäuschung stieg in ihr hoch.

Sie hatte von Helene mehr ... Empathie erwartet, na gut, wenigstens etwas mehr Anteilnahme an dem, was ihr in Dänemark zugestoßen war. Immerhin hätte sie bei dem Anschlag auch ums Leben kommen können, das sah nicht nur Lukas ganz realistisch.

Doch bisher zeigte die Kriminalistin kein sonderliches Interesse an Kiras Bericht. Nahezu reglos saß sie in ihrem Sessel am Schreibtisch, die Ellenbogen auf die Tischplatte gestützt. Ihre Hände mit den sich berührenden Fingerspitzen verbargen einen Teil ihres Gesichts, sodass ihre Miene schwer zu deuten war.

Irgendwann fand Kira, sie hätte nun alles erzählt, was wichtig war, auch über das Gespräch mit dem pensionierten Pastor Ebsen aus Gillestrup. Da von Helene außer einer oder zwei kurzer Nachfragen bisher keine Reaktion erfolgt war, schwieg auch Kira jetzt.

Wollen wir doch mal sehen, wer das länger durchhält, nahm sie sich trotzig vor.

Es dauerte lange. Fast hätte sie es nicht mehr ausgehalten, ohne zu platzen, da durchbrach plötzlich Helene Christs Stimme die Stille. »Hilf mir doch mal, meine Erinnerung aufzufrischen«, sagte sie in gleichmütigem Ton. »Wann haben wir uns kennengelernt? Vor vier Jahren, nicht wahr?«

»Richtig«, antwortete Kira überrascht. »Als meine Freundin Carola von einem Tauchgang in der Förde nicht mehr zurückgekehrt ist.«

»Damals hast du auf eigene Faust ermittelt, bist dabei gewissen Leuten zu dicht auf den Pelz gerückt und um ein Haar erschossen worden. Konntest nur durch eine Notoperation knapp gerettet werden. Berichtige mich, wenn ich mich irre«, bat Helene Christ im Plauderton.

Kira sagte nichts, wartete auf das, was noch kommen mochte.

»Im folgenden Jahr bist du dann gleich zweimal nur knapp dem Tod von der Schippe gesprungen«, fuhr die Kriminalistin fort, nach wie vor ohne erkennbare Gemütsregung. »Da hattest du deine Reporternase zu tief in die Angelegenheiten eines kranken Mörders gesteckt – natürlich wieder im Alleingang und ohne die Polizei auch nur zu informieren.« Sie nahm ihre Hände herunter, beugte sich ein Stück vor und sah Kira mit einem kühlen Blick an. »Und jetzt erzählst du mir, dass du und dein Kollege beinahe ums Leben gekommen seid. Diesmal zur Abwechslung bei einer Art Anschlag, ausgeführt von jemandem, der befürchtet, du könntest etwas aufdecken, was er unbedingt verbergen muss. Stimmt alles, was ich bisher gesagt habe?«

»Ja«, gab Kira ebenso kurz wie brüsk zurück.

»Ich frage mich, ob du das eigentlich für normal hältst, für so was wie ... sagen wir: das unvermeidliche Beiwerk deines Reporterinnenlebens.«

Die Bemerkung kam dermaßen überraschend, dass Kira spontan losprusten musste. »Normal ist das wahrscheinlich nicht«, rief sie lachend, »aber mir ist es nun mal so ergangen. Was soll ich machen?«

»Du bist unverbesserlich«, stellte Helene mit einem Anflug von Resignation fest. »Zahlt dir dein Sender eigentlich eine Gefahrenzulage?«

»Werde ich bei meinem Chef einfach mal beantragen. Wahrscheinlich trifft ihn dann der Schlag.«

Die Hauptkommissarin schüttelte nur mit dem Kopf. »Okay – wie geht's nun weiter? Du bist doch hier, weil du etwas von mir willst, oder?«

Kira setzte sich in ihrem Stuhl zurecht, sah Helene an und wog präzise ihre Worte. »Du kennst nun die Fakten, hast alle Informationen von mir erhalten«, sagte sie sachlich. »Die Untersuchung des sogenannten Unfalls, den Tim Scholler und ich erlitten haben, ist zweifellos Sache der Dänen. Doch die Mordkommission Flensburg muss meiner Meinung nach die Ermittlungen zum Tod von Morten Harmsen noch einmal aufnehmen.«

»Sie sind noch gar nicht abgeschlossen.«

»Tatsächlich? Na, umso besser. Spätestens nach alldem, was du soeben von mir erfahren hast, ist offensichtlich, dass elementar falsche Schlussfolgerungen gezogen wurden.«

»Das ist ziemlich starker Tobak, Kira.«

»Ich weiß, dass die Spurenlage scheinbar keine anderen zuließ. Doch das hat sich jetzt als falsch erwiesen. Die Tat *muss* ganz anders ausgeführt worden sein, als bisher angenommen. Und Eike Feldkamp ist nicht der Täter, das liegt auf der Hand. Dafür gibt es Ansatzpunkte, denen ihr nachgehen könnt. Ihr müsst sie nur endlich finden.«

»Und welche könnten das sein?«, hakte Helene nach.

Kira zuckte mit den Schultern. »Ehrlich, Helene? Genau weiß ich das nicht. Mehr, als bei dem anzusetzen, was ich zu den Familien Krog und Harmsen herausgefunden habe, kann ich nicht vorschlagen. *Du* bist die Kriminalistin. Ich bin Journalistin. Und deshalb stelle ich bloß Fragen. Was manchmal durchaus nervig sein mag, zugegeben.«

»Na, dann stell sie doch!«, rief die Hauptkommissarin laut.

»Gern«, erwiderte Kira freundlich. »Erstens: Steht fest, dass Jonas Krog die Tat auf keinen Fall begangen haben kann? Und zweitens: Ist auszuschließen, dass in jener Nacht jemand anders ins Lager gekommen ist, um Morten Harmsen zu töten? Ich fürchte, dass weder das eine noch das andere geklärt ist. In diese Richtungen wurde nämlich gar nicht intensiv ermittelt.«

Als Helene zu einer Erwiderung ansetzte, hob Kira die Hand und fuhr fort: »Das ist überhaupt kein Vorwurf gegen die Mordkommission! Mir ist durchaus klar, dass die Staatsanwaltschaft das zu verantworten hat. Dort ist man schließlich davon überzeugt, dass die Spurenlage gar keinen anderen Schluss zuließe, als dass Eike Feldkamp der Täter sei.« Sie machte eine Kunstpause, dann fügte sie leise hinzu: »Dennoch eine letzte Frage: Macht dich das eigentlich gar nicht misstrauisch?«

»Was meinst du?«, fragte Helene Christ irritiert.

»Na, diese Spurenlage. Erinnert die dich nicht an einen miesen Krimi oder an Schmierentheater? Ist alles nicht viel zu offensichtlich, allzu gewollt eindeutig? Welcher Täter wäre so dämlich oder auch so abgebrüht, einfach das Messer mit seinen Fingerabdrücken drauf unter seine Klamotten zu stecken und sich sodann daneben – und damit auch neben der Leiche – hinzulegen und zu pennen?« Kira sah, dass sie Helenes volle Aufmerksamkeit hatte. Tief atmete sie durch, bevor sie ihren letzten Pfeil aus dem Köcher holte. »Habt ihr eigentlich die Scheide gefunden, die zur Tatwaffe gehört?«

»Wie bitte?«, fragte die Hauptkommissarin irritiert. »Die ... was?«

»Na, es handelt sich doch eindeutig um ein Camping- oder auch Outdoor-Messer mit feststehender Klinge. Solche Dinger stecken *immer* in einer soliden dickwandigen Scheide, meistens aus Leder, die mit einer Schlaufe am Gürtel befestigt wird. Niemand trägt so ein sauscharfes Teil ohne Klingenschutz mit sich herum. Wenn also das Messer unter Eikes Klamotten gefunden wurde – wo ist dann die Lederscheide geblieben, in der es gesteckt haben muss?«

Schweigen. Helene Christ hatte ihren Blick gesenkt und schien tief in Gedanken versunken. Schließlich hob sie den

Kopf, nickte ein paarmal, ohne jedoch ein Wort zu sagen, stand auf und ging zum Sideboard, auf dem der Kaffee in der Glaskanne leise vor sich hin blubberte.

»Ist nicht mehr ganz frisch, das Zeug, dafür aber stark«, sagte sie. »Willst du einen?«

Kira nickte. »Gern.«

Als sie den Becher mit dem dampfenden Gebräu vor Kira abstellte, sagte Helene: »Ich will gar nicht drum herumreden. Eindeutige Antworten auf deine Fragen habe ich nicht, aber du darfst gern erfahren, dass sie auch mich trotz all der erdrückenden Indizien gegen Feldkamp umtreiben.« Sie hob ihren Blick und sah Kira mit einem schrägen Grinsen an. »Obwohl ich mir eigentlich sicher bis, dass du das längst bemerkt hast.«

Kira nickte, doch bevor sie etwas dazu sagen konnte, fuhr Helene fort: »Die Frage nach der Scheide des Messers habe ich mir allerdings bis jetzt nicht gestellt. Ich fürchte, niemand von uns hat das bisher getan – was unverzeihlich ist. Aber das kläre ich, verlass dich drauf. Als investigative Journalistin bist du einfach gut, das muss man dir lassen. Wenn auch überaus lästig.« Sie setzte sich in ihren Sessel.

Kira erhaschte gerade noch das feine Lächeln auf ihrem Gesicht, das gleich darauf wieder der professionellen Polizistinnenmiene wich.

»Also …«, fuhr die Kriminalbeamtin fort. »Wir werden uns alle Spuren in diesem Fall noch einmal vornehmen, und zwar unter dem Aspekt, ob sie möglicherweise auch anders zu bewerten sind als bisher. Tatsächlich gibt es – und das ist streng *off records*, Kira! – Fremd-DNA auf Harmsens Leiche und auf seinem Schlafsack, die bisher niemandem aus dem Camp zugeordnet werden konnte.«

Kira riss ihre Augen auf, als sie diese Neuigkeit hörte, und starrte Helene atemlos an.

»Nach allem, was inzwischen passiert ist, und was du herausgefunden hast«, fuhr die Hauptkommissarin fort, »halte ich es für gerechtfertigt, diese Spuren zum Abgleich mit den DNA-Dateien an das BKA zu geben. Dafür werde ich sorgen, auch wenn Staatsanwalt Petersen eine solche Maßnahme zum jetzigen Zeitpunkt sicher nicht gefallen wird. Außerdem sehe ich mir die Zeugenaussagen nochmals an und veranlasse gegebenenfalls erneute Vernehmungen. Wir haben bisher nicht alle jungen Leute befragt, die im Camp waren. Vielleicht gibt es unter ihnen ja noch jemanden, der in der Nacht etwas gesehen hat, das uns neue Ermittlungsansätze bringt.«

»Gut, sehr gut.« Kira schlürfte den heißen Kaffee. »Und ich will versuchen, noch einmal mit Jonas Krog Kontakt aufzunehmen. Der Junge verheimlich etwas, da bin ich sicher. Auch wenn er in Augustenburg aufgewachsen ist – sein Onkel führt in Gillestrup den Familienhof in direkter Nachbarschaft zu den Harmsens. Trotzdem wollten mir beide, Vater und Sohn Krog, weismachen, dass Jonas Morten nicht gekannt habe? Lächerlich. Und wer soll eigentlich glauben, es sei Zufall gewesen, dass die beiden zur selben Zeit im selben Camp auftauchen? Es muss mir einfach gelingen, mit Jonas zu sprechen. Er hat panische Angst vor seinem Vater, dafür muss es einen Grund geben. Ich bin sicher, ich bekomme das eher aus ihm heraus als die Polizei bei einer offiziellen Vorladung.«

Alarmiert fuhr die Kriminalbeamtin auf. »Das wirst du nicht tun, Kira!«

»Wie bitte?« Kira meinte, sich verhört zu haben. »Willst du mir meinen Job verbieten? Ich spreche, mit wem immer ich will.«

»Sei doch nicht so aggressiv«, antwortete Helene. »Natürlich will und kann ich dir nichts verbieten. Nur – es war allein deine Entscheidung, mir anzuvertrauen, was du inzwischen recherchiert hast, wofür ich dir auch dankbar bin. *Was* du aber gesagt hast, lässt keinen Zweifel daran, dass es für dich gefährlich werden könnte, wenn du erneut versuchst, dich Jonas Krog zu nähern. Sein Vater scheint entschieden etwas dagegen zu haben – das hast du mir eben selbst erzählt.«

Kira nickte. »Stimmt. Dennoch muss ich es versuchen. Natürlich mit aller gebotenen Vorsicht.«

»Wenn etwas dran ist an deinem Verdacht«, warf die Hauptkommissarin ein, »könnte ich mir vorstellen, dass die Familie Krog inzwischen total in Deckung gegangen ist. Dann wird sowieso niemand an Jonas herankommen – es sei denn, wir sorgen dafür, dass die dänischen Behörden ihn offiziell vorladen.«

»Und damit wirst du bei denen vermutlich auf Granit beißen«, trumpfte Kira auf. »Was haben wir denn gegen Jonas Krog in der Hand? Nichts! Ob du einen dänischen Staatsanwalt überzeugen kannst, ihn zwangsweise zu einer Zeugenvernehmung durch die deutsche Kripo vorführen zu lassen, wage ich zu bezweifeln.« Sie nahm einen Schluck Kaffee und verzog das Gesicht. »Ich sehe nur die Möglichkeit, auf *meinem* Weg, also inoffiziell, an den Jungen heranzukommen, um ihm auf den Zahn zu fühlen. Und das werde ich auch versuchen.«

»Aber nicht ohne Absicherung, Kira!«, rief Helene Christ. »Ich werde nicht zulassen ...« Sie brach ab, und ihre Miene erhellte sich. »Moment mal, mir kommt da gerade eine Idee in den Kopf, eine ziemlich gute sogar. Wenn das klappt, bekommst du nicht nur Schutz, sondern wir bringen die Aktion auch aus der Grauzone einer privaten Ermittlung heraus.«

»Verstehe ich nicht.«

»Du kannst dich sicher noch an den dänischen Kriminalkommissar Jacobsen erinnern, oder?«

»*Politikommissær* Arne Jacobsen von der Kripo in Sonderburg, der vor zwei Jahren auf dänischer Seite an dem Fall der ermordeten Chorsängerin gearbeitet hat – der sogenannten Wasserleiche im Alsensund?«

»Genau der«, antwortete Helene. »Ein erstklassiger Kriminalist und ein feiner Kerl. Die Zusammenarbeit mit ihm war bisher immer spitze. Ich frage ganz offiziell an, ob er uns wieder bei einer grenzübergreifenden Ermittlung helfen kann.«

»Ich will aber nicht ständig einen Polizisten an den Hacken kleben haben, wenn ich mich in Dänemark bewege«, protestierte Kira.

Ohne darauf einzugehen, fuhr die Hauptkommissarin fort: »Ich werde Kommissar Jacobsen über den Stand der Ermittlungen informieren und ihm erläutern, welche neuen Ansatzpunkte – einschließlich des mutmaßlichen Anschlags auf dich bei Gillestrup – der Mordkommission mittlerweile vorliegen, die eine nochmalige Vernehmung von Jonas Krog erfordern. Da der sich aber längst wieder in Dänemark aufhält, brauchen wir die Hilfe der dortigen Polizei, die dafür natürlich ein offizielles Amtshilfeersuchen bekommt. Das setze ich bei Staatsanwalt Petersen durch – verlass dich drauf.«

Kira schnaubte unwillig. »Was zur Folge hat, dass ich aus allem raus bin, und die dänische Kripo in Abstimmung mit dir alle weiteren Maßnahmen trifft«, stellte sie fest. »Dann marschieren sie einfach zu den Augustenburger Krogs, holen Jonas ab und bringen ihn auf die Polizeiwache zur Vernehmung.«

»Das hielte ich nicht für schlau«, entgegnete Helene Christ gedehnt. »Versteh doch: Einerseits versuche ich, dich zu schützen, denn du hast ja gerade erfahren, wie gefährlich es ist, gewissen Leuten zu nahe zu kommen. Andererseits will ich aber auch nicht, dass die Krogs durch polizeiliche Maßnahmen vorzeitig gewarnt und weiter aufgescheucht werden.« Sie überlegte einen Augenblick. »Falls Arne Jacobsen mit ins Boot kommt, könnt ihr das weitere Vorgehen ja absprechen. Bestimmt ist es keine gute Idee, Jonas Krog gleich offiziell zu vernehmen.«

»Ich bin sicher, sein Vater würde erst mal ein paar gewiefte Anwälte auffahren und zeitgleich alles unternehmen, um Jonas abzuschotten. Mikkel Krog ist – in welcher Weise auch immer – für den Tod von Mord Harmsen verantwortlich, das steht für mich fest. Er wird alles dafür tun, damit nicht herauskommt, was wirklich in dem Camp passiert ist.«

»Deshalb gehen wir ja diesen ungewöhnlichen Weg – wenn Arne Jacobsen damit einverstanden ist. Wichtig ist nur, dass du dabei Schutz hast, statt in Dänemark weiterhin unter dem Radar der Polizei zu recherchieren.«

Kira war nun doch nachdenklich geworden. »Und du meinst, man wird der Reporterin ein bisschen Freiraum lassen?«, fragte sie.

Helene lächelte. »Der dänischen Landsfrau vom deutschen Fernsehen bestimmt. Soweit ich mich erinnere, ist die Sonderburger Polizei in deiner Reportage über den Fall der Wasserleiche ja überaus gut weggekommen. Aber fragen wir Arne doch einfach.« Sie griff zum Smartphone, suchte in ihren Kontakten und ließ das Gerät schließlich eine gespeicherte Nummer wählen.

Schon zehn Minuten später war alles geregelt.

Der Plan war ebenso ungewöhnlich wie ambitioniert, doch der dänische Kommissar erkannte sofort, welches Potenzial er barg.

29

Alles war viel unkomplizierter, als Kira es befürchtet hatte.

Politikommissær Jacobsen und sie trafen sich noch am selben Tag im Polizeirevier in Sonderburg. Sie kannten sich ja schon. Im Zuge ihrer Recherchen zur Berichterstattung über die ermordete Sopranistin eines deutschen Kammerchors, deren Leiche im Wasser vor dem Sonderburger Schloss aufgefunden wurde, war Kira vor zwei Jahren mehrmals mit dem dänischen Kriminalbeamten zusammengetroffen und hatte ihn auch für ihre Sendung interviewt.

Jacobsen schien sich über das Wiedersehen zu freuen, und sie führten ein lockeres, offenes Gespräch miteinander, in dem sie vereinbarten, dass Kira ihn über ihre nächsten Schritte informiert hielt. Er behalte sich vor, Maßnahmen zu ihrem Schutz zu treffen, sagte Arne Jacobsen, aber das brauche sie weiter nicht zu kümmern. Sie könne tun und lassen, was sie wolle, solange sie nichts auf eigene Faust unternehme, ohne dass er davon wisse.

»Das betrifft natürlich ausschließlich deine Aktivitäten in diesem speziellen Fall. Was du ansonsten in Dänemark tust, geht mich schließlich nichts an«, sagte Jacobsen lachend und versprach außerdem, seine Kollegen von der Polizei in Tondern zu bitten, die Suche nach dem Verursacher des Verkehrsunfall bei Gillestrup zu intensivieren. »Ich werde ihnen erklären, dass der Verdacht auf Vorsatz besteht, das wird sie ein wenig auf Trab bringen.« Er sah sie freundlich an und fragte: »So, und was hast du nun vor?«

»Ich fahre nach Augustenburg und schaue mal, ob ich Jonas Krog zu Hause antreffe. Wenn ja, will ich ihm ein paar Fragen stellen – vorausgesetzt, sein Vater ist nicht in der Nähe.«

»Okay«, antwortete Jacobsen. »Die Chefin der Flensburger Mordkommission verspricht sich ja etwas davon, dir diese Möglichkeit zu geben – und zwar, bevor wir Maßnahmen ergreifen, um Jonas Krog offiziell polizeilich zu vernehmen. Trotzdem möchte ich dich nicht ganz ohne Schutz lassen, wenn du dort an die Tür klopfst. Ich kann dich zwar nicht begleiten, weil ich einen anderen Termin wahrnehmen muss, dafür wird meine Kollegin Jonna das übernehmen. Ist zwar nur ein Katzensprung von hier nach Augustenburg, sprich aber dennoch bitte alles genau mit ihr ab, damit sie unauffällig in deiner Nähe bleiben kann.«

Er griff zum Telefon, und wenig später lernte Kira *Politiassistent* Jonna Bjerregaard kennen, eine junge Frau, etwa in ihrem Alter. Sie tauschten ihre Mobilfunknummern aus und speicherten sie auf ihren Geräten. Dann zeigte Kira der Polizeibeamtin auf einem Ortsplan von Augustenburg, wohin genau sie gleich fahren wollte.

Kurz darauf stieg sie auf dem Parkplatz vor dem Sonderburger Polizeipräsidium in ihren neuen Volvo und fuhr los, in einigem Abstand gefolgt von einem zivilen dunkelblauen Golf, in dem Jonna Bjerregaard am Steuer saß.

Es war noch früher Nachmittag, als Kira an der gemauerten Säule neben der Gartenpforte der Krog-Villa auf den Klingelknopf drückte. Das Grundstück war weitläufig, und zwischen den Bäumen und Sträuchern hindurch ließ sich vom Haus selbst nur wenig erkennen. Dass die Garagentore im Anbau geschlossen waren, konnte Kira jedoch sehen.

Nichts rührte sich.

Verstohlen schaute Kira sich um und erkannte den dunkelblauen Golf, der etwa fünfzig Meter entfernt in einer Parkbucht stand. Sie sah aber niemanden im Wagen sitzen.

Überrascht schaute sie sich genauer in der Straße um, doch außer zwei spielenden Kindern in einem nahe gelegenen Vorgarten und einem alten Mann mit Rollator auf dem Bürgersteig gegenüber rührte sich in dieser stillen Wohnstraße nichts.

Von *Politiassistent* Jonna Bjerregaard war weit und breit nichts zu sehen.

Kira zuckte mit den Achseln und drückte noch einmal auf den Klingelknopf neben dem Messingschild, auf dem *Krog* stand. Und zwar nur *Krog* – sonst nichts.

Sie fuhr zusammen, als eine energische Frauenstimme aus dem Lautsprecher tönte: »*Hvem der?*«

»Mein Name ist Kira Lund«, antwortete sie – natürlich ebenfalls auf Dänisch. »Ich möchte mit Mikkel Krog sprechen«, log sie treuherzig. »Ist er zu Hause?«

»Nein, tut mir leid, der ist nicht da.«

»Dann ist er vermutlich in seiner Firma?«, hakte Kira hoffnungsvoll nach.

»Nein, Herr Krog ist auf einer längeren Geschäftsreise.«

Großartig!, frohlockte Kira. Das hatte sie kaum zu hoffen gewagt. »Könnte ich dann bitte kurz mit seinem Sohn sprechen – mit Jonas?« fragte sie. »Es wäre wichtig.«

»Das geht leider nicht«, sagte die Frau. »Jonas ist auch nicht hier. Er begleitet seinen Vater.«

Verdammt, verdammt, fluchte Kira enttäuscht in sich hinein. So ein Mist!

»Wo sind die beiden denn hingefahren?«, versuchte sie es lahm. Kaum war sie heraus, wusste Kira schon, dass das eine ziemlich dumme Frage war.

»Was geht dich das an?«, kam es barsch zurück. »Wer bist du eigentlich?«

»Meinen Namen hab ich doch schon genannt: Kira Lund. Jonas und ich kennen uns.« Ganz falsch war das ja nicht, dachte Kira. »Ich muss unbedingt mit ihm reden. Wann kommt er denn wieder zurück?«

»Keine Ahnung«, sagte die Stimme. »Ich bin hier nur die Haushälterin. Muss jetzt auch wieder an meine Arbeit.«

Es knackte im Lautsprecher, dann herrschte Stille.

Der Vogel war also ausgeflogen, stellte Kira resigniert fest. Genau das, was Helene ihr heute Morgen schon prophezeit hatte.

Wo mochte Mikkel seinen Sohn hingebracht haben?

Kira hatte nicht den leisesten Zweifel, dass diese ›Geschäftsreise‹ nichts anderes war als der Versuch, Jonas aus der Schusslinie zu bringen. Und das wiederum zeigte mehr als deutlich, dass ihr Verdacht, die Krogs könnten irgendwie hinter dem Mord an Morten Harmsen stecken, keineswegs aus der Luft gegriffen war.

Jetzt stellte sich bloß die Frage, wer wissen konnte, wo der Junge sich aufhielt. Viele kamen dafür ja nicht infrage …

Aber selbst wenn sie das irgendwie in Erfahrung brächte, wüsste sie immer noch nicht, ob sie überhaupt eine Chance bekäme, mit ihm allein zu sprechen. Wo immer er auch sein mochte, wurde er dort von seinem Vater bestimmt total abgeschottet, da war Kira sich absolut sicher.

Niedergeschlagen ging sie zu ihrem Wagen zurück, drückte auf den Türöffner am Autoschlüssel, und stieg ein. Kaum hatte sie sich hineingesetzt, klingelte ihr Handy.

»Keinen Erfolg gehabt?«, fragte Jonna Bjerregaard.

»Du hast mich gesehen? Wo steckst du denn?«

»Im Garten schräg gegenüber, neben dem grün angestrichenen Fahrradunterstand.«

Als Kira hinschaute, trat Jonna, das Handy am Ohr, aus dem Schuppen heraus und hob die Hand. »Du hast aber über die Gegensprechanlage mit jemandem geredet, das konnte ich beobachten.«

Kira erzählte ihr, was sie von der Haushälterin erfahren hatte.

»Und was hast du jetzt vor?«, wollte die dänische Polizeibeamtin wissen.

Gerade wollte Kira ihr sagen, dass sie das selbst nicht wusste, da kam ihr eine Idee. Einen Versuch wäre es wohl wert, dachte sie. »Mir ist gerade etwas eingefallen. Wenn´s klappt, sage ich dir Bescheid, einverstanden?«

Politiassistent Bjerregaard genügte das offenbar. »Dann ist mein Job hier erst mal beendet?«, wollte sie wissen.

»Ja, danke, Jonna. Ich lasse von mir hören, falls es mir gelingt, Jonas Krogs Aufenthalt zu ermitteln.«

»Du würdest aber nicht allein zu ihm fahren, nicht wahr?«, fragte die Polizistin, und Kira hörte die Besorgnis in ihrer Stimme.

Doch, durchaus, dachte Kira, hütete sich jedoch, es auszusprechen.

Was blieb ihr denn übrig? Ganz sicher würde sie Jonas nicht mit der Polizei im Schlepptau aufsuchen, das stand fest. Was sie wollte, war ein exklusives Interview mit dem jungen Mann, das sie journalistisch verwerten konnte. Natürlich war das mit gewissen Risiken verbunden, das war ihr bewusst, aber eines war doch klar: Wenn es ihr überhaupt gelingen sollte, Jonas für ein offenes Gespräch zu gewinnen, dann ganz sicher nicht in Gegenwart der Polizei.

»Ich lasse auf jeden Fall von mir hören, wenn ich mehr weiß«, teilte sie Jonna Bjerregaard ausweichend mit und hoffte, diese würde sich damit zufriedengeben. Ohne die Entgegnung abzuwarten, bedankte sie sich für die Begleitung nach Augustenburg und beendete das Gespräch.

Nach langem Überlegen hatte Kira sich entschlossen, Martha Krog erst einmal eine SMS mit Rückrufbitte auf ihr Handy zu schicken. Das gab ihr die Chance, zurückzurufen, wenn sie allein war. Kira wusste nicht, ob die alte Frau WhatsApp oder Signal oder einen anderen Messengerdienst nutzte. Eine SMS war sicher am erfolgversprechendsten – vorausgesetzt, Martha Krog kannte sich damit aus und wusste, welche Tasten zu drücken waren. Zu gefährlich wäre es, Martha direkt anzurufen. Wenn ihr Sohn Bjarne in der Nähe wäre und etwas von einem Anruf Kiras mitbekäme, würde sie Martha damit womöglich noch in Gefahr bringen. Nicht ausgeschlossen auch, dass sich Mikkel, ihr älterer Sohn, ebenfalls auf *Skovgården* in Gillestrup aufhielt. Und mit ihm Jonas. Wenn die Krogs allerdings nervös geworden waren – wofür der Anschlag mit dem Miststreuer sprach – und befürchteten, dass sich bald nicht nur die aufdringliche TV-Reporterin, sondern auch die Polizei intensiver für Jonas interessieren könnte, wäre er auf dem Hof der Familie doch allzu leicht aufzuspüren.

All diese Gedanken schossen Kira in rascher Folge immer wieder durch den Kopf, während sie auf der schnurgeraden, direkt an der deutsch-dänischen Grenze entlangführenden ehemaligen ›Betonstraße‹ nach Westen fuhr.

›Bitte ruf mich an, wenn du allein bist. Dringend! Kira Lund.‹, lautete die SMS, die sie vor zwei Stunden an Martha Krog geschickt hatte.

Seither war sie unruhig, wartete ungeduldig und schaute immer wieder auf das Display auf dem Armaturenbrett, das sie auf *Phone* eingestellt hatte, ob die Verbindung genügend Balken anzeigte. Hier oben an der Grenze gab es durchaus einige Funklöcher, und oft wechselte der Empfang zwischen dem deutschen und dem dänischen Netz.

Dabei war noch nicht einmal sicher, dass Martha Krog überhaupt wusste, wo sich Jonas aufhielt. Womöglich hatte Mikkel seine Mutter gar nicht informiert – und zwar ganz bewusst nicht.

Hatten ihre Söhne überhaupt noch genug Vertrauen in die alte Frau?

Eine Frage nach der anderen. Und keine Antworten.

Sie konnte nur warten. Geduld aber gehörte nun mal nicht zu ihren hervorragendsten Eigenschaften.

Eine ausgedehnte Fahrradtour mit Ditch würde bestimmt nicht schaden.

30

Noch immer kein Rückruf von Martha Krog.

Kira begann, die Geduld zu verlieren. Schon seit eineinhalb Stunden war sie mit dem Fahrrad – Ditch an der langen Leine neben ihr – in der Gegend herumgefahren. Selbstverständlich waren sie endlich am Außendeich gelandet, wo sie das Rad abstellte, während Ditch sich sofort in die Fluten der Nordsee stürzte.

Gerade tauchte er wieder einmal mit einem armdicken Knüppel im Fang aus dem Wasser auf, schüttelte sein nasses Fell aus und stürmte auf Kira zu, als endlich das Handy klingelte. Kira zog es blitzschnell aus der Tasche ihres Parkas und schaute aufs Display.

Helene stand da. Nicht das, was sie erhofft hatte.

»Ich wollte dir etwas mitteilen, was dir nicht gefallen wird«, erklärte die Hauptkommissarin. »Halte es für fair, dass du es so schnell wie möglich erfährst.«

»Oha, klingt übel«, sagte Kira. »Schieß los.«

»Ich erfahre gerade, dass die Staatsanwaltschaft Anklage gegen Eike Feldkamp erhoben hat«, sagte Helene Christ. »Sie lautet auf Totschlag.«

»Mist«, stieß Kira wütend aus. »Das heißt doch auch, dass die Kripo nun endgültig keinerlei weitere Ermittlungen in diesem Fall anstellt, oder?«

»Das siehst du richtig«, kam es zurück. »Alles Weitere ist jetzt Sache des Jugendgerichts.«

Um Himmels willen, wie würde wohl Eike diese furchtbare Nachricht aufnehmen? Schlagartig in dunkle Gedanken gestürzt, blickte Kira auf den großen Hund, der den Knüppel vor ihre Füße geworfen hatte und nun schwanzwedelnd vor ihr saß, den Kopf schräg gelegt und die großen schwarzen Augen erwartungsvoll auf sie gerichtet.

Sie bückte sich, ergriff das Holz und warf es mit Schwung den Deich hinunter. Die Flut hatte gerade ihren höchsten Stand erreicht, daher klatschte der Knüppel in die flachen Wellen am Deichfuß. Begeistert rannte Ditch hinunter, um ihn zurückzuholen.

Ginge es nach ihm – er würde dieses Spiel bis in die Nacht hinein fortsetzen.

»Und was bedeutet das für das Amtshilfeersuchen an die dänische Kripo?«, wagte sich Kira behutsam vor. »Das betrifft doch wohl explizit das Tötungsdelikt zu Nachteil des Morten Harmsen, wie die Juristen es nennen würden. Behält es weiter seine Gültigkeit?«

Helene Christ ließ sich mit ihrer Antwort etwas Zeit. Mit leicht verschmitztem Beiklang sagte sie dann: »Warum nicht? Ich denke, unsere Bitte um Unterstützung durch die Dänen ist davon nicht betroffen. Du und dein Kollege seid vor Kurzem schwer ›verunfallt‹ – um im Behördenkauderwelsch zu bleiben. Genau darauf bezieht sich das Amtshilfeersuchen, von dem du sprichst. Die deutsche und die dänische Kriminalpolizei wollen gemeinsam aufklären, ob es sich dabei um einen Mordanschlag gehandelt hat. Und dazu müssen wir gewisse Leute finden, um sie befragen zu können. Das gilt besonders für die Familie Krog – und zwar für alle ihre Angehörigen.«

»Das ist ziemlich cool, Helene«, erwiderte Kira anerkennend.

»Es ist nur korrekt, sonst gar nichts«, kam es postwendend zurück, und die Stimme der Kriminalbeamtin hatte wieder einen sachlichen Ton angenommen. »Hast du eigentlich in Augustenburg etwas erreicht?«

Kira berichtete, dass Vater und Sohn Krog angeblich auf

unbestimmte Zeit verreist seien. »Ich will Martha Krog fragen, ob sie Näheres darüber weiß«, fuhr sie fort. »Vielleicht hat sie wenigstens eine Ahnung, wo Jonas sich aufhält. Aber bisher habe ich noch keinen Kontakt zu ihr bekommen.«

»Du sprichst alle deine Schritte mit Kommissar Jacobsen ab, wie vereinbart?«, vergewisserte sich die Hauptkommissarin.

»Kannst dich drauf verlassen«, sagte Kira, und sofort überfielen sie Gewissensbisse, denn sie hatte keineswegs vor, in Begleitung der Polizei bei Jonas Krog vorzusprechen – wenn sie ihn denn überhaupt fand. »Aber was machen wir eigentlich, wenn ich nicht herausfinde, wo Jonas Krog sich aufhält?«, schob sie zur Ablenkung rasch hinterher. »Oder wenn ich nicht an ihn herankomme?«

Dann sei es allein Sache der dänischen Kripo, die weiteren Maßnahmen zu treffen, um dem mutmaßlichen Anschlag auf Kira und Tim Scholler auf den Grund zu gehen, sagte Helene Christ. »Und ich bin sicher, dass sie die Krogs irgendwann aufspüren werden. Ob und wie Arne Jacobsen aber darüber mit dir kommunizieren und dich möglicherweise sogar einbinden wird, kann ich nicht sagen.«

Genau das galt es zu verhindern, soviel stand für Kira fest. Ihr war jedoch klar, dass ihr nicht mehr allzu viel Zeit blieb, den Jungen zu finden. Und zwar, bevor die dänische Polizei im Rahmen der Ermittlungen wegen des mutmaßlichen Anschlags auch auf Jonas stieß. Dann könnte sie, eine deutsche Reporterin, es vergessen, vertraulich und ohne Zeugen mit ihm zu sprechen. Ihr Job als investigative Journalistin wäre damit beendet und die Chance auf ein Exklusivinterview vertan.

»Mal ehrlich«, versuchte sie, das Thema vorsichtig zu wechseln. »Siehst du noch irgendeine Chance, dass Eike Feldkamp nicht vor Gericht gestellt wird?«

»*Wenn* dein Unfall tatsächlich in Wahrheit ein Anschlag war, und *wenn* jemand von den Krogs dahintersteckt, dann liegt der Schluss nahe, dass deine Nachforschungen für sie zu gefährlich geworden sind. Folglich wollten sie dich mundtot machen. Was uns wiederum geradewegs zum Anlass für deine Recherchen zurückführt, nämlich zu Morten Harmsens Tod im Surfercamp auf Holnis.« Die Kriminalistin legte eine Pause ein, dann fügte sie leise, aber eindringlich hinzu: »Also hoffen wir für Feldkamp, dass du recht hast mit all deinen Behauptungen und Vermutungen. Sonst steht demnächst möglicherweise durchaus der Richtige vor Gericht. Für Staatsanwalt Petersen ist die Beweislage gegen ihn jedenfalls wasserdicht.«

Der Anruf kam erst gegen halb elf Uhr am Abend.

Lukas wollte sich noch eine Polit-Talkshow im Fernsehen anschauen, aber Kira war müde und hatte gerade beschlossen, zu Bett zu gehen.

»Was ist denn so wichtig?«, war das Erste, was die alte Frau misstrauisch fragte, nachdem Kira sich gemeldet hatte.

»Kannst du reden? Ich meine, hört dir jemand zu?«

»Ich bin allein. Aber was soll die Frage?«

Oha, dachte Kira sofort, sie hat so viel Angst vor ihren Söhnen, dass sie dicht macht. »Du hattest mich doch gebeten, mit Pastor Ebsen zu reden«, versuchte sie vorsichtig, die Abwehrhaltung der alten Frau aufzuweichen. »Seitdem verstehe ich, was du meinst, wenn du von ›dem alten Hass‹ sprichst.«

»Aber daran wirst du auch nichts ändern können«, erklärte Martha Krog mit ihrer krächzenden Stimme. »Niemand kann das. Es wird immer so weitergehen, immer weiter und weiter.«

»Nein, ich glaube, wir beide können es schaffen, die Spirale des Hasses zu durchbrechen«, sagte Kira und legte alle Überzeugungskraft in ihre Stimme. »Aber das geht nur über deinen Enkel Jonas. Wir müssen ihn dazu bringen, die Wahrheit zu sagen.«

»Die Wahrheit, die Wahrheit …«, rief die Alte verzweifelt. »Welche Wahrheit denn? Es gibt so viele davon, jeder hat seine. Die Harmsens haben ihre Wahrheit, wir haben unsere, und die Welt drumherum hat wieder eine andere …« Sie machte ein paar keuchende Atemzüge. »Was auch immer Jonas dir sagen soll …, welche von den vielen Wahrheiten – es wird gar nicht erst dazu kommen. Sie werden es niemals zulassen. Ach, du hast wirklich keine Ahnung …« Nur noch ein unverständliches Murmeln.

Sie spricht von ihren Söhnen erkannte Kira. Wie schwer muss es für eine Mutter sein, sich gegen die eigenen Kinder zu stellen?, fragte sie sich. War Martha Krog wirklich bereit, diesen Schritt zu gehen?

Gleich würde sie es wissen.

»Kannst du mir denn sagen, wo sich Jonas gerade aufhält?«, fragte sie und hielt den Atem an.

Erst kam keine Antwort, dann rang sich die alte Frau durch und sagte leise: »Er ist auf dem Segelboot eines Bekannten von Mikkel.«

Kira war überrascht; damit hatte sie nicht gerechnet. »In Begleitung seines Vaters?«

Das wisse sie nicht, sagte Martha Krog. Mikkel habe Jonas auf das Schiff gebracht, und seitdem habe sie ihn nicht mehr gesehen. »Ich weiß nur, dass der Junge erst einmal für unbestimmte Zeit als Decksmann an Bord bleiben soll. Vielleicht muss er sogar irgendwo im Ausland untertauchen, hat Mikkel gesagt – was immer das heißen mag.«

»Kannst du dich erinnern, in welchem Hafen Jonas an Bord gegangen ist?«

»Keine Ahnung«, antwortete die Alte. »Kann aber nicht allzu weit weg sein. Sie würden nur zwei, drei Stunden fahren müssen, hat Mikkel … ach, ich glaube, er hat Aarhus gesagt. Bin mir aber nicht sicher.«

»Wie heißt das Boot?«, hakte Kira nach, ahnte jedoch bereits, dass die Frage vergeblich war. Was sich auch sofort bestätigte.

Sie habe ihren Sohn nicht nach dem Namen gefragt, sagte Martha Krog. Sie wisse nur, dass es ein großes Segelschiff sei und Frode Iversen gehöre, einem Geschäftsfreund Mikkels, der ebenfalls Fabrikant sei und eine große Nummer in der *DA*, der Dänischen Arbeitgebervereinigung.

Nun, mit diesen Angaben herauszufinden, um welches Boot es sich handelte, dürfte keine allzu schwere Aufgabe sein, dachte Kira. Schwieriger würde es werden, den gegenwärtigen Aufenthaltsort zu ermitteln. Segelschiffe pflegten sich nun mal ständig von einem Ort zum anderen zu bewegen. Doch auch für diese Aufgabe glaubte sie bereits die Lösung zu kennen. Wozu gab es schließlich Telefone?

Allerdings würde das Zeit kosten, selbst wenn sie Scholli mit einspannte. Und Zeit hatte sie eigentlich keine mehr.

Auf einmal hatte sie es eilig.

»Vielen Dank, dass du mich zurückgerufen und mir das alles erzählt hast«, sagte sie. »Ich werde jetzt versuchen, an Jonas heranzukommen. Vielleicht schaffe ich es, dass er sich mir anvertraut, wenn wir allein miteinander sprechen.«

»Du wirst ihm auch bestimmt nicht schaden?«, kam es bang zurück.

Das kann ich dir nicht garantieren, sagte Kira zu sich selbst. Schon gar nicht, wenn Jonas Krog sich an Morten Harmsens Tod mitschuldig gemacht haben sollte ...

Laut sagte sie: »Erst einmal muss ich ihn finden und mit ihm sprechen. Dann sehen wir weiter. Was auch immer dabei herauskommen wird – in jedem Fall wird es Jonas helfen, sich aus der Unterdrückung durch seinen Vater zu befreien.«

Von Martha Krog kam keine Antwort mehr. Kira hörte nur kurz noch, dass die alte Frau bitterlich weinte, bevor die Verbindung abbrach.

31

Tim Schollers bei dem Unfall erlittenes Schleudertrauma verursachte doch stärkere Beschwerden, als von den Ärzten prognostiziert. Immer schlimmer plagten ihn unangenehme Schmerzen durch die Überdehnung der Bänder und Sehnen an seiner Halswirbelsäule. Er zog es daher vor, noch ein paar Tage von zu Hause aus zu arbeiten.

Mit der Aufgabe, herauszufinden, welche Yacht dem dänischen Industriellen Frode Iversen gehörte, hatte er allerdings auch im Homeoffice keinerlei Probleme gehabt. Schließlich handelte es sich um ein seegehendes Schiff, und deshalb war es auch im digitalen Schiffsregister der dänischen Seeschifffahrtsbehörde registriert.

Sølvmåge hieß es, auf Deutsch *Silbermöwe*, und war eine *Hallberg-Rassy 64* mit einer beeindruckenden Länge von zwanzig-Metern, gebaut im Jahr 2018.

Kira saß an ihrem Schreibtisch im Sender und sah sich den Registerauszug im Anhang der Mail an, die Scholli geschickt hatte. Allein die schiere Größe dieses Segelbootes mit einer Masthöhe von fast achtundzwanzig Metern war beeindruckend. Als sie dann auch noch die Fotos anschaute, die sie im Internet von diesem Schiffstyp gefunden hatte, geriet sie regelrecht ins Schwärmen.

Welch ein Segelschiff! Ein Traum – im wahren Wortsinn – und mit einem Neupreis von gut zweieinhalb Millionen Euro unerreichbar für Normalverdiener. Selbst die fünf Jahre alte *Sølvmåge* würde heute noch weit über zwei Millionen kosten.

Kiras Miene verzog sich zu einem schiefen Grinsen. Ihr fielen die Diskussionen ein, die sie mit Lukas über den Charterpreis der verschiedenen Boote geführt hatte, die sie für ihren bevorstehenden Urlaubstörn ins Auge gefasst hatten. Schließlich hatten sie sich vor allem aus Kostengründen für eine schon etwas betagte Beneteau-Yacht mit gut elf Metern Länge entschieden. Sie kannten dieses Boot, weil sie damit schon im letzten Jahr nach Bornholm gesegelt waren. Auch wenn es bereits zehn Jahre alt war – und daher recht günstig im Preis –, war an Bord alles bestens in Schuss. Der Vercharterer war bekannt dafür, die Schiffe gut zu pflegen und dafür zu sorgen, dass die unvermeidlich im Charterbetrieb auftretenden Schäden sofort fachgerecht behoben wurden.

Der lange Törn nach Bornholm und zurück entlang der polnischen und der mecklenburgischen Küste war für Kira und Lukas ein unvergessliches Erlebnis gewesen, zumal sie an den meisten Tagen vom besten Segelwetter verwöhnt wurden, das man sich wünschen konnte: Wind mit vier bis fünf Beaufort – meistens aus der richtigen Richtung – und kein Niederschlag, sondern herrliche Wärme und blauer Himmel.

»Ach ja …«, flüsterte sie sehnsuchtsvoll, als die schönen Bilder dieser vierzehn Tage auf einmal wieder vor ihrem geistigen Auge aufpoppten.

Solange ich das haben kann – wozu brauche ich eine Zweieinhalb-Millionen-Yacht?, dachte sie, lächelte und griff zu ihrem Handy. Dabei streifte ihr Blick noch einmal das große Werbefoto von einer *Hallberg Rassy 64* unter vollen Segeln auf dem Monitor ihres PCs, und ihr Lächeln bekam einen leicht wehmütigen Zug.

Es dauerte dann doch ein paar Stunden, bis sie den derzeitigen Aufenthaltsort der *Sølvmåge* ermitteln konnten.

Die sogenannte Dänische Südsee mochte eines der schönsten Segelreviere auf der Welt sein – eines jedoch waren die Häfen dort eher nicht: mondän. Selbst wenn es inmitten der malerischen dänischen Inseln unzählige entzückende Buchten gab, in denen man ungestört vor Anker liegen konnte, selbst wenn Hunderte wunderschöne Häfen lockten, winzige romantische ebenso wie hochmoderne voller Leben – vom internationalen Jet Set war dieses Revier dennoch verschont geblieben. Das Wetter in den nördlichen Breiten war eben oft einfach zu rau, um die Schickeria mit ihren Luxusyachten anzulocken.

Kira, die zusammen mit Lukas auf gecharterten Yachten, aber auch mit Freunden auf deren Segelbooten in diesem Revier unterwegs war, hatte daran nicht das Geringste auszusetzen – ganz im Gegenteil. Und sie war sich sicher, dass so ziemlich jeder Hafenmeister in der Dänischen Südsee wissen würde, ob ein dermaßen exklusives Segelschiff wie die *Sølvmåge* in seinem Hafen festgemacht hatte. Eine *Hallberg Rassy 64* sah man in diesen Gewässern nämlich auch nicht alle Tage.

Kira zog aus der untersten Schublade ihres Schreibtisches einen Packen Seekarten hervor, die meisten davon älteren Datums, für ihre Zwecke jedoch völlig ausreichend. Nicht selten gönnte sie sich bei einer Kaffeepause ein paar Minuten des Träumens. Dann segelte sie mit dem Finger über die Karten und malte sich aus, wie es wohl wäre, diesen unbekannten Hafen anzulaufen oder vor jener fremden Insel zu ankern.

Heute jedoch brauchte sie eine besondere Karte. Sie wühlte ein wenig herum, dann zog sie die gesuchte hervor: die *Planungskarte Westliche Ostsee – Belte und Sund*, ein großes Kartenblatt, das aufgefaltet gerade so auf ihren Schreibtisch passte.

Da sie davon ausging, dass sich das gesuchte Schiff nach wie vor in der Ostsee aufhielt, schlug Kira auf der Planungskarte mit dem Zirkel in östlicher Richtung einen Bogen mit einem Radius von etwa einhundert Seemeilen um Aarhus.

Das war eine Distanz, die man mit einem Schiff wie der *Sølvmåge* in zwei Tagen bequem zurücklegen konnte. Gegenwärtig blies der Wind da draußen mit fünf Beaufort aus Nordwest, sodass die Hallberg Rassy 64 – selbst wenn sie tatsächlich volle einhundert Seemeilen zurückgelegt haben sollte, nachdem Jonas an Bord gegangen war – dafür kaum zwölf Stunden benötigt hätte.

Mit der unteren Hälfte des Halbkreises, die den Großen und den Kleinen Belt einschloss und bis hinunter in die Kieler Bucht reichte, wollte sie sich selbst befassen. Die obere Hälfte mit dem Kattegat vom dänischen Skagen bis zum schwedischen Halmstad und bis hinunter nach Kopenhagen fotografierte sie mit ihrer Handykamera und schickte das Bild an Scholli.

Dann begannen sie, alle Häfen in ihrem jeweiligen Segment abzutelefonieren. Vorher hatten sie sich darauf geeinigt, erst einmal in den dänischen Hafenstädten anzurufen, auch wenn die *Sølvmåge* theoretisch schon in Schweden oder gar unten in Deutschland hätte sein können.

Allein von dänischen Ostseehäfen in den beiden Halbkreissegmenten jedoch gab es eine Menge. Viel Zeit verging, bevor Kira den Treffer erzielte. In Svendborg, einem ziemlich großen Hafen im Süden der Insel Fünen, wurde sie endlich fündig.

Als der dortige *Havnefoged,* der Hafenmeister, am Apparat war, konnte Kira ihm die Begeisterung über den Besuch dieser exklusiven Yacht deutlich anmerken.

»Ist heute Morgen hier eingelaufen und liegt jetzt an der *Nordre Kajgade«,* sprudelte der Mann hervor. »Ich schaue von meinem Büro direkt zu ihr rüber. Beeindruckender Kahn.« Dann besann er sich und fragte misstrauisch: »Warum interessierst du dich für die Yacht? Und wer bist du eigentlich?«

»Mein Name ist ... Lale Andersen«, brachte Kira hervor, der auf die Schnelle nichts Besseres einfiel. Spontan hatte sie sich entschlossen, ihren richtigen Namen nicht zu nennen. Könnte ja sein, dass der Hafenmeister, um sich wichtig zu machen, jemandem von diesem Anruf erzählte. »Ich kenne den Eigner der *Sølvmåge* und möchte ihn besuchen«, fabulierte sie drauflos. »Sag mal, bestimmt war schon ein Crewmitglied bei dir, um das Hafengeld zu bezahlen. Wie lange wollen sie denn bleiben?«

»Bezahlt haben sie für zwei Übernachtungen«, erwiderte der Hafenmeister kurz angebunden. »Aber was geht dich das an?«

»Ich sagte dir doch, dass ich den Eigner kenne«, log Kira fröhlich weiter. »Er ... äh ... er hat morgen Geburtstag, und ich will ihn mit ein paar Freunden überraschen.«

»Ach so«, erwiderte der brave Mann. »Das ist natürlich was anderes. Wer ist denn der Eigner?«, hakte er gespannt nach.

»Ein bekannter dänischer Unternehmer – mehr darf ich dir nicht sagen, tut mir leid. Kann ich mich drauf verlassen, dass du den Leuten auf dem Schiff nichts von meinem Anruf erzählst? Sonst ist es ja keine Überraschung mehr ...«

»Ich sage nichts«, versprach der Hafenmeister, dem deutlich anzumerken war, dass die Neugier an ihm nagte.

Kira bedankte sich und legte auf.

Sie wusste nun, was sie zu tun hatte.

Es musste ihr gelingen, unbeobachtet in die Nähe der *Sølvmåge* zu gelangen, um nach Jonas Krog Ausschau zu halten. Auch wenn sie sich auf längeres Warten einrichten musste – irgendwann einmal würde er von Bord gehen. Wenn ein Schiff im Hafen lag, war es für die Crew eine Selbstverständlichkeit, nicht die Bordtoiletten zu benutzen, sondern die sanitären Anlagen im Hafen. Kira und Lukas hatten Svendborg schon mehrmals angelaufen, und das dortige ebenso moderne wie geräumige Sanitärgebäude hatte sie in guter Erinnerung.

Sie rief am PC mit Google Maps den Stadtplan von Svendborg auf, stellte das Bild auf 3D und sah sich die *Nordre Kajgade* an, wo die Yacht festgemacht hatte. Tatsächlich lag das Sanitärgebäude keine hundert Meter vom Liegeplatz entfernt. Sie war sich sicher, irgendwo dazwischen einen Platz ausfindig zu machen, an dem sie sich verstecken und das Areal im Blick behalten konnte.

Blieb noch die Frage, ob sie einfach sofort losfahren sollte oder erst noch …

Ihr Handy klingelte. Sie blickte aufs Display und fuhr zusammen.

Arne Jacobsen stand da.

War das Gedankenübertragung? Gerade hatte sie an den dänischen Kripobeamten gedacht. Schließlich gab es eine Vereinbarung zwischen ihnen, dass sie in Dänemark nichts unternahm, ohne ihn zu benachrichtigen. Und auch Helene Christ hatte sie das versprochen. Dennoch hatte Kira eben noch, in den Sekunden vor seinem Anruf, mit sich gerungen, ob sie den *Politikommissær* über ihre Fahrt nach Svendborg informieren solle …

»Der Leiter der Polizeidirektion Tondern hat mir gerade etwas mitgeteilt, das dich interessieren wird«, sagte Jacobsen nach einer kurzen Begrüßung. »Du weißt ja, dass ich den Kollegen nach unserem letzten Gespräch ein wenig Druck gemacht habe, was die Ermittlungen im Fall des mutmaßlichen Anschlags auf dich betrifft. Kurz und gut: Sie haben den fraglichen Anhänger, diesen Miststreuer, gefunden.«

»Wow!«, entfuhr es Kira. »Das ist …«

»Als du deinen Wagen herumgerissen hast, bist du ja hinten rechts noch mit dem Anhänger kollidiert, bevor du über die Straße und auf der anderen Seite in den Graben geschleudert wurdest, nicht wahr?«

»Richtig. Was die Kollision angerichtet hat, sieht man auch auf den Schadensfotos. Aber was …?«

»Nun, die Aufprallspuren und die Farbantragungen auf

dem betreffenden Dungstreuer beweisen, dass du genau mit diesem Ding zusammengekracht bist.«

Sofort schoss Kira eine Frage durch den Kopf – *die* Frage überhaupt. »Wo habt ihr es gefunden?«, hakte sie atemlos nach.

»Tja, wo wohl?«, neckte Jacobsen sie vergnügt. »Na gut, ich will dich nicht auf die Folter spannen, denn dein Verdacht hat sich bewahrheitet. Der Anhänger wurde soeben auf dem Hof der Krogs in Gillestrup sichergestellt. Die Beamten aus Tondern haben dort noch einmal intensiv gesucht, obwohl Bjarne Krog, der den Betrieb bewirtschaftet, ja zunächst behauptet hatte, er besitze gar keinen Dungstreuer. In Wirklichkeit hatte er den Anhänger in einer alten Remise versteckt, vermutlich, um später die Unfallspuren zu beseitigen, wenn Gras über die Sache gewachsen wäre. Er hatte das Teil sorgfältig mit etlichen Ballen Heu getarnt. Fast hätten die Kollegen es übersehen.«

»Dann stimmt es also – ich habe tatsächlich in den Augenwinkeln seinen blauen Trecker gesehen, mit dem er den Dungstreuer auf die Straße geschoben hat«, stellte Kira befriedigt fest. »Und was sagt Bjarne Krog dazu? Ihr habt ihn doch bestimmt gleich zur Vernehmung mitgenommen.«

»Hätten wir gern«, erwiderte der Däne. »Ging aber nicht. Er ist verschwunden.«

»Wie bitte?«, fragte Kira überrascht. »Was soll das heißen – ›verschwunden‹?«

»Er ist nicht auf seinem Hof. Die Tür ist abgeschlossen, und sein Auto, ein großes Mercedes-SUV, ist weg.«

32

Kiras Gedanken überschlugen sich.

Das Telefonat mit Kommissar Jacobsen war längst beendet, da saß sie noch für eine gefühlte Ewigkeit wie erstarrt in ihrem Schreibtischsessel, starrte auf den Bildschirm des PC-Monitors mit dem plastischen Foto vom Svendborger Hafen und grübelte.

Bjarne Krog hatte tatsächlich versucht, sie zu töten.

Diese Erkenntnis konnte sie zwar nicht mehr sonderlich überraschen, aber was blieb, war die Frage: warum eigentlich? Was für eine Gefahr stellten ihre Recherchen für die Krogs dar, dass sie selbst vor einem Mordversuch nicht zurückschreckten? Dachten die Brüder Mikkel und Bjarne, sie hätte bereits etwas wirklich Konkretes herausgefunden, etwas, das auf keinen Fall an die Öffentlichkeit dringen durfte?

Und was, zum Teufel, sollte das wohl sein?, fragte sich Kira.

Bisher waren es doch bloß Ahnungen, Verdächtigungen und Mutmaßungen. Oder war sie vielleicht – ohne es selbst zu bemerken – auf etwas für die Krogs dermaßen Bedrohliches gestoßen, dass sie zum Handeln gezwungen waren? Der Anschlag auf der Landstraße musste schließlich einen Grund haben.

Sie schüttelte ratlos den Kopf. Was hatte sie denn schon – außer ihrem Bauchgefühl, dass Eike Feldkamp kein Mörder war? Nur ein paar traurige Details zu einer hasserfüllten jahrhundertelangen Feindschaft zweier Familien in Nordschleswig. Mehr nicht.

Vor allem keine belastbaren Fakten.

Sie musste mit Jonas sprechen. Jetzt dringender denn je.

Wenn es Antworten gab, dann kannte er sie, da war sie sich so sicher wie nie zuvor. Sonst wäre er nicht in aller Eile auf das Schiff geschafft worden. Jonas mochte Morten Harmsen vielleicht nicht selbst getötet haben, aber er wusste bestimmt, wer es getan hatte – und wie.

Und noch etwas war ihr eben klar geworden, als sie von Jacobsen hörte, dass Bjarne Krog geflüchtet war: Sie konnte dem Kommissar nun auf keinen Fall mehr erzählen, dass sie herausgefunden hatte, wo Jonas sich derzeit befand. Und schon gar nicht durfte sie ihn in ihren Plan einweihen, den Jungen in der Nähe der Yacht abzupassen.

Für den leitenden Kriminalbeamten ging es inzwischen nicht mehr darum, nebenbei mal ein Auge auf eine deutsche Journalistin zu haben. Jetzt suchte die dänische Kripo mit Hochdruck den Verantwortlichen für einen Mordanschlag.

Das Risiko, dass in Svendborg sofort eine hochoffizielle Polizeiaktion in Gang gesetzt würde, war viel zu groß. Wahrscheinlich könnte Jacobsen gar nicht anders handeln, wenn er nicht seine Amtspflichten verletzen wollte.

Nein, sie würde das erst einmal allein angehen müssen.

Als Arne Jacobsen am Ende des Telefonats die Frage gestellt hatte, ob sie schon herausbekommen habe, wo Jonas Krog sich aufhielte, hatte sie daher behauptet, sie arbeite noch daran.

Es nagte heftig an ihrem Gewissen, den hilfsbereiten Dänen so hinters Licht geführt zu haben, aber für sie stand einfach zu viel auf dem Spiel. Zu viel Arbeit, zu viel Zeitaufwand für ihre Recherchen, um nun alles aus der Hand zu geben.

Sollte sie etwa den Anschlag überlebt haben, um am Ende bloß der Kripo bei einem Einsatz zusehen zu dürfen?

»Kommt nicht infrage«, knurrte sie trotzig.

Sie kümmerte sich nun besser darum, wie sie nach Svendborg kam. Und zwar so schnell wie möglich. Und dafür gab es eigentlich nur eine vernünftige Lösung: Sie musste das Auto nehmen.

Natürlich könnte sie mit der Fähre von Fynshav – sechzig Kilometer von Flensburg entfernt – über den Kleinen Belt nach Faaborg auf Fünen fahren. Von dort wären es dann noch knapp dreißig Kilometer nach Svendborg. Doch das würde viel mehr Zeit kosten, als mit dem Auto die – wenngleich deutlich längere – Strecke zunächst nach Norden auf der E45 bis Fredericia zu fahren, dort auf der Brücke den Kleinen Belt nach Fünen zu überqueren, um dann über Odense hinunter an ihr Ziel zu kommen.

Das waren zwar insgesamt etwa zweihundert Kilometer, aber auf gut ausgebauten Schnellstraßen. In zweieinhalb bis drei Stunden konnte sie im Svendborger Hafen ankommen.

Okay, *diese* Entscheidung war gefallen.

Genug Zeit, die Polizei zu verständigen, bliebe auch noch, *nachdem* sie mit Jonas Krog gesprochen hätte. Erst brauchte sie das exklusive Material für ihre Reportage. Mochten die zuständigen Behörden – erst die dänischen und in Folge natürlich auch die deutschen – ihre offiziellen Maßnahmen gern danach einleiten.

Scholli allerdings musste mitkommen, das verstand sich von selbst. Hoffentlich war er schon wieder fit für solch einen Ausflug.

Kira rief ihn an, jedoch meldete sich nur sein Anrufbeantworter. Rasch schrieb sie ihm eine WhatsApp, in der sie knapp zusammenfasste, was sie von Arne Jacobsen zum Auffinden des Miststreuers und zum Verschwinden von Bjarne Krog erfahren hatte. Sie erklärte, was sie nun vorhatte, und dass sie Scholli in einer Viertelstunde zu Hause abholen werde, wenn er einverstanden sei.

Nur zwei Minuten später kam seine Antwort.

Gut zu wissen, wer den Anschlag ausgeführt hat. Du hattest also recht. Hoffentlich macht Jonas Krog jetzt endlich den

Mund auf, schrieb Scholli und fügte hinzu, so gern er dabei wäre, werde er sie beim besten Willen nicht nach Svendborg begleiten können. Die Schmerzen im Genick seien so schlimm geworden, dass er sich in die Notaufnahme des Krankenhauses habe fahren lassen. Dort sei er immer noch und warte nun, nachdem er von verschiedenen Medizinern untersucht worden war, auf die Nacken-Hals-Manschette, die man ihm anpassen würde.

Sag auf jeden Fall Kommissar Jacobsen Bescheid, was du vorhast, damit du Schutz bekommst!, beendete er seine Nachricht.

Kira hatte nicht vor, darauf einzugehen.

Gute Besserung, melde mich aus Svendborg, schrieb sie stattdessen, griff nach ihrem Hippie-Sack und war schon auf dem Weg nach draußen.

Sie hatte keine Zeit zu verlieren.

Etwa um die Zeit, als Kira auf ihrem Weg nach Svendborg auf der A45 an Apenrade vorbeifuhr, kam Tim Scholler in Flensburg aus dem Krankenhaus und stieg in das Taxi, das auf ihn wartete.

An die unbequeme steife Manschette um den Hals musste er sich erst noch gewöhnen, merkte jedoch jetzt schon, dass sie seine schmerzhaft überdehnten Halswirbel angenehm entlastete.

Als sie an einer Apotheke vorbeikamen, bat er den Fahrer, kurz anzuhalten. Er ging mit seinem Rezept hinein und holte das verschriebene Schmerzmittel. Bereits vorhin im Krankenhaus hatte der Arzt ihn eine Tablette davon einnehmen lassen.

Eine Viertelstunde später war er zu Hause, schenkte sich ein Glas Mineralwasser ein, setzte sich in seinen Lieblingssessel und legte die Füße auf den Hocker.

Doch die ersehnte Ruhe wollte sich einfach nicht einstellen. Im Gegenteil – die Anspannung, die er spürte, seit er die

WhatsApp von Kira erhalten hatte, wurde immer heftiger, trieb ihn von Minute zu Minute stärker um. Die Vorwürfe, die er sich inzwischen machte, lasteten schwer auf seinem Gewissen.

Hätte er sie nicht nach Svendborg begleiten müssen – Genickschmerzen hin oder her?

Er ahnte, dass sie wieder einmal zu viel riskierte. Es war ihm durchaus nicht entgangen, dass sie auf seine Aufforderung, den dänischen Kriminalbeamten Jacobsen von ihrem Plan in Kenntnis zu setzen, überhaupt nicht reagiert hatte.

Was, wenn Kira beschlossen hatte, auf eigene Faust und ohne Rücksicht auf ihre eigene Sicherheit an Jonas Krog heranzukommen, den sie auf diesem Luxus-Segelboot vermutete? Dann lauerten möglicherweise neue Gefahren auf sie. Jonas' Onkel Bjarne war ja mittlerweile als Verursacher des Mordanschlags ermittelt worden – und deshalb sogar untergetaucht.

Was, wenn dieser gewissenlose Mann sich ebenfalls auf dem Schiff versteckte und Kira ihm geradewegs in die Arme lief?

Ein Schauder lief Scholli den Rücken hinunter.

Bjarne Krog würde keine Sekunde zögern, das zu Ende zu bringen, was ihm auf der Landstraße bei Gillestrup nicht gelungen war, soviel stand für ihn fest. Denn spätestens jetzt war völlig klar, dass es einen Zusammenhang zwischen dem Anschlag, dem Mord an Morten Harmsen und der Familie Krog gab. Und Kira kam der Aufdeckung dieser Verbindung gerade sehr nahe ...

War sie sich eigentlich der Gefahr bewusst, in die sie sich brachte?

Eine Frage, die Tim Scholler sich im Zusammenhang mit Kiras Aktivitäten nicht zum ersten Mal stellte. Er stemmte sich trotz schmerzender Halswirbel aus seinem Sessel hoch und begann, unruhig im Zimmer herumzutigern.

Was konnte er tun? Es war ja nicht auszuschließen, dass

sie Kommissar Jacobsen nicht doch über ihre Pläne in Kenntnis gesetzt hatte.

Er könnte sie natürlich einfach anrufen und danach fragen, aber wahrscheinlich würde das gar nichts bringen. Dafür kannte er sie gut genug.

Wenn sie beschlossen hatte, zunächst im Alleingang – und vor allem ohne polizeiliche Beobachtung – vorzugehen, bekäme er von ihr auf solch eine Frage sowieso keine verbindliche Antwort. Zur Not würde sie ihm sogar einen Bären aufbinden.

Scholli wusste, wie sehr Kira für ihren Beruf als investigative Journalistin brannte, bewunderte die Kompromisslosigkeit, mit der sie ihm nachging. Aber er kannte auch ihre größte Schwäche: Wenn sie die ganz große Story witterte, war sie allzu leicht bereit, alle Vorsicht fahren zu lassen. Niemand wusste besser als er, ihr Kollege und Freund, dass sie sich damit schon öfter in brenzlige Situationen gebracht hatte – und mindestens zweimal sogar in tödliche Gefahr.

Er musste etwas zu ihrem Schutz unternehmen, kein Zweifel.

Und auf einmal wusste er auch, was.

33

Die Abenddämmerung begann bereits aufzuziehen, als Kira im Hafen von Svendborg ankam.

Im Süden der großen dänischen Insel Fünen gelegen, war Svendborg mit seinen knapp dreißigtausend Einwohnern eine typische dänische Seefahrerstadt voller malerischer, teils uralter Häuser in verwunschenen Gassen. Inzwischen waren nur noch kleinere Werften hier ansässig, aber jeder Svendborger wusste natürlich, dass *A. P. Møller-Mærsk*, die derzeit zweitgrößte Reederei der Welt, vor über einhundert Jahren hier gegründet worden war. Längst war der Sitz des Unternehmens allerdings nach Kopenhagen verlegt, und im Ort stand nur noch die *Villa Anna*, das Stammhaus der Familie Maersk-McKinney Møller.

Eine weit attraktivere Sehenswürdigkeit Svendborgs war sein Museumshafen. Kira und Lukas hatten ihn zwei- oder dreimal schon besucht, wenn sie auf einem Törn hier festgemacht hatten. An den Kais konnte man ungewöhnlich viele wunderschöne, teils uralte und stets liebevoll gepflegte Segelschiffe besichtigen, die meisten davon voll seetüchtig.

Es herrschte dichter Feierabendverkehr, und Kira brauchte fast eine halbe Stunde durch die Stadt, bis sie von der Hauptstraße abbiegen konnte und über einen Verkehrskreisel auf den *Nordre Havnevej* gelangte, der direkt am nördlichsten Hafenbecken entlang führte. Dort wo die *Nordre Kajgade* begann, standen zwei größere Gebäude. Im Erdgeschoss des einen war offensichtlich ein Restaurant untergebracht, und gegenüber erkannte Kira das Logo eines bekannten Coffeeto-go-shops. Zwischen den Häusern gab es einen asphaltierten Parkplatz, auf dem schon einige Fahrzeuge standen.

Sie fuhr auf den Platz und stellte den Wagen in eine Parkbucht, die vom Kai aus nicht einzusehen war. Vom Beifahrersitz nahm sie das Lunchpaket – zwei Sandwiches und eine Flasche Cola Light –, das sie eben noch an einer Tankstelle gekauft hatte. Bevor sie ausstieg, packte sie alles in ihren bunten Hippiesack, den sie sich über die Schulter hängte.

Zunächst musste sie erkunden, wo die *Sølvmåge* festgemacht hatte, und sich dann einen Platz suchen, von wo aus sie das Schiff beobachten konnte, ohne selbst entdeckt zu werden.

Bei dem Gedanken daran, dass ihr vermutlich eine Geduldsprobe, möglicherweise gar eine quälend lange Warterei bevorstand, schnitt Kira eine Grimasse. Besser, sie fand einen Platz, an dem sie sich wenigstens hinsetzen konnte. Wer wusste schon, wann Jonas Krog sich zeigen würde? Stundenlang stehen zu müssen, während sie wartete, war sicher keine gute Idee.

Sie verließ den Parkplatz, blieb im Schutz des Eckhauses mit dem Imbiss stehen und sah vorsichtig an der Mauer vorbei auf die *Nordre Kajgade.* Von hier hatte sie den gesamten Kai gut im Blick. Auf einer Länge von etwa zweihundert Metern lagen mehrere Boote, die Leinen auf den Pollern an Land vertäut. Vor allem waren es Motoryachten, aber die hochragenden Masten von zwei großen Segelschiffen dazwischen waren unübersehbar.

Gleich der vordere der beiden Segler war unverkennbar eine *Hallberg Rassy*, und zwar die größte, die Kira je gesehen hatte. Aus dem spitzen Blickwinkel – zudem noch von vorn – war zwar der Name der Yacht nicht zu erkennen, aber es gab keinen Zweifel: Dies musste die *Sølvmåge* sein.

Nun galt es, einen günstigen Platz zu finden, um das Schiff für längere Zeit beobachten zu können. Abgesehen von der sowieso ungünstigen Perspektive, war die Hausecke, an der Kira jetzt stand, zu weit entfernt, um Einzelheiten an Deck ausmachen zu können.

Langsam ließ sie ihre Augen an der Landseite der *Nordre Kajgade* entlangwandern. Ihr Blick fiel auf eine Baustelle fast genau gegenüber dem Liegeplatz der *Sølvmåge* – der perfekte Ort, um sich zu verstecken und abzuwarten, was sich auf der Yacht tat.

Sie sah sich genau um. Ein halbes Dutzend Leute schlenderte auf dem Kai an den Schiffen entlang, und zwei in uniforme marineblaue Overalls gekleidete und sichtlich gut gelaunte Asiaten – Kira tippte auf Filipinos – schoben einen hoch mit Kartons beladenen Karren zu einer Motoryacht, an deren Heck die norwegische Flagge im Abendwind auswehte. Dort begannen sie, das Zeug auszuladen und fröhlich schnatternd über die Gangway aufs Boot zu schleppen.

Die Straße auf dem Kai war im Moment wenig befahren. Gerade fuhr ein Lkw aus der Baustelle heraus und kam Kira entgegen. Rasch – immer das Deck der *Sølvmåge* im Blick, auf dem sich keine Menschenseele zeigte – brachte sie die etwa fünfzig Meter bis zur Baustelleneinfahrt hinter sich. Sie huschte durch die Öffnung im Bauzaun und verschwand sofort hinter dem großen Schild, auf dem das Bild eines hochmodernen Gebäudes in futuristisch angehauchtem dänischen Baustil prangte. Darunter war zu lesen, dass hier die *SIMAC*, eine maritime Bildungseinrichtung, ihr neues Zuhause erhalten solle.

Noch stand nur der Rohbau, wie Kira sah, aber das sollte ihr recht sein. Hier würde sie mit Sicherheit ein Versteck finden, das eine gute Aussicht auf die gegenüber liegende Segelyacht bot.

Offenbar verließen die Arbeiter gerade das Gelände. Es dauerte kaum zehn Minuten, dann waren auch die letzten in zwei Minibusse eingestiegen und in ihren Feierabend davongefahren.

Kira wartete noch einige Zeit hinter dem Schild, während sie ständig an dessen seitlicher Kante vorbei Kontrollblicke auf die *Sølvmåge* warf. Schließlich stapfte sie über den sandigen Boden hinüber in den Rohbau und machte sich auf die Suche nach einem passenden Platz.

Drei Stunden später war es dunkel.

Aus ihrer Position im ersten Stockwerk hatte Kira das Schiff gegenüber ebenso im Blick wie einen großen Teil des Kais. Egal, ob sich auf der *Sølvmåge* etwas rührte oder ob sich jemand von außen näherte – es würde ihr nicht entgehen.

Scholli hatte schon drei- oder viermal versucht sie anzurufen, doch sie hatte ihn immer weggedrückt und das Mobiltelefon stumm gestellt. Zu genau wusste sie, was er in Bezug auf ihre derzeitige Aktion vorbringen würde. Daraufhin hatte er WhatsApps geschickt, in denen er hartnäckig fragte, ob es ihr gut gehe. In der letzten bat er sie dringend um Rückruf, da er ihr etwas mitzuteilen habe.

Energisch schüttelte Kira den Kopf. Das musste warten. Sie würde hier in ihrem Versteck keine telefonischen Diskussionen mit Scholli führen, soviel war sicher. Und sie brauchte ihr Smartphone für Wichtigeres.

Noch einmal nahm sie das Gerät hoch, drückte auf das Kamera-Symbol und blickte durch den Sucher. Die Zoom-Funktion zusammen mit dem lichtstarken Objektiv machte dieses kleine digitale Wunderwerk zu einem brauchbaren Ersatz für ein sperriges Fernglas. Schon öfter hatte Kira sich so beholfen.

Jetzt war das Deck der Segelyacht wieder leer, sah sie.

Wäre nicht in den letzten drei Stunden immer mal wieder ein Mann, den Kira noch nie vorher gesehen hatte, in dem riesigen Mittelcockpit erschienen, um eine Zigarette zu rauchen und sich auf dem Kai umzusehen – man hätte glauben können, niemand sei an Bord.

Kurz bevor es vollkommen dunkel war, hatte derselbe Mann auch die dänische Flagge vom Heck eingeholt, wie es Sitte und gute Seemannschaft war. Nachdem er wieder nach unten verschwunden war, ging unter der gigantischen Sprayhood mit den festen Scheiben eine Lampe an, die auf der Höhe des Niedergangs ein wenig Licht abgab. Für das Smartphone-Objektiv reichte es aus, das gesamte Cockpit zumindest schwach zu erhellen. Alle übrigen Bereiche des Decks lagen weitgehend in Dunkelheit.

Inzwischen hatte Kira keinen Zweifel mehr, dass sich nicht nur diese eine Person auf der *Sølvmåge* befand. Die Innenbeleuchtung schimmerte nämlich nicht nur hinter den großen Fenstern oben im Salon – allerdings gedämpft, denn die Vorhänge waren zugezogen –, auch hinter vier der Kajütfenster im Rumpf war Licht. Dabei hatte Kira aus ihrer Position natürlich nur die Steuerbordseite des großen Schiffes in Sicht, da es ja längsseits am Kai lag. Ob auch in den Kajüten an Backbord Licht brannte, konnte sie nicht wissen.

Und es gab einen weiteren Grund für die Annahme, dass sich mehrere Leute an Bord aufhielten: Stimmen.

Die hörte Kira allerdings erst, seit jemand innen ein Oberlicht in der Decke des Salons hochgeklappt hatte, wohl, um frische Luft hereinzulassen. Das große verglaste Alufenster stand nun weit offen. Nächtliche Stille hatte sich mittlerweile über den Hafen gelegt, und der laue westliche Wind trug schwache Gesprächsfetzen herüber. Kira konnte hören, dass es ein Mann und eine Frau waren, die im Boot miteinander sprachen. Allerdings verstand sie kein Wort von dem, was sie sagten. Was ihr aber auffiel, war die mädchenhaft kindliche, sehr hohe Stimme der Frau.

Verdammt, irgendwann wird doch mal einer an Land kommen müssen, fluchte sie in sich hinein. In den letzten Stunden waren immer wieder Leute mit Badetaschen oder Waschbeuteln auf der *Nordre Kajgade* zum Sanitärgebäude gelaufen und später wieder zurückgekehrt. Die *Sølvmåge* jedoch hatte niemand verlassen.

Unwirsch schaute Kira auf die Zeitanzeige des Smartphones.

23:14 stand da.

Gerade schraubte sie die Kappe von der Colaflasche ab, um den letzten Rest auszutrinken, da erschien er im Cockpit.

Jonas Krog.

Endlich.

Ein weißes T-Shirt mit buntem Aufdruck hing schlabbernd über seiner roten Jogginghose mit je drei seitlichen hellen Streifen, und er hatte ein Handtuch über seine Schulter geworfen. Kira jubelte innerlich, als sie den Kulturbeutel erkannte, der unter seiner Achsel klemmte.

Nun musste bloß noch alles so laufen, wie sie es sich vorgestellt hatte: Der Junge müsste jetzt an Land kommen und zum Ende des Kais gehen, wo das geräumige holzverkleidete und rundum beleuchtete Gebäude stand, vor dem sich mittlerweile der Andrang gelichtet hatte.

Vielleicht wollte er sich dort sogar unter die Dusche stellen, aber auf jeden Fall würde er eine gewisse Zeit brauchen, um sich für die Nacht fertig zu machen.

Sie würde ihm mit einigem Abstand folgen und beobachten, in welche Kabine er ging. Wenn er wieder herauskäme, wollte sie versuchen, an ihn heranzukommen. Vom Sanitärgebäude bis zum Parkplatz war es nur ein Katzensprung. Es musste ihr gelingen, ungesehen mit dem Jungen zu ihrem Wagen zu kommen, dann könnte sie in Ruhe mit ihm reden – vorausgesetzt natürlich, sie könnte ihn davon überzeugen, endlich sein Gewissen zu erleichtern.

»Die Zeit ist reif«, flüsterte sie und nickte entschlossen. Sie wusste zwar nicht, woher sie ihre Zuversicht nahm, aber sie war sich auf eine rätselhafte Weise absolut sicher, dass Jonas jetzt bereit sein würde, mit ihr zu sprechen.

Bang schaute sie hinüber zum Cockpit der stolzen Segelyacht. Noch immer stand er dort und schaute über den Hafen.

Wartete er darauf, dass jemand zu ihm hochkam, bevor er losging? Hoffentlich nicht! Natürlich durfte ihn niemand zum Sanitärgebäude begleiten. Das würde den ganzen schönen Plan vereiteln.

Am schlimmsten wäre es, wenn Mikkel Krog persönlich im Cockpit auftauchen würde. Kira wusste ja nicht, ob er schon wieder weggefahren war, nachdem er seinen Sohn aufs Schiff gebracht hatte. Vor dem Mann hatte der Junge die größte Angst, das hatte sie selbst erlebt. Aber auch ein anderer Aufpasser an seiner Seite wäre fatal, egal wer.

Falls die Crew tatsächlich den Auftrag bekommen haben sollte, ein Auge auf Jonas zu haben, ging sie hoffentlich davon aus, dass bis jetzt kein Mensch etwas von seiner Anwesenheit auf der *Sølvmåge* wusste. Dann würde höchstens zufällig jemand auf die Idee kommen, ihn zum Duschen zu begleiten – was allerdings Kitras Plan ebenfalls zunichte machen würde. Obwohl …

Die Gedanken hetzten nun durch Kiras Kopf, überschlugen sich und versetzen sie in fiebrige Unruhe.

Ruhig bleiben!, mahnte sie sich. Es konnte durchaus sein, das sie sich völlig überflüssige Sorgen machte. Für die Crew an Bord war Jonas vermutlich bloß ein junger Mann, der eine Zeit lang auf See geschickt wurde. *Wenn* es so war, hatte auch niemand Veranlassung, ihn zu bewachen. Es kam eben darauf an, was Mikkel Krog seinem Freund, dem Eigner der *Sølvmåge*, erzählt hatte.

Und was nicht.

Die Nerven bis zum Äußersten gespannt, beobachtete Kira Jonas, der jetzt zur Relingspforte mittschiffs ging und dann die Gangway hinablief.

Es sah nicht so aus, als käme jemand hinter ihm her.

Sie konnte nur hoffen …

Ein durchaus bekannter Schauer lief ihr den Rücken hinunter, als sie ihr Versteck verließ, und sie spürte, wie die feinen Härchen an ihren Armen sich aufstellten.

Ihr Jagdfieber war erwacht.

34

Nach etwa einer halben Stunde kam er aus dem Sanitärgebäude wieder heraus.

Sobald sie ihn erblickte, machte Kira schnell ein paar Schritte um den Müllcontainer herum, hinter dem sie in Deckung gegangen war, und trat neben ihn. »Hallo, Jonas! Ich denke, du erkennst mich wieder. Kira Lund – wir haben vor ein paar Tagen vor eurem Haus in Augustenburg miteinander gesprochen.«

Erschrocken fuhr er ein Stück zurück und stammelte: »Wie? Was? Du bist ... äh, bist du nicht diese Reporterin vom deutschen Fernsehen?«

Sie nickte. »Hat sich viel getan seit unserem Gespräch«, sagte sie ruhig. »Ich glaube, das weißt du. Was hältst du davon, wenn wir einmal in Ruhe miteinander sprechen?«

»Was machst du hier?«, fragte er, und seine Stimme hatte einen hysterischen Beiklang bekommen. Gehetzt schaute er sich um »Wie ... äh, wie hast du ...? Wie kannst zu wissen, dass ich ...?« Er brach ab und sah sie nur noch stumm an.

›Ein Häuflein Elend‹, das war der Begriff, der Kira sofort in den Kopf kam. »Ich habe erfahren, dass dein Vater dich hier an Bord der Segelyacht seines Bekannten gebracht hat. Du sollst erst einmal eine Zeit lang auf See bleiben, während er versucht, die Verbrechen zu vertuschen, die er und sein Bruder begangen haben.« Sie hielt kurz inne und sah ihm scharf in die Augen. »Und vielleicht ja auch du?«

»Ich habe nichts verbrochen«, stieß Jonas hervor, dann senkte er seine Augen und murmelte: »Allerdings ..., ohne mich ... Was für eine Scheiße ...« Wie ein Stöhnen kamen die letzten Worte heraus, und Kira sah, dass seine Mundwinkel zu zucken begannen.

Beherzt griff sie nach der Kulturtasche unter seiner Achsel, nahm sie an sich und legte einen Arm um seine Hüfte. »Komm«, sagte sie leise. »Wir setzen uns in mein Auto und reden über alles. Es wird Zeit, Jonas, dringend Zeit!«

Widerstandslos ließ der Junge sich zum Parkplatz führen. Kira öffnete die Türen des Volvos, und sie setzten sich hinein. Die grelle Innenbeleuchtung ging aus, aber das Licht der vielen Lampen über den Tischen auf der Terrasse des Restaurants nebenan schien in den Wagen hinein und erhellte schwach den Innenraum. Wenn sie den Kopf nach rechts drehte, konnte Kira Jonas' Gesicht gut erkennen.

»Erst einmal muss ich wissen: Ist dein Vater noch hier?«

Er schüttelte den Kopf. »Der ist nur von Aarhus bis hierher mitgefahren, um mit Frode alles zu besprechen. Hat sich heute Mittag von seinem Firmenwagen wieder abholen lassen.«

»Und wer ist nun eigentlich an Bord der *Sølvmåge*?«

»Nur Frode, also Frode Iversen, dem das Schiff gehört, mit seiner jungen ... äh, Freundin, würde ich sagen. Und zwei Bootsleute, die die Arbeit machen. Die haben ihre eigene Kajüte vorn im Bug.«

»Wie hat dein Vater erklärt, warum du für eine gewisse Zeit an Bord bleiben sollst?«

»Ich hätte ... Probleme gemacht, hat er gesagt.« Die Stimme des Jungen bebte. »Die beiden haben irgendein mieses Geschäft miteinander laufen. Frode war meinem Alten wohl einen Gefallen schuldig.«

»Und wohin soll der Törn gehen?«

»Iversen will ...« Plötzlich brach er ab, sein Kopf fuhr herum und er starrte Kira aus zusammengekniffenen Augen an. »Wieso willst du das wissen, verdammt noch mal?«, zischte er. »Was geht dich das alles an?« Er nickte heftig, als wäre ihm jetzt erst etwas klar geworden. »Du hast mich wirklich geschickt überrumpelt, aber jetzt ist Schluss!« Er drehte sich zur Seite und seine Hand fuhr zum Türöffner. »Ende des Interviews, Frau Reporterin! Ich denke nicht daran, mich von dir ausfragen zu lassen!«

»Eine Sekunde, Jonas«, rief Kira alarmiert. »Du fragst, was mich das alles angeht. Ist dir bekannt, dass dein Onkel versucht hat, mich umzubringen?«

»Was ...? Er hat ... er wollte dich ... töten?« Ruckartig drehte er sich um. »Was sagst du da?«

»Ein Mordanschlag auf der Landstraße nach Gillestrup. Er hat mit seinem Traktor einen Miststreuer vor mein Auto geschoben, als ich etwa achtzig auf dem Tacho hatte. War knapp – sehr knapp. Das Auto ist Schrott.«

Kira beobachtete das Gesicht des jungen Mannes. Seine Oberlippe zitterte.

Mehrmals öffnete er seinen Mund, wollte offenbar etwas sagen, brachte aber kein Wort heraus. Nach einer gefühlten Ewigkeit hörte Kira ein geflüstertes »Dieses Schwein, dieses elende Dreckschwein ...«

Sie schwieg eine Zeit lang. Sollte er das erst einmal verarbeiten. Nach ein, zwei Minuten, in denen nur Jonas' schweres Atmen zu hören war, sagte sie: »Eben, da vor dem Sanitärgebäude, hatte ich den Eindruck, du würdest endlich den Mut aufbringen, dein Gewissen zu erleichtern. Habe ich mich so geirrt?«

»Ich ...«, begann er, verstummte aber sofort wieder. Er holte noch einmal Luft, dann fragte er: »Wo waren wir stehengeblieben?« Seine Stimme hatte einen entschlossenen, fast trotzigen Klang angenommen.

»Ich wollte von dir wissen, wohin die *Sølvmåge* segeln wird.«

»Ins Baltikum. Iversen hat in Vilnius eine Firma gekauft, um die er sich kümmern muss, sagt er. Ist aber eher ein ... na ja, ein recht spezieller Urlaubstörn, glaube ich. Seine Frau hat er jedenfalls zu Hause gelassen.« Jonas rang sich ein schräges Grinsen ab. »Mein Vater will ihn in den nächsten Tagen benachrichtigen, ob er mich in Vilnius absetzen soll. Vielleicht muss ich für einige Zeit dort bleiben. ›Untertauchen‹ war das Wort, das er gebraucht hat.«

»Nicht zu fassen«, sagte Kira. »So will er das also ...« Sie wechselte rasch das Thema: »Hat man dir denn eine Aufgabe an Bord zugeteilt?«

»Ich soll den beiden Decksmännern zur Hand gehen, mehr nicht. Hab eine riesige Kajüte mit TV und Kühlschrank bekommen. Ansonsten soll ich Iversen und dieses ... Mädchen nicht stören«, stieß er angewidert aus, senkte den Kopf und machte ein röhrendes Geräusch, als müsste er sich erbrechen.

Kira lachte auf. »Da bist du ja mitten in der ganz feinen Gesellschaft gelandet!«

Doch Jonas reagierte auf den Scherz nicht, schien ihr gar nicht mehr zugehört zu haben. Abwesend blickte er starr auf seine Fäuste, die geballt, aber sichtbar bebend auf den Oberschenkeln lagen.

Kira sagte lange nichts.

Das tiefe Schweigen im Auto fühlte sich jedoch nicht unangenehm an. Auf sonderbare Weise schien es sogar Ruhe zu verbreiten, stellte sie erstaunt fest. Auch Jonas' vorher erregte Atemzüge waren gleichmäßiger geworden.

Plötzlich fragte der Junge: »Wie hast du überhaupt herausgefunden, wo ich bin?«

»Deine Großmutter Martha hat mir dabei geholfen, dich ausfindig zu machen«, erwiderte Kira. »Sie ist des uralten Hasses zwischen den Krogs und den Harmsens müde. Sinngemäß hat sie zu mir gesagt, das Töten müsse endlich aufhören.«

Sein Kopf flog herum, und er starrte sie mit weit aufgerissenen Augen fassungslos an. »Meine Oma ... hat ... Sie hat ...« Er brach ab, schüttelte sich und sagte leise: »Niemals hätte ich geglaubt, dass jemand aus unserer verdammten Familie so was … Sie scheint dir zu vertrauen.«

»Das tut sie wohl«, erwiderte Kira bescheiden.

»Das ändert viel«, sagte Jonas Krog versonnen. »*Alles* ändert das.« Dann fragte er laut und klar: »Was genau willst du von mir?«

»Die Wahrheit hören, Jonas. Die Wahrheit über das, was im Camp auf Holnis geschehen ist.«

»Dann werde ich sie dir erzählen.«

Ein Freund hatte Jonas empfohlen, sich den Post der Surfschule auf Instagram einmal anzusehen, in dem für ein Feriencamp auf der Halbinsel Holnis auf der deutschen Seite der Flensburger Förde geworben wurde, das schon eine Woche später beginnen sollte. Es seien noch einige wenige Plätze frei.

Jonas war ein begeisterter Windsurfer, hatte bei Wettbewerben auf der dänischen Nordseeinsel *Rømø* und auch auf Sylt schon Preise gewonnen. Gerade hatte er sein Abitur gemacht und grübelte darüber nach, wie es ihm gelingen könnte, irgendein Studium möglichst fern seines Elternhauses – am besten im Ausland – aufzunehmen. Sonst hatte er buchstäblich nichts zu tun, also kam ihm das Surfercamp gerade recht, zumal er damit seinem herrschsüchtigen Vater aus dem Weg gehen konnte. Fortwährend bedrängte der ihn nämlich massiv, in seine Wurstkonservenfabrik zu kommen. Also wählte er die auf Instagram angegebene Nummer und meldete sich an.

Eine Woche später fuhr er ins Camp, und kurz darauf lernte er dort Morten Harmsen kennen.

»Wie bitte?«, unterbrach Kira seinen Bericht. »Was soll das heißen, du hast ihn dort ›kennengelernt‹? Du musst Morten doch schon vorher gekannt haben.«

»Woher denn?«, fragte Jonas erregt. »Der Name Harmsen sagte mir natürlich was, klar. Schließlich liegt meine Familie seit Langem mit denen in erbittertem Streit. Bjarne hat gerade in dritter Instanz einen Prozess verloren, den die Harmsens gegen ihn angestrengt hatten. Hat ihn zigtausend Kronen gekostet. Und ich wusste auch, dass der Sohn, der den Hof übernehmen sollte, Morten hieß. Mein Vater und mein Onkel haben den Namen erwähnt, wenn sie über die Harmsens geredet haben.« Er stockte, und Kira sah überrascht, das seine Augen feucht schimmerten. »Ich bin in Augustenburg aufgewachsen. Nur in meiner Kindheit bin ich ein paar Mal in den Sommerferien bei meinem Onkel auf *Skovgården* in Gillestrup gewesen. Dabei gab es zu den Harmsens keinerlei Kontakt, wie du dir denken kannst. Mag sein, dass Morten und ich uns trotzdem irgendwann im Dorf begegnet sind, aber da können wir beide gerade mal sieben oder acht Jahre alt gewesen sein. Und als ich älter wurde, hätten mich keine zehn Pferde mehr da hingebracht.«

»Tatsächlich? Warum nicht?«, hakte Kira nach.

»Ich mag Bjarne nicht. Aber das beruht auf Gegenseitigkeit«, erwiderte der Junge knapp. Mit einer beiläufigen Bewegung wischte er sich über die Augen und nahm den Faden wieder auf.

An seinem zweiten Tag im Camp sei er also mit einem etwa Gleichaltrigen, der fließend Dänisch sprach, zusammen zum Surfen an den Strand gegangen, sagte er. Der Junge habe ihm gesagt, er heiße Morten Harmsen, komme aus Gillestrup, sei aber kein Däne, sondern Angehöriger der deutschen Minderheit.

»Er kannte mich genauso wenig wie ich ihn!«, stellte er klar. »Ich hab ihm meinen Familiennamen nicht genannt – ist ja auch nicht üblich unter Jugendlichen. Und so wäre alles gut gewesen, wenn ich nicht so ein Idiot gewesen wäre und … Scheiße, verdammte! Ich hab …« Der Rest war nur unverständliches Gemurmel.

»Wie bitte?«, hakte Kira nach. »Was hast du so Schlimmes gemacht? Sag's mir doch einfach.«

Er habe dummerweise später seiner Mutter, die gerade mal wieder zu Hause war, in einem Telefonat erzählt, wen er getroffen hatte, sagte Jonas und wischte sich mit dem Badetuch, das er um den Hals trug, die Tränen von den Wangen. »Kurz darauf hat mein Vater angerufen und mich ausgefragt.«

»Was wollte er denn wissen?«

»Vor allem, in welchem Zelt Morten schlief und mit wem er es sich teilte«, sagte Jonas. Nun, nachdem er die Erinnerungen zuließ, sprudelten die Worte wie von selbst aus ihm heraus. Ganz offensichtlich war es für ihn überaus bedeutsam gewesen, von Kiras Kontakt zu seiner Großmutter zu erfahren und zu hören, was diese gesagt hatte.

»Und dann entschied er, dass ich am nächsten Tag ein paar Flaschen Schnaps kaufen müsste«, fuhr Jonas fort. »Ich sollte dafür sorgen, dass sich Morten und sein Mitbewohner in der Nacht von Dienstag auf Mittwoch richtig besaufen.«

»Was dir ja auch gelungen ist, wie wir wissen. Wobei dir dabei der Streit zwischen Morten und Eike um Beeke Bahnsen auch noch in die Karten gespielt hat.«

»Stimmt. Er hatte wohl leichtes Spiel …«

»*Er*? Wer?«

»Na, der, den der Alte geschickt hat, um Morten zu töten. Hat er damals natürlich anderes ausgedrückt. ›Ich werde dafür sorgen, dass jemand dem Zelt einen Besuch abstattet‹, hat er gesagt. Dafür sollte ich außen irgendein Zeichen daran befestigen, damit er das richtige findet.«

»Und du weißt auch, wer ›er‹ war?«

Er nickte, dann presste er hervor: »Mein Vater ist der Kopf, aber fürs Grobe ist sein Bruder zuständig. War schon immer so.«

»Das kann ich bestätigen«, gab Kira trocken zurück. Sie heftete ihren Blick auf sein Gesicht, das leichenblass geworden war. »Und all das hast du widerspruchslos mitgemacht, hast einfach ausgeführt, was dein Vater dir befohlen hat? Ich fasse es nicht! Hast du nicht wenigstens *versucht*, ihn davon abzubringen?«

»Verdammt, natürlich habe ich das!«, fuhr der Junge auf. »Aber du kennst meinen Vater nicht. Er hat geschrien und gedroht, dass ich mir das Studium aus dem Kopf schlagen kann, wenn ich die Familie verrate. Regelrecht getobt hat er am Telefon und mich daran erinnert, was die Harmsens uns alles im Laufe der Jahre angetan haben. Und das stimmt ja leider auch. ›Das ist *die* Gelegenheit! Endlich können wir Gerechtigkeit üben‹, hat er gesagt – oder so ähnlich.«

Er habe zwar geahnt, dass all das ›nichts Gutes‹ bedeute, fuhr Jonas mit bebender Stimme fort, aber die Kraft, sich seinem Vater zu widersetzen, habe er nicht aufgebracht. Eigentlich noch nie, so lange er sich erinnern könne. Niemand schaffe das, Mikkel Krogs Ehefrau genauso wenig wie jeder andere in der Familie, nicht einmal Oma Martha, seine Mutter. Erst als Morten tot war, habe er, Jonas, begriffen, wozu er Hilfe geleistet habe. »Das musst du mir glauben«, endete er kläglich.

Kira wusste nicht, was sie sagen sollte. Ein solches Maß an Repression hätte sie nicht für möglich gehalten, ebenso wenig wie eine derartig krankhafte Unterwerfung. Nicht in der Jetztzeit und nicht in einer modernen Familie. Doch waren die Krogs – genauso wie die Harmsens – eigentlich Menschen von heute? Lebten beide Familien nicht ganz und gar in ihrer eigenen, wüsten Vergangenheit, besessen von den bösen Geistern des Hasses, von schrecklichen Erinnerungen und nie überwundenem nationalistischem Dünkel?

»Ich schwöre«, hörte sie den Jungen neben sich flüstern, »dass ich nicht wusste, was er vorhatte. Von der Tat selbst hab ich sowieso nichts mitbekommen. Hab ’ne halbe Flasche Aquavit geleert, nachdem die beiden in ihren Schlafsäcken lagen und schnarchten.« Er sah Kira offen an. »Mein Vater ist ein gewissenloser Bastard, aber trotzdem hätte ich nicht gedacht, dass er so weit gehen würde. Niemals.«

»Bist du sicher, dass das die Wahrheit ist?«, fragte Kira leise. »Ich fürchte, du machst dir etwas vor, um deine Mithilfe bei der Tat zu verharmlosen. Aber selbst wenn du recht hättest: Warum bist du nicht spätestens eingeschritten, als man Eike Feldkamp verhaftet hat? Du wusstest doch, dass er unschuldig ist.«

»Was glaubst du denn, warum der Alte mich auf diesem Luxuskahn einsperren lässt?« Ein einziger Schrei, dann Schluchzen. »Ich hab ihm erklärt, dass ich nicht mehr mitmache, wenn ein Unschuldiger dafür in den Knast kommt.« Er griff plötzlich nach Kiras Arm, und es klang wie Flehen, als er sagte: »Bitte, du musst mir glauben, dass sie mir nichts gesagt haben! Und dass Bjarne das Messer nicht einfach wieder einsteckt und mitnimmt, sondern erst Eike in die Hand drückt und dann unter seinen Klamotten versteckt, hat wahrscheinlich sogar meinen Vater überrascht. Kann mir nicht vorstellen, dass das geplant war. Bestimmt war das eine spontane Idee dieses … meines saublöden Onkels …«

Kira hatte es die Sprache verschlagen. Der Junge neben ihr tat ihr leid. Die hilflose Verzweiflung, mit der er versuchte, mit immer neuen Scheinargumenten seine Mitschuld zu relativieren, ging ihr ans Herz. Dennoch war sie sich sicher, dass er klug genug war, um längst begriffen zu haben, dass er Verantwortung übernehmen musste.

»Meinst du nicht, dass du viel früher hättest Nein sagen müssen? Nicht erst, nachdem Eike verhaftet wurde, sondern schon, als es um Mortens Leben ging?«, fragte sie ruhig.

Er sagte nichts mehr. Sein Körper wurde regelrecht durchgeschüttelt, während er weinte wie ein kleines Kind.

Kira ließ ihn in Ruhe. Was gab es auch noch zu sagen?

Wahrscheinlich war Jonas Krog kein schlechter Mensch, schon gar kein brutaler oder gewalttätiger. Eher so etwas wie ein weiteres Opfer jener irrwitzigen Hasskultur in seiner Familie. Im Gegensatz zu Morten, seinem gleichaltrigen Pendant in der Familie Harmsen, würde der Hass ihn zwar nicht das Leben kosten, aber auch er würde dafür büßen müssen.

Nach einer gefühlten Ewigkeit hatte Jonas sich wieder etwas gefasst. Mit belegter Stimme fragte er: »Und wie geht's jetzt weiter?«

Schwierige Frage, dachte Kira.

Sie suchte noch nach einer halbwegs tröstlichen Antwort, da wurde plötzlich brutal die Beifahrertür aufgerissen, eine große Faust fuhr herein und krachte Jonas mitten ins Gesicht.

»Jetzt hältst du aber das Maul, du verdammter Verräter!«, rief eine Stimme, die Kira sofort erkannte.

Bjarne Krog steckte seinen Kopf ins Wageninnere.

35

Als die Tür aufgerissen wurde, hatte sich die Deckenbeleuchtung im Auto eingeschaltet, und die hellen Lämpchen strahlten nun auf Bjarne Krogs Gesicht wie kleine, aber starke Scheinwerfer.

Schaudernd bemerkte Kira das irre Funkeln in seinen Augen.

Er beugte sich immer tiefer in den Wagen hinein, begrub dabei den vor Schmerzen wimmernden Jonas auf dem Beifahrersitz halb unter sich, und zischte ihr zu: »Mit mir hast du wohl nicht gerechnet, du verfluchte Fernsehschlampe?«

Eins war Kira sofort klar gewesen, als plötzlich die Beifahrertür aufsprang, als Jonas' Kopf von dem brutalen Schlag zurückflog, als sie erkannte, wer da in ihr Auto eindrang: Es war ein unverzeihlicher Fehler gewesen, der Polizei Jonas Krogs Aufenthaltsort ebenso zu verschweigen wie ihren Plan, ihn hier in Svendborg aufzuspüren.

Ihr Fehler.

Wieder einmal hatte ihr Reporterehrgeiz über alle Vernunft gesiegt. Nicht zum ersten Mal.

Nun hatte sie von niemandem Hilfe zu erwarten.

Es gab für sie nur noch eine einzige, wenn auch sehr kleine Chance: Sie musste sich zur Ruhe zwingen, musste versuchen, diesen in die Ecke getriebenen Gewalttäter mit scheinbarer Souveränität zu verwirren. Vielleicht ergab sich dann die Chance, ihm zu entkommen.

Eine Idee dazu hatte sie bereits.

Ihre Augen fest auf das breite Gesicht des vierschrötigen

Mannes gerichtet, platzierte sie wie zufällig ihren linken Arm auf die Lehne an der Fahrertür und versuchte vorsichtig und im Zeitlupentempo, mit der Hand den Türöffner zu ertasten. »Was führt dich eigentlich hierher?«, fragte sie unterdessen betont lässig, als wäre dies der Beginn einer harmlosen Plauderei. Sogar ein leicht verunglücktes Lächeln konnte sie sich ins Gesicht zaubern. »Nerven hast du, das muss man dir lassen! Du weißt ja sicher, dass die halbe dänische Polizei nach dir fahndet, seit sie wissen, dass du einen Mordanschlag auf mich und meinen Kollegen verübt hast.«

Er ging gar nicht darauf ein. Die Füße noch draußen auf dem Asphalt, seinen schweren Körper halb ins Auto gezwängt und mit dem Rücken ans Armaturenbrett gepresst, riss Bjarne Krog Jonas' Kopf an den Haaren hoch und schüttelte ihn hin und her, bis der Junge vor Schmerzen zu schreien begann. »Halt's Maul, Kleiner, sonst bist du noch vor dieser Dame dran!«

Als sie Bjarne Krogs Lachen hörte, lief Kira ein eiskalter Schauer den Rücken hinab. Der Mann hatte die rote Linie längst überschritten, das war offensichtlich.

Mit ihren Fingerkuppen erfühlte sie das kühle Metall des in die Verkleidung eingelassenen Türöffners.

Keuchend vor Wut schlug Krog mit der flachen Hand ins Gesicht seines Neffen. »Was hat diese kleine Ratte dir denn erzählt?«, zischte er Kira an. Plötzlich sah sie, dass er in der anderen Hand ein Messer hielt. Böse funkelte die Klinge im Licht. »Rede, sonst steche ich den Kerl ab!«, rief er.

»Das will ich dir gern sagen«, erwiderte Kira gedehnt und bemühte sich, ihren Plauderton beizubehalten. Befriedigt stellte sie fest, dass sie seine Aufmerksamkeit hatte. Aus zusammengekniffenen Augen blickte er ihr direkt ins Gesicht.

Gut so, dachte sie. Schau mich an, nur mich!

Jetzt!

»Dazu musst du aber aussteigen!«, rief sie, riss gleichzeitig ihre Tür auf, sprang hinaus und rannte los.

Schon nach zehn, fünfzehn Metern merkte sie, dass ihr beim Unfall verletzter Fuß noch nicht mitspielte. Diese Belastung war einfach zu viel. Ein Schmerz durchfuhr die genähte Ferse, als wäre sie in eine große zackige Glasscherbe getreten. Keuchend blieb sie stehen.

Schon war er über ihr.

Von hinten sprang er sie an, riss sie zu Boden, kniete sich neben sie hin und setzte ihr die Messerklinge an den Hals. Dabei stieß er tiefe Töne aus, Wortfetzen, die Kira nicht verstand. Kaum mehr als ein ununterbrochenes bösartiges Knurren, ein Geräusch wie von einem aufs Blut gereizten Raubtier kam aus seinem Mund, als er die Hand mit dem Messer in die Höhe riss, um zuzustechen.

Da tauchte plötzlich aus dem Schatten eine Gestalt hinter Bjarne Krog auf. Sekundenbruchteile später sah Kira, dass sein Arm von einem heftigen Tritt mit einem Sneaker getroffen wurde, erkannte über dem Schuh die rote Hose mit den weißen Streifen.

Das Messer flog klirrend zu Boden.

Sofort sprang der Hüne auf, drehte sich um, schrie »Jetzt bist du dran!« und bückte sich nach dem Messer.

Kira versuchte, auf die Beine zu kommen, aber der höllische Schmerz in ihrem verletzten Fuß ließ sie einknicken. »Renn weg, Jonas, der bringt dich um!«, rief sie dem Jungen verzweifelt zu, doch der schien sie gar nicht zu hören. Den Oberkörper vorgebeugt, mit den Füßen tänzelnd und seine Fäuste wie ein Boxer vor den Kopf gehoben, sah er seinem Onkel mit weit aufgerissenen Augen entgegen.

Das Messer wieder in der Hand, stürmte der bullige Mann auf seinen Neffen zu und stieß dabei unverständliche Flüche aus. Immer wieder blitzte die Klinge auf, als er die Waffe drohend vor sich schwenkte.

Er war noch nicht ganz herangekommen, da machte Jonas plötzlich einen seitlichen Ausfallschritt, sprang dann vor und rammte ihm mit dem Mut der Verzweiflung eine Faust in den Bauch.

Doch das schien Bjarne nicht zu beeindrucken.

Er gab lediglich einen unwilligen Grunzlaut von sich, griff Jonas mit der freien Hand in den dichten Haarschopf und riss seinen Kopf brutal nach vorn, bis ihre beiden Gesichter nur noch Zentimeter voneinander entfernt waren.

Kira hörte ihn etwas sagen, was sie nicht verstand. Entsetzt sah sie, dass er ruckartig das Messer hob, um zuzustechen und schrie verzweifelt: »Nein, nein!«

Da hallte überlaut ein Schuss über den nächtlichen Parkplatz.

Ein zischender Pfeifton, als entwiche Luft aus einem Ballon, und Sekundenbruchteile später lag Bjarne Krogs grobschlächtiger Körper reglos auf dem Boden.

»Seid ihr okay?«, rief jemand laut über den Parkplatz.

Kira blickte zu Jonas hinüber, der mit zerschlagenem, blutigem Gesicht wie erstarrt neben seinem Onkel stand und wie abwesend in die Richtung schaute, aus der die Stimme gekommen war.

Auch Kira brachte zuerst kein verständliches Wort hervor. Sie räusperte sich und rief: »Wer hat da geschossen?« Langsam ließ sie ihren Blick über den Parkplatz wandern und erkannte zwei Polizisten in der Uniform der dänischen Bereitschaftspolizei, die zwischen den geparkten Autos hervorkamen. Einer von ihnen ging mit vorgehaltener Pistole auf Jonas und den auf dem Asphalt liegenden Bjarne Krog zu, während der andere sich seitlich hielt und seinen Kollegen aus ein paar Metern Entfernung mit gezogener Dienstwaffe sicherte.

Kira beobachtete, wie der erste Beamte sich neben Bjarne Krog hinkniete und nach der Halsschlagader tastete, um den Puls zu fühlen.

»Hab ihn etwas unterhalb der Schulter getroffen« rief er seinem Kollegen zu. »Er blutet stark, aber er lebt.«

»Rettungswagen ist schon unterwegs«, rief sein Kollege.

Der Polizist stand auf und blickte Jonas an. »Dein Gesicht sieht übel aus. Hast du noch schlimmere Verletzungen?«

Der Junge schüttelte stumm den Kopf.

»Wer bist du eigentlich?«

Als wieder keine Antwort kam, sagte der Uniformierte: »Komm erst mal zur Ruhe. Am besten setzt du dich irgendwo hin. Die Sanitäter sind gleich hier und werden sich um dich kümmern. Wir reden später noch miteinander.«

Da es Jonas offensichtlich die Sprache verschlagen hatte, wollte Kira es gerade übernehmen, die Frage nach seiner Identität zu beantworten, als der Polizist sich umdrehte und ihr zurief: »Und wie geht's dir, Frau Lund?«

»Ich bin okay, mir tut nur mein Fuß ziemlich weh«, erwiderte Kira irritiert. »Aber woher weißt du, wer ich bin?«

»Wenn ich richtig informiert bin, hat die Polizeidirektion Fünen den Hinweis erhalten, dass eine Journalistin vom deutschen Fernsehen hier in Svendborg auf eigene Faust auf Verbrecherjagd ist – oder so ähnlich. Dass sie Kira Lund heißt und einen schwarzen Volvo Kombi mit einem deutschen Kennzeichen fährt, wurde uns noch durchgegeben, viel mehr weiß ich auch nicht.«

Das durchdringende Heulen einer Sirene kam schnell näher.

»Der Rettungswagen«, sagte der Polizist, stand auf und winkte das Fahrzeug heran.

»Das ging aber schnell!«, wunderte sich Kira.

»Die waren schon im *Stand-by*, und das Krankenhaus ist nur fünf Minuten von hier entfernt.«

Eine Notärztin und ein Rettungssanitäter liefen herbei und begannen unverzüglich mit der Versorgung des Angeschossenen.

Kira ließ sich von dem Polizeibeamten auf die Beine helfen. Sie konnte sicher stehen, stellte sie fest, wenn auch mit einem schmerzendem Fuß. Um den würde sich die Ärztin vielleicht noch kurz kümmern können, wenn sie mit Bjarne Krog fertig war. An den Beamten gewandt, sagte sie: »Dann haben Jonas und ich wohl dir und deinem Kollegen zu verdanken, dass Bjarne Krog uns nicht …«

»*Das* ist Bjarne Krog?«, unterbrach sie der Beamte aufgeregt und zeigte auf den am Boden liegenden, scheinbar leblosen Mann, dem gerade eine Infusion gelegt wurde. »Echt? Der steht ziemlich weit oben auf der Fahndungsliste der dänischen Polizei!«

»Ich weiß«, erwiderte Kira trocken. »Wegen eines Mordanschlags. Und zwar auf mich. Übrigens ist er auch der Onkel des jungen Mannes da hinten.« Sie wies hinüber zu einer Bank am Rande des Parkplatzes, auf der Jonas saß.

»Wow«, kam es von dem Uniformierten, dem man ansah, dass er die vielen sensationellen Neuigkeiten erst einmal verarbeiten musste. »Du warst das also. Aber wieso …« Er brach ab. »Na, das kannst du nachher alles auf dem Polizeirevier zu Protokoll geben«, erklärte er. Seinem Kollegen rief er zu: »Gib gleich mal durch, dass wir den gesuchten Bjarne Krog gefunden haben.«

Kira war verblüfft. »Wenn ich dich richtig verstehe, habt ihr also gar nicht *ihn* verfolgt, als ihr hier auf den Parkplatz kamt, sondern …«

»Wir haben nach deinem Auto und nach dir gesucht. Dass es Krog war, der plötzlich auftauchte und dich und den Jungen angegriffen hat, mit dem du im Wagen gesessen hast, habe ich eben erst von dir erfahren.« Er lächelte. »Scheint, ihr habt Glück gehabt, dass wir deinen Volvo ein paar Minuten vorher auf diesem Parkplatz ausfindig gemacht hatten …«

»Danke«, sagte Kira schlicht.

Er lächelte leicht verlegen. »Keine Ursache. Sag einfach aus, was genau passiert ist, bevor ich auf ihn geschossen habe, wenn du gefragt wirst. Mein Kollege hat zwar auch alles gesehen, aber zwei Zeugen machen sich im Protokoll immer besser als ein einziger, vor allem, wenn der zur eigenen Truppe gehört.«

»Klarer Fall von Nothilfe«, bestätigte Kira ruhig. »Der Kerl war gerade im Begriff, seinem Neffen ein Messer in den Leib zu rammen – was er übrigens kurz vorher schon mit mir gemacht hätte, wäre Jonas mir nicht in letzter Sekunde zur Hilfe gekommen. Mach dir also keine Gedanken.«

»Mein Chef wird froh sein, das zu hören. Außerdem ist er sicher schon sehr gespannt zu erfahren, was du hier eigentlich treibst, das kann ich dir versichern«, feixte er.

Kira schluckte, dachte an das, was der Mann eben über die offizielle Suche der dänischen Polizei nach ihr und ihrem Wagen gesagt hatte.

Da kam etwas auf sie zu ...

Und das würde noch nicht einmal alles sein, ahnte sie, als der Beamte hinzufügte: »Ach, übrigens ist angeblich ein Kriminalkommissar aus Sonderburg hierher unterwegs – keine Ahnung, warum.«

Jetzt auf einmal wurde ihr schwindelig, und sie spürte, wie ihre Knie weich wurden. Rasch trat sie an ein geparktes Auto, stützte sich mit den Händen am Dach ab, entlastete den verletzten Fuß und zwang sich dazu, tief und gleichmäßig durchzuatmen.

Für einige Minuten schloss sie die Augen, blieb einfach auf dem gesunden Fuß an Ort und Stelle stehen und hielt sich an dem Auto fest. Wie einzelne Ausschnitte eines Films erschienen Szenenbilder der letzten Stunde vor ihrem geistigen Auge, zunächst noch eines nach dem anderen, bald aber wilder und wilder in der Abfolge, schließlich dermaßen durcheinander, dass sie sich überlagerten und nicht mehr voneinander zu unterscheiden waren. Ein wirres Kaleidoskop aus Farben, untermalt von einer Kakofonie schriller Töne – irgendwann nicht mehr zu ertragen.

In einem Anflug von Panik riss Kira die Augen auf und blinzelte in die Dunkelheit.

Warum wohl war Bjarne Krog auf seiner Flucht vor der Polizei plötzlich hier in Svendborg aufgetaucht?, fragte sie sich. Wollte er auch auf die *Sølvmåge*? Dass Kira hier war, konnte er eigentlich nicht wissen. Wahrscheinlich Zufall, dass er sie mit seinem Neffen zusammen gesehen hatte.

All das würde sie noch überprüfen müssen, um herauszufinden, was hinter diesem verhängnisvollen Aufeinandertreffen steckte – diesmal jedoch besser nicht mehr ohne die Polizei.

Während sie langsam wieder Kraft in die Beine und Farbe ins Gesicht bekam, schickte sie ein dickes Dankeschön an Scholli. Sie konnte sich glücklich schätzen, dass er diesmal nicht dichtgehalten hatte – was klar auf der Hand lag. Niemand anderer als Scholli konnte die Polizei über ihre Fahrt nach Svendborg informiert haben. Vielleicht hatte er Helene Christ angerufen – oder gleich *Politikommissær* Jacobsen in Dänemark. Unter anderen Umständen hätte Scholli damit ein ehernes journalistisches Tabu gebrochen, geradezu einen Vertrauensbruch begangen, den sie ihm sehr übel genommen hätte.

Diesmal jedoch hatte sie allen Grund, ihm für seine Indiskretion dankbar zu sein, auch wenn ihr natürlich klar war, wer da aus Sonderburg unterwegs war. Und wenn sie an das unvermeidliche Gespräch dachte, das ihr mit diesem Mann bevorstand, wurde ihr erneut flau im Magen – ganz zu schweigen von der hochnotpeinlichen Unterredung mit der Leiterin der Flensburger Mordkommission, um die sie sicher ebenfalls nicht herumkommen würde.

36

Arne Jacobsen beendete das Telefonat auf seinem Handy, legte das Gerät vor sich auf den Tisch und sagte: »Die Kollegen haben soeben Mikkel Krog in seinem Haus in Augustenburg verhaftet.«

»Gut, das zu hören«, kam es von Kira Lund. Sie warf einen Blick auf ihre Armbanduhr.

23:43 Uhr.

Sie saßen im Dienstzimmer von *Politikommissær* Emil Nielsen, dem Chef der Svendborger Polizeidienststelle, an einem Konferenztisch. Nielsen selbst, ein wohlbeleibter Mittfünfziger, hatte es vorgezogen, hinter seinem Schreibtisch auf einem gut gepolsterten Sessel sitzen zu bleiben.

Kira sah zu ihm hinüber. »Die Ärztin hat Jonas Krogs lädiertes Gesicht vorhin ja versorgt. Kannst du mir bitte sagen, was jetzt mit ihm geschieht?«, erkundigte sie sich höflich.

»Es gibt keinen Grund, ihn länger hier festzuhalten« erwiderte Nielsen. »Wir haben ihn gefragt. Er will nicht wieder an Bord dieses Schiffes gehen, sondern nach Hause fahren. Kommissar Jacobsen wird ihn nachher mitnehmen und auf seinem Weg nach Sonderburg in Augustenburg abliefern. Die Mutter war zwar nicht zu erreichen, aber die Großmutter, die auch im Haus wohnt, haben wir verständigt.«

Kira stand sofort Martha Krogs Gesicht vor Augen. Über die Rückkehr ihres Enkels würde die alte Frau sich natürlich freuen, aber was würde sie sagen, wenn sie die ganze Wahrheit über ihre Söhne erfuhr? Ganz abgesehen von der Frage, ob der eine von ihnen überhaupt überleben würde ...

»Natürlich wird Jonas sich zur Verfügung der Polizei halten müssen«, schaltete sich Jacobsen ein. »Wir haben eine Menge Fragen an ihn. Auch was den Mord an Morten Harmsen betrifft, bleibt zu klären, welche Rolle er dabei gespielt hat, und ...«

»Gewiss muss es dazu Ermittlungen geben«, unterbrach Kira ihn. »Was immer aber dabei herauskommt – eines steht fest: Jonas Krog hat mir heute sehr wahrscheinlich das Leben gerettet. Das war ungemein tapfer, denn sein gewalttätiger Onkel hat ihm wenige Minuten zuvor bewiesen, dass er ihm körperlich weit überlegen war. Und das werde ich vor jedem Gericht aussagen.«

Jacobsen sah sie an, ohne eine Miene zu verziehen. »Ob gegen ihn ermittelt und sogar Anklage erhoben werden muss, liegt allein in der Hand der zuständigen deutschen Strafverfolgungsbehörde«, fuhr er fort. »Dafür wird sicher auch die Flensburger Mordkommission Aussagen von ihm brauchen. Die Einzelheiten bespreche ich zu gegebener Zeit mit Hauptkommissarin Christ.« Sein Blick schien durch Kira hindurchzugehen. »Ich habe sie vorhin schon auf den aktuellen Stand gebracht. Du kannst dich ja bei Gelegenheit mit ihr kurzschließen, wenn du willst. Soll *sie* entscheiden, welche Informationen sie mit dir teilen will.«

Oha, der war sauer, daran bestand für Kira spätestens jetzt kein Zweifel mehr. Vorsichtig formulierte sie: »Habe ich es eigentlich dir zu verdanken, dass die Svendborger Polizei mir gerade noch rechtzeitig zur Hilfe kommen konnte?«

Von Kira als eine Art Friedensangebot gemeint, wirkte diese Frage auf Jacobsen jedoch wie ein willkommenes Ventil, um seinen aufgestauten Ärger herauszulassen. Sein Gesicht lief rot an, er holte Luft und setzte zu einer vermutlich recht groben Erwiderung an, doch der Chef der Svendborger Polizei kam ihm rasch zuvor: »Hauptkommissarin Christ aus

Flensburg hatte irgendwie erfahren, dass du hier auf eigene Faust nach Jonas Krog suchst …«

»Und das, obwohl wir abgemacht hatten, dass du in diesem Fall keine weiteren Nachforschungen und keinerlei Aktionen – also rein gar nichts – in Dänemark unternimmst, ohne es mit mir abzusprechen«, rief Arne Jacobsen wütend dazwischen.

»… und hat Kommissar Jacobsen um Hilfe gebeten«, fuhr Nielsen unbeirrt fort, als wäre er nicht unterbrochen worden. Er war anscheinend nur schwer aus der Ruhe zu bringen. »Sie hielt dein Vorgehen wohl für gefährlich – womit sie recht hatte, wie wir nunmehr wissen.«

Stetig lauter werdend, setzte Jacobsen seinen Ausbruch fort: »Wenn dein Kollege nicht bei Helene angerufen hätte – wer weiß, ob du nach deiner Begegnung mit Bjarne Krog jetzt überhaupt noch am Leben wärst? Dein Kollege hat offenbar …« Er bremste sich, und der Rest war nur noch Gemurmel. Dennoch meinte Kira so etwas wie ›mehr Hirn im Kopf als du‹ verstanden zu haben, äußerte sich aber lieber nicht dazu.

Stimmte ja, was er da sagte. Zumindest aus seiner Sicht.

Sie mied den Blickkontakt zu Jacobsen und sah den Chef der Svendborger Polizei an. »Wie steht es um Bjarne Krogs Zustand?«, wechselte sie das Thema.

»Sie wissen nicht, ob er durchkommt«, sagte Nielsen. »Vielleicht hat er eine Chance, wenn er erst einmal diese Nacht überlebt. Übrigens: Was hast du jetzt vor? Ich brauche noch deine Zeugenaussage zum Schusswaffengebrauch durch einen Polizeibeamten meiner Dienststelle.«

»Ich wollte eigentlich demnächst nach Hause fahren«, erwiderte Kira. »Mein Fuß wurde behandelt und neu verbunden. Tut zwar immer noch weh, ist aber auszuhalten. Doch selbstverständlich bliebe ich so lange hier, bis ihr meine Aussage protokolliert habt. Ich bin dem Mann auf ewig dankbar – er hat genau das Richtige getan, und zwar im letzten Moment.« Sie hielt kurz inne, dann setzte sie leise hinzu: »Damit hat er vermutlich nicht nur Jonas, sondern auch mir das Leben gerettet. Übrigens hab ich vergessen, ihn nach seinem Namen zu fragen, aber den werde ich ja wohl erfahren, wenn ich nachher dazu offiziell vernommen werde.«

Nielsen nickte. »Sicher. Aber du darfst auch gleich wissen, dass er Lasse Mogensen heißt und Oberwachtmeister ist.«

»Danke. Aufzuschreiben brauche ich mir das nicht. Vergesse ich nie mehr.«

Dusty Springfields dunkle Soulstimme füllte den Innenraum des Volvos mit dem fantastischen Song *The Windmills of Your Mind*, untermalt vom leisen Summen des Motors. Die Zeitanzeige im Kombiinstrument zeigte 01:36 Uhr an.

Like a circle in a spiral
Like a wheel within a wheel
Never ending or beginning
On an ever-spinning reel,

sang Kira den Refrain des tiefsinnigen Liedes mit und kämpfte tapfer mit der bleiernen Müdigkeit, die ihr mehr und mehr zu schaffen machte.

Soeben war sie auf der E20 bei Middelfahrt über die *Ny* Lillebæltsbro von Fünen nach Jütland gefahren und hatte damit ungefähr die Hälfte ihrer Fahrtstrecke hinter sich gebracht.

Der Blick von der 1,7 Kilometer langen und über vierzig Meter hohen Hängebrücke war atemberaubend. Selbst zu dieser nächtlichen Stunde herrschte noch reger Verkehr auf dem Kleinen Belt. Überall nah und fern funkelten, blinkten und strahlten die grünen, roten und weißen Lichter der Schiffe und der beleuchteten Seezeichen.

Kira musste lächeln.

›Wie auf der Cranger Kirmes‹, pflegte Lukas immer zu sagen, wenn während eines nächtlichen Segeltörns dermaßen viele bunte Lichter auf dem Wasser zu sehen waren. Als Kind des Ruhrgebiets, das seine Leidenschaft fürs Segeln an die Küste gezogen hatte, war ihm das größte Volksfest im Pott natürlich ein Begriff.

Eine Stunde Fahrt noch.

Verdammt, wen konnte sie zu dieser Uhrzeit anrufen, um nicht einzuschlafen?

Lukas besser nicht noch einmal. Sie hatten vorhin schon ausführlich miteinander telefoniert. Jetzt schlief er bestimmt tief und fest. Nur noch zweieinhalb Stunden Schlaf für ihn, bevor bereits um vier Uhr sein Wecker klingeln würde. Er musste pünktlich am Bahnhof in Niebüll sein, um den Zug nach Hamburg und später weiter nach Köln zu bekommen. Dort fand eine Konferenz von Meteorologen statt, auf der er einen Vortrag halten musste.

Aber natürlich hatte Kira ihn als Ersten, noch bevor sie losgefahren war, aus der Polizeistation in Svendborg angerufen und ihm von ihrem ereignisreichen Tag berichtet. Über das dramatische Ende auf dem Parkplatz war sie dabei großzügig hinweggegangen.

Wieso sollte sie ihn nachträglich noch aufregen?

Auch mit Hauptkommissarin Christ hatte sie schon telefoniert. Allerdings hatte Helene Kira angerufen, und es war ein sehr kurzes Gespräch gewesen. Kaum hatten sie für morgen Vormittag einen Termin in der Polizeidirektion vereinbart, hatte die Hauptkommissarin es auch schon wieder beendet.

Kira war sich durchaus bewusst, dass ihr da morgen keine einfache Unterredung bevorstand. Sie würde viel zu erklären haben, hoffte aber, dass Helene Christ angesichts der handfesten Rechercheergebnisse, die sie mit ihr teilen wollte, darüber hinwegsehen würde, dass sie die getroffenen Absprachen gebrochen hatte. Sonst bekäme ihr vertrauensvolles

Verhältnis vermutlich einen Knacks, der nur schwer zu reparieren wäre.

Das durfte nicht passieren, dafür war die persönliche Verbindung zur Chefin der Mordkommission für sie als investigative Journalistin einfach zu wertvoll. Und auch die freundschaftliche menschliche Verbindung zwischen Helene und ihr durfte keinesfalls ernsthaften Schaden nehmen, das nahm Kira sich fest vor.

Der Anrufton aus der Freisprechanlage riss sie aus ihren Überlegungen.

Scholli stand auf dem Display. Sie hatte schon mehrmals versucht, ihn zu erreichen, aber stets hatte sich nur der Anrufbeantworter gemeldet.

»Es tut mir so leid«, meldete er sich zerknirscht. »Ich hatte zwei starke Schmerztabletten genommen, die haben mich wohl umgehauen. Jedenfalls habe ich bis eben geschlafen. Jetzt sehe ich, dass du schon die ganze Zeit versucht hast, mich anzurufen. Sorry, aber ...«

»Alles gut, Scholli«, beruhigte sie ihn. »Nichts passiert. Wie geht's deinen Halswirbeln?«

»Ach, scheiß auf die Halswirbel! Sag mir lieber, wie es dir ergangen ist! Wo steckst du? Was ist passiert? Du weißt sicher schon, dass ich dich bei Hauptkommissarin Christ verpetzt habe, oder?«

Zu viele Fragen auf einmal, dachte Kira amüsiert. Aber zuerst einmal musste sie ihm das schlechte Gewissen nehmen. Das war sie ihm wahrlich schuldig.

»Zum Letzteren zuerst«, sagte sie forsch. »Ich bin dir im Nachhinein sehr dankbar dafür, dass du nicht dichtgehalten hast. Wenn du Helene nicht angerufen und ihr erzählt hättest, was ich vorhabe, und wenn sie nicht Kommissar Jacobsen und der wiederum nicht die Polizei auf Fünen benachrichtigt hätten ...« Sie schluckte trocken. Wahrscheinlich würde ich jetzt nicht hier im Auto sitzen und mit dir telefonieren können.«

»Wie bitte?«, entfuhr es Scholli. »Was soll das heißen? Wollte dich etwa jemand ...?«

»Ruhig, Brauner«, unterbrach Kira ihn lachend. »Hör einfach zu!«

Es würde sie wach halten, ihm alles zu erzählen.

37

Als Kira endlich zu Hause ankam, standen die Zeiger der Uhr schon fast auf drei.

Die stürmische Begrüßung durch Ditch fiel ziemlich lautstark aus, doch das ungestüme Ritual fand hauptsächlich im Flur statt. Lukas schien davon nicht geweckt worden zu sein, wie Kira dankbar feststellte, als sie sich später so leise wie möglich ins Schlafzimmer schlich und neben ihm ins Bett schlüpfte. Kaum hatte sie den Kopf auf ihr Kissen gelegt, fiel sie in tiefen Schlaf.

Erst gegen neun wachte sie wieder auf und wunderte sich, dass Ditch sie so lange hatte schlafen lassen. Doch sie sah, dass Lukas die Tür zum Schlafzimmer zugemacht hatte, bevor er gegangen war. Sonst stand sie immer offen, wenn Kira mit dem Hund allein war.

Ditch lag schnarchend auf seinem Platz im Flur, und auf dem Küchentisch fand Kira einen Zettel.

Guten Morgen, mein Schatz, stand da. *Bin früh aufgewacht und hab schon die Morgenrunde mit Ditch gedreht. Ich ruf dich nachher an! Hab dich lieb!* Dann kam sein großes, kunstvoll verschnörkeltes *L.*

Nach einer ausgiebigen Dusche und einem Pott Tee fühlte Kira sich schon wieder halbwegs fit, obwohl sie merkte, dass ihr der gestrige Tag und die kurze Nacht noch in den Knochen steckten.

»Okay, alter Freund«, erklärte sie dem Hund, »heute bist du wieder mit von der Partie! Auf geht's!«

Ein begeistertes Bellen war die Antwort des Tieres, das sofort den Sinn ihrer Worte erfasst hatte. Sie schloss das Haus ab, während Ditch bereits zum Auto rannte und schwanzwedelnd vor der Kofferraumklappe Stellung bezog.

Kira ließ ihn hineinspringen, und gemeinsam machten sie sich auf den Weg nach Flensburg.

»Manchmal frage ich mich, ob du eigentlich lebensmüde bist«, stellte Helene Christ kühl fest.

»Unsinn!«, protestierte Kira. »Ich gebe zu, es gab ein gewisses Risiko, da ich nicht wusste, ob Mikkel Krog noch in der Nähe seines Sohnes war. Deshalb war das auch das Erste, was ich abgeklärt habe, als ich Jonas traf. Und dann musste ich herausfinden, ob der Junge an Bord und im Hafen von irgendwelchen gefährlichen Leuten bewacht wurde – was ebenfalls nicht zutraf. Aber mit Bjarne Krog konnte doch niemand rechnen!«

»Wirklich nicht? Er war auf der Flucht vor der Polizei, das war dir bekannt. Und dass er dir nach dem Leben trachtete, konnte dir eigentlich auch kaum verborgen geblieben sein, oder?«

»Schon, aber warum war er in Svendborg? Selbst wenn sein Bruder ihm gesagt hat, was er mit Jonas vorhatte – Bjarne wäre wohl kaum auch noch an Bord willkommen geheißen worden.«

»Wir werden es vielleicht noch erfahren – falls er durchkommt«, sagte die Chefin der Flensburger Mordkommission ohne erkennbare Gefühlsregung. »Was aber auf der Hand liegt: Du hast dich nicht an unsere Absprache gehalten.«

»Stimmt«, gab Kira trotzig zurück. »Ging leider nicht anders. Eine offizielle Polizeiaktion konnte ich nicht riskieren, bevor ich allein mit Jonas Krog gesprochen hatte.«

»Wenn du meinst ...«, gab die Hauptkommissarin gedehnt zurück, ohne eine Miene zu verziehen. Mit einem skeptischen Unterton fragte sie: »Und – hast du denn von ihm erfahren, was du wissen wolltest?«

»Oh ja, Helene! Deshalb sitze ich nämlich hier.« Es wurde höchste Zeit, einmal kurz in den Angriffsmodus schalten, fand Kira. »Wobei es keineswegs allein darum geht, was *ich* wissen wollte. Ich hoffe zuversichtlich, dass sich Staatsanwalt Petersen ebenso lebhaft dafür interessiert – von der Flensburger Mordkommission ganz zu schweigen. Auf der Grundlage dessen, was ich erfahren habe, wären nämlich einige wichtige Entscheidungen im Mordfall Morten Harmsen zu treffen, und zwar unverzüglich. Vor allem, was die Untersuchungshaft von Eike Feldkamp angeht – genauer gesagt: die sofortige Beendigung derselben.«

Die Hauptkommissarin räusperte sich ausgiebig. »Mag sein, dass du recht hast. Kommissar Jacobsen hat mir gegenüber bereits angedeutet, dass sich durch Jonas Krogs Aussage die Beurteilung des Falles grundsätzlich ändern könnte.«

»So kann man das auch ausdrücken«, kommentierte Kira süffisant.

»Dann lass hören, was der junge Mann dir erzählt hat. Wir brauchen ja nicht auf das offizielle Vernehmungsprotokoll zu warten.«

Kira grinste dezent, setzte sich auf und ließ ihren Blick über den leeren Tisch gehen. »Gibt's heute eigentlich keinen Kaffee? Bin ich dermaßen in Ungnade gefallen?«

Helene wies auf die Kaffeemaschine auf dem Sideboard. »Bitte sehr! Bediene dich nach Herzenslust. Oder möchtest du ihn von mir serviert bekommen?«

Kira entging das amüsierte Aufblitzen in Helenes Augen nicht. Sie stand auf. »Darf ich der Frau Hauptkommissarin ebenfalls ein Tässchen kredenzen?«

Da hielt Helene Christ es nicht mehr aus. Laut prustete sie los. »Du lieber Himmel, Kira, du bist einfach unmöglich! Hab ich dir das eigentlich schon mal gesagt?«

»Nie«, kam es prompt zurück. »Und das würde ich mir auch entschieden verbitten!« Sie stellte einen Kaffee vor Helene ab, nahm ihren Becher und setzte sich wieder hin.

»Jonas Krog ist nicht der Täter, aber er hat einige Vorbereitungen für den Mord getroffen. Natürlich auf Anweisung seines Vaters«, begann sie und berichtete von dem Aufkleber – »Irgendwas mit *Nie wieder Atomkraft!* oder so ähnlich« –, den er am Zelt befestigt hatte, und von Jonas' Bemühungen, dafür zu sorgen, dass sowohl das Opfer als auch sein Zeltkamerad in jener Nacht sturzbetrunken waren.

»Bemerkenswert«, sagte Helene Christ, als Kira nach einigen Minuten damit fertig war, alles wiederzugeben, was sie von Jonas Krog erfahren hatte. »Du hattest tatsächlich Erfolg mit deiner irren Aktion, das räume ich ein.« Sie nahm einen Schluck aus ihrem Kaffeebecher. »Hat sich Jonas Krog auch dazu geäußert, warum sein Onkel den Verdacht auf Eike Feldkamp gelenkt hat?«

»Angeblich war das nie geplant. Er vermutet, dass Bjarne spontan nach der Tat auf diese Idee verfallen ist. ›Dämlich‹ hat Jonas das genannt und gesagt, dass sein Onkel zwar äußerst brutal sei, aber auch ziemlich dumm. Was man, wie ich finde, ebenfalls an seinem idiotischen Versuch sehen kann, jemanden mithilfe seines eigenen Miststreuers umzubringen.«

»Ich bin gespannt, was Mikkel Krog dazu sagt. Er wird gerade auf der Polizeidirektion in Sonderburg vernommen. Das Protokoll schickt Arne Jacobsen mir nachher.«

»Aber so lange werdet ihr ja wohl nicht damit warten, Eike Feldkamp auf freien Fuß zu setzen, oder?«

»Nun ja ...«, kam es zurückhaltend von Helene Christ. »Ich werde die Staatsanwaltschaft gleich über die neuen Entwicklungen informieren, aber ich denke, dass Petersen seine Entscheidung nicht überstürzen wird.«

»Was soll das heißen?«, fuhr Kira empört auf. »Es ist doch völlig klar, dass Eike nicht der Täter ist! Er muss sofort freikommen!«

»Nun reg dich nicht auf, Kira! Es gibt Vorschriften, die eingehalten werden müssen. Zum Beispiel, was die Vernehmungsprotokolle angeht. *Du* wechselst nach Belieben zwischen Deutsch und Dänisch hin und her, aber Einlassungen von Zeugen oder gar von Beschuldigten in einer fremden Sprache müssen erst von einer unserer amtlich bestellten und vereidigten Übersetzerinnen ins Deutsche übertragen werden, bevor sie gerichtsfest verwendet werden können. Und außerdem läuft die Vernehmung von Mikkel Krog ja gerade erst.«

Kira leerte ihren Kaffeebecher mit einem Schluck und knallte den Pott heftig auf die Tischplatte. Mit hochrotem Kopf erklärte sie: »Ich sag dir was, und ich meine es ernst: Du hast eben genug gehört, um zu wissen, dass Eike Feldkamp nicht der Mörder von Morten Harmsen ist. Ich bitte dich, das sofort an Staatsanwalt Petersen weiterzugeben. Er hat den Falschen einlochen lassen, das steht spätestens jetzt außer jedem vernünftigen Zweifel.« Sie holte tief Luft und fuhr fort: »Und sag ihm bitte: Wenn er irgendwelche Spielchen spielt oder formaljuristische Purzelbäume schlägt, um Eikes Entlassung zu verzögern und seinen Fehler zu vertuschen, wird das noch heute zum Aufmacherthema in der Sendung *Unser Land am Abend* – Titel: Freiheitsberaubung eines Jugendlichen. Ich rufe gleich in der Redaktion an und lasse mir die Sendezeit vorsorglich reservieren.«

»Wow«, brachte die Leiterin der Mordkommission hervor und sah Kira sprachlos an.

»Du kannst nichts dafür, Helene, das weiß ich«, sagte Kira und zwang sich, wieder ruhig zu werden. »Im Gegenteil – mir ist durchaus aufgefallen, wie unwohl du dich bei der Entscheidung der Staatsanwaltschaft gefühlt hast, Eike Feldkamp in U-Haft zu nehmen. Deshalb habe ich auch nicht vor, in dieser Sache allzu viel Wind zu machen, wenn es nicht sein muss. Ebenso wenig, wie ich das Thema der unauffindbaren Messerscheide der Tatwaffe journalistisch ausgeschlachtet habe, wie dir aufgefallen sein dürfte. Ich kenne

Kollegen, die hätten sich auf dieses Detail gestürzt wie die Hyänen.«

»Okay.« Die Hauptkommissarin nickte. »Fair bist du immer gewesen, das stimmt. Deshalb können wir ja überhaupt nur miteinander …« Sie brach ab und räusperte sich.

Allzu sentimental durfte es bei Helene nicht werden, wusste Kira, und konnte sich ein Lächeln gerade noch verkneifen.

»Übrigens habe ich schon nach dem Anruf von Arne Jacobsen Kontakt zum Staatsanwalt aufgenommen und eine längere Unterredung mit ihm geführt«, fuhr die Kriminalbeamtin fort. »Er ist also darauf vorbereitet, dass der Fall eine völlig neue Wendung nimmt«, sagte sie und stand auf. »Gleich nach diesem Gespräch soll ich zu ihm rüberkommen. Er erwartet mich bereits.«

»Dann kann ich also davon ausgehen, dass der Junge noch heute aus der Jugendanstalt in Schleswig entlassen wird?«, hakte Kira nach.

Helene Christ lächelte vielsagend. »Es wird dem Herrn Staatsanwalt wohl kaum etwas anderes übrig bleiben, wenn ich es richtig sehe.«

Auch Kira erhob sich, warf sich ihren Hippiesack über die Schulter und erklärte fröhlich: »Die gleichermaßen mutige wie kooperative Reporterin, die der Kripo bei ihren Ermittlungen stets eine unschätzbare Hilfe ist, wird sich nun mit ihrem Hund an den Strand von Wassersleben begeben. Dabei hat sie natürlich ihr Handy eingeschaltet und wartet sehnsüchtig auf die Nachricht, wann Eike Feldkamp auf freien Fuß kommt.«

Sie wandte sich zum Gehen. Die Türklinke in der Hand, drehte sie sich noch einmal um und rief Helene über die Schulter zu: »Und das Ganze bitte möglichst zeitnah, damit ich noch nach Schleswig fahren kann, um ihn vor dem Knast zu interviewen, wenn er herauskommt! Ich muss nämlich manchmal auch an *meinen* Job denken. Danke – und tschüss!«

Niemand zu sehen vor dem Tor der Jugendanstalt, vor allem weit und breit keine Presse.

Helene hatte sich also auf ihre ganz eigene Weise revanchiert: Außer Kira hatte offenbar noch niemand Kenntnis davon, dass Eike Feldkamp heute Nachmittag aus der U-Haft entlassen wurde – abgesehen von seinen Eltern.

Kira hatte schon einige Zeit mit Ditch am Fördestrand von Wassersleben gespielt, als sich endlich das Handy in ihrer Jackentasche meldete. Sie erfuhr, dass die Staatsanwaltschaft Eikes sofortige Haftentlassung verfügt hatte. Spätestens gegen fünfzehn Uhr seien alle Formalitäten erledigt, und er könne die Anstalt danach sofort verlassen, teilte die Chefin der Mordkommission mit. Sein Anwalt sei bereits verständigt worden.

Sofort hatte Kira Rechtsanwalt Schlösser angerufen, der ihr mitteilte, dass er Eike zusammen mit seinen Eltern um fünfzehn Uhr aus der Haft abholen werde. Kira bat ihn um die Gelegenheit, draußen vor dem Tor ein paar Statements von ihm und seinem Mandanten für die heutige Ausgabe von *Unser Land am Abend* zu bekommen.

»Ich habe nichts dagegen«, antwortete Schlösser. »Und ich bin sicher, Eike auch nicht. Sie scheinen ja in seiner Sache sehr rührig gewesen zu sein.«

»Nun ja, ich habe mich bemüht ...« gab Kira vage zurück. Sie hatte nicht vor, dieses Thema zu vertiefen. In der großen Reportage, eher einer TV-Dokumentation, die langsam in ihrem Kopf heranreifte und für die sie jetzt weiteres Material sammelte, war kein Platz für Oberflächlichkeiten, mochte es auch verlockend sein, gewisse Defizite der polizeilichen Ermittlungen anzuprangern. Für derartige Nickeligkeiten war das Thema, das sie transportieren wollte, viel zu wichtig. Ihr ging es vor allem um die beiden Familien, die deutschen Harmsens und die dänischen Krogs, und ihren zerstörerischen Hass.

Gerade als Angehörige einer Minderheit war Kira bewusst, welch großes Glück es war, dass das Zusammenleben zwischen den Menschen unterschiedlicher Nationalität heute friedlich, nicht selten sogar freundschaftlich war. Das galt ebenso für das Klima zwischen den jeweiligen Minderheiten beiderseits der deutsch-dänischen Grenze. Die Streitigkeiten und Verwerfungen rund um die Volksabstimmung von 1920 waren mittlerweile fast in Vergessenheit geraten, was nach über hundert Jahren auch völlig normal war. Von dem Leid, das die beiden Weltkriege gerade im deutsch-dänischen Grenzland angerichtet hatten, wusste sowieso kaum jemand überhaupt noch etwas. Die allermeisten Menschen aus den betroffenen Generationen waren längst tot, und mit ihnen waren die Erinnerungen nach und nach verblasst. Kira wollte jedoch am Beispiel des sinnlosen Mordes an Morten Harmsen aufzeigen, welch vernichtende Kraft auch heute noch in gänzlich irrationalem, von übersteigertem Nationalismus genährtem Hass stecken konnte, wenn niemand die Kraft fand, diesen endlich zu überwinden.

Sie hatte ihre Kamera auf dem Stativ befestigt und gerade eine Probeaufnahme gemacht, als sich das Anstaltstor öffnete und Eike Feldkamp heraustrat, gefolgt von seinen Eltern Karin und Matthias sowie Rechtsanwalt Schlösser.

Der Junge erkannte Kira, sein Gesicht strahlte, und er winkte zu ihr herüber.

»Hallo, Eike! Herzlich Willkommen in der Freiheit!«, rief Kira ihm zu, während sie die Szene filmte.

»Die haben endlich begriffen, dass ich unschuldig bin – stell dir das vor! Hat ja auch lang genug gedauert, findest du nicht?«, rief der Junge.

Doch, finde ich auch, dachte Kira amüsiert.

Wenn du wüsstest ...

Sie nahm ein kurzes Interview mit Eike auf, holte sich ein

Statement von seinem Rechtsbeistand und ließ auch die Eltern zwei, drei Sätze der Erleichterung in die Kamera sagen, dann verabschiedete man sich voneinander und die Feldkamps fuhren nach Hause.

Kira packte ihre Sachen zusammen und machte sich auf den Weg ins Studio. Dort wartete Scholli sicher schon auf sie – trotz der Schmerzen, die ihn quälten.

Den kurzen Beitrag über Eike Feldkamps Entlassung aus der U-Haft für die heutige Sendung würde Kira natürlich auch allein hinbekommen. Aber sie hatte Tim Scholler von ihrer Idee erzählt, aus all dem ein großes Stück, das einen kritischen Blick auf immer noch unterschwellig brodelnde Verwerfungen in diesem Land warf, für das Hauptprogramm zu machen.

»Natürlich wird das nicht allein meine, sondern *unsere* Dokumentation«, hatte sie zu Scholli gesagt. »Schließlich hast du die ganze Recherchearbeit zum historischen Hintergrund gemacht. Wir beide sind die Autoren, und wir werden das Ding gemeinsam fertigstellen.«

Dann wolle er sich mal besser gleich – Halskrause hin oder her – auf den Weg ins Studio begeben, hatte Scholli geantwortet und lachend hinzugefügt: »Wenn schon mein Name im Abspann genannt wird, muss ich ja aufpassen, dass das Ganze auch ein gewisses Niveau hat.«

Epilog

Nahezu vollkommene Stille.

Von der Insel drang kein menschengemachter Laut herüber, nicht einmal das ferne Knattern eines Mopeds oder der Motor eines Traktors auf dem Feld.

Hin und wieder nur der Schrei einer Möwe, ansonsten nichts als das kaum hörbare, sachte Plätschern des Wassers an der Bordwand.

Das sanfte Wiegen des Bootes und die Hitze des Spätsommermachmittags hüllten Kira vollständig ein. Ein wohliges Gefühl breitete sich in ihr aus, als wäre sie auf geheimnisvolle Weise urplötzlich von der Last der Schwerkraft befreit. Während sie durch die stark eingefärbten Gläser ihrer Sonnenbrille in den Himmel blinzelte, überkam sie das Gefühl zu schweben.

Eine köstliche Leichtigkeit erfasste ihren ganzen Körper, ließ ihn federleicht werden. Unvermittelt war ihr, als strebte sie, ohne einen Muskel zu bewegen, schneller und schneller den schneeweißen Schönwetterwölkchen zu, die in großer Höhe den stahlblauen Himmel betupften.

Die Bewegung erfasste alles rundum. Sogar das weiche Liegekissen unter ihr auf dem Deck, ja, das ganze Segelschiff schwebten mit ihr aufwärts – scheinbar schwerelos, wohlbehütet eingewoben in einen wattig-weichen Kokon aus Ruhe, Wärme und Sonnenlicht.

Tiefster Friede.

Ein Traum – was sonst? –, aus dem sie durch ein gleichmäßiges Klatschen geholt wurde, das sich, stetig lauter werdend, näherte. Kira legte ihren Kopf zur Seite und sah Lukas zu, der mit kräftigen Armzügen ans Boot herankraulte.

»Solltest du auf die Idee verfallen, mich mit Seewasser zu bespritzen – ich kann dich nur warnen!«, rief sie ihm drohend zu.

Er stieg die Badeleiter am Heck hoch und trat tropfnass ins Cockpit. »Würd' ich doch nie machen!«, feixte er und beugte sich über sie, um sie zu küssen.

Ein spitzer Schrei entfuhr Kira. Das Oberteil des Bikinis hatte sie zum Sonnenbaden abgelegt. Nun tropfte das kalte Nass auf ihren erhitzten Körper herab. Sie rollte sich geschickt unter ihm heraus und sprang auf. »So, das war's jetzt mit uns! Küss, wen du willst – mich jedenfalls nicht.« Lachend warf sie ihm das Handtuch zu.

»Okay, das bricht mir zwar das Herz, aber mit einem Glas kühlen Rieslings könnte ich dem Tod vielleicht noch entrinnen«, erwiderte Lukas, während er die nasse Badehose auszog und sich abtrocknete. »Übrigens wird dir ein erfrischendes Getränk bestimmt auch gut tun nach dem ausgiebigen Sonnenbad, was meinst du? Du musst ja ganz ... heiß sein.« Das frivole Glitzern in seinen Augen entging Kira ebenso wenig wie der offensichtliche Grund dafür.

»Ich übersetzte das mal«, sagte sie und fuhr sich mit der Zunge aufreizend langsam über die Lippen. »›Liebste, wie du unschwer erkennen kannst, bin ich dermaßen testosteronüberflutet, dass mein Hirn komplett verödet ist. Lass uns rasch ein Glas Wein trinken, bevor ich über dich herfalle. Vielleicht komme ich dadurch wieder halbwegs zu Verstand.‹ Sowas in der Art wolltest du sagen, oder?«

Er brummte etwas, das sich wie »kann schon sein« anhörte, legte das Handtuch weg und umschloss sie mit seinen nackten Armen. Dann begann er, ihr mit fliegenden Fingern das Unterteil des Bikinis abzustreifen.

Fest an ihn gepresst, wand sich Kira aus dem winzigen

Höschen. »Das mir dem Wein können wir eigentlich auch hinterher erledigen«, hauchte sie Lukas ins Ohr.

Nach einer Runde im angenehm warmen Wasser der Ostsee, das hier so klar war, dass man beim Schnorcheln die Ankerkette auf dem Grund liegen sah, saßen sie nun in Shorts und T-Shirts am Cockpittisch und nippten an ihren Gläsern.

Ein Schauer des Behagens überlief Kira, und bedächtig ließ sie ihren Blick ins Rund gehen – vom Schiff übers glitzernde Wasser hinüber zum hellen Sandstrand und weiter zu den grünen, karg bewachsenen Hügeln von Femø, schließlich von dort hinaus auf die freie Ostsee, die in der Ferne überall gesprenkelt war mit weißen Segeln.

Sie liebte das Smålandsfahrwasser.

Wer niemals hier war, konnte nicht ahnen, wie schön das süddänische Inselmeer sein konnte – wenn das Wetter mitspielte. Aus gutem Grund hatte sich unter Seglern der Begriff *Dänische Südsee* für diesen Teil der Ostsee südlich des Großen und Kleinen Belts etabliert. Eines der reizvollsten Segelreviere darin war das Smålandsfahrwasser, fast ein eigenes kleines Meer, eingerahmt im Norden und Osten von der Insel Seeland, im Süden von Lolland und Falster. Auf etwa sechshundert Seemeilen im Quadrat lagen hier einige kleine, teils unbewohnte Inseln verstreut, allesamt mit wundervoll verwunschenen Ankerplätzen und – vor allem außerhalb der Hauptsaison – nicht allzu stark frequentiert.

Auch Kira und Lukas waren mit ihrem Charterboot, einer *Bénéteau Océanis 38*, allein auf ihrem Ankerplatz. Hinter dem südlichen Zipfel der Insel Femø lagen sie windgeschützt etwa fünf Meter über sandigem Meeresgrund, in dem der Anker gut hielt.

Der Strand der Insel war ungefähr hundertfünfzig Meter entfernt, aber sie hatten nicht vor, das Beiboot klar zu machen. Warum sollten sie an Land gehen? Sie hatten alles an Bord, was sie brauchten.

Sie genossen ihren Segeltörn in vollen Zügen. Zehn Tage waren sie nun unterwegs, also lag die Hälfte ihres dreiwöchigen Urlaubs noch vor ihnen.

Bevor sie gestern den Hafen von Nykøbing auf Falster verlassen hatten, um durch den Guldborgsund ins Smålandsfahrwasser einzulaufen, waren sie noch einkaufen gewesen, hatten vor allem frisches Brot, ein paar Fischspezialitäten, dänischen Käse, Gemüse und Obst besorgt. Wenn sie auf diesem Platz allein blieben, würden sie es zwei, drei Tage vor Anker locker aushalten.

Schwimmen, schnorcheln, sonnenbaden, lesen, reden, etwas Gutes essen und trinken und miteinander Spaß haben – das vor allem.

Kiras Fuß war inzwischen vollständig verheilt. Und auch Scholli würde die Halskrause demnächst ablegen dürfen, stand in der WhatsApp, die er ihr gestern geschickt hatte.

Der eigentliche Grund für die Nachricht war jedoch ein anderer: Tim Scholler ließ sie wissen, dass ihre TV-Doku, der sie den Titel *Stumme Gräber – alter Hass* gegeben hatten, einen Sendetermin im Hauptprogramm bekommen hatte. In drei Wochen würde sie an einem Mittwoch um 22:15 Uhr ausgestrahlt werden.

Kira konnte es immer noch nicht recht fassen. Zwar hatte es schon einmal ein Beitrag von ihr und Scholli ins Hauptprogramm geschafft, aber das war jetzt drei Jahre her. Und das Thema der neuen Fünfundvierzig-Minuten-Dokumentation war deutlich anspruchsvoller als beim letzten Mal, wo es um einen Immobilienskandal in Flensburg gegangen war.

Wie es wohl aufgenommen werden würde?

Sicher, sie hatten sich alle Mühe gegeben, aber konnten sie mit diesem Thema überhaupt ein breiteres Publikum fesseln? War die Idee wirklich gut – und vor allem tragfähig für eine Dreiviertelstunde –, einen aktuellen Kriminalfall zum Anlass zu nehmen, die oft längst vergessenen Probleme und Verwerfungen rund um die Volksabstimmung von 1920 in Nordschleswig in Erinnerung zu rufen? Würden die Zuschauer ihnen folgen, wenn sie die wechselvolle Geschichte des deutsch-dänischen Grenzlandes am Beispiel zweier Familien aufzeigten?

Immer wieder redete sie mit Lukas darüber, was sie umtrieb.

›Mach dich nicht verrückt! Völlig klar, dass du dich fragst, ob es gut genug ist, was ihr da produziert habt‹, versuchte er sie dann stets zu beruhigen. ›Nur Idioten kennen keine Selbstzweifel.‹

Und doch: Mit dieser Doku wollten sie in einer höheren Liga mitspielen, das war Kira bewusst.

Waren sie auch gut genug dafür?

In der Zeit vor ihrem Urlaub hatte Kira mehrfach in *Unser Land am Abend* über die Entwicklungen im Mordfall Morten Harmsen berichtet. Nach und nach waren neue Fakten ans Licht gekommen. So konnte die an Mortens Leiche gefundene Fremd-DNA nun eindeutig Bjarne Krog zugeordnet werden.

Der hatte es tatsächlich geschafft zu überleben.

Nach über zwei Wochen, in denen er mit dem Tod gerungen hatte, war er soweit stabil, dass man ihn im Krankenhaus vernehmen konnte. Angesichts der erdrückenden Beweislage leugnete er nicht, die Tat begangen zu haben, und gab an, dabei Handschuhe getragen, den Messergriff anschließend Eike Feldkamp in die Hand gedrückt und die Tatwaffe dann unter dessen Wäschebündel geschoben zu haben.

Brisant gestalteten sich auch die Vernehmungen von Mikkel Krog – zunächst durch die Kripo in Sonderburg und später, nach seiner Überstellung, durch Helene Christ bei der Mordkommission in Flensburg. Im Gegensatz zu seinem Bruder, der offen über den Hass zwischen den Familien Krog und Harmsen, von Vergeltung, gar von Rache sprach, wollte sich Mikkel nämlich zu diesem Thema nicht äußern. Er wisse überhaupt nicht, was seinen Bruder dazu veranlasst habe, den Mord zu begehen, behauptete er.

›Ich wollte, dass er nachts ins Zelt eindringt und dem Harmsen-Sohn eine kräftige Abreibung verpasst – mehr aber nicht‹, behauptete Mikkel Krog stoisch.

Es sei nie die Rede davon gewesen, den Jungen umzubringen. Sein Bruder müsse durchgedreht sein, als er das tat. Auch mit Bjarnes Anschlag auf die Journalistin habe er nichts zu tun. Und warum sein Bruder am Ende in Svendborg aufgetaucht sei, erst seinen Neffen misshandelt habe und danach die Journalistin töten wollte, sei ihm erst recht völlig unerklärlich.

Von dieser Version wich der Konservenfabrikant keinen Finger breit ab, so oft man ihn auch verhörte.

Kira war gespannt, was sein Sohn dazu sagen würde. So wie sie Jonas einschätzte, war er mittlerweile entschlossen, vor Gericht zu wiederholen, was er ihr auf jenem Parkplatz in Svendborg gesagt hatte: dass sein Vater und sein Onkel gemeinsam einen Mord geplant hatten, bei dem er, Jonas, sich zum Handlanger hatte machen lassen. Kira war sich sicher, dass der Junge nun reinen Tisch machen wollte. Wie das allerdings strafrechtlich für ihn ausgehen mochte, würde man ebenfalls erst nach der Gerichtsverhandlung wissen. Hoffentlich würde man ihm dabei die Tatsache, dass er am Ende mutig sein Leben für Kira riskiert hatte, zugutehalten.

Eines war aber schon jetzt klar: Ihre Berichterstattung in *Unser Land am Abend* löste heftige Reaktionen beiderseits der Grenze aus. In *Der Nordschleswiger* und in *Flensborg Avis*, den Blättern der jeweiligen Minderheiten in Dänemark und in Deutschland, entwickelten sich rege Diskussionen in der Leserschaft, die auch noch nicht abgeebbt waren, als Kira und Lukas in den Urlaub aufbrachen.

»Du bist so still«, sagte Lukas ruhig und drehte den Stiel des

Weinglases zwischen seinen Fingern. »Was geht dir im Kopf herum?«

Kira blinzelte, schüttelte sich einmal kurz und trank einen Schluck. »Ich weiß nicht recht ... Bisschen viel zu verarbeiten.«

»Aber doch nichts Negatives, oder?«

»Ach, manchmal denke ich, wir haben da ein Fass aufgemacht, das besser geschlossen geblieben wäre.«

»So ähnlich wie die Büchse der Pandora in der griechischen Mythologie?« Lukas legte die Stirn in Falten. »Verstehe nicht, wie du das meinst.«

»Bei der Arbeit an der Doku ist mir klar geworden, dass wir eine Entscheidung treffen mussten. Und das haben wir getan. Ich hoffe, es war die richtige.«

»Soll heißen?«

»Dass wir entschieden haben, Geschehnisse, die über Generationen hinweg viel Leid gebracht haben, wieder unter der Decke des gnädigen Vergessens hervorzuzerren. Du siehst schon an den Reaktionen in unserer Region, dass das nicht jedem gefällt. Ich frage mich, wie das erst nach der überregionalen Ausstrahlung der Doku sein wird.«

Lukas lehnte sich zurück. »Aufarbeitung von Geschichte ist selten ein Born reiner Freude für alle. Aber hattet ihr denn eine Wahl? Ich meine, der Mord an dem jungen Harmsen wäre doch nie geschehen, hätte das deutsch-dänische Grenzland nicht genau die Geschichte, die es nun mal hat. Also musstet ihr deren wichtigsten Abschnitte wieder hervorholen. Schließlich speist sich der ganze Hass, der zu diesem Verbrechen geführt hat, doch aus dem, was da in der Vergangenheit passiert ist, oder sehe ich das falsch?«

»Nun ja ...«, erwiderte Kira nachdenklich, verfiel dann aber in Schweigen.

Lukas kannte sie gut genug, um ihr Zeit zu lassen. Er fragte nicht nach, sondern schaute einem Schwan zu, der seit einiger Zeit in sicherem Abstand seine Kreise um das Boot zog und dabei misstrauisch herüberschaute.

»Seit Bjarne Krog wieder vernehmungsfähig ist, wissen wir, dass der Hass bei ihm pathologisch ist«, nahm Kira nach einer Weile den Faden wieder auf. »Er ist nicht der Hellste und seinem Bruder geradezu hörig. Dass Mikkel ihm böse ist, weil er dafür gesorgt hat, dass Feldkamps DNA auf das Messer kam, scheint ihn mehr zu beunruhigen, als dass man ihn demnächst wegen Mordes vor Gericht stellen wird.«

»Mikkel hat allen Grund, deshalb wütend zu sein. Stell dir vor, sein Bruder hätte die Tatwaffe einfach wieder mitgenommen und wäre im Dunkel verschwunden, wie es ja wohl geplant war. Sehr unwahrscheinlich, dass der Mord dann hätte aufgeklärt werden können«, wandte Lukas ein. »Den Harmsens wäre dann für den Rest ihres Lebens nur ein Verdacht geblieben, wer ihren Sohn getötet hat.«

»Und genau das hatte Mikkel im Sinn, da bin ich mir sicher«, sagte Kira. »Die Parallele zum rätselhaften Tod der kleinen Lene Marie Krog, die seinerzeit tot in einem Brunnen bei Gillestrup gefunden wurde, ist allzu offensichtlich. Damals hatten die *Krogs* keinen Beweis, dass das Mädchen einem Racheakt der *Harmsens* zum Opfer gefallen war.«

»Himmel«, rief Lukas aus und hob die Hände. »Das ist mehr als hundert Jahre her!«

»Ja, unfassbar, nicht wahr?« Kira hielt ihm ihr leeres Glas hin. »Ich könnte jetzt noch einen gebrauchen.«

»Kommt sofort«, sagte Lukas, nahm beide Gläser und stieg den Niedergang hinunter.

»Und dann ist da ja noch Bjarnes Auftauchen in Svendborg«, rief Kira ihm nach. »Das hat Mikkel erst recht in Rage gebracht, habe ich von Helene Christ erfahren.«

»Wie ist es eigentlich dazu gekommen?«, fragte Lukas von unten herauf. »Was hat er sich dabei gedacht?«

»Vermutlich nichts Kluges«, erwiderte Kira. »Davon hat

er sowieso nicht allzu viel im Kopf. Als er Hals über Kopf von seinem Hof geflohen ist, weil die Polizei den bewussten Dungstreuer bei ihm gefunden hat, ist ihm nichts Besseres eingefallen, als nach Svendborg zu fahren. Er wusste ja, dass Jonas dort von seinem Vater an Bord einer Yacht gebracht werden sollte, die unterwegs ins Baltikum war. Er hat wohl gehofft, er könnte sich ebenfalls auf dem Schiff verstecken.«

»Und als er dann dort herumschlich, hat er zufällig auf dem Parkplatz gesehen, dass sein Neffe mit dir im Auto saß ...«

»... und den Rest kennen wir«, ergänzte Kira, nahm Lukas die frisch gefüllten Gläser ab, die er aus dem Niedergang hochreichte, und stellte sie auf den Cockpittisch. »Helene hat übrigens von der Staatsanwaltschaft erfahren, dass Bjarne Krogs Verteidiger vor Gericht auf verminderte Schuldfähigkeit für seinen Mandanten plädieren wolle.« Sie trank einen kräftigen Schluck, schmatzte genüsslich und erklärte: »Mir egal, ob er lebenslang im Knast oder in einer psychiatrischen Einrichtung sitzt. Hauptsache, er läuft nicht mehr frei herum.«

Lukas nickte. Schweigend saßen sie da, während die Sonne langsam sank.

»Hab ich dir eigentlich schon erzählt, wie wir den Schluss unserer Doku gestaltet haben?«, fragte Kira.

»Nein, hast du nicht«, gab Lukas lachend zurück. »Aber das weißt du ja selbst.«

»Am Ende zeigen wir Szenen aus dem täglichen Leben in Nordschleswig. Und dazu sage ich ungefähr das: ›So schwer auch die Erinnerungen an die deutsch-dänische Geschichte wiegen mögen – das heute weitgehend harmonische Zusammenleben der Menschen in dieser Region beweist, dass Grenzziehungen auf Basis einer Volksabstimmung eine Blaupause für viele Konflikte auf der Welt sein könnten.‹«

»Schöner Satz«, sagte Lukas, nickte heftig und trank noch einen Schluck. »Wirklich, sehr schön!«

Randnotizen

Diese Geschichte ist frei erfunden. Etwaige Ähnlichkeiten mit lebenden oder verstorbenen Personen wären rein zufällig und unbeabsichtigt.

Außer Gillestrup, welches es dem Namen nach nicht gibt, das jedoch so ziemlich jedes Dorf auf der südschleswigschen Geest sein könnte, sind die meisten Orte allerdings ebenso real wie die historischen Ereignisse, die in diesem Roman eine Rolle spielen.

Für alle, denen es aufgefallen ist (oder sie gar irritiert hat), sei hier angemerkt, dass in der dänischen Sprache das ›Sie‹ so gut wie nie gebraucht wird. (Das trifft bekanntlich auf viele Sprachen zu, wobei die allermeisten überhaupt keine sogenannten Höflichkeitspronomen kennen.) Ich wähle daher in diesem Buch auch immer die ›Du-Form‹, wenn ich das auf Deutsch wiedergebe, was gerade auf Dänisch gesprochen wird.

Dies ist der dritte Band meiner Reihe mit der jungen Videojournalistin Kira Lund und mit Hauptkommissarin Helene Christ, der Leiterin der Flensburger Mordkommission. Die – zugegeben gewagte – Idee einer vertrauensvollen, sogar freundschaftlichen Zusammenarbeit dieser beiden Frauen (trotz unterschiedlicher beruflicher Interessen) gefällt den Leserinnen und Lesern der Reihe gut, wie ich aus den ›Feedbacks‹ immer wieder erfahre. Dennoch werde ich gelegentlich gefragt, ob ein solch freundschaftliches Verhältnis zwischen einer investigativen Journalistin und einer leitenden Kriminalbeamtin eigentlich realistisch sei.

Dazu kann ich nur sagen: Es ist sogar derart realistisch, dass ich darüber schreiben kann! (In einer Mail stünde hier jetzt ein Zwinkersmiley.)

Aber im Ernst: Abgesehen davon, dass gute Bekanntschaften, Freundschaften gar, bekanntlich zwischen den unterschiedlichsten Menschen entstehen – was sollte dagegen sprechen, dass eine Kriminalistin die völlig andersartigen Möglichkeiten der Recherche durch eine Reporterin, zu der ein jahrelanges Vertrauensverhältnis besteht, in ihre Ermittlungsarbeit einbezieht? Vor allem dann, wenn ihr Handlungsspielraum als weisungsgebundene Beamtin an rechtliche Grenzen stößt – zum Beispiel, was Ermittlungen im Ausland angeht?

Auf meinen Lesungen frage ich gern im Publikum nach, ob ehemalige oder aktive Kriminalbeamte anwesend seien. Das ist übrigens gar nicht so selten der Fall. Und tatsächlich wurde mir mehr als einmal von diesen Fachleuten bestätigt, dass es nicht unüblich sei, bei komplexen Ermittlungen die vertrauensvolle Zusammenarbeit mit ausgewählten Medienleuten ganz bewusst zu nutzen. Gerade in kniffligen Fällen könne es hilfreich sein, bestimmte Details an die Öffentlichkeit zu bringen, um Zeugen zu finden oder auch den Täter ›aufzuscheuchen‹.

Der Stoff, den ich diesmal bearbeitet habe – die schwierige und überaus schmerzvolle Geschichte des deutsch-dänischen Grenzlands –, ist zweifellos ungewöhnlich für einen Kriminalroman. Und doch hat es mich gereizt, wieder einmal von ausgetretenen Krimipfaden abzuweichen und eine Geschichte zu schreiben, die durchaus einen höheren Anspruch an Leserinnen und Leser stellt, was deren Interesse an historischen Zusammenhängen betrifft. Ich kann nur hoffen, dass es mir gelungen ist, dabei auch noch einen packenden Span-

nungsbogen zu konstruieren, der für Lesevergnügen sorgt, und würde mich freuen, dazu ein paar Rückmeldungen zu bekommen. Am besten auf meiner Website unter:
https://www.hdieterneumann.de/kontakt
oder natürlich persönlich auf einer meiner Lesungen.

Dank

Während der Arbeit an diesem Buch war ich in besonderer Weise auf fachlichen Rat angewiesen. Bei aller erzählerischen Freiheit wollte ich mir, zumindest soweit es den historischen Hintergrund des Romans betrifft, keine Fehler erlauben. Ich bin davon überzeugt, dass ein Erzähler Personen, Orte und auch Ereignisse nach Belieben erfinden darf – wenn er seine Geschichte jedoch über einen weiten realhistorischen Rahmen spannt, muss alles auch zumindest passiert sein *können*, was er schreibt.

Um das sicherzustellen, habe ich mich schon in der frühen Planungsphase zu diesem Buch der Hilfe eines ausgewiesenen Kenners der deutsch-dänischen Geschichte versichert: Dr. Jan Schlürmann, Historiker und Referatsleiter im Schleswig-Holsteinischen Landtag. Ihm, der das lesenswerte Werk *1920 – Eine Grenze für den Frieden* geschrieben hat[1], bin ich vor allen anderen zu großem Dank verpflichtet. Meiner Bitte um fachlichen Rat und Mithilfe bei der Entwicklung eines glaubwürdigen Rahmens für meinen Roman ist er mit erkennbarer Freude und großem Engagement gefolgt, hat das Projekt über nahezu zwei Jahre bis zum Ende begleitet und viele originelle, immer aber historisch fundierte Vorschläge gemacht, die ich gern umgesetzt habe. Kurz: Ohne Jan Schlürmanns Mitwirkung wäre dieser Roman nicht möglich gewesen.

---

1 Jan Schlürmann: 1920. Eine Grenze für den Frieden, Wachholtz Verlag 2019, ISBN: 978–3529050367

Sehr dankbar bin ich auch meiner lieben Freundin Ilse von Rohden, die mir erzählt hat, was engen Verwandten von ihr – Angehörigen der deutschen Minderheit in Nordschleswig – nach Ende des Krieges im Faarhuslager, dem früheren Fröslevlager, widerfahren ist. Zudem hat sie mir das längst vergriffene Buch *Zwei Jahre meines Lebens – Erinnerungen an Faarhus* aus 1954 von Gottfried Horstmann zugänglich gemacht, das sich als Fundgrube für einige Details erwiesen hat, die ich – natürlich angemessen verändert – verwenden konnte.

Wieder geht ein herzliches Dankeschön auch an Claudia Knauer, Direktorin der Deutschen Büchereien in Nordschleswig, für ihre Hilfe bei jenen Passagen, die mit den Besonderheiten des Zusammenlebens von Deutschen und Dänen auf beiden Seiten der Grenze – ein ebenso vielfältiges wie befindlichkeitsreiches Themenfeld – zu tun haben.

Großer Dank gilt auch meiner langjährigen Agentin Conny Heindl, Geschäftsführerin der Literaturagentur Drews in Augsburg. Sie hat seinerzeit den Verlagsvertrag mit PIPER über die Kira-Lund-Reihe vermittelt, deren dritten Band ich mit diesem Roman vorlege.

Mit *Stumme Gräber* ist die Lektorin Christiane Geldmacher nun schon zum fünften Mal für die Redaktion eines meiner Bücher verantwortlich. Und wieder darf ich mich bei ihr dafür bedanken, dass sie auch dieses Buch durch ihre fachliche Kompetenz und mit vielen originellen Ideen besser gemacht hat.

Wie immer danke ich meiner Familie – besonders meiner Frau Kirsten. Ohne ihre stetige Aufmunterung und ihr liebevolles Verständnis wäre auch dieses Buch nie entstanden.

Schließlich sage ich den vielen Menschen herzlichen Dank, die meine Bücher in stetig wachsender Zahl lesen. Ich hoffe zuversichtlich, dass *Stumme Gräber* ihnen wieder Stunden voller Spannung und Lesevergnügen bereiten wird.

Auch mit diesem Buch werde ich natürlich auf Lesereisen

im ganzen Land gehen. Es sind schon einige Termine für Veranstaltungen in Stadt und Land vereinbart – gute Gelegenheiten, sich einmal persönlich kennenzulernen. Ich würde mich sehr freuen, wenn wir uns auf einer Lesung träfen. Wann und wo diese stattfinden, sieht man immer aktuell auf meiner Website unter www.hdieterneumann.de.

Bis bald also!

H. Dieter Neumann
Frühjahr 2024